LAS BRUJAS DE VARDØ

VIDIS

HISTÓRICA

Es posible que de todo lo que despierta nuestra curiosidad, nuestro pasado sea lo más intrigante. Porque es real, aunque poco sepamos de esos hechos y esas personas que vivieron años o siglos antes que nosotros.

Nos fascinan las películas históricas porque durante dos horas somos verdaderos testigos, vemos hasta el detalle lo que pudo ser, en un auténtico viaje al pasado. Hemos visto, eso quiere decir VIDIS, nuestro sello de novela histórica.

Cada libro te transportará desde la Antigua Grecia a la Segunda Guerra Mundial. Descubrirás hechos, personajes, costumbres, tragedias y emociones que pudieron ser reales. Si te llegan como un relato imaginario, es porque *la Historia, para ser contada, debe ser imaginada.*

Cuando acabes la última página, sentirás que además de haber recorrido un viaje lleno de aventuras, emociones y puro entretenimiento, habrás descubierto un episodio de la Historia que no conocías, y estarás feliz por haberte enriquecido.

Te damos la bienvenida a VIDIS, sabemos que ocupará un importante lugar en tu biblioteca.

¡Que lo disfrutes!

Título original: *The Witches of Vardo*
Edición original: En Reino Unido por Manilla Press, un sello de Bonnier
Books UK Limited.

Traducción: Carmen Bordeu
Corrección de estilo: Sara Moreno Yunta

© 2023 Anya Bergman

© 2023 Manilla Press, un sello de Bonnier Books UK Limited

© 2024 Trini Vergara Ediciones
www.trinivergaraediciones.com

© 2024 Vidis Histórica
www.vidishistorica.com

España · México · Argentina

ISBN: 978-84-19767-10-3
Depósito legal: M-8723-2023

Primera edición en España: febrero 2024
Impreso en Romanyà Valls S.A.
Printed in Spain · Impreso en España

LAS BRUJAS DE VARDØ

Anya Bergman

Traducción: Carmen Bordeau

VIDIS

HISTÓRICA

Para todas las hijas de las brujas
y en especial para Marianne.

Hay más brujas en Noruega [...]
que en todo el resto del mundo.

Jean Bodin, *De la Démonomanie des Sorciers*, 1580

Todos los habitantes de Noruega son cristianos
devotos, excepto los que viven cerca del océano, en el
extremo norte. Estas personas están tan inmersas en el
arte de la hechicería y el conjuro que alegan saber qué
está haciendo cada individuo del mundo.

Adán de Bremen (1044-1080)

PRIMERA PARTE

Primavera de 1662

CAPÍTULO 1

Anna

Tercer día de abril del año de
Nuestro Señor de 1662

Era una prisionera en el norte salvaje. Estaba atrapada en la nieve que caía y cegada por una luz blanca y deslumbrante, carente de toda sombra. De pie en la cubierta del barco, no había nada ante mí.

No veía una salida.

Estaba a la intemperie, y la nieve formaba un manto sobre mi capa. Impenetrable como el alabastro, tenía frío, pero no temblaba; tenía los nudillos azules y el corazón vacío. Las horas transcurrían despacio, pero no tenía prisa por tocar tierra.

Cuando ya estaba cubierta de nieve, esta comenzó a caer con menos intensidad. Sacudí los hombros y se desprendió de mi capa mientras los últimos copos caían al suelo en un remolino. Un crepúsculo azulado emergió de pronto.

Por fin, pude ver nuestro destino.

El puerto era poco más que eso, con un pequeño enclave de viviendas rudimentarias a su alrededor. Me ordenaron desembarcar y bajé tambaleándome por la pasarela, con las piernas inseguras después de tantas semanas en el mar. Un viento cortante me impulsaba hacia las sombrías tierras del norte, como si la mano de un hombre me empujara, una vez más.

El capitán Gunderson se despidió allí. Lo lamenté. Habíamos disfrutado de varias discusiones teológicas en mi viaje a lo largo de la costa traicionera de Noruega. Me había mantenido a salvo del peligro y había impuesto cierto grado de respeto a su tripulación. Temía que el capitán Gunderson fuera el último hombre civilizado en el que posara mis ojos en esta región indómita.

Definitivamente, eso fue lo que pareció cuando una bestia de hombre se me acercó. Su barba era una maraña roja mezclada con hielo y su piel estaba mugrienta. Se detuvo para escupir sobre la nieve y la flema amarilla manchó el blanco inmaculado. Di un paso atrás con repulsión, pero me sujetó de los hombros.

—¿Por qué no estáis encadenada?

Me sacudió. Su aliento apestaba y detecté un acento escocés.

—No se consideró necesario —respondí al hombre odioso, incapaz de ocultar el tono altivo en mi voz.

Resopló mientras giraba una llave grande en su cinturón.

—Os conviene recordar quién sois, Fru Rhodius: una prisionera del rey. —Volvió a escupir para enfatizar su poder sobre mí. Contuve las arcadas y mantuve la cabeza alta mientras él seguía hablando—: Soy el alguacil Lockhert y permanecerás bajo mi custodia por ahora.

"Por ahora". Las palabras se hundieron como hierros de marcar en mi piel.

Qué cruel has sido al no concederme tu perdón. Me dejaste pendiendo de un hilo, esperando que cambiases de opinión mientras me envías muy lejos. ¿Por qué tan lejos?

—Al primer problema —me advirtió Lockhert con voz sombría—, os encadenaré.

¡Qué insultante! ¡Como si yo no fuera a obedecer lo que has ordenado! Dirigí una mirada fulminante a mi nuevo guardián, pero no le hizo mucho efecto mientras me empujaba hacia un trineo atado a tres renos.

El conductor estaba envuelto en pieles de reno y llevaba un gorro de piel, y las riendas flojas en las manos. A pesar de sus cornamentas bifurcadas, los renos parecían mansos. El que estaba detrás, más cerca de mí, giró la cabeza con una mirada de compasión casi humana. Me sorprendí cuando el corazón me dio un vuelco y me entraron ganas de acariciarle la cabeza, pero el bruto de Lockhert me empujó a la parte trasera del trineo.

Estaba oscureciendo y era la noche más fría de mi vida. Agradecí la pila de pieles y cueros amontonados a mi alrededor.

Hacía mucho tiempo que un frío tan profundo no me calaba hasta los huesos ya que, en los últimos años, un fuego constante en mi vientre mantenía calientes mis extremidades; algunas noches, me despertaba en mi alcoba de Bergen con un calor que me sofocaba, como si estuviera en llamas. Para disgusto de Ambrosius, tiraba las sábanas al suelo y, en ocasiones, llegaba al punto de abrir la ventana, sin importar la estación, para dar bocanadas de aire fresco, a pesar de las quejas de mi esposo. Poco después, dejó de compartir mi alcoba. Antes de mi partida a Copenhague, ya llevábamos varias semanas durmiendo separados.

Pensé en mi esposo ahora, a salvo en casa en Bergen, dando su paseo diario por el jardín, recolectando mis hierbas y mis plantas. Me retorcí con frustración en el asiento. Seguro que se equivocaría con todos los remedios, como siempre. No se podía confiar en que Ambrosius no envenenara a alguna pobre alma si no me tenía a su lado ayudándolo.

Pero debía de estar anocheciendo en Bergen y el doctor Ambrosius Rhodius estaría sentado junto a la chimenea, en el sillón de terciopelo verde, con las gafas en la punta de la nariz, leyendo *mis* libros. "Por fin paz", pensaría.

Todo lo que alguna vez había poseído —una hermosa casa, un esposo con prestigio, el jardín más abundante de todo Bergen y la biblioteca más grande de Noruega— había desaparecido. Desaparecido. Desaparecido.

Tan decidida estaba a no verter una lágrima que me mordí el labio y saboreé la sangre.

Había luna llena y la luz plateada se derramaba a mi alrededor. La aldea detrás del puerto estaba silenciosa y oscura; todos los habitantes estaban dentro de sus pequeñas chozas. Mientras esperaba a que el trineo se pusiera en marcha, oía el rumor del mar entre las barcas de pesca. Mis ojos captaron un movimiento y me esforcé por incorporarme un poco en el trineo. Allí, acechando entre las casas pequeñas, me pareció ver a un hombre alto con una capa y un sombrero en la cabeza.

Ah, fue un engaño de la luz de la luna, porque la figura sombría desapareció. En su lugar, surgió un recuerdo de ti cuando éramos jóvenes, con tu cabello largo, oscuro y rizado sobre los hombros, la sonrisa en tus ojos mientras acercabas tus manos a las mías. "Bailemos, Anna", me dijiste.

Ahora tenía mucho frío, temblaba sin control; cerré los puños enguantados y los empujé con fuerza dentro del manguito.

Salimos a ritmo ligero; el frío ártico me escocía en las mejillas. Me bajé el gorro de piel todo lo que pude y me tapé el rostro con las pieles de foca; solo los ojos quedaron al descubierto. Aún podía oler el mar frío en ellas, y poseían una cierta oleosidad desagradable. El océano estaba lleno de maldad pagana en estas regiones septentrionales.

El capitán Gunderson me había dicho que me trasladarían

en trineo a través de la península de Varanger. Cuando llegáramos al pueblo de Svartnes, me llevarían en otro barco por el angosto estrecho de Varanger hasta el lugar de mi exilio, la fortaleza Vardøhus en la pequeña isla de Vardø.

La idea me hizo sacar una de mis manos enguantadas del manguito y llevármela al pecho, donde podía sentir levemente la cruz, mi posesión más preciada. Pero, por supuesto, esto lo sabes.

Nos adentramos en el páramo y avanzamos rebotando por la tundra nevada bajo el vasto cielo nocturno lleno de estrellas. Alcé la vista hacia la luminosa luna llena, la última antes de la temporada de pastoreo. Ambrosius la llamaba la luna mártir. Pensé en Cristo y en su sacrificio por la humanidad.

¿Yo fui tu sacrificio? Confieso que sería un alivio estar al lado del buen Dios antes que estar viva, temblando de miedo mientras cada bandazo del trineo me acercaba más a las puertas de tu reino en el infierno.

Me pediste que no te escribiera más, tan harto estabas de mis peticiones constantes. Pero olvidas que así como mi deber como súbdita tuya es contigo, el tuyo como mi rey también es el culto a mi persona. Pensaste que me harías callar ordenando que me quitaran toda la tinta, pero eso no será suficiente.

Recibirás mis misivas desde el norte, estoy empeñada en ello.

Dimos tumbos bajo el cielo plateado del norte durante horas; mis huesos crujían y me dolían las articulaciones. Se me cerraban los párpados, arrullados por una imagen en mi cabeza. Estaba arrodillada ante mi rey, con mi mejor vestido de seda azul, y tu mano, deslumbrante de joyas, descansaba sobre mi cabeza. Podía sentir la gratitud que emanaba de tu palma coronándome.

Los gritos del conductor me arrancaron de mi ensoñación. Vi las grupas de los renos que se habían salido de la formación y resbalaban sobre la nieve traicionera. El alguacil Lockhert les gritó para que se mantuvieran firmes, pero fue inútil, pues el trineo había perdido el control. Patinó sobre el hielo y se subió a un montículo de nieve tan alto que tuve que sujetarme de los laterales de madera para no caerme de cabeza. Me preparé para dar una vuelta de campana, temiendo romperme los huesos, pero en vez de eso, volvimos a caer sobre la nieve compacta y nos detuvimos.

El sombrero me había caído sobre la cara y oí el ruido pesado de las botas de Lockhert al pisar la nieve. Me eché el sombrero hacia atrás y alcancé a ver su corpulenta figura que se alejaba a grandes zancadas mientras el conductor calmaba a los asustados renos. Ninguno de los dos se había preocupado por mí. Salí arrastrándome del trineo volcado y busqué adónde había ido a parar mi preciado botiquín. Se encontraba a poca distancia, con el contenido esparcido por la nieve bajo la luz de la luna. Cuando me acerqué con paso inseguro, vi algo asombroso. Al otro lado del botiquín, había una niña de piel oscura, una muchacha con el cabello negro suelto y ataviada con una capa de plumas. Lo más sorprendente era que a su lado había un gran gato salvaje. Nunca había visto una criatura semejante. Un moteado ligero salpicaba el suave pelaje y el vientre era de un blanco purísimo. Tenía las orejas grandes y puntiagudas, con unos largos penachos de pelo sobre ellas. Sus ojos eran de color ámbar y me miraban con fijeza, sin miedo, resueltos.

En este encuentro entre la niña, el gato y yo, el aire parecía hecho de cristal fino. Yo respiraba con fuerza, pero a pesar del frío, la muchacha ni siquiera temblaba.

Puso la mano sobre la cabeza del gran felino, que no dejó de mirarme ni un momento, pero fue la muchacha la que enseñó los dientes, no el animal.

Mi corazón dio un vuelco por el susto, pues nunca había visto a un ser humano hacer un gesto de esa clase.

La extraña joven meneó la cabeza y su gruñido se convirtió en una carcajada, como si le divirtiera haberme asustado.

—¿Quién eres? —grité.

Pero ella abrió los brazos, de modo que su capa de plumas se convirtió en dos grandes alas, y luego desapareció en un bosquecillo de abedules plateados, con el gran gato pisándole los talones.

Me apresuré a recoger el contenido de mi botiquín, temerosa de que la niña y la bestia regresaran, pero cuando levanté la vista, con el botiquín sujeto firmemente entre las manos, vi a Lockhert que volvía corriendo del bosque con un arco y una flecha al hombro.

—¿Lo has atrapado? —le preguntó el conductor mientras aseguraba los arneses de los inquietos renos.

—No, era demasiado rápido —respondió Lockhert—. ¿Qué hace un lince por estos lares?

El otro hombre se encogió de hombros. Por supuesto, era un lince. Había oído hablar de estos grandes felinos del norte. ¡Qué magnífico debía de ser tener una capa de su piel suave y lustrosa!

—¿Y la muchacha? —pregunté mientras quitaba la nieve de mi capa—. ¿Qué hay de la muchacha?

Lockhert se volvió hacia mí con gesto ceñudo.

—Había una joven con el lince —continué—. ¿No la visteis? Tenía el pelo largo y negro y llevaba un manto de plumas… —Me interrumpí, al darme cuenta de lo improbable que sonaba.

—Estamos a dos horas del pueblo más cercano, así que, ¿quién creéis que andaría corriendo por el bosque con un lince? —me desafió Lockhert con sorna.

—Estaba allí —insistí—. Y me amenazó…

—¡Ya basta! Me habían advertido de vuestra lengua inquieta, pero esto es pura histeria de mujer vieja.

Mi cuerpo se tensó con los insultos. Nunca antes me

habían llamado vieja; de hecho, cuando lo tuve cerca, había notado que yo era unos años más joven que mi guardián, ya que el rostro de Lockhert estaba surcado de arrugas sucias y profundas.

—¿Cómo os atrevéis...? —Pero antes de que pudiera terminar, me tapó la boca con su mano inmunda.

—Callaos —ordenó, y su saliva aterrizó en mi frente—. Vuestro traslado ya nos ha causado bastantes problemas. —Sacó una cadena de su cinturón y empezó a envolverla alrededor de mis muñecas.

En todas mis semanas de cautiverio, incluso durante el juicio, no me habían tratado con tanta indignidad. Intenté forcejear, pero me apoyó la mano en el pecho con tanta fuerza que pareció que me iba a romper el corazón.

Aunque, mi rey, mi corazón ya estaba roto.

Con el trineo enderezado y los renos calmados, partimos de nuevo. Lockhert me había encadenado tan fuerte que no podía moverme y me vi forzada a acostarme boca arriba. Me quedé contemplando la luna mártir en su inmensidad plateada mientras la furia me recorría de pies a cabeza.

Me dejé bañar por la luz de la luna e hice un juramento. No sería una mártir complaciente, muda y humilde, porque iba en contra de mi propia naturaleza.

La imagen de la muchacha gruñéndome se alzó ante mí. Había habido un instante de reconocimiento, extraño y sin razón alguna. Estaba segura de que había sido real, pero no podía encontrarle sentido.

CAPÍTULO 2

Ingeborg

EL CAMBIO EN LA MADRE DE INGEBORG SE HABÍA PRODUcido mucho antes de que el comerciante Heinrich las visitara por primera vez.

Dos años y medio atrás, en el invierno de 1659, habían sido como cualquier otra familia de pescadores en la península de Varanger: sobrevivían a duras penas a medida que los cardúmenes cada vez más escasos de bacalao se alejaban hacia el sur; soportaban largos meses oscuros con deudas agobiantes con los comerciantes de Bergen a cambio de grano, y aprovechaban el breve verano para cosechar todo lo que podían del árido suelo ártico. La vida era difícil en la aldea de Ekkerøy, enclavada entre dos medias lunas de arena y acantilados blancos. Pero habían sido una familia unida, reconfortada por sus lazos. Había alegría y risas. Una madre y un padre, un hijo y dos hijas.

Pero ahora eran solo tres.

Ingeborg había vivido dieciséis veranos, según su madre. Era cuatro años mayor que su hermana Kirsten, aunque tenían la misma estatura. Ingeborg era pequeña, pero fuerte y ligera de pies. Sus ojos castaños solemnes y el gesto en su boca que revelaba que ya había oído y visto demasiado.

Parecía que había sido ayer cuando ella y su hermano menor, Axell, solían vagar por la costa recogiendo los secretos del mar: caparazones de caracol diminutos, frondas de algas brillantes, madera acanalada a la deriva, erizos de mar espinosos, guijarros tan lisos como gemas pulidas y plumas de pato suaves.

Había sido uno de esos veranos inusuales en el norte. La lluvia se mantenía a raya en las nubes mullidas y el sol de medianoche bendecía el pueblo. Axell e Ingeborg habían recorrido la tierra pantanosa, rica en pastos verdes, amarillos y marrones, con franjas de algodón de pantano blanco y brezos morados. A su derecha se extendía el mar liso y gris pálido contenido por lejanas montañas de color malva de una tierra en la que nunca habían estado. La noche clara estaba plagada de mosquitos y las bandadas de gaviotas corrían hacia los acantilados y los bombardeaban con sus chillidos estridentes.

Su hermano la condujo por el borde saliente de Skagodden hasta la pared rocosa repleta de aves marinas. Le estaba enseñando a escalar.

—Imagina que eres un gato —sugirió.

Ella se había visto a sí misma como un pequeño gato atigrado. Perdido el temor, se metió los extremos de la falda en la pechera para poder trepar con la misma facilidad que un niño y escaló las rocas sin problema.

—Somos cazadores, Ingeborg —exclamó Axell desde lo alto del acantilado mientras se inclinaba para ofrecerle la mano—. Los ojos han de estar siempre en la presa. Nunca mires hacia abajo.

Muchas veces, después de que Axell muriese, Ingeborg volvió al lugar. Las piedras nunca eran demasiado afiladas para sus pies descalzos ni temía resbalar en las rocas y caerse. Axell le había dicho que podía hacer cualquier cosa que quisiera, a pesar de ser solo una niña, a pesar de ser pobre.

La última vez que ella y su hermano escalaron el acantilado, habían robado los huevos de una gaviota.

—¿Ves el nido? —señaló Axell—. Es nuestra presa.

—Está muy alto —murmuró ella vacilante.

—Pero puedes hacerlo, Ingeborg. Eres mejor escaladora que yo. —Se escupió en las manos y se las frotó—. Tenemos que ser muy silenciosos, porque si la gaviota nos ve, atacará. —Le guiñó un ojo—. No querrás que una gaviota te saque un ojo, ¿verdad?

Habían subido por la pared del acantilado sin pensar que estaban a tal altura que, si caían, se estrellarían contra las rocas.

Axell la dejó robar los dos primeros huevos. Eran grandes, de un azul pálido y con motas castañas como las pecas de la nariz de su hermano. Ingeborg los deslizó dentro del pequeño saco colgado de su cuello para sumarlos al botín del día, compuesto de pólipos de algas y moluscos.

Fue Axell quien alertó a la gaviota de su presencia cuando extendió la mano para tomar un tercer huevo. Tuvo que sujetarse con brusquedad a un saliente de roca y provocó una lluvia de piedras y palos pequeños.

Asió el último huevo con rapidez y se lo metió en el bolsillo mientras bajaban el acantilado ante el furioso ataque de la gaviota. Ingeborg agachó la cabeza cuando las alas del ave golpearon un lado de su mejilla y sus chillidos dementes le taladraron los oídos. Se sentía mal por estar robando sus huevos y, sin embargo, robar era emocionante.

Aterrizaron en la playa fangosa mientras la gaviota seguía bajando en picado para atacarlos. Corrieron de la mano a través de estratos de roca, salpicados de blanco por los excrementos de pájaro, y entraron en una pequeña cueva.

Se acuclillaron sobre la piedra y se sonrieron. La gaviota había picoteado a su hermano en la cabeza y la sangre bajaba por el cabello pardo rojizo hasta su rostro pálido.

Ingeborg sacó uno de los huevos de su pequeña bolsa y lo sostuvo en la palma de la mano para admirar su delicadeza.

—¿La cría sigue dentro del huevo? —le preguntó a Axell.

—Tal vez sí, tal vez no —respondió él. Le arrebató el huevo y lo lanzó al aire.

—¡Ten cuidado!

Axell se rio y echó la cabeza hacia atrás con alegría.

Su hermano le había dicho que no sería pescador como su padre. Que algún día sería un comerciante, como el joven y apuesto Heinrich Brasche.

Se volvió hacia ella y dijo:

—Navegaré hacia el este y volveré cargado de especias, piedras preciosas y sedas. Tendré una mansión en Bergen. Y en mi casa habrá un armario lleno de caracolas, calaveras, frutos secos y huesos de los cuatro rincones del Nuevo Mundo. —Axell le tomó las manos—. Nos iremos de Ekkerøy, hermana, y jamás regresaremos.

La noche de verano en que habían robado los huevos, Ingeborg y Axell habían corrido a casa para presentar su botín a su madre.

—Qué niño tan listo eres —había comentado ella mientras acariciaba el cabello de su hijo, como si los hubiera recogido él solo.

—¡Ingeborg trepó más alto que yo! —le contó Axell. Pero su madre no pareció oírlo mientras contemplaba los grandes huevos que su hijo le había puesto en las manos.

—Nos daremos un festín con ellos.

Nunca nada había igualado el sabor de aquellos huevos de gaviota. La madre de Ingeborg rompió los huevos sobre la plancha y, con un trozo de mantequilla y una pizca de sal, los cocinó sobre el fuego. Parecían oro derretido. Había uno para cada uno: para ella y Axell, para su madre, su padre y Kirsten.

Cuando hubieron terminado de comer, Axell le dio las

cáscaras a su pequeña hermana Kirsten, que colocó las mitades alrededor del borde de piedra del fogón.

Pero su madre le había ordenado que las rompiera y las tirara.

—Quiero quedármelas —protestó Kirsten.

—No, Kirsten, rómpelas. Las brujas utilizan las cáscaras para navegar por el mar —señaló su madre—. Provocan tormentas y hacen naufragar los barcos.

Kirsten se había vuelto hacia su padre con ojos suplicantes, pues él siempre intervenía cuando su madre se mostraba demasiado severa.

—Haz lo que dice tu madre, Kirsten —ordenó su padre con voz ronca.

Kirsten recogió las cáscaras y, con gesto ceñudo y los rizos rojos revueltos, salió de la casa con paso firme y las cáscaras en sus pequeñas manos.

El séptimo día de octubre de 1659, Axell salió a pescar por primera vez con su padre.

La madre de Ingeborg no estaba de acuerdo en absoluto.

—Es demasiado pequeño —advirtió a su padre—. Todavía no.

Pero todos sabían que los doce años era la edad en la que los pescadores se hacían a la mar, aunque estuvieran fuera durante semanas. Además, Axell quería ir con su padre.

—Estaré bien, madre —le aseguró—. No quiero quedarme en la casa con las mujeres.

Axell siempre había sido el preferido. Cuando los hombres partieron de pesca, la madre se volvió aún más irritable con Kirsten. Ingeborg se las arreglaba para evitar las bofetadas por su habilidad para las tareas domésticas, pero su hermana siempre se las arreglaba para fastidiar a su madre. No batía bien la mantequilla, no barría bien, o ¿por qué diantres le cantaba canciones tontas a la pequeña borrega?

A medida que el invierno se alargaba y su madre esperaba en los acantilados el regreso de los pescadores, su humor se ensombrecía. Las frías ventiscas del este azotaban con una sensación inminente de mal presagio.

Ingeborg nunca olvidaría el día en el que regresaron los pescadores; a su padre, de pie en la puerta abierta de la cabaña, con las palmas de las manos extendidas, diciéndole a su madre que habían perdido a su hijo.

—¡Solo tenía doce años! —gimió ella—. ¡Te dije que era demasiado pequeño, Iver! ¡Te rogué que no lo llevaras contigo!

Había sido terrible ver a su madre golpear con los puños el pecho de su esposo y a su padre quebrarse ante los ojos de Ingeborg. Había regresado del mar hecho una sombra. Un hombre que se retorcía las manos con culpa y era incapaz de decirles a su propia esposa y sus hijas cómo había perdido a Axell. Ni siquiera Kirsten era capaz de arrancar una sonrisa a su rostro demacrado, ni cuando se sentaba en su regazo, con la melena pelirroja y rizada bajo la barbilla de su padre y los ojos azules llenos de preguntas. ¿Adónde había quedado la risa?

"Con Axell", pensaba Ingeborg. En el fondo del mar.

Cuando su padre no regresó de la temporada de pesca en la primavera de 1661, Ingeborg supo, en el fondo de su corazón, que bien podría haberse entregado él mismo al océano, pues su pena era una carga demasiado pesada para soportar. Con la boca abierta, tal vez bebía ahora la redención salada. ¿Cómo hubiera podido volver otra vez sin su hijo? Era más fácil dejar que el mar se llevara su culpa que enfrentarse a la destrucción de su esposa. Nunca había querido volver.

Cuando pensaba en su padre, solo en medio de los bravíos mares del norte, tomando la decisión de no volver nunca más a casa, el corazón de Ingeborg se estrujaba de pena. Pero también estaba enfadada. Su padre sabía lo capaz que era ella. Había abandonado a Ingeborg para que cuidara de su madre y su hermana.

No era *justo*.

Había pasado un mes desde que su padre no había regresado con los demás pescadores. Con el estómago vacío, Ingeborg y su madre habían pasado el ventoso día de mayo buscando comida en la playa salvaje. Después de muchas horas de arduo trabajo, habían vuelto a la casa cargadas con montones de algas que hervirían como alimento para ellas y las ovejas.

Cuando abrieron la puerta de la cabaña, allí estaba Kirsten, arrodillada junto al fuego, sacando brillo a las cáscaras de huevos de gaviota con una sonrisita en el rostro. Nunca se la había visto tan feliz desde que había perdido a su padre.

Su madre no se movió, pero Ingeborg percibió cómo la ira crecía en su interior.

—¿De dónde has sacado eso? —preguntó su madre dejando caer las algas al suelo.

Kirsten se puso blanca cuando levantó la vista y las vio.

—Las guardé —susurró—. Son tan bonitas, mamá.

Su madre se acercó a las cáscaras y las rompió con sus viejas botas de piel de reno. Kirsten se estremeció. Luego su madre tomó a Kirsten del cuello, la levantó y le dio una fuerte bofetada.

—¡Madre! —exclamó Ingeborg, alarmada.

Pero toda la rabia contenida de su madre se convirtió en furia contra su hija menor.

—¡Mataste a tu propio hermano! —le gritó a Kirsten—. ¡Te dije que rompieras las cáscaras de huevo y mira lo que ha pasado! Las brujas provocaron una tormenta y tu hermano se ahogó. ¡Mataste a Axell y también a tu padre!

Las lágrimas y los mocos se deslizaban por el rostro de Kirsten.

—Lo siento, mamá, por favor...

—¡Niña malvada!

Ingeborg tiró de los brazos de su madre para que soltara a Kirsten.

—No tuvo intención de causar ningún daño. ¡Por favor, madre!

—Claro que sí, la muy bruja —chilló su madre volviéndose hacia Ingeborg con los ojos encendidos por el dolor y la amargura.

—Es tu *hija*, madre. ¡Basta!

Su madre miró a Ingeborg como si la viera por primera vez. Soltó a Kirsten, hundió el rostro entre las manos y salió corriendo de la casa.

Ingeborg estrechó a su pequeña hermana entre los brazos, pero Kirsten estaba inconsolable.

—¿Tiene razón mamá? ¿Soy malvada? —susurró a su hermana mayor.

—Por supuesto que no —la tranquilizó Ingeborg mientras le limpiaba la cara con la manga—. Es solo que echa mucho de menos a Axell y a papá.

—Yo también —murmuró Kirsten.

—Lo sé —respondió Ingeborg acariciándole el cabello.

Kirsten se agachó e intentó recoger las cáscaras rotas. Pero la mayoría estaban convertidas en polvo.

—Me las dio Axell. Me dijo que las guardara —sollozó mientras intentaba encontrar trozos de las delicadas cáscaras.

Ingeborg alcanzó la escoba.

—Tenemos que barrerlas antes de que vuelva.

Pero Kirsten siguió recogiendo los fragmentos:—Uno, dos, tres, cuatro, cinco, seis, siete, ocho, nueve…

¿Cuántos números hicieron falta para que Axell se ahogara? ¿Cuánto tardó el mar en llenar su vientre y arrastrarlo a dormir para siempre sobre su lecho turbio?

¿Cuánto tardó su padre?

Barrieron la cabaña e hirvieron las algas para ellas y las ovejas. Pero su madre no regresó durante horas.

Cuando lo hizo, estaba un poco diferente.

A partir de entonces, Ingeborg nunca más la vio sollozar por su hijo ni por su esposo; nunca más tocó ni le dirigió una palabra amable a su hija Kirsten. Hablaba con Ingeborg como si fuera su hermana, no su hija.

La frialdad de su madre carcomía a Ingeborg. Pero nadie había querido tanto a un hijo como su madre había adorado a Axell. Al desaparecer su hijo, una parte de ella se había ahogado con él.

Ese fue el cambio. Su madre siempre había sido hermosa, pero el calor de sus ojos azules como el verano se había convertido en hielo y ya ni siquiera hablaba de la misma manera. Era como si ya no le importara lo que les sucediera. Si tenían suficiente para comer o no. Ahora todo dependía de Ingeborg.

¿Adónde había ido su madre la noche que rompió las cáscaras de huevo? Ingeborg había pasado muchas horas despierta, esperando a que volviera, y la larga luz del día de mayo se había extendido más y más, con los pájaros que gritaban fuera y el viento que susurraba: "Peligro, peligro". La mente de Ingeborg no había tenido descanso.

¿Con quién podría haberse encontrado una joven viuda corriendo sola por los pantanos?

CAPÍTULO 3

Anna

Qué bajo me has hecho caer, mi rey. Hiciste que me llevaran a través de la vasta tundra cubierta de nieve en un trineo burdo y astillado como leña para el fuego, con todo el cuerpo dolorido por la incomodidad. Hiciste que me metieran en una pequeña embarcación y me llevaran a remo por el estrecho de Varanger hacia la isla de Vardø; las gotas de agua helada escocían mis mejillas cada vez que se alzaban los remos en medio de una noche más negra que la tinta.

No se veía nada sobre la superficie del agua. La luna llena se ocultaba entre nubes densas, pero mis sentidos estaban agudizados. Saber que los dominios del diablo estaban cerca me producía escalofríos. Muchos años atrás, me habías enseñado una imagen de una montaña llamada Domen en el cuaderno de viaje de un explorador francés que tenías en tu biblioteca. ¿Quién iba a pensar que ahora estaría tan cerca de ella? Nunca he olvidado la imagen de la montaña Domen con su joroba baja y su vientre abierto lleno de cuevas que llevaban al infierno.

Estoy en el rincón más alejado de tu reino, en una región que nunca tuviste el valor de explorar y, sin embargo, me enviaste aquí.

El despiadado alguacil Lockhert me había encadenado como si fuera una vulgar ladrona. Sabes que eso dista mucho de ser mi delito. A decir verdad, en mis cuarenta y siete años sobre esta tierra, nunca he conocido un hombre tan repelente. El hedor de sus pieles de foca era como una nube de agua estancada y salada por el mar, y su aliento olía a pescado rancio, de modo que cada vez que me hablaba, me provocaba náuseas y me forzaba a llevarme el pañuelo a la nariz para inhalar la ya débil esencia de lavanda con la que lo había rociado unas semanas antes.

La escena del último día en mi casa todavía estaba fresca en mi memoria. Estaba preparando mi botiquín mientras mi esposo emitía sonidos de desaprobación a mis espaldas.

—¿No puedes dejarlo así, Anna? —me dijo—. ¿Por qué tienes que ir a Copenhague para hacer una petición al rey?

Tomé una pequeña pila de pañuelos blancos ribeteados con encaje y, después de localizar el aceite de lavanda, lo rocié sobre el lino como si fuera agua bendita, como si estuviera consagrando mi tarea. Me había sentido llena de rectitud, consumida por ella.

—¿Por qué habría de escucharte el rey esta vez, Anna? —preguntó Ambrosius—. Te ha dicho que lo olvides.

—¿Cómo no voy a hablar con él, Ambrosius? —Me di la vuelta, frustrada por la falta de pasión de mi esposo—. La corrupción es generalizada en esta ciudad y es nuestro deber proteger a nuestro rey de los manejos traicioneros de Statholder Trolle y sus hombres.

—Por favor, Anna, deja que hablen otros —le pidió Ambrosius—. Nuestra situación es precaria.

Mi esposo tenía miedo, lo que me resultaba difícil de tolerar. Había visto la carta que le había enviado Statholder Trolle ordenándole que me silenciara o habría consecuencias.

No soy ninguna tonta, y confiaba en la naturaleza especial de nuestro vínculo.

—El rey me escuchará por el bien del pueblo —le insistí.

A diferencia de Ambrosius, no pretendo ser capaz de predecir el futuro. Sin embargo, tal vez él había visto el mío, ya que tenía el semblante serio y la tez cérea, como si la sangre del valor se hubiera escurrido de él.

—No te corresponde a ti, como mi esposa, emprender semejante tarea —intentó convencerme.

—Entonces deberías ir tú, esposo mío —lo desafié, pero él bajó los ojos hacia las baldosas blancas y negras de nuestro dormitorio.

—No puedo —murmuró—. Tengo responsabilidades que cumplir en Bergen.

Como bien sabrás, mi esposo, el doctor Ambrosius Rhodius, es una persona muy prestigiosa. Además de académico y teólogo, es médico y maestro de la Escuela de Latín en Bergen. Pero ¿sabías que todos sus títulos habían sido adquiridos gracias a *mi* industria, *mi* conocimiento y *mis* habilidades?

Seguramente lo habrás deducido, mi rey. Y, sin embargo, todos los que conocían al doctor Ambrosius Rhodius me consideraban un fracaso, una esposa sin descendencia. Y para entonces, ya era demasiado tarde, pues mis menstruaciones eran poco fiables y el ciclo lunar, una mera burla.

No quería hacerme un ovillo y marchitarme como había visto hacer a mi madre y a otras mujeres de mi edad. No deseaba convertirme en una esposa invisible como una mota de polvo sobre el hombro de su esposo que él querría apartar de un manotazo. Un hombre cuyo prestigio crecería con la edad, la importancia y los elogios, mientras su esposa iría empequeñeciéndose y reduciéndose a vivir a través de sus hijos, de sus nietos, para terminar convirtiéndose en un fantasma en su propio hogar, testigo silenciosa de los amoríos mal disimulados de su esposo y las consecuencias de sus aventuras egoístas.

La última vez que me había pasado esto había sido casi insoportable. Ambrosius ni siquiera se había molestado en explicar el dinero que faltaba de la casa y que le estaba enviando a una prostituta.

Así que yo no iba a desaparecer sin dejar rastro en este mundo; oh, no, tenía que hacer oír mi voz. Este impulso era una obsesión interna que iba más allá de toda razón, pero creía que, de todos, tú me entendías.

Mi esposo me siguió escaleras abajo a la biblioteca. Saqué mi preciada Biblia y la traducción del Nuevo Testamento de Christian Pedersen para cuando me cansara del latín.

Nunca visitaste mi casa en Bergen, pero si lo hubieras hecho, habrías visto lo espléndida que era. Tenía pasillos de madera lustrada, ventanas enrejadas con herrajes delicados, alfombras de Oriente, candelabros de plata y chimeneas encendidas en todas las habitaciones para acoger a cualquier visitante imprevisto. Mi despensa rebosaba de los mejores manjares: quesos cremosos y tarros de deliciosas jaleas, tartas y pasteles, trozos de panal de miel rezumantes, bolsas de almendras garrapiñadas y cestas de huevos morenos. En el estante del medio había hileras de limones amarillos, mi delicia diaria junto con un poco de azúcar adquirido a comerciantes holandeses de la lejana isla de Barbados. La mayoría de los días rompía, molía y espolvoreaba un poquito del azúcar sobre las jugosas entrañas de un limón. ¡Con que alegría agridulce disfrutaba de chupar el limón azucarado! ¡Una delicia tan sencilla!

Créeme, mi rey, habrías recibido una gran bienvenida en mi casa, pues te habría preparado un festín tan suntuoso como nunca se había visto en Bergen.

Nuestra biblioteca era la más grande de Noruega. ¡Poseíamos cuatrocientos cincuenta libros! El invierno anterior los había contado y había anotado cada título en un gran libro de contabilidad sobre el escritorio de mi esposo.

Siempre me había sentido segura en una biblioteca, como si los libros estuvieran allí para protegerme, como una fortaleza de palabras, pensamientos y aprendizaje.

¿Recuerdas cuando me encontraste escondida entre las estanterías de libros de la biblioteca de palacio? Yo, la hija del médico, me había escabullido en una de las visitas de mi padre a tu padre enfermo. Buscaba algún tratado de medicina, ávida de conocimientos como aprendiz de mi padre.

Estaba tan absorta en mi lectura que ni siquiera oí tus pisadas hasta que te detuviste junto a mí. Me sorprendí tanto que dejé caer el libro, y la expresión de tu rostro era también de consternación. ¡Te sorprendió tanto encontrar a una niña en la biblioteca! ¿Qué edad teníamos entonces? Creo que tú eras un joven de diecinueve años y yo una chiquilla torpe de trece. ¿Recuerdas las palabras que cruzamos?

—¿Y tú quién eres? —me preguntaste.

Yo sabía quién eras *tú*: el príncipe Federico, segundo hijo de nuestro rey. En aquella época, no se esperaba que sucedieras a tu padre, por lo que podías pasear por palacio sin una cohorte de cortesanos y sirvientes. Recuerdo que llevabas un jubón del color de la medianoche, ribeteado de plata, y que tu cabello oscuro era abundante y con rizos. Tenías pestañas negras y largas para un hombre, pero perfectas para un príncipe, y un aro de oro en la oreja. Eras la viva imagen de cómo yo imaginaba ser un príncipe.

—Te he preguntado quién eres —repetiste con firmeza, observándome—. Estás demasiado bien vestida para ser una criada. Además, las criadas no saben leer latín. —Señalaste con la cabeza el libro que yo había recogido y tenía entre mis manos.

—Anna Thorsteinsdatter —murmuré con timidez—. Soy la hija del médico.

—Ah —respondiste mientras te frotabas la barbilla—. ¿Y sabes leer?

Asentí con la cabeza.

—Mi padre me enseñó.

Te inclinaste y me quitaste el libro de las manos. Sentí un aleteo en el pecho al percibir tu aroma: amaderado, no el olor de un príncipe, sino más bien el de un jardinero.

Miraste el título del libro: *Anatomicae Institutiones Corporis Humani.*

—¿Así que te interesan los escritos anatómicos del médico y teólogo Caspar Bartholin el Viejo, eh, Anna, hija de nuestro médico?

Yo había vuelto a asentir, incapaz de encontrar las palabras.

Te reirás al recordar lo difícil que me resultaba hablar cuando era joven. Estoy segura de que no se te escapa la ironía, porque ¿cuáles fueron las últimas palabras que me dijiste?

"*Ti stille.* Silencio. *Hold Kæft.* Cierra la boca. Cállate. Cállate".

—Tu padre es un experto en sangrías, pero lo que enferma a mi padre, el rey, es más que un simple desequilibrio de sus humores.

Me expusiste tu teoría con confianza, hace ya muchos años, en la biblioteca de palacio. La luz del sol se colaba entre las estanterías de libros, las motas de polvo giraban a nuestro alrededor como partículas de oro y yo me había sentido como en un sueño.

Tus conjeturas sobre lo que padecía tu padre no tenían mucho sentido para mí, pues mi padre solía decirme que lo que aquejaba al cuerpo procedía de desequilibrios de los cuatro humores: sanguíneo, melancólico, colérico y flemático. El remedio de todas las dolencias dependía del diagnóstico de los humores y esos remedios eran las sangrías, los vómitos o los enemas. Mi padre también había compartido conmigo su interés por la botánica y los beneficios de su uso para afecciones menos graves.

La mayor bendición de mi infancia fue el hecho de que mi padre, Thorstein Johansson, el médico del rey, no tuviera un hijo varón a quien transmitir sus conocimientos.

Y, sin embargo, si hubiera tenido un hermano, hoy sería una mujer diferente. No estaría encadenada y prisionera en el norte y, por cierto, no habría sido exiliada por el único hombre en quien confiaba incluso más que en mi propio esposo.

Pero volvamos al feliz recuerdo de nuestro primer encuentro. Allí estaba yo, una niña encogida entre los libros con los dedos llenos de polvo de las estanterías, el cabello que se escapaba de la cofia blanca —habrás notado que era tan negro como el tuyo— y unos ojos azules que, según la opinión de mi desilusionada madre, eran del color de un huevo de pato y demasiado pálidos para una niña.

Cohibida e intimidada por tu presencia como príncipe de Dinamarca, mi curiosidad fue más fuerte.

—¿Qué le pasa al rey? —aventuré.

—Ha sido maldecido.

No hacía falta que me lo explicaras, pues mi madre me había contado muchas historias sobre las brujas de los reinos del norte.

—¿Cómo lo sabes? —murmuré, desesperada por conocer más detalles.

—Porque me lo dijo mi padre —replicaste, como si yo fuera tonta—. La gran bruja de Vardø ha lanzado una maldición sobre él. Estoy aquí para buscar todo lo que pueda encontrar sobre los oscuros caminos de las brujas. Busco un volumen llamado *Daemonologie*, del rey escocés Jacobo. ¿Lo has visto? Debemos romper la maldición.

—¿Y cómo se puede romper una maldición? —te pregunté.

—A través de la oración y la devoción a nuestro Señor —contestaste, muy erguido, con las manos entrelazadas en la espalda y el galón plateado de tu jubón que brillaba en la luz de la tarde—. El más santo de los hombres siempre puede vencer al diablo.

Te miré a los ojos y vi tu convicción y algo más. Además, ningún muchacho me había mirado a los ojos antes, aunque supongo que, como príncipe, estabas en tu derecho. No bajé la mirada, porque sentí que no tenía más remedio que seguir absorta en ti mientras el pecho se me estrujaba en la blusa y me ruborizaba.

—¿Eres una buena niña, Anna? —me preguntaste, con una leve sonrisa en los labios.

No pude encontrar las palabras y me limité a asentir mientras me devolvías el libro.

—Asegúrate de serlo, Anna —añadiste sin dejar de sonreír—. Asegúrate de mantener al diablo bien lejos.

Más tarde aquella misma noche, mientras mis padres y yo cenábamos arenque y pan, le pregunté a mi padre sobre la enfermedad del rey.

No respondió de inmediato; esperó a que la sirvienta saliera de la habitación antes de hablar.

—Los síntomas del rey varían mucho —suspiró—. Un día está enfermo del estómago, otro de los intestinos; otro día tiene un dolor fuerte en el pecho o le duele tanto la cabeza que casi no puede ver.

—¿Crees que se pondrá bien?

Mi madre se volvió hacia mí con gesto de enfado, pues no aprobaba mi gran interés por la medicina; sin embargo, no me dijo que me callara, porque sabía bien que el vínculo entre mi padre y yo era como entre un padre y un hijo. Yo era su aprendiz. Es decir, hasta que apareció Ambrosius.

—Verás, hija, hay algunas enfermedades que nuestras medicinas no pueden curar.

Cómo me gustó que mi padre hablara como si yo también fuera un médico, un igual. Su atención y su apreciación me complacían mucho. Pero mi madre puso un gesto de enfado otra vez y meneó la cabeza.

La había oído susurrar por las noches, amonestando a su esposo.

—Le estás dando ideas a Anna, Thorstein. Debes dejar de hacerlo.

—¿Qué daño puede hacerle? Estoy orgulloso de tener una hija inteligente.

—Te equivocas, esposo mío, le hará mucho daño —le advirtió mi madre.

Mi temerosa madre, que hace tiempo ya que está enterrada en la pesada tierra danesa, tenía mucha razón.

Pero quiero volver al recuerdo feliz de la cena con mis padres a mis trece años, al que me aferré como a una pequeña vela, una diminuta luz que me daba calor mientras era arrastrada colina arriba por el alguacil y su hombre desde el puerto de Vardø hasta la fortaleza blanca y espectral en esta, la noche más oscura de mi vida.

—¿Qué enfermedades serían esas, padre? —inquirí.

—Delirios de la mente. Enfermedades que distorsionan la cabeza de los hombres.

Mi madre soltó un grito ahogado.

—Decir eso de nuestro rey es una traición, Thorstein. Ten cuidado, los sirvientes podrían oírte.

Me había sentido audaz en mi propia casa, con mis padres cariñosos, porque lo eran: ninguno de ellos me había puesto una mano encima ni una sola vez en toda mi infancia.

—He oído hablar de la maldición de una bruja —murmuré sin querer revelar mi encuentro contigo, príncipe—. ¿Es eso cierto, padre?

Mi padre se volvió hacia mí y recuerdo su mirada pensativa, sus ojos del gris más suave, como la piel del conejo.

—Bueno —respondió mientras se tiraba de su cuidada barba—. Si crees que estás maldito, puede que lo estés.

Su respuesta me confundió.

—Pero ¿es posible que la gran bruja de Vardø haya maldecido a nuestro rey Cristian?

—Es lo que cree nuestro rey —respondió mi padre sin comprometerse con una repuesta.

Todos conocían a Liren Sand, la gran bruja de Vardø en Noruega, el país de nuestro rey, que llevaba el nombre del ave marina de las regiones septentrionales y desataba su magia negra a través de todo el reino de Dinamarca. Su sola mención hacía temblar de miedo a los hombres, como si ella pudiera llegar a su corazón —a través de todas las leguas de norte a sur— y arrancárselo para alimentarse de sus pensamientos robados y sus deseos secretos.

¿Qué pensarían ahora mis padres si me vieran en la misma isla sobre la que la bruja ejercía su dominio? Agradezco al menos que ninguno de ellos pudiera enterarse nunca, pues ambos murieron durante la Gran Plaga, hace más de diez años.

¿Fue por venganza por la muerte de tu padre, mi príncipe, que acabaste con la vida de Liren Sand? Años más tarde, cuando vivía en Bergen, leí en los bandos que revoloteaban por las calles empedradas sobre su captura a manos de tu leal gobernador de Finnmark y su juicio en Vardø. Palabras —con imágenes para los analfabetos— que describían en detalle sus muchos crímenes y su fraternidad con el diablo. Al parecer, Liren Sand había usado su magia de las tormentas y había ahogado a comerciantes de Bergen mientras surcaban el mar de Varanger. Además, Liren Sand había maldecido al reino de Dinamarca con la plaga que había provocado la muerte de muchas almas inocentes. Liren Sand merecía ser arrojada a la boca del infierno; y tú la hiciste arder en represalia.

Todavía conservo en un cajón de mi biblioteca, allá

en Bergen, el bando con la imagen de la bruja Liren Sand atada a la escalera mientras era bajada a las llamas. Hacía falta valor para actuar como lo hiciste contra las fuerzas de la oscuridad; me atrevería a decir que más valor del que poseía tu padre, ya que Liren Sand nunca pudo maldecirte con la enfermedad.

Una vez te pregunté, años después de nuestro primer encuentro, qué quería Liren Sand, la gran bruja de Vardø, de tu padre.

—¡Su divinidad! —exclamaste—. Liren Sand desea el terror y el caos. Quiere destruir la monarquía.

El terror y el caos que sin duda trajo la plaga.

—Acabaré con ella —aseguraste, y sí, mi príncipe, algunos años después lo hiciste.

Me dijiste que habría más brujas; que las madres entregaban a sus hijas al diablo. No pude olvidar esas palabras, pues la idea de que una madre pudiera sacrificar a su hija al Señor de la Oscuridad me resultaba espantoso.

Qué hondo me hiere tu traición, ya que ahora me has enviado al lugar que ambos más temíamos, oh, mi rey. Me has enviado a una región repleta de paganos salvajes y brujería oscura.

Cuando las puertas oxidadas de la fortaleza Vardøhus se abrieron ante mí, el pánico me abrumó y el corazón me empezó a latir con furia en el pecho. Pensé que podría desmayarme. Sin aliento, forcejeé contra mis guardianes.

—No, no me merezco esto, ¡soy una mujer inocente! —supliqué al alguacil Lockhert.

Pero el hombre me dijo con brusquedad:

—¡Desistid de vuestros lamentos o tendré que poneros una brida, como la vieja yegua que sois!

Caí de rodillas ante el castillo desolado; los cuervos negros revoloteaban en lo alto y se burlaban de mí. No quería levantarme nunca más.

CAPÍTULO 4

Ingeborg

HAMBRE. EL DOLOR SORDO EN EL VIENTRE DE INGEBORG durante todo el largo invierno de 1661. El verano pasado se las habían arreglado. Había recogido mejillones y gran cantidad de algas en la blanca playa con forma de media luna de Ekkerøy, con Kirsten arrastrando los pies a su lado, ayudándola. Por su cuenta, Ingeborg escalaba los acantilados y recogía huevos de gaviota. O iba tierra adentro. Ponía trampas y atrapaba perdices blancas, y a veces incluso una liebre. Su madre no se lo agradecía, se limitaba a quitarle los pequeños cadáveres de las manos, algunos aún calientes, y se alejaba para despellejarlos o desplumarlos. Alimentaba a sus hijas, sí. Las mantenía vivas; pero eso era todo.

Cuando las primeras lluvias frías del otoño pusieron fin al corto verano de 1661, Ingeborg y Kirsten buscaron las últimas bayas y setas del año. Cuando cayeron las primeras nieves, Ingeborg cavó en busca de musgo para hervirlo y hacer gelatina, y raíces para preparar sopa antes de que la tierra se helara demasiado. Se habían visto obligadas a entregar todas sus ovejas menos una a cambio de la deuda por grano contraída con el comerciante Brasche, porque su padre no había vuelto con pescado para pagarla.

Ingeborg creía que morirían de hambre, porque no tenían pescado seco almacenado, ni vaca ni cabra para la leche, y solo una borrega pequeña, que Kirsten adoraba.

Hambre. El agujero dentro de ella le roía las entrañas como una rata y el dolor era punzante. Tenía los labios secos, y aunque se los humedeciera, volvían a secarse. Bebían nieve derretida para llenar sus vientres y se quedaban dormidas, solo para despertar con un dolor agudo. Ingeborg le daba a Kirsten todo lo que podía, pero su hermana menor solía llorar pidiendo comida hasta quedarse dormida. Su madre adelgazó y vagaba por los páramos como un fantasma, en busca de su hijo perdido.

Los vecinos las habían ayudado un poco, pero todos tenían dificultades. El volumen de la pesca se reducía año tras año y, sin embargo, el precio del grano subía. Los pescadores se veían obligados a vender a los comerciantes de Bergen lo que necesitaban para alimentar a sus familias y, aun así, no tenían suficiente grano para el *flatbrød* ni para alimentar a los animales.

La opción era pasar hambre o endeudarse todavía más con el comerciante Brasche, quien regía la aldea de Ekkerøy.

Por supuesto, su casa se alzaba en la mejor ubicación, sobre una pequeña elevación de tierra más seca, junto a la iglesia. Ingeborg y su familia vivían en un grupo de cinco cabañas con techo de turba en el extremo del pueblo. Todas las puertas daban a una plaza común de fango con un pozo en el centro y vistas al mar. Vivían tan cerca de sus vecinos que podían oír las toses y los lamentos de todas las viviendas.

Los días pasaban, y el peso del hambre era tan severo que Ingeborg no tenía fuerzas para salir a cazar. Pronto volvería a ser verano, le repetía a su hermana pequeña, que lloriqueaba a su lado. Kirsten estaba muy débil y el color de su cabello —tan rojo como el de su madre— era su aspecto más vivo, pues el resto parecía estar desvaneciéndose como las nieves invernales. Cuando el sol descongelara la nieve, le prometía Ingeborg a su hermana sollozante, llegaría la abundancia. Atraparía muchas criaturas. La tierra de brezo se cubriría de arándanos negros y zarzamoras de los pantanos amarillo-rosadas, y las hermanas llenarían sus bolsillos con mejillones azules del mar. La abundancia estaba cerca.

Se había corrido la voz sobre su dramática situación. En la mañana de la luna llena de Pascua de abril de 1662, la prima de su madre, Solve Nilsdatter, llamó a la puerta de la cabaña. Ya sin el impedimento de los vientos y las ventiscas hostiles de los meses previos, ella y sus hijos habían esquiado más de dos horas desde su aldea de Andersby para llevarles algo de sustento. La mujer cargaba provisiones en la espalda y llevaba a su hijo menor atado a su pecho debajo de pesadas pieles de reno. Saludó con una sonrisa ancha a su prima y a sus hijas, pero le costó disimular la sorpresa al notar la escualidez de la madre de Ingeborg.

Solve entró sin ser invitada, con las mejillas sonrosadas y su hijo mayor que le tironeaba de la falda. Dejó a su hijo menor en el suelo antes de quitarse el saco de los hombros. Desplegó sus ofrendas sobre la mesa: manojos de *flatbrød*, pescado seco para caldo, huevos de ave, nata y leche en sacos de piel de foca.

—Anda, Zigri —urgió a su madre, después de que Ingeborg y Kirsten bebieran sus vasos de leche y masticaran el pescado seco con los labios llenos de sal—. Ven a tomar un poco de mi leche, de las mejores vacas. Es bastante dulce. —Ofreció a la madre de Ingeborg un vaso rebosante de leche blanca espumosa y, con lentitud, animada por su prima, Zigri se la bebió.

Solve sonrió con aprobación.

—Gracias, prima —susurró Zigri con voz ronca.

Solve hizo un gesto de simpatía.

—De nada. Tú habrías hecho lo mismo por mí.

Del fondo de su saco extrajo un trozo pequeño de mantequilla envuelta en piel de foca.

—También os he traído una exquisitez. Mantequilla recién batida para mezclar con el pescado y hacer *klinning* —precisó—. ¿No es tu comida favorita, Ingeborg?

A Ingeborg le rugió el estómago de placer. La última vez que había comido *klinning* había sido antes de que Axell se ahogara.

—Eres demasiado buena —señaló Zigri mientras observaba la mantequilla como si fuera oro puro.

—Bueno, lo cierto es que desde que la sobrina de mi esposo se ha venido a vivir con nosotros, tenemos leche en abundancia —explicó Solve—. Nuestras dos vacas están produciendo como cuatro, y eso que son viejas.

Hubo un momento de silencio cuando Zigri levantó la cabeza para mirar a su prima.

—¿Te refieres a la joven Maren Olufsdatter? —aventuró con tono cauteloso.

—Sí, así es —respondió Solve como a la defensiva.

—Entonces no podemos aceptar esto, Solve —declaró Zigri, y apartó el trozo de mantequilla—. Las brujas fueron responsables de la muerte de mi hijo. No voy a…

—Anda, Zigri, ¡sé sensata! Tus pobres niñas necesitan comer —replicó Solve—. Tal vez sea un poco… rara. —Se humedeció los labios—. Pero Maren no es una bruja.

—¡Su madre era Liren Sand! ¡Murió en la hoguera por bruja, Solve! —La voz de Zigri se redujo a un susurro—. ¿Cómo puedes tenerla en tu casa?

—No tengo elección en el asunto —confesó Solve con acritud—. Strycke insiste en que se quede. —Meneó la cabeza y suspiró—. Tiene sus cosas, pero su compañía me ha resultado muy útil con los quehaceres diarios. Si tuviera mi propia hija, sería distinto. Pero los niños quieren estar todo el día jugando fuera. No les interesan las tareas de la casa.

Los ojos de Zigri se posaron en los dos hijos de su prima. El más pequeño, Peder, aún casi un bebé, estaba sentado en el regazo de su madre y masticaba un trozo de pescado seco, con sus mejillas rubicundas como manzanas lustrosas. El mayor, Erik, de cinco años, correteaba por la cabaña perseguido por Kirsten, que se había levantado de la mesa con nuevos bríos después de comer pescado y beber la leche.

Ingeborg captó el dolor en los ojos de su madre al recordar a Axell y quiso distraerla de esos pensamientos. Además, tenía curiosidad por saber más sobre Maren Olufsdatter.

—¿Maren habla alguna vez de lo que hacía su madre? —le preguntó a Solve.

La madre de Maren Olufsdatter, Marette Andersdatter, había sido la gran Liren Sand, líder de todas las brujas de la isla de Vardø. Sus maldiciones habían caído no solo sobre el reino de Noruega, sino también sobre Dinamarca. Había enviado la peste y el sufrimiento, como flechas envenenadas, todo el camino hasta Copenhague.

Liren Sand había aprendido su magia de Elli, una mujer sami, que también le había enseñado el arte de curar. La madre de Maren poseía un enorme poder en sus manos, pero nadie sabía si la mujer procedía de la oscuridad o la luz, porque se decía que podía llegar a tu puerta con su bolsa de raíces y hierbas para curar a tu hijo enfermo o ayudarte en un parto peligroso y, sin embargo, esta viuda de un pescador que vivía en una pequeña cabaña en la isla de Vardø con su única hija, Maren, había provocado la ola gigante que se había tragado la embarcación de Jon Jonson, el comerciante de Bergen, y había ahogado a todos los hombres a bordo. Había ocasionado la tormenta para vengar a su esposo desaparecido, que le debía dinero al comerciante. El gobernador de Vardø la había visto después, sobrevolando en círculos sobre el mar como un gran petrel marino, observando a los hombres perecer ante ella.

Ingeborg quería oír más historias sobre los poderes de Liren Sand; prefería estos relatos a los del diablo y sus tentaciones que el reverendo Jacobsen les contaba todas las semanas en la iglesia.

—Pues sí, Ingeborg, la joven no cesa de hablar de los poderes de su madre. —Solve resopló—. Por eso prefiero que no me acompañe cuando salgo de visita, porque no apruebo esas ideas sobre la hermana de mi esposo.

Ingeborg se inclinó hacia delante, intrigada.

—¿Qué más te cuenta sobre Liren Sand?

Pero Solve se distrajo porque el pequeño Peder se había puesto a tirar de uno de los rizos de su madre que se había deslizado fuera de su cofia.

—¡Ay, niño travieso! Suéltame —protestó con tono persuasivo.

Ingeborg le hizo cosquillas a Peder debajo de la barbilla y el niño se apartó riendo.

Zigri se levantó de la mesa con brusquedad y una mueca de dolor en el rostro. El taburete emitió un chirrido al deslizarse sobre el suelo de tierra.

—Debemos seguir con nuestras tareas, Ingeborg — dijo—. Gracias, prima. Nos quedaremos con la mantequilla.

Ingeborg alargó el brazo, levantó el trozo de mantequilla y lo acunó en sus manos. Quería lamerlo, como un gato.

Dos días después de la visita de Solve, se desató una tormenta, como para advertir al pueblo que no diera por sentado que la primavera había llegado. El invierno se aferraba y resistía, lanzando granizo y aguanieve contra las temblorosas cabañas. El mar estaba agitado y enfurecido, y todos agradecían que nadie hubiera salido de pesca.

La cabaña de madera y techo de turba se estremecía contra el viento y Kirsten sujetaba a la borrega como si fuera su bebé. La tormenta arreciaba, día tras día. La comida que Solve les había llevado se agotó. Ingeborg necesitaba salir a cazar, pero cada vez que intentaba abrir la puerta de la cabaña, el viento ululante la empujaba hacia un lado. Desesperada, sugirió que sacrificaran a la borrega, pero Kirsten empezó a llorar a gritos; su disgusto se agudizaba por el hambre.

—No, la borrega es lo único que tenemos. —Su madre meneó la cabeza con cansancio—. Pronto cesará la tormenta y podrás cazar, Ingeborg.

Por fin, el décimo día, el viento amainó tan de improviso que el silencio de la aldea parecía de otro mundo.

Ingeborg se acurrucaba junto a su hermana, tan hambrienta que casi no podía moverse. Su madre estaba sentada a la mesa, con la espalda recta, las manos sujetas al borde de madera, como si estuviera en una balsa y hubiera naufragado.

—Ingeborg —susurró con voz ronca y seca—. Ve casa de los vecinos. Pregúntales si tienen algo para compartir.

—Iré a cazar, mamá —respondió, ya que sabía muy bien que sus vecinos estarían tan desesperados como ellas.

Se colocó el viejo chaleco de cuero de Axell y se lo abrochó. Deslizó el cuchillo en su cinturón y recogió todo lo que necesitaba para hacer las trampas: un trozo de cuerda y una piedra grande y redonda con un agujero en el centro. El hambre había mermado tanto sus fuerzas que sentía como si tuviera que arrastrar cada hueso de su cuerpo para moverse, y tardó mucho tiempo en prepararse.

Por fin, cuando se disponía a salir, llamaron a la puerta.

Su madre la miró con ojos apáticos.

—Quizá sea Solve, que ha vuelto con más comida.

Pero no era la prima de su madre con una cesta de alimentos en el brazo quien estaba en el umbral. Era un caballero. Heinrich, el hijo del comerciante Brasche.

Era alto y llevaba una capa negra bajo la cual Ingeborg alcanzó a ver un delicado jubón verde. Se quitó el sombrero e inclinó la cabeza para entrar en la casa. Tenía una melena castaña llena de rizos y ojos del mismo color.

Su madre se sobresaltó y se levantó de la mesa.

—¿Eres la esposa de Iver Rasmussen? —Su voz era muy distinta del dialecto al que estaban acostumbradas, y repitió la pregunta dos veces, pero la madre de Ingeborg no respondió.

Heinrich se quedó un instante contemplando a la madre de Ingeborg y, por un momento, la niña la vio a través de los ojos del hijo del comerciante. Su madre era delgada, pero aún conservaba curvas en su figura, y su piel era impecable, sin cicatrices ni marcas que delataran su penosa vida. Pero su máximo atractivo era su cabello. Caía sobre sus hombros como una cascada de llamas rojas. Como si percibiera la indecencia de su cabeza desnuda, Zigri se apresuró a recoger su cofia y a empujar sus rizos dentro de ella.

Heinrich Brasche volvió a repetir su pregunta.

—Soy la *viuda* del pescador Iver Rasmussen —logro responder por fin.

Heinrich Brasche se sobresaltó.

—Lamento oír eso. —Tosió—. Pero me temo que... —Le costaba encontrar las palabras. Ingeborg descubrió con asombro que aquel noble adinerado parecía un poco nervioso frente a su madre—. Hay una deuda —concluyó Heinrich, y bajó la vista al suelo antes de hablar casi en un susurro—. Mi padre dice que debe saldarse.

A Ingeborg se le cayó el alma a los pies.

No tenían nada. Solo una borrega, la mascota de Kirsten.

Ingeborg observó a su madre dar un paso lento hacia delante y extender los brazos. No suplicó. Ingeborg había visto suplicar a otras viudas de pescadores: implorar clemencia de rodillas para no ser enviadas al asilo de pobres en Bergen, y a una muerte segura. Para no ser desterradas y expulsadas de la aldea por deudoras. Para no acabar deambulando por la tundra, para echarse en el suelo y morir. Pordioseras. Vagabundas. Mujeres y niñas perdidas.

—¿Qué deseáis de mí, señor Heinrich? Porque no me queda nada de valor para dar.

El hijo del comerciante pasó el peso de su cuerpo de un pie a otro y levantó la cabeza una vez, incapaz de apartar los ojos de su madre.

—Haré lo que esté en mi poder, señora —dijo por fin, y apoyó una mano sobre el brazo de su madre—. Hablaré con mi padre.

Ingeborg no estaba segura de qué la sorprendió más: si la actitud impropia de Heinrich Brasche o el hecho de que su madre no le apartara la mano de su brazo. De hecho, se limitó a mirarlo con fijeza. Sin miedo.

Ese era el cambio que había ocurrido en la madre de Ingeborg. Le tenía sin cuidado lo que pensaran de ella. ¿Qué podía importarle ahora, cuando su hijo y su esposo habían desaparecido en el mar?

Pero este cambio era más peligroso de lo que su madre podía imaginar, más de lo que Ingeborg intuía. El fin de la familia comenzó el día después de la tormenta, cuando Heinrich Brasche entró en la casa y se ofreció a ayudar, y sus inquietantes palabras agitaron la calma quieta que sucedió al viento.

Palabras que pondrían a su madre, a Ingeborg y a Kirsten en el mayor de los peligros.

CAPÍTULO 5

Anna

ATRAVESÉ LA ENTRADA DE LA FORTALEZA TROPEZANDO con los altos montículos de nieve helada y bajo la mirada de los dos soldados que montaban guardia a las puertas. Aquí, por fin, Lockhert me liberó de los grilletes. Contemplé mi nuevo hogar mientras me frotaba las muñecas doloridas.

A la derecha, el castillo se alzaba hacia el cielo negro, y la luna resplandeciente que se asomaba por detrás de las nubes nocturnas iluminaba su piedra blanca. Me encontraba en un pequeño patio. Tenía un pozo viejo en el centro y un castillo con una torre pequeña rodeado de edificios derruidos con techos de turba hundidos.

Resultaba difícil creer que este destartalado conjunto de viviendas fuera la fortaleza del gobernador... y la sede de tu poder en los confines más remotos de tus dominios del norte.

Ansiosa por descansar mi cuerpo agotado, me dirigí hacia el castillo; anhelaba calentar mis huesos fríos junto al fuego y acostarme en una cama.

Pero Lockhert tiró de mí hacia atrás como si fuera un perro con correa.

—¿Adónde vais, mujer?

Me volví, confundida.

—¿Acaso no me espera el gobernador?

Lockhert soltó una carcajada cruel.

—¿Habéis olvidado que sois una prisionera? —se mofó—. No tenéis nada que hacer en la casa del gobernador.

Alejó la luz de su antorcha del castillo y la dirigió hacia una casa comunal larga y baja con un techo de turba podrido. Este edificio había sido blanco alguna vez, pero ahora se veía sucio detrás de los bancos de nieve. Se me encogió el corazón al ver que no salía una columna de humo reconfortante por la chimenea.

Lockhert le ordenó a uno de los soldados que quitara la nieve de delante de la puerta.

—¡Helwig! —gritó luego, y maldijo su lentitud.

Una muchacha de aspecto tosco salió de la parte trasera del castillo, patinando sobre el hielo en su prisa por llegar hasta nosotros y evitar la ira de su amo.

—Esta es Helwig, vuestra doncella —me informó Lockhert—. Ella se ocupará de vos.

Mantuve la cabeza en alto y sentí el escrutinio de la criada cuando Lockhert abrió la puerta de la casa comunal. No parecía haber llave ni cerradura, lo que me alegró, aunque la emoción se esfumó en el instante en que di un paso indeciso hacia delante.

No había luz dentro de la casa. Me asomé al interior y me recibió un aire gélido y un hedor que me hizo sospechar que el edificio había sido utilizado para mantener animales. Busqué con desesperación un resquicio de luz en la oscuridad absoluta, pues la idea de vivir en un lugar sin ventanas me causaba pánico, pero la noche me impedía ver.

Todo mi cuerpo se rebeló y supe que ni podía dar un paso más. Me volví hacia mi guardián, que estaba en la puerta, con la idea de erguirme en toda mi altura, pero, aunque soy una mujer alta, Lockhert se elevaba sobre mí.

—No puedo quedarme aquí —protesté—. Está sucio y no hay un fuego encendido.

El guardia dejó de palear la nieve y Helwig se quedó inmóvil, con los ojos muy abiertos por la sorpresa. Estaba claro que nadie había visto antes a un prisionero replicar de semejante manera, pero, como sabes, no soy un prisionero común.

Lockhert me asió de los hombros y me hizo girar con tanta brusquedad que me quedé sin aliento. Señaló con su enorme mano una pequeña casucha con techo de turba al otro lado del patio. No tenía ventanas, solo una puerta atrancada, e incluso desde lejos apestaba a horror y desesperación.

—Si lo deseáis, puedo meteros en el calabozo de las brujas, Fru Rhodius —explicó el alguacil—. El diablo ha estado ocupado con su ejército y estamos buscando a sus amantes. Quizá vos seáis la primera que hemos encontrado.

Lo miré atónita y furiosa por su atrevimiento. Yo tenía tanto de bruja como él, y estaba a punto de decírselo.

Pero cuando me dispuse a hacerlo, Helwig tiró de mi manga.

—Venid, señora, encenderé el fuego con rapidez.

Me quité de encima su mano sucia. Solo Dios sabía qué enfermedad podía contagiarme esa muchacha sórdida.

—De acuerdo —le respondí a Lockhert, como si hubiera sido yo quien hubiera tomado la decisión y sin querer mostrarle ni un ápice de mi angustia. Había conocido suficientes hombres como él para saber que se divertiría con eso.

Giré sobre mis talones y le pedí al guardia que tuviera cuidado al transportar mi botiquín a mi nuevo hogar. Con un enorme esfuerzo por no demostrar mi desolación absoluta, entré en la espantosa morada.

Me senté junto al incipiente fuego en mi hogar decrépito y presioné el pañuelo con lavanda contra mi nariz mientras observaba cómo Helwig alimentaba las llamas con pequeños trozos de turba. A medida que el fuego crecía, mis miembros agarrotados se iban calentando y yo recuperaba el valor.

Empecé a comprender por qué me exiliaste a esta isla remota y salvaje.

"Por supuesto, mi rey", susurré para mis adentros, y pensé en los comentarios de Lockhert sobre las brujas del norte y recordé a la muchacha que había visto desaparecer dentro del bosque durante nuestro viaje.

Encomendado a ser nuestro rey, Federico, gobernante divino de nosotros, simples mortales, te enfrentaste a los nobles que desafiaron tu poder absoluto y no evadiste la batalla contra los suecos para recuperar tus dominios. Y, sin embargo, mi rey, sospecho que a pesar del gran espectáculo de Liren Sand en la hoguera, tienes tanto miedo de las artes oscuras de las mujeres como tu padre.

¿Acaso me has traído a Vardø porque debes tener aquí a la mujer más leal a la corona para que ponga en práctica tu voluntad? ¿Una mujer incluso más devota que tu propia esposa, una mujer con inteligencia, agallas y tenacidad?

Yo soy esa mujer, ¿no es así? Y nunca vacilaré en el cumplimiento de mi tarea.

Lockhert había dicho que el diablo estaba activo y también su cohorte: las hermanas y las hijas de la gran bruja, Liren Sand, quien había maldecido a tu propio padre hasta su fin. Estas brujas habían enviado la peste a todos los confines de nuestros reinos septentrionales, asolando Copenhague, Christiania y Bergen, y todavía amenazaban con destruirte a ti también.

¿Provocarían una plaga como la última, que tanto me había arrebatado?

Estas viles criaturas deben ser purgadas de una vez por todas. Sí, sí, ahora comprendo tu intención, porque mi exilio fue una argucia, una excusa, ¿verdad?

No soy una prisionera, sino un soldado bajo tus órdenes.

"Te libraré de las brujas", te prometí mientras me acurrucaba junto al fuego. "Y me devolverás mi libertad". Con los ojos clavados en las llamas, me vi de nuevo en tus brazos, mi rey, tu corazón que latía contra el mío y tus labios depositando un beso en mi frente.

"Todo ha sido perdonado", me asegurarás, con tus manos alrededor de mi barbilla.

Y yo también te perdonaré, mi rey.

CAPÍTULO 6

Ingeborg

TROZOS DORADOS DE MANTEQUILLA, CUENCOS DE QUESO cremoso y jarras de leche espumosa de las vacas de Heinrich Brasche. Pilas de *lefse* dulce con azúcar y canela hechas por la viuda Krog, que cocinaba para él. Arenques escurridizos a la plancha con mantequilla. Bacalao secado al viento, montones de él, para añadir al caldo de cada día. ¡Pescado fresco! obtenido del barco de pesca de la familia Brasche. La embarcación más robusta de la aldea. La que había llevado al comerciante y a su hijo hasta la gran ciudad de Bergen al sur, donde Heinrich había comerciado con mercaderes de todo el mundo. Ahora traía de regalo a la madre de Ingeborg objetos que había adquirido en viajes anteriores a Bergen: un tarrito de sal cristalizada como copos de nieve o una especia amarilla que, según le dijo a Zigri, procedía del lejano Oriente. —Ella la había usado un día en el caldo—. Les había prendido fuego la boca y Kirsten había salido corriendo a recoger nieve y tragársela, lo que había hecho reír a Ingeborg y a su madre.

Ingeborg no podía evitar pensar en Axell y en sus promesas de convertirse él también en un comerciante. Ojalá fuera su hermano quien les trajera regalos de Oriente.

Pero hacía mucho tiempo que no veía sonreír a su madre, y mucho menos reír. El sonido era tan ligero como si su madre rejuveneciera años cada vez que el hijo del comerciante las visitaba. Esas sonrisas eran peligrosas, pero, aun así, Ingeborg disfrutaba de los regalos de Heinrich Brasche. Comía el guiso picante con placer, ya que había comprendido que, si lo hacía despacio, cucharada a cucharada, podía discernir cómo aquella especia exótica realzaba el caldo de *klippfisk*.

Lo más preciado de todo era una bolsa de grano para que su madre pudiera hornear *flatbrød*. Ingeborg no recordaba la última vez que habían tenido las alacenas tan llenas.

A veces su madre desaparecía durante horas, por lo que Ingeborg tenía que triturar los huesos de pescado para la borrega, recoger el agua y ocuparse del fuego para cocinar. Cuando reaparecía, Ingeborg siempre notaba una ligera diferencia: su madre tarareaba mientras trabajaba a su lado, menos regañona, menos afligida. En una ocasión, regresó con una cinta azul trenzada en su cabello rojo y no se la quitó durante días. Ingeborg la sorprendía deslizando los dedos a lo largo de la cinta con la mirada perdida más allá, colina arriba, hacia la casa de Heinrich Brasche.

¿Qué sueños imposibles estaba conjurando en su imaginación?

Cuantos más regalos les hacía Heinrich Brasche, más distante se volvía su madre. No solo de ella y de Kirsten, sino de toda la comunidad. Cada vez que su madre iba a buscar agua al pozo, Ingeborg captaba las miradas de reojo de las otras mujeres. Había oído mascullar a la viuda Krog al ver la cinta azul en el pelo de Zigri: "Ten cuidado, niña".

No fue hasta que los rumores llegaron al pueblo de Andersby y a oídos de su prima, Solve, que alguien cuestionó a Zigri. Cuando la nieve empezaba a desaparecer, Solve había emprendido el penoso viaje de cuatro horas a pie a través de la tierra pantanosa entre Andersby y Ekkerøy, con una cesta de pescado seco y *flatbrød*, además de mantequilla, que, según les relató, estaba recién batida por la sobrina de su esposo, Maren Olufsdatter. Esta vez llegó sola; sus dos hijos pequeños habían quedado en casa a cargo de Maren, su sobrina.

Ingeborg preparó *klinning* con lo que trajo Solve mientras se esforzaba por escuchar lo que hablaba con su madre.

—Ten cuidado, prima —susurró Solve—. Está casado.

Ingeborg se lamió la mantequilla de la punta de los dedos. Ni siquiera la mantequilla del comerciante Brasche sabía tan bien como la batida por la misteriosa Maren Olufsdatter. Contempló el recipiente pequeño de crema ligera y esponjosa. Se lamió los labios, resbaladizos y dulces.

—Pero me trae comida —oyó susurrar a su madre a modo de respuesta—. ¡Cosas que nunca he comido! ¿Cómo puedo rechazar su generosidad?

—Pero eso no es todo lo que te da, ¿verdad?

El silencio entre las dos primas fue largo y tenso.

—No es asunto tuyo, Solve Nilsdatter —murmuró su madre.

—Somos familia —respondió Solve—. Por lo tanto, también es asunto mío. ¿Cómo puedes ser tan estúpida? ¿Quieres que su esposa te convierta en su enemiga?

—No sabe nada —murmuró Zigri—. Además, fue un matrimonio de conveniencia. Ella es mucho mayor que él.

—Razón de más para no tenerla de enemiga, Zigri —insistió Solve—. Si te sientes sola, hay muchos pescadores sin esposa que estarían contentos de cuidar de ti.

—No —estalló Zigri—. Jamás volveré a casarme con un pescador. ¡Jamás!

Ingeborg se acercó con los *klinning* en una bandeja.

—Ve a buscar a Kirsten —le ordenó su madre—. Está fuera con la borrega.

Ingeborg se alejó de mala gana hacia la puerta de la cabaña.

—Piensa en tus hijas, en mí y en mi familia —oyó que Solve le pedía a su madre—. Nos estás poniendo en peligro a todos.

—¿A qué te refieres? —Su madre parecía desconcertada.

—Este comportamiento es del que se sospechaba de la madre de Maren en la isla de Vardø. El gobernador alegó que ella lo embrujó. Así fue como empezaron las acusaciones de brujería en su contra.

Ingeborg hizo una pausa en el umbral y su corazón estuvo a punto de detenerse al oír la palabra *brujería*.

Su madre golpeó la mesa con la mano.

—¿Cómo puedes decirme esto cuando fueron las brujas las que se llevaron a mi hijo?

Ingeborg se volvió y vio cómo Solve apoyaba una mano en el brazo de su madre. Habló con voz suave.

—Lo sé. Pero ¿no te das cuenta, prima? Dirán que tú también lo embrujaste.

Su madre soltó una carcajada.

—En realidad es al revés —respondió, pero se interrumpió al ver que Ingeborg seguía en el umbral—. Te he dicho que vayas a buscar a tu hermana, Ingeborg.

Ingeborg encontró a Kirsten sentada sobre un montículo de turba, con el delantal mugriento mientras le hacía cosquillas en el vientre a su borrega, a la que, aunque era hembra, había bautizado como Zacarías.

Cuando regresaron a la cabaña, Solve se estaba recogiendo la falda y acomodando la cesta en el brazo. La despedida de las primas no fue tan afectuosa como de costumbre.

Cuando Solve pasó a su lado, Ingeborg reparó en un viejo moratón descolorido en su mandíbula, casi como una sombra. Los moratones y chichones eran habituales en Solve. Dos veranos atrás, Solve había aparecido con un ojo morado e Ingeborg le había preguntado a su madre qué le había pasado. Con gesto ceñudo y sacudiendo la cabeza, Zigri le había explicado que la había pateado la vaca mientras la ordeñaba. Ingeborg sabía que era mentira.

Cuando Strycke salía de pesca, la vaca nunca pateaba a Solve.

Kirsten gritó de alegría cuando su madre puso sobre la mesa la fuente de *klinning* que Ingeborg había preparado. Rezaron una breve oración y Kirsten empezó a devorarlo mientras le daba trocitos a su borrega. Su madre la ignoró y se dedicó a mordisquear un trozo de *klinning*.

Ingeborg sintió una punzada de miedo en el estómago. El hambre la había vuelto tonta. Ni siquiera había considerado el peligro de los regalos de Heinrich Brasche: la comida y el placer que les proporcionaba habían acallado sus pensamientos; al igual que el hecho de que Kirsten tuviera un poco de color en las mejillas y ya no llorara hasta dormirse con la barriga dolorida y vacía.

Se había vuelto perezosa. No se había molestado en salir a cazar para comer durante semanas.

Todavía había suficiente luz en el cielo y los atardeceres eran largos, el sol se hundía en el horizonte para salir temprano al día siguiente.

Ingeborg se levantó de la mesa y se comió su último trozo de *klinning*. Recogió sus cosas de caza.

—¿Adónde vas? —preguntó su madre.

Ingeborg se abrochó el chaleco de Axell.

—Voy a poner unas trampas.

—Pero tenemos comida de sobra —señaló su madre—. Heinrich Brasche nos trajo una liebre.

—Deberías devolverla, madre —sugirió Ingeborg.

Su madre abrió mucho los ojos, pero no respondió.

Ingeborg echó a andar a lo largo de la costa. El mar gélido de Varanger rompía sobre la suave arena de Ekkerøy. Ingeborg anhelaba que llegara el verano para poder correr descalza por ella, como solía hacer con Axell.

Cambió de dirección y se encaminó tierra adentro a través del pantano; la tierra pesada tiraba de sus botas. Las nieves se estaban derritiendo y la tierra había empezado a llenarse de agua helada. Avanzaba despacio y con mucho cuidado de evitar el lodo cenagoso en el cual podría hundirse para siempre.

Ingeborg atravesó los páramos hasta llegar a un bosque ralo entre el pantano y un fiordo interior. Tenía la sensación de que alguien la vigilaba o la seguía, pero cuando miraba hacia atrás, lo único que veía era el cielo vasto y las nubes de aguanieve oscuras y ligeras.

La aguanieve empezó a caer en el momento en que se internó entre los angostos abedules, con el sombrero de Axell calado sobre la frente. El aire tirante y frío golpeaba sus mejillas, pero al menos el viento parecía amainar en la repentina quietud del bosque invernal. Su aliento se alzaba en columnas de vapor frente a ella mientras escrutaba el suelo bajo sus pies.

Aún quedaba nieve donde la luz y la aguanieve no habían logrado penetrar para descongelarla, y se agachó para buscar huellas. De nuevo tuvo la sensación de ser observada y su parte animal sintió un cosquilleo que le bajaba por la espalda. Se levantó y giró con lentitud, pero no vio a nadie.

Una rama chasqueó sobre ella, y cuando levantó la cabeza, vio un gran cuervo sentado en lo alto de un abedul largo y delgado, cuyas ramas raquíticas se balanceaban con el peso del ave.

—¡Fuera! —le gritó, inquieta por su mirada penetrante.

Pero el cuervo no se alejó.

Ingeborg encorvó los hombros y trató de ignorarlo

mientras buscaba marcas en la nieve. Las sombras empezaban a deslizarse desde los bordes del bosquecillo y los abedules se alzaban desnudos en la incipiente penumbra.

Por fin, advirtió las huellas inconfundibles de una liebre. Buscó un palo, le afiló la punta con el cuchillo y lo clavó con todas sus fuerzas en la nieve y en la tierra dura. Le ató un hilo fino alrededor y sujetó la trampa que había hecho con una red de pescar tan delgada que se había cortado varias veces la punta de los dedos. Por último, hizo un lazo, cortó una hendidura en un tronco pequeño y atrofiado al otro lado de la huella, y ató la trampa.

Se apartó. Era un buen lugar, abierto. Un lugar donde una liebre podría pasar corriendo veloz y no ver la trampa. Ingeborg tenía la esperanza de verse recompensada cuando regresara a la mañana del día siguiente. Colocó varias trampas más cerca de las huellas de la liebre, rezando para que al menos una de ellas resultara efectiva.

En el camino de regreso al pantano, levantó la vista hacia el árbol donde se había posado el cuervo, pero ya no estaba. Aun así, todavía podía sentir su mirada penetrante a sus espaldas. Empezó a correr a campo abierto bajo la brutal y helada aguanieve. La breve oscuridad se estaba cerniendo y ahora no tenía a Axell para mantener el valor.

A la mañana siguiente, después de que el cielo se hubiera cubierto de luz mucho antes de que despertara, Ingeborg estaba de regreso en el bosque de abedules, con una anticipación que aceleraba los latidos de su corazón. Si hubiera cazado una liebre y pudiera volver con el animal para su madre, entonces podrían rechazar la comida que les regalaba Heinrich Brasche. Pero mientras avanzaba entre los árboles, Ingeborg se esforzaba por ignorar lo que sabía en el fondo de su corazón: que, aunque Heinrich Brasche las visitara con los bolsillos vacíos, su madre seguiría escabulléndose por las noches y su sombra fugaz seguiría cruzando la aldea bajo la luna llena y subiendo la colina hacia la casa de los Brasche.

Era tan temprano que Ingeborg se sentía como la primera criatura despierta. Le gruñía el estómago; había estado tan ansiosa por revisar sus trampas que no había comido nada. Pero al llegar a la pequeña elevación de tierra donde había colocado la primera trampa, vio que no solo estaba vacía, sino que los palos habían sido arrancados de la tierra y la trampa no se veía por ningún lado. Verificó todas las demás trampas que había dispuesto y todas y cada una de ellas habían sido destruidas.

Se quedó de pie con las manos en las caderas, desconcertada, con los ojos clavados en el lugar donde había colocado la primera trampa. Nadie en el pueblo haría una cosa así.

Y una vez más, de repente, tuvo la sensación de que alguien la observaba.

Cuando alzó la mirada, había una joven de pie frente a ella. Por su rostro, parecía tener su misma edad, aunque era bastante más alta. Tenía el cabello más negro que Ingeborg hubiera visto jamás, grueso y salvaje como el helecho marino, los ojos verdes como el hielo de un fiordo profundo y la piel morena como el agua salobre del pantano. Aunque nunca la había visto antes, sabía con exactitud quién debía ser aquella muchacha: Maren Olufsdatter, la extraña sobrina de Solve. Desde que se había mudado con sus tíos el invierno pasado, se había rumoreado que el verdadero padre de Maren no había sido el pescador de rostro pálido Oluf Mogensson, sino un pirata de la costa berberisca. La muerte en el mar de Oluf dos inviernos atrás había sido producto de una maldición, pues su esposa bruja había cometido adulterio. Había ocurrido durante la misma tormenta en la que se había ahogado Axell; la que su madre también atribuía a las brujas.

Y la madre de Maren había sido la líder.

Ingeborg había oído muchos rumores sobre Maren y su madre. La hija de una bruja. Y ahora esa joven alta y morena estaba ante ella, con una mirada similar a la del cuervo negro de la noche anterior. Censuradora y crítica. ¿Pero qué motivo tenía para censurar a Ingeborg?

Cuando la muchacha dio un paso hacia delante, Ingeborg vio con estupor que una pequeña liebre blanca detrás de ella daba un gran salto y se perdía en el bosque.

—Creo que esto es tuyo. —Maren sostuvo en alto una de las trampas de Ingeborg. La red de pesca plateada brillaba a la luz de la mañana.

—¿Qué crees...?

Su propio asombro la silenció al ver que Maren sacaba unas tijeras del bolsillo de su delantal y cortaba la trampa en pedacitos.

—¡Oye! —bramó con furia—. ¿Cómo te *atreves*?

Maren agitó las tijeras para advertirle que se mantuviera a distancia mientras cortaba el último trozo de la trampa, que se esparció como nieve fina.

—Así está mejor, ¿no? —Maren sonrió con dulzura—. Llegué justo a tiempo.

—Necesitaba la liebre para alimentar a mi familia —protestó Ingeborg, pateando los palos de la trampa—. No tienes ningún derecho a entrometerte y destruir mis cosas.

Maren ladeó la cabeza.

—No tienes por qué enfadarte tanto —respondió, y volvió a meterse las tijeras en el bolsillo de su delantal.

—¿Alguna vez has tenido tanta hambre que has comido musgo de las piedras? —exclamó Ingeborg con la voz entrecortada por la emoción.

—Pues sí, claro que sí —admitió Maren con tono burlón—. Pero si cazas, debes hacerlo pensando en las consecuencias.

—¡Era solo una liebre!

Pero Maren parecía impasible ante el enfado de Ingeborg. Le tendió la mano.

—Ven conmigo. Te enseñaré lo que quiero decir.

CAPÍTULO 7

Anna

ME AFERRABA A MI FE, PERO ERA MUY DIFÍCIL. MI NUEVO hogar —¿cómo puedo llamarlo así?— era el lugar más oscuro en el que jamás había vivido, a pesar de las horas de luz extensas en este dominio nórdico; porque entre las húmedas paredes de esta morada miserable, la penumbra era permanente. Mi espíritu desfallece cuando recuerdo mi espaciosa casa en Bergen y todas las comodidades de las que había disfrutado y que había dado por sentadas.

No ayudó en nada enterarme por Helwig, la criada, de que el último habitante de la casa comunal que hacía las veces de mi prisión, un sacerdote exiliado de Rogaland, había muerto una semana antes en la misma cama en la que yo iba a dormir.

A pesar de la naturaleza inhóspita de mi nuevo hogar, la primera noche estaba tan cansada de mis tribulaciones que podría haber dormido en el suelo, junto al fuego chisporroteante de la cocina, pero Helwig me llevó a la lúgubre alcoba.

Mi cama parecía antigua, con unas telas raídas como dosel y cubierta por pieles de animales malolientes.

—¿Esto es ropa de cama limpia? —pregunté a Helwig pensando en el viejo sacerdote que había muerto en ella.

—Por supuesto —replicó, ofendida—. Engelbert perdió el control de los intestinos. —Resopló—. Tuve que lavarlo todo y volverlo a poner.

A juzgar por sus manos sucias y su delantal grisáceo, dudé de su meticulosidad. El olor de la alcoba me recordaba el de algunas casas de moribundos durante la peste. En la luz que proyectaba la vela, vislumbré una pequeña ventana. Pasé junto a Helwig y levanté una colgadura que la cubría y que parecía hecha de piel de pescado.

Helwig se acercó con la vela.

—Hay un palo en el estante para sujetarla —indicó sin ofrecerse a ayudarme.

Usé el palo para sostener la colgadura en alto y el aire fresco inundó la habitación.

—Si no la cubrís, hará mucho frío —me advirtió Helwig mientras la llama de su vela chisporroteaba en el aire helado que entraba en la alcoba.

Pero la luz de la luna llena me levantó el ánimo. Fue entonces cuando vi un gran baúl en un rincón de la habitación y me quedé boquiabierta de asombro y deleite, incapaz de ocultar mi alegría.

—¿De dónde ha salido eso? —pregunté, y lo señalé con un dedo tembloroso.

—Llegó en trineo antes de la última tormenta —susurró la joven criada—. ¡Creo que es de parte del rey!

Me arrodillé junto al gran baúl para abrirlo y me temblaban las manos para ver qué me habías enviado. En la parte superior había una carta doblada, con el sello roto e instrucciones al gobernador de Finnmark de que yo debía recibir todos los objetos intactos, y tu firma real al pie de ella. Dejé la carta sobre el suelo de madera rajado mientras Helwig contemplaba con estupor las galas que contenía el cofre. Estoy segura de que no había visto cosas semejantes en toda su vida.

Hiciste que llenaran el baúl con artículos de lino blanco reluciente: tres cofias para mi cabeza; enaguas nuevas, una de ellas con un amplio bolsillo; tres cuellos de encaje de bolillos; dos camisones; y tres camisas de cuello alto para usar debajo de mis vestidos de raso, de los que había dos: uno del color de las nomeolvides, que combinaba con mis ojos, y otro negro para ocasiones formales. Había más: un jubón *bøffelbay* de color rojo cálido, una faja azul oscuro y una pechera decorada con rosas negras sobre dorado, un manguito de piel nuevo, una capelina de piel y un sombrero con una pluma de avestruz. Para los pies, me habías enviado un par de pantuflas de brocado dorado para usar en la casa y un par de zapatos azul oscuro con rosas de seda negra; pero lo más útil era un par de zuecos de madera.

Encima de todos estos objetos había un pequeño espejo de mano con incrustaciones de nácar y una botella de agua de rosas, además de un frasco de aceite de rosas, que abrí e inhalé profundamente para desterrar el hedor de la fétida habitación. Fue entonces cuando mis ojos descubrieron más tesoros, pues en una esquina del baúl había una caja de madera llena de limones y, junto a ella, envuelta delicadamente en papel, azúcar aún intacta, a pesar de la distancia que debía de haber recorrido.

Cuanto más hundía las manos en el baúl, más cosas encontraba: una petaca de ginebra, una bolsa de almendras garrapiñadas y dos libros para añadir a mi Biblia maltrecha y el Nuevo Testamento de Pedersen: un ejemplar de *Daemonologie* del rey Jacobo y un escrito nuevo de Rasmus y Thomas Bartholin, los médicos daneses que yo tanto admiraba.

Tus elecciones parecían contradictorias, pues una era un discurso teológico sobre la demonología y la segunda un tratado científico, *De nivis usu medico observationes variae*, sobre el uso de la nieve en diversas observaciones médicas.

¿Eran estos libros tu idea de una broma? No me faltaría nieve en mi nueva vivienda, y las brujas abundaban.

El último objeto del baúl era una burla cruel, ¿no? Levanté un rollo de pergamino, una gruesa vitela color crema que esperaba mi escritura, pero, por mucho que busqué, no pude encontrar tinta ni pluma, mi rey. En el fondo de mi corazón, sabía que no era casualidad que faltaran esos elementos.

No lograba descifrar el significado del baúl. ¿Acaso era una señal de que pronto sería indultada, o eran estos regalos una despedida final? ¿O me estabas provocando con ropas finas que no tendría ocasión de usar en el inhóspito lugar de mi exilio y con un pergamino en el que no podría escribir? Temía que así fuera, ya que has cambiado mucho, como descubrí la última vez que estuve contigo. Es quizá lo que sucede cuando un príncipe se convierte en rey: renuncia a la compasión en favor de la autoridad; ya no desea escuchar, ahora es superior al resto de los mortales.

Yo había viajado únicamente con el vestido que llevaba puesto, las perlas de mi madre cosidas en el dobladillo para resguardarlas y mi botiquín, pues nunca iba a ninguna parte sin mis hierbas y tinturas. Cuánto me alegraba de haberlo llevado conmigo a Copenhague, pues, por supuesto, no tenía ni idea de que no volvería a mi hogar en Bergen.

Mi entusiasmo al encontrar el baúl se transformó en desdicha cuando me asaltó un pensamiento nuevo: que me habías enviado el baúl lleno de todo lo que yo amaba porque sentías culpa y que, a partir de este momento, te esforzarías por olvidarte de mi existencia.

La fetidez pendía en el aire y me llevé de nuevo el aceite de rosas a la nariz para aspirar profundamente antes de abrir el botiquín. Su contenido siempre me tranquiliza.

Saqué un manojo de romero seco de mi jardín, atado con un cordel.

Helwig miró mis hierbas con duda, pero no dijo nada.

—Trae la vela —le ordené.

Encendí el romero y lo apagué con un soplido lento: el humo se extendió por la nauseabunda estancia. Helwig me observó mientras lo esparcía por la habitación.

—Yo no dejaría que Lockhert os viera haciendo eso —me advirtió, y meneó la cabeza—. Pensará que es brujería.

—Bueno, se equivoca —respondí—. He usado estas hierbas muchas veces para limpiar las casas de las víctimas de la peste.

Helwig pareció aún más preocupada al oír la palabra "peste". Dejó la vela sobre una mesita junto a la cama.

—Estaré en la habitación contigua —dijo, y se marchó.

Había supuesto que el gobernador dispondría una presentación formal, pero pasó una semana entera y no recibí ninguna invitación del castillo. Su silencio me ofendía, pero la soledad también me agobiaba. Mi única compañía era Helwig, la criada, a quien tenía que convencer de que me acompañara en las oraciones diarias y con quien estaba lejos de poder entablar una conversación entre iguales.

A medida que la nieve se descongelaba, las largas horas de oscuridad se redujeron y la luz del día asomaba en mitad de la noche. Sin la nieve, el mundo se veía más gris. Todas las mañanas levantaba la colgadura de pescado de mi pequeña ventana y contemplaba la tierra húmeda y sucia que había emergido de debajo del manto de nieve. La lluvia plomiza e incesante bañaba el sombrío poblado de Vardø. La tenue luz del día comenzaba tan temprano que no solía estar despierta, pero su tono lóbrego persistía durante todas mis horas de vigilia. Me encontré añorando el blanco puro de la nieve y el cielo despejado lleno de estrellas, como en la noche de mi llegada.

Después de haber vivido tantos años en Bergen, estaba acostumbrada a la lluvia. En la ciudad, había disfrutado observando los adoquines mojados bajo la luz plateada de la lluvia, acurrucada junto al fuego, escuchando el golpeteo del agua sobre el tejado. Todo eso había hecho de mi casa un lugar más confortable. Pero aquí, en el norte, la lluvia era violenta y no lograba encontrar belleza en ella.

Podría haberme hundido en la melancolía y renunciado a toda esperanza, como tal vez hizo el viejo sacerdote que falleció en mi lecho, pero no es mi naturaleza. Tú lo sabes —soy tenaz como una cabra montesa—, de modo que me dediqué a poner orden en mis días.

Comenzaba cada mañana de rodillas, rezando, pues soy una buena devota. La mayor parte de mi vida he pedido a Dios Todopoderoso que escuchara mis plegarias, pero mientras apretaba los dedos con fuerza y presionaba las puntas en los nudillos de cada mano, las preguntas se colaban en mi mente y me tentaban a desviarme de mi devoción.

Deseaba preguntarte cómo era ser un rey como tú, Federico: un monarca absoluto por mandato divino. ¿Escucha el buen Dios cada una de tus plegarias?

Y, sin embargo, el último día que estuvimos juntos, no había nada divino en ti, pues tu boca esbozaba una línea dura y tus ojos eran oscuros y crueles. Pienso en cómo pudiste mirarme de ese modo y tu imagen me persigue mientras rezo, por lo que debo cerrar los ojos con fuerza y entonar los salmos en voz alta para ahuyentarla.

Después de las oraciones, le leía la Biblia a Helwig; leía bien en voz alta y disfrutaba de la tarea de educar a la joven.

A la criada le fascinaba la plaga de langostas del libro del Éxodo y sentía una inclinación por el Dios poco misericordioso del Antiguo Testamento, pero yo hallaba mi mayor consuelo en la lectura del hijo de Nuestro Señor, Jesucristo. Cuarenta días y cuarenta noches vagó por el desierto, pero me temo que mi exilio será más largo.

Cuando la campana de la iglesia tocaba doce veces,

comíamos potaje y bebíamos cerveza. Después, yo solía comer una rodaja de limón espolvoreada con azúcar.

La primera vez que me comí una rodaja de limón, Helwig me miró asombrada.

—¿Qué es eso? —preguntó.

—Un limón.

—¿Y eso es azúcar? —susurró atónita. Se le hacía agua la boca y se pasó la lengua por los labios.

—Es una delicia refinada —expliqué, y le di la espalda.

No le di ni una rodaja ni azúcar, porque me son tan preciados como las perlas que he cosido en el dobladillo de mi vestido.

Después de rezar y leer la Biblia, leía los libros que me enviaste.

Ya había leído *Daemonologie* del rey Jacobo. Sabía que había sido escrito antes de que yo naciera y no puedo decir que estuviera de acuerdo con todas sus prácticas. Su afirmación de que había que torturar a una bruja para sacarle la verdad me parecía una teoría antagónica y una herramienta de caza de brujas que no era una forma lícita de comportarse en nuestros tiempos.

Después de leer, abría mi botiquín y examinaba su contenido. Por lo general, eso me hacía suspirar profundamente, dado que ¿cómo iba a reponer sus existencias en este lugar desolado?

Algunos días me unía a Helwig en el lavadero para verla trabajar, y mientras ella frotaba con lejía de abedul, yo respiraba el vapor y absorbía el calor del agua caliente, y esparcía lavanda de mi botiquín sobre la ropa blanca.

Todas las tardes, con o sin lluvia, caminaba en círculo alrededor del patio de la fortaleza. Me ponía la capa y me abría paso por el lodo con mis zuecos nuevos. Cuando comparaba este lugar con tu palacio y sus vastos terrenos circundantes, sentía que este sombrío enclave de tu poder en los territorios más septentrionales bajo tu dominio casi no podía llamarse fortaleza. Contaba mis pasos, desde la casa comunal que hacía las veces de mi prisión hasta el lavadero y el barracón de los soldados, más allá de la garita de entrada donde una o dos veces vi al alguacil Lockhert al acecho, y más allá de la casa del gobernador. Las ventanas del castillo eran de cristal, pero estaban todas oscuras, salvo por una luz débil que brillaba en una o dos de ellas. De vez en cuando, veía un guardia en las puertas, pero eran muy pocos: poco más de seis soldados para librar la batalla contra el mal en el norte.

El último edificio por el que pasaba antes de completar mi círculo era el calabozo de las brujas. Su sombra se alargaba, o así lo imaginaba, bajo la lluvia, y sus contornos oscuros y sin ventanas me secaban la boca y me encogían el corazón. No era miedo, sino una sensación de anticipación lo que me hacía sentir así.

El calabozo de las brujas está vacío ahora, pero sé que pronto alguien lo ocupará.

CAPÍTULO 8

Ingeborg

Ingeborg siguió a Maren a través de los árboles y más allá, por la tundra salvaje; más lejos de lo que jamás había estado de su aldea natal.

—¿Adónde vamos? —preguntó mientras aceleraba el paso para alcanzarla.

—Quiero mostrarte algo.

La nieve estaba casi derretida y la tierra más blanda se pegaba a las botas de Ingeborg en terrones pesados. Por fin se detuvieron y Maren levantó la mano y se llevó un dedo a los labios para indicarle que no hablara. Avanzó con sigilo e Ingeborg se encorvó detrás de ella.

Debajo de una saliente de roca frente a ellas, había una liebre blanca sobre un nido cubierto de musgo. Tenía sus orejas hacia atrás y temblaba, pero no huyó.

—Esta es la liebre que te querías comer —susurró Maren—. Está preñada.

Ingeborg se encogió de hombros. Pero una parte de ella se alegró de no haber matado a la liebre.

—En unos veinte días dará a luz hasta ocho crías —continuó Maren, y se volvió hacia Ingeborg—. ¿Sabías que las liebres nacen con los ojos abiertos?

Ingeborg negó con la cabeza. Miró a la liebre blanca, que le devolvió la mirada. ¿Por qué no tenía miedo?

—Cuando mamá liebre salga a buscar comida, yo las vigilaré —agregó. Cogió a Ingeborg de la mano y la llevó hacia atrás—. Dejémosla en paz, ¿de acuerdo? —murmuró.

Todo en Maren era sorprendente. Su preocupación amable por el animal salvaje y el hecho de que llevara a Ingeborg de la mano. Entonces, cuando se volvieron para cruzar la tundra de nuevo, se detuvo y frotó las manos de Ingeborg contra las suyas.

—Tienes la piel helada —comentó—. Pero hay tibieza en tus ojos. —Maren sonrió—. Son de un castaño muy suave, como los ojos de la liebre.

Ingeborg apartó las manos. No le gustaba que la describieran como suave.

—Tengo que volver —afirmó con voz enfadada—. Con las manos vacías y sin nada para la cena.

—En absoluto —replicó Maren—. Te daré mantequilla y leche. Tenemos de sobra.

Ingeborg no quería aceptar nada de Maren, pero a fin de cuentas era culpa de la joven que se hubieran quedado sin animal para la cena.

—¿Eres Ingeborg Iversdatter? Mi tía es prima de tu madre. —Maren daba pasos tan grandes que Ingeborg tenía que trotar para mantenerse a la par—. Al principio creí que eras un chico, porque vas vestida como un chico, pero eres demasiado guapa.

Ingeborg se sonrojó. Maren hablaba de una forma muy inapropiada. Debía de ser por ser quien era.

La hija de una bruja. Ingeborg se acordó de que las brujas habían matado a su hermano.

—No aceptaré ninguna comida que provenga de ti... —empezó.

Maren se giró con las manos en las caderas.

—¿Por qué no?

—Mi madre dice que tu madre era una bruja.

—Bueno, es verdad —respondió Maren ante la sorpresa de Ingeborg.

—Dice que ahogó a mi hermano Axell.

—¡Eso sí que es mentira! Mi madre jamás le hizo daño a ningún pescador. ¡Su propio marido se ahogó! —exclamó Maren con vehemencia—. Mi madre nunca le habría hecho daño a uno de nosotros. Solo intentaba defendernos de los comerciantes y de cómo nos utilizan.

Ingeborg se mordió el labio, sin atreverse a mirarla a los ojos.

—¿Qué hizo tu madre, entonces?

—El gobernador de Finnmark le tenía miedo porque era amiga de los samis —explicó Maren, y estiró su mano tibia y la apoyó sobre la mano fría de Ingeborg.

—El reverendo Jacobsen dice que los samis le cantan al diablo —señaló Ingeborg—. Son paganos.

—Solo lo dice por ignorancia y miedo —replicó Maren—. Los samis entienden las costumbres de estas tierras septentrionales como nosotros jamás podremos hacerlo. Ellos prosperan cuando nosotros nos morimos de hambre. —Mientras hablaba, en los ojos de Maren se veían todos los colores de los océanos árticos: verdes y grises, incluso motas de azul helado—. Mi madre y Elli, la mujer sami, eran amigas, pero no eran malvadas.

Su mirada era, por cierto, inquietante, pero Ingeborg creía en ella. No sabía por qué, pero había algo en Maren que la atraía. Le producía un cosquilleo en el estómago y le secaba la boca.

Cuando Ingeborg llegó a su casa, la cabaña estaba vacía. Pero oyó la voz de su madre al lado, en la cabaña de la viuda Krog, conversando con otras mujeres mientras remendaban las redes de pesca para los hombres. Los esposos habían regresado hacía poco de la temporada de pesca invernal, y había que reparar los barcos y las redes para prepararlos para el otoño, cuando volverían a partir hacia el sur en busca de los grandes bacalaos.

Ingeborg alimentó las humeantes cenizas del fuego antes de preparar la avena, añadiendo un poco de la leche que Maren le había dado. La reservó para comerla más tarde y se levantó, se quitó el polvo de la falda y recogió el cubo.

Fuera, la tarde se había cubierto de sombras. Mientras bajaba el cubo en el pozo, alzó la vista y vio la alta figura de Heinrich Brasche que bajaba por el sendero desde su hermosa casa. Junto a él iba Kirsten, su hermana menor, con la borrega Zacarías en brazos. Heinrich le apoyaba una mano en la cabeza. Si no fuera por la diferencia de atuendo — Heinrich con su elegante chaleco verde y su gran sombrero negro y Kirsten con un viejo vestido de lana de Ingeborg— podrían haber sido padre e hija.

Ingeborg empezó a subir el cubo. Necesitaba encontrar a su madre antes de que las otras mujeres vieran al joven Brasche, pero ya era demasiado tarde. Estaban saliendo de la casa de la viuda Krog con la red de pesca recién remendada.

En cuanto Zigri vio a Heinrich Brasche, se arregló el cabello y se alisó la falda. Ingeborg levantó el cubo pesado y lo acarreó con dificultad hasta su casa. Llegó al mismo tiempo que el hijo del comerciante.

—Buenas tardes, Fru Sigvaldsdatter. Encontré a esta pequeña en el pantano —dijo Heinrich a la madre de Ingeborg, mientras acariciaba la cabeza de Kirsten.

Las demás mujeres desaparecieron dentro de sus casas. Ninguna se quedó fuera, pues ninguna quería que la vieran hablando con el hijo del comerciante ni que le preguntaran por las deudas de su esposo. Pero Ingeborg podía sentir sus ojos espiando a través de las hendiduras de las paredes de turba. Vigilando como halcones. Sus pensamientos alborotados como un enjambre de moscas.

—¿Qué estabas haciendo en los pantanos, Kirsten? —la reprendió su madre—. Es un lugar peligroso.

Ingeborg sabía muy bien que, si Heinrich no hubiera estado de pie delante de su madre, esta le habría dado una bofetada a su hija menor.

—Perdí a Zacarías —admitió Kirsten esperando más ira por parte de su madre. Pero Heinrich Brasche acaparaba la atención de Zigri.

—¿Puedo pasar unos minutos, Fru Sigvaldsdatter?

—Oh —exclamó la madre de Ingeborg, con las mejillas sonrosadas.

—Se trata de la deuda de tu difunto esposo —precisó Heinrich Brasche con desenvoltura.

—Sí, claro —respondió su madre, y el rubor se extendió por su cuello—. Niñas, esperad fuera.

Ingeborg dejó el cubo en el suelo. Se quedó mirando cómo se cerraba la puerta de su casa y esperó.

La viuda Krog salió de su cabaña y se acercó cojeando.

—¿En qué está pensando tu madre? —susurró a Ingeborg—. Puedo oírlo *todo*. Está jugando con fuego.

—¿Qué otra cosa puede hacer? Es el hijo del comerciante —respondió Ingeborg en tono defensivo.

—Ojalá fuera mi nuevo papá —intervino Kirsten.

—Calla —le ordenó Ingeborg—. Está casado. Tiene sus propios hijos.

—Así es. —La viuda Krog meneó la cabeza con tristeza—. Tu madre nos está poniendo a todos en peligro. Espera a que llegue el invierno. Ya lo he visto antes.

—¿A qué te refieres? —inquirió Ingeborg, aunque una parte de ella no quería escuchar lo que la anciana tenía que decirle.

—Marette Andersdatter, la mujer conocida como Liren

Sand, embrujó al gobernador de Finnmark y lo tentó a pecar. Su inmoralidad fue una invitación al diablo. Y el diablo respondió.

En ese momento, se oyó la risa de su madre desde el interior de la casa. Pero era forzada, no natural.

La viuda Krog meneó la cabeza.

—Y que el buen Dios nos proteja si el diablo despierta de nuevo y arroja tormentas, hambre y enfermedades sobre todos nosotros. —Se persignó—. Dile a Zigri que tenga cuidado de no acabar acusada de brujería igual que Marette Andersdatter —advirtió la viuda Krog antes de regresar a su cabaña apoyada en su bastón.

"Brujería". A Ingeborg se le cortó el aliento. Cerró los ojos con fuerza y se quedó inmóvil junto al cubo lleno de agua del pozo. Aún podía oír la risa de su madre. Resonaba en el patio silencioso. Aguda, como el grito de una gaviota. ¿Podría oírla la esposa de Heinrich Brasche en su casa de la colina? ¿Se oiría a través del estrecho de Varanger hasta la fortaleza del gobernador y, más allá, hasta la montaña Domen y el interior de sus cuevas?

El Señor de la Oscuridad oiría la risa de su madre, esperando con paciencia en la negrura profunda y con los ojos rojos brillantes de anticipación.

SEGUNDA PARTE

Primavera/otoño de 1662

LA CINTA AZUL

Una vez, una niña mendiga caminaba por un bosque con su madre mendiga. Tenían muy poca comida y vagaban entre aldeas en busca de limosna. Pero nadie quería ayudarlas.

Mientras caminaban entre los árboles, encontraron una cinta azul en el suelo del bosque. La niña quiso recogerla y atársela en el cabello, pero su madre le dijo que no les serviría de nada. ¿Cómo podría una cinta azul llenar sus estómagos hambrientos? Así que la niña la dejó, pero mientras seguían avanzando, no podía dejar de sentir la atracción de la cinta. El deseo de trenzársela en el cabello le hacía olvidar lo hambrienta que estaba.

Fuera del bosque, subieron una montaña nevada. Cuando llegaron a un saliente, su madre, muy cansada, dijo que se acomodarían debajo de unas rocas cercanas y descansarían. La niña preguntó si podía ir a buscar leña al bosque. Bajó corriendo la colina, se adentró entre los árboles y encontró la cinta azul que todavía yacía en el suelo del bosque. Como sabía que su madre se enfadaría si se enteraba de que había regresado a buscarla, se la ató en la cintura debajo de la blusa. En cuanto lo hizo, sintió que la invadía una fuerza increíble. Volvió a subir la colina con el montón de leña a cuestas como si fuera un alce gigante.

Cuando llegó junto a su madre, vio unas luces a lo lejos, por encima de ellas.

—Madre, vayamos hacia las luces. Debe de ser un pueblo y tal vez nos den comida y cobijo de este viento frío.

—Muy bien —respondió su madre, pero cuando quiso ponerse de pie, estuvo a punto de caerse, pues estaba agotada.

De modo que su hija la levantó y la cargó sobre sus hombros. La madre se sorprendió de que su hija tuviera tanta fuerza, porque era mucho más baja que ella. Pero la niña galopó colina arriba como si sus piernas fueran las patas del alce gigante.

A medida que se acercaban a las luces, su madre empezó a preocuparse.

—Esto no es una aldea normal. Esa es la casa de un trol —comentó asustada—. Tenemos que darnos la vuelta, porque el trol querrá secuestrarte y esconderte en las entrañas de la montaña.

—No tengas miedo, mamá —la tranquilizó la niña—. Tal vez sea un trol amable.

—No existe tal cosa —replicó su madre, pero a pesar de sus protestas, la niña siguió galopando hacia la casa del trol y la madre no pudo bajarse.

De pronto, se vieron rodeadas por un círculo de lobos gigantes. La madre estaba muy asustada, pero la niña cantó una canción acerca de atar una cinta azul alrededor de un pino del bosque y regresar a casa. A los lobos les gustó la canción y se echaron ante la niña como cachorros. Le lamieron las manos y ella les frotó el vientre mientras jadeaban de placer.

La madre de la niña estaba muy sorprendida por los nuevos poderes de su hija. Pero no dijo nada porque no quería ni imaginar de dónde podrían proceder.

Después de bajar a su madre al suelo, la niña llamó a la puerta de la casa. Un gran trol abrió la puerta. Era más gruñón, más feo y más grande de lo que cualquiera podría imaginar. Y no parecía contento de verlas.

La madre se aterrorizó tanto cuando lo vio que se desmayó, pero la niña no sintió miedo porque tenía la cinta azul atada en la cintura y su familia de grandes lobos para protegerla.

—Necesitamos comida y cobijo —le dijo al trol.

Este se enfadó mucho ante la audacia de la pequeña.

—Te comeré a ti, a tu madre y a todos esos lobos —gritó mientras blandía un gran garrote.

Pero cuando lanzó el garrote hacia la niña, esta saltó en el aire tan alto como una liebre. El garrote cayó dentro del círculo de lobos y uno de ellos lo cogió con la boca y se lo acercó a la niña.

—Ahora me toca a mí —anunció ella.

El trol se rio porque no creía que ella pudiera con un garrote tan grande siendo tan pequeña, pero la cinta azul le daba una fuerza invisible. La niña tomó el garrote y lo golpeó en la cabeza. Lo golpeó tan fuerte que el trol vio las estrellas y quedó en un estado de confusión: miró a la mujer mendiga y pensó que era hermosa.

—Pasad, pasad —las invitó, muy manso ahora—. Y cenad conmigo.

La niña de la cinta azul cargó a su madre al interior de la casa del trol. Cuando la madre despertó, todavía temblorosa y asustada, el trol les estaba sirviendo *flatbrød* con mantequilla, arenques salados y jarras de leche cremosa.

La niña de la cinta azul enseñó al trol a leer todos los libros que él había robado a reyes y príncipes. También le enseñó modales y le explicó cómo ser amable con los lobos grandes que merodeaban fuera de la casa. Y el trol hacía todo porque se había enamorado de la madre de la niña.

Con el tiempo, el trol le preguntó a la madre de la niña si quería compartir la cama con él.

La madre tenía mucho miedo porque creía que se la comería en la cama, como hacen todos los trols.

La niña de la cinta azul tomó las manos de su madre entre las suyas.

—Creo que este trol no es tan malo como dicen. Fíjate lo bueno que es con nosotras y cómo comparte con nosotras su comida y su techo cuando nadie más en este reino lo haría.

—Pero es un trol y está en su naturaleza querer matarnos —replicó su madre.

—Eso es lo que siempre hemos escuchado —precisó la niña—. No lo juzgues.

De modo que la madre compartió la cama con el trol porque, a decir verdad, le gustaba el color de sus ojos. Le recordaba a las hojas verdes en un día cálido de primavera.

En la cama, el trol le preguntó a la mujer si le permitía besarla. Ella se sorprendió mucho de que se lo pidiera, pues en verdad ningún hombre le había pedido permiso antes, ni siquiera el padre de su hija.

Cuando el trol besó a la madre de la niña, a ojos de esta, se convirtió en el rey más gallardo del mundo entero.

—¡Mira, hija! —exclamó en el desayuno al día siguiente—. El trol se ha convertido en un rey. Una bruja malvada debió de haberle lanzado un conjuro y ahora ha vuelto a ser el de antes.

Pero, por supuesto, la hija podía ver que el trol seguía siendo un trol y, de hecho, el trol sabía que seguía siendo un trol, pero ninguno de los dos contradijo a la madre, pues la mujer estaba muy feliz. Y, en efecto, la madre de la niña hizo que el trol se sintiera como un rey.

Los tres vivieron felices en la casa del trol durante muchos años, aunque la madre de la niña insistía en que era un castillo y ella, su reina.

Un día, la niña anunció a su madre y a su nuevo padre que debía marcharse. Sentía la llamada de la cinta azul en su corazón, y sabía que debía ir en busca de su destino. Pero antes de partir, tenía que mostrarles a sus padres la fuente de su fuerza. De modo que se desató la cinta azul de la cintura y se la trenzó en el cabello.

—¡Ah, la cinta azul! —exclamó su madre—. Así que volviste a por ella.

—A veces las cosas más pequeñas son las más mágicas —respondió su hija con sabiduría.

La niña se despidió con un beso de su madre y de su padre trol y se marchó. Pero no se fue sola, porque los lobos la adoraban y la siguieron a través del bosque. Y la seguirían siempre hasta los confines más remotos del mundo.

CAPÍTULO 9

Anna

LA LLUVIA PERSISTENTE CESÓ Y, EN LUGAR DE CAMINAR todas las tardes con la cabeza gacha, pude mirar hacia arriba. El primer día despejado, un cuervo sobrevoló en círculos, con fuertes graznidos, como si protestara por encontrarse dentro de los muros de la fortaleza: pero el pájaro idiota podía volar hacia la libertad que a mí se me negaba. Quise derribarlo a pedradas, estrellarlo contra los adoquines de la fortaleza, pues ¿por qué se permitía que este pájaro vulgar hiciera tanto ruido mientras yo debía inclinar la cabeza con vergüenza y morderme la lengua?

"Por el amor de Dios, Anna, muestra un poco de dignidad. No es más que un pájaro".

Cuando bajé los ojos del cielo, advertí una escalera estrecha en el lateral de la muralla de la fortaleza. El descubrimiento me levantó el ánimo, pues había algo nuevo que explorar. Crucé el patio y subí la escalera, que estaba tan resbaladiza por la lluvia y el musgo húmedo que tuve que apoyar la mano en la pared mojada para no caerme.

La parte superior de la escalera conducía a las murallas, que rodeaban todo el castillo, con pequeños puestos de vigía en cada esquina. No había soldados en lo alto de la fortaleza en esta fría mañana de mayo, ¿por qué iba a haberlos? ¿Qué ejército enemigo consideraría atacar nuestro sombrío fortín en el fin del mundo civilizado?

Dejé caer la mirada hacia mi entorno inmediato y contemplé los muros encalados de la fortaleza que se alzaba desde lo alto de esta colina fangosa. Estábamos tan por encima del pequeño asentamiento de Vardø que la vista se extendía desde el estrecho espumoso de Varanger hasta la imponente montaña Domen, frente a la que habíamos pasado con el barco la noche de mi llegada.

La cabeza me empezó a dar vueltas y apoyé la mano en el parapeto para estabilizarme. Aun cuando pudiera procurarme una cuerda y atarla a una de las almenas, la bajada hasta el suelo era aterradora. Me reprendí a mí misma por esos pensamientos de fuga, porque era una prisionera del rey y era mi deber no eludir el destino que me había sido asignado; pues más allá de mis penurias, mi lealtad hacia ti era más fuerte. Además, aunque bajara por las almenas y me dejara caer al otro lado, no conocía un alma en esta isla desesperada que pudiera ayudarme.

Más allá de la fortaleza, la colina descendía hacia la aldea. A medio camino, divisé una iglesia pequeña. No tenía aguja ni torre, pero desde arriba se alcanzaba a ver que tenía forma de cruz e imaginé la diminuta nave en su interior. Era el único edificio de piedra en la isla, aparte del castillo dentro de la fortaleza, y esperaba que se me permitiera visitarla pronto para ir a rezar.

En los últimos años, mi visión se ha alterado, y solía pedirle prestadas las gafas a Ambrosius para leer con más claridad, cosa que lo fastidiaba, por supuesto. Al mirar ahora desde lo alto de la fortaleza, descubrí que este cambio en mi visión me permitía ver a mayor distancia. Podía distinguir las casas de los isleños apiñadas alrededor del puerto. La mayoría estaban vacías, pues era algo más tarde del mediodía y una época del año en la que suponía que todos los pescadores todavía seguían en alta mar. Avisté a una de las mujeres del pueblo, y a alguien que supuse que era su hija. Estaban barriendo juntas, limpiando el fango del umbral de su pequeña cabaña, trabajando al unísono. Se me encogió el corazón al verlas y desvié los ojos hacia otro lado.

Había una lengua de tierra irregular que se adentraba en el mar y cuya visión me hizo estremecer. Supe de manera instintiva que aquel sitio solitario y barrido por el viento era, con toda probabilidad, el lugar de ejecuciones de la isla. Miré más allá, a través del angosto estrecho de mar encrespado que separaba la isla de la tierra firme al otro lado.

Las nubes densas volvían a agruparse y dejaban caer velos de lluvia sobre la península de Varanger en su camino a la isla de Vardø. Las cortinas grises ocultaban y luego dejaban al descubierto Domen, los dominios del diablo.

"Las brujas se reúnen con el diablo en Domen", me había susurrado Helwig la primera noche, después de que hube apagado mi romero. "El gobernador está decidido a deshacerse de todas las brujas del norte". Meneó la cabeza. "Tened cuidado, ama".

Había soltado una carcajada altiva. Solo una criatura ignorante podía siquiera imaginar que yo, Fru Anna Rhodius, hija del médico de un rey y prisionera del rey, pudiera ser sospechosa de brujería.

Contemplé más allá de los contornos de Domen, hacia el vasto vacío del norte. Era aún más desolado y salvaje de lo que pudiera imaginarse. ¿Dónde acababa nuestro mundo y empezaba el infierno?

Me llevé una mano al vientre, sintiendo cómo subía el calor en mi interior, con el corazón un poco asustado. Percibí una sombra a mi lado y me volví con temor para ver a un hombre vestido de negro con una gola blanca y almidonada alrededor del cuello.

Supe de inmediato quién era, pues la cicatriz de guerra lo delataba. Me habían contado que el gobernador regional Christopher Orning había sido uno de los comandantes más leales y valientes de tus ejércitos en la reciente y victoriosa guerra contra los suecos. Incluso antes de su paso por tus ejércitos, había luchado para tu padre y había sobrevivido al menos a una década de los treinta años de guerra entre los reinos de Dinamarca y Suecia.

Lo observé bajo el cielo plomizo. El gobernador Orning se erguía con la estatura y la fuerza de un joven soldado, pero su rostro estaba agrietado por la vida y la muerte. La cicatriz era el rasgo más prominente, una línea blanca que descendía desde la punta de la ceja y atravesaba la mejilla izquierda hasta la punta de la barbilla.

—¿Qué estáis haciendo aquí, Fru Rhodius? —preguntó con voz suave, pero me miraba con desagrado.

Su falta de formalidad y el hecho de ni siquiera presentarse era agraviante, y din duda era su intención.

—Volveré a mi casa —respondí, negándome a darle explicaciones, pues ya era bastante con estar confinada a los muros de esta fortaleza. Nadie me había encadenado.

—A la casa donde se os mantiene prisionera —aclaró el gobernador Orning—. Deberíais tener en cuenta vuestra condición, Fru Rhodius, como prisionera del rey bajo mi jurisdicción, y no estar deambulando a vuestro antojo.

—No tenía la impresión de que se me negara un paseo diario para mantener mi salud…

—¡Silencio, mujer! —exclamó el gobernador—. ¿Acaso os he pedido vuestra opinión?

Me mordí la lengua, aunque sentía la rabia que me hervía por dentro. La lluvia arreciaba desde la península, fría y punzante, y me cubrí la cabeza con la capucha de la capa.

—Debéis bajar, Fru Rhodius —agregó, y me dio un fuerte empujón hacia la escalera.

Bajé dando tumbos, pero logré recuperar el equilibrio cuando llegamos abajo. El gobernador me seguía tan de cerca que me pisaba la parte de atrás de los zuecos como si quisiera hacerme tropezar y que me rompiera el cuello, mientras me susurraba por la espalda, como si hablara consigo mismo.

—Me advirtieron que podríais ser un problema —masculló—. Me previnieron sobre vuestra lengua. Statholder Trolle me escribió y me aconsejó que os pusiera una máscara de hierro, pues ni siquiera vuestro esposo fue capaz de haceros callar.

Ante la mención de Statholder Trolle, sentí que se me erizaban los pelos y me entraron ganas de replicar. Tenía muchas cosas ingeniosas guardadas en la manga para decirle a este gobernador, pero me obligué a cerrar la boca. Mi situación ya era bastante mala y la idea de que me pusieran una de esas horribles máscaras en la cara, con esa pieza de metal en la boca para inmovilizar la lengua, era en verdad aberrante. Las había visto en las caras de mujeres comunes que habían fastidiado a sus esposos, denominadas regañonas por las autoridades de Copenhague y Bergen. Estas regañonas solían ser mujeres mayores que hablaban demasiado, como si no pudieran evitar decir la verdad sin importarles las consecuencias.

Yo había sido como ellas en mi necesidad de hablar libremente, y lo había hecho con convicción, porque creía que mi privilegio me protegía, pero al parecer en Vardø no era así.

—Disculpadme, gobernador —pronuncié con la voz más mansa que pude, aunque estaba tensa por la indignación.

En ese momento, el cielo se abrió y la lluvia cayó con fuerza. Me apresuré hacia la casa comunal, casi resbalando y cayendo en el fango; me sentí más innoble que nunca en mi vida.

Cuando llegué a la puerta, me volví y vi que el gobernador seguía de pie en el patio, cruzado de brazos, pero ya no me miraba. Había levantado la vista y escrutaba la lluvia, y cuando seguí su mirada, vi al cuervo que sobrevolaba en círculos de nuevo, zarandeado de un lado a otro por el viento.

Me pareció un espectáculo por cierto extraño: el gobernador regional de Finnmark observando al cuervo como si fuera algo mucho más importante que un pájaro negro, y el cuervo girando en lo alto, sin alejarse de la lluvia ni de aquel escrutinio.

CAPÍTULO 10

Ingeborg

LA VÍSPERA DE SAN JUAN. DE TODOS LOS DÍAS DEL AÑO, Ingeborg solía adorar este día radiante en particular. Las familias de pescadores de las aldeas locales se reunían alrededor de una gran fogata en la suave media luna de la playa de Ekkerøy. La cerveza rebosaba de las jarras de peltre. Se degustaba carne fresca de foca asada en palos y cuencos de *rømmekolle* espeso y cremoso, preparado por las mujeres que poseían vacas. Cuando el reverendo Jacobsen les daba la espalda, los niños saltaban y jugaban descalzos sobre la arena fina.

Los preparativos de este evento comenzaban unas semanas antes. En junio, los esposos pescaban temprano y cerca de casa; por las tardes, recogían turba de los pantanos y reparaban los tejados de la aldea. Trabajaban hasta altas horas de la noche arreglando sus barcas para prepararlas para el otoño, cuando partían hacia las zonas de pesca de invierno, y apartaban las maderas viejas para la hoguera de San Juan.

El día del sol de medianoche, nadie pensaba en los meses oscuros y sus peligros. El aire se llenaba de diminutas motas de algodón de pantano que se alzaban al recoger la turba. De tanto tiempo que pasaba en los pantanos,

Ingeborg podía sentir el aroma de la tierra en su piel. Como si eso la arraigara a la tierra y le recordara: "Aquí es donde perteneces". El largo y crudo invierno podía ocultar la tierra suave, pero Ingeborg siempre llevaba consigo su presencia desde el solsticio de verano. La llamaba su esperanza.

Antes de que su padre y Axell murieran, los cinco solían cargar ofrendas para la víspera de San Juan: su madre llevaba el mejor de todos los *rømmekolle* y la foca de su padre era la más gorda de todas. Axell aportaba un ejército de arenques para añadir a la carne asada. Kirsten lucía el cabello trenzado con *blåveis* que Ingeborg y ella habían recogido del pantano: estrellas de pétalos azul oscuro que asomaban entre sus rizos rojos.

Pero un año después de que Axell se ahogara, la magia del solsticio de verano se había esfumado. Su madre se había negado a salir de la casa y Kirsten había tenido que rogarle a su padre para que las llevara a las celebraciones en la playa. Pero todo el color había desaparecido. Su padre era como un fantasma y el fantasma de su hermano vivía entre ellos. Ingeborg no había querido pensar en el año anterior cuando Axell la había hecho girar sobre la arena hasta que habían perdido el equilibrio y se había desplomado en la orilla sin poder parar de reírse.

La última víspera de San Juan había sido todavía peor, con su padre muerto y su madre que seguía negándose a dejar la casa. Ella y Kirsten habían intentado integrarse, pero la compasión de los vecinos había hecho que Ingeborg se sintiera desgraciada.

Sin embargo, esa noche de junio, su madre ya no se escondía. De hecho, había desaparecido como tantas otras veces en las últimas semanas. Ingeborg no quería ni pensar en qué estaría haciendo. Lo único que sabía era que Zigri llevaba con orgullo la cinta azul que le había regalado Heinrich Brasche, entrelazada en su cabellera roja y dorada.

Su falda podía estar hecha jirones, pero el cabello de su madre seguía siendo su máximo atractivo.

Ingeborg quería ir sola a los pantanos. Pero Kirsten estaba a su lado, suplicándole que la llevara a la fogata del solsticio de verano.

—Todo el mundo estará allí, Ingeborg —le rogó en tono lastimero, con la pequeña Zacarías a sus pies.

—Será mejor que esperemos a mamá.

—Pero se acabará toda la comida —protestó Kirsten, y se sujetó el estómago—. ¡La puedo oler!

Ingeborg sintió pena por su hermana pequeña, que estaba creciendo con la mitad de la familia ya muerta.

—De acuerdo —accedió—. Pero deja a Zacarías aquí. ¡No querrás que alguien la ase en la fogata!

Kirsten lanzó un chillido horrorizado, pero sus ojos brillaron de emoción. Ingeborg rezó para que su madre regresara pronto, pues su ausencia se notaría.

Era una noche sin nubes; el sol de medianoche de un rojo intenso y furioso se reflejaba sobre el mar quieto. Ingeborg sentía que la fiebre de esa luz eterna le quemaba el pecho. Los tocaba a todos en la aldea y generaba una energía maníaca como el chillido de las gaviotas al zambullirse hacia sus nidos en los acantilados.

Los hombres gritaban mientras bebían cerveza y las mujeres se agitaban mientras preparaban la comida.

El corpulento reverendo Jacobsen se paseaba entre los aldeanos para asegurarse de que nadie se excediera con la diversión, mientras Solve, la prima de su madre, se movía entre la gente y servía cerveza de su jarra.

—¿Quieres un poco de cerveza, Ingeborg? —bromeó, al pasar junto a ellas.

Ingeborg meneó la cabeza, consciente de la mirada fulminante del reverendo.

—Solve Nilsdatter, ya te he advertido que no ofrezcas cerveza a los niños.

—No es más que un vaso pequeño, reverendo, y además Ingeborg es casi una mujer adulta —respondió Solve, y le guiñó un ojo a Ingeborg.

Ingeborg volvió a reparar en los moratones en la cara de Solve. El brillo de sus ojos delataba que la prima de su madre ya había bebido bastante. Ingeborg miró a su esposo, el pescador Strycke Anderson. Estaba con demás hombres, pero observaba con fastidio a su esposa y sus payasadas.

Solve siguió adelante e Ingeborg sintió el impulso de seguirla. Pero ¿qué podía hacer para ayudarla? Ya tenía suficientes preocupaciones con la ausencia de su madre y evitando las preguntas de los vecinos.

El olor a foca asada las envolvió y Kirsten gimió.

—Tengo mucha hambre, Inge —se quejó—. ¿Cuándo podemos comer?

Ingeborg sintió un tirón en la manga. Pero no era Kirsten, sino Maren Olufsdatter.

Era aún más alta de lo que recordaba. No la había visto desde el día en que la joven le había enseñado la liebre en el nido. A la luz del fuego, su piel parecía bruñida y las llamas destellaban en sus ojos, que se habían tornado del verde más oscuro.

—Buenas noches, Ingeborg y Kirsten Iversdatter —las saludó con una sonrisa.

—¿Quién eres? —preguntó Kirsten.

—Es la sobrina de Solve —precisó Ingeborg—. Maren Olufsdatter.

Era la primera vez que Solve había traído a Maren a Ekkerøy y algunas de las demás mujeres la miraban mal. Al fin y al cabo, era la hija de una bruja de renombre.

Maren parecía indiferente; se volvió hacia el fuego y arrugó la nariz al sentir el aroma de la foca asándose.

—¿Has nadado alguna vez con las focas? —preguntó a Ingeborg.

—No sé nadar.

—Te enseñaré —se ofreció Maren.

Ingeborg sintió una oleada de fastidio. Se suponía que Axell debía haberle enseñado a nadar... ¿y de qué le había servido a su hermano?

—¿Has nadado con *focas*? —inquirió Kirsten a Maren con un tono de admiración en su voz.

—¡Por supuesto! —respondió Maren—. Me llevaron al fondo del mar y allí conocí a una *havsfrue*.

—¿Era muy bonita? —preguntó Kirsten con los ojos muy abiertos por la fascinación.

—Sí, claro, y me cantó. —Maren sonrió y entrelazó las manos—. Pero si la hacemos enfadar, puede desatar tormentas terribles sobre nosotros.

—¿Ahí es donde está papá? ¿Y Axell? ¿En el fondo del mar con una *havsfrue*? —inquirió Kirsten.

—Por supuesto que no, están en el cielo con Dios Todopoderoso. Es un cuento, Kirsten, eso es todo. —Ingeborg lanzó una mirada de advertencia a Maren.

—Es la verdad —replicó Maren desafiante.

—¿Qué estás haciendo aquí de todos modos? —la increpó Ingeborg con enfado—. ¿Por qué Solve no te dejó en Andersby para que cuidaras de sus hijos?

—Porque han venido con nosotros. Mi tío nos trajo a todos en su barca. —Maren señaló al pequeño Peder, que estaba sentado sobre los hombros de su padre, y a Erik, que le tiraba de los pantalones—. No es a los niños a quienes tengo que cuidar, sino a su madre —añadió, y se llevó un dedo al rostro.

Ingeborg sabía muy bien a qué se refería, pero era algo que debía ignorarse. La franqueza de Maren la desconcertaba, aunque también le generaba admiración.

—La carne está lista, Kirsten. Vamos a comer —urgió a su hermana al ver que algunos hombres arrancaban tiras de foca asada y las ensartaban en palos.

—¿Vienes? —Kirsten se volvió hacia Maren, pero la joven alta meneó la cabeza.

—No como foca —afirmó—. Porque puedo hablar con ellas.

Kirsten puso un gesto ceñudo, pero Ingeborg tiró de ella.

—¿Qué quiere decir, Inge? —preguntó Kirsten.

—Son tonterías —respondió Ingeborg—. Creo que no está bien de la cabeza. —Pero la verdad es que Ingeborg estaba tan intrigada como Kirsten por la afirmación de Maren.

Sintió la mirada de la muchacha mientras se dirigían a la hoguera y la idea de que Maren Olufsdatter la mirara la hizo enrojecerse.

Las dos hermanas comieron cada bocado de carne de foca asada que les dieron. Estaba tan fresca que aún sabía a mar, un sabor más rico que el de cualquier pez: carne densa y oscura como la de un reno. Ingeborg se lamió los dedos, untados de aceite de foca. Tenía el estómago lleno.

Seguía perpleja con Maren Olufsdatter. "¿Cómo es posible hablar con una foca?". Las focas existían para ser cazadas. La gente moriría sin ese sustento.

Después de comer, Ingeborg y Kirsten se sentaron en las dunas a observar a las demás familias. Algunos vecinos le habían preguntado a Ingeborg por su madre.

La viuda Krog había suspirado y meneado la cabeza cuando Ingeborg había mentido alegando que su madre estaba en la casa y Kirsten la había puesto en evidencia al contradecirla.

Los hombres cantaban viejas canciones populares con las voces cargadas por el alcohol. Una vez que hubo terminado su gran ración de carne de foca, el reverendo Jacobsen se había marchado a su casa.

Solve había vaciado la última jarra de cerveza e intentaba convencer a algunas de las mujeres para que bailaran con ella, pero todas negaban con la cabeza. Se levantó el dobladillo sucio de la falda y se acercó tambaleando a Ingeborg.

—¿Dónde está vuestra madre, chicas? —inquirió arrastrando las palabras—. Estoy segura de que ella bailaría conmigo.

—Yo bailaré contigo, tía —intervino Maren.

Allí estaba Maren Olufsdatter de nuevo, deslizándose detrás de ellas. Con las manos en las caderas. Animando a su tía a hacer una escena.

—Pero necesitamos más de dos para bailar en círculo —señaló Solve, y tendió las manos hacia Kirsten.

Antes de que Ingeborg pudiera detenerla, Kirsten se había levantado de un salto y brincaba de un lado a otro con alegría.

—El clérigo grandote se ha ido a la cama —dijo Maren y le ofreció la mano a Ingeborg—. Ya no hay nadie a quien le importe lo que hagamos. ¿En qué otro momento podemos ser tan libres?

Ingeborg trató de no mirarla a la cara. En la aldea la describían como "de aspecto extraño", "de otro color" y "extranjera". Pero bajo el resplandor del sol de medianoche, no pudo evitar pensar que se veía magnífica. Se encogió de hombros, pero dejó que Maren la tomara de la mano.

Los dedos de la otra muchacha se cerraron alrededor de los suyos y el calor de las palmas apretadas una contra otra le provocaron un sorprendente efecto tranquilizador.

A un lado de Ingeborg estaba Kirsten, al otro Maren y, frente a ella, el rostro risueño de Solve, muy bonita con su falda roja de *bøffelbay* y su cuello de encaje, aunque sus ojos estaban impregnados de tristeza.

No había música y, mientras bailaban, los hombres dejaron de cantar. Ingeborg podía sentir sus miradas calladas y censuradoras. Maren le apretó la mano y, cuando Ingeborg se giró, vio que movía los labios como en una plegaria silenciosa. Pero no era una homilía. Ingeborg captó palabras sueltas en el viento... *un círculo* y *rizos rojos*... entrelazadas con el sonido del mar que barría la orilla.

Mientras giraban con lentitud, con todas las miradas puestas en ellas, la voz de Maren se tornó más audaz.

Un círculo de niñas,
un bolsillo lleno de rizos rojos,
achís, achís,
todas nos caemos.

Ingeborg sabía que debía interrumpir el baile. Sabía que estaba mal. Pero su cuerpo no se lo permitía. Nunca había oído esa canción y, sin embargo, sentía como si supiera la letra antes de que Maren la pronunciara.

Un círculo de niñas,
un bolsillo lleno de rizos rojos.
¡Cenizas! ¡Cenizas!
Todas ardemos.

¿Los rizos rojos de quién? ¿Los bucles cobrizos de Solve que centelleaban bajo el sol de media noche? ¿O los de su hermana Kirsten, cuya intensidad resaltaba contra su piel pálida? Pero la imagen que acudió a la mente de Ingeborg fue la del cabello pelirrojo de su madre, ríos dorados de desenfreno que caían sobre sus hombros.

Maren tenía una expresión desafiante e Ingeborg deseó cantar con ella con el sabor del espíritu libre en los labios. Sería dulce, estaba segura. Cómo deseaba cantar con Maren Olufsdatter.

Un círculo de niñas,
un bolsillo lleno de rizos rojos,
achís, maldecís,
ahora te caes tú.

Las cuatro dieron vueltas y vueltas y bailaron al ritmo alegre de los extraños versos de Maren. La viuda Krog se adelantó con su bastón torcido en alto. Ingeborg se preparó para recibir un golpe en la espalda y la advertencia de que detuvieran el vergonzoso espectáculo. Pero la anciana no quebró el pequeño círculo. Ni mucho menos. Golpeó con su bastón la arena pesada, y luego otra vez. *Pum. Pum. Pum.* Al ritmo de los versos de Maren.

Las demás mujeres tampoco les dieron la espalda. ¿Acaso la fiebre de la víspera del solsticio las había trastornado? Una a una fueron dando un paso adelante para unirse al círculo.

Barbra Olsdatter fue la primera, y se hizo sitio entre Solve y Kirsten. Ingeborg soltó la mano de Kirsten para dejar entrar a Maritte Rasumusdatter, que trajo consigo a Karen Olsdatter, y luego a su hermana Gundelle. Después de las madres, las hermanas y las primas se sumaron las hijas. Todas las niñas de la aldea. El círculo de mujeres y niñas que bailaban crecía y crecía, de modo que Kirsten ahora se encontraba al otro lado del círculo. Una amplia sonrisa se había dibujado en el rostro de su hermana y sus rizos rojos rebotaban sobre sus hombros. Bailaron en una espiral al compás del viento sobre el mar, con el canto de los pájaros en el cielo y el golpeteo del bastón de la viuda Krog. *Pum. Pum. Pum.* Siguiendo los latidos de sus corazones.

¿Cuánto tiempo bailaron las mujeres y las niñas? No mucho, pero pareció una eternidad. Los hombres permanecieron en silencio, como si hubieran recuperado la sobriedad de golpe.

¿Quién de aquellos pescadores se turbó tanto al ver bailar a su esposa que corrió desde la playa hasta la casa del reverendo? Le pidió que fuera enseguida porque las mujeres estaban en un trance.

—¡Detened de inmediato este acto diabólico! —El reverendo Jacobsen irrumpió de pronto en la arena; sus negras vestiduras se agitaban como las alas de un cormorán gigante.

Pero era como si las mujeres tuvieran las manos atadas. Como si no pudieran detenerse, aunque quisieran. Habían caído bajo un hechizo, pero no del diablo, sino de ellas mismas.

Fueron los esposos los que rompieron el círculo. Strycke apartó a Solve de un tirón y la sacudió como si fuera un saco. Ingeborg captó el ardor en el rostro de Maren cuando se interpuso entre su tío y su esposa. Las mujeres se dispersaron, algunas aún con la luz del desenfreno en sus rostros, pero otras confusas, como si salieran de un estado hipnótico.

El reverendo Jacobsen comenzó a regañarlas y se ensañó con la viuda Krog, que había dejado de golpear su bastón. La anciana miraba al sacerdote con desconcierto.

—Tenía una mejor opinión de ti, Dorette Krog —la amonestó el reverendo Jacobsen—. Me pregunto qué pensará el comerciante Brasche de todo esto.

Kirsten corrió hacia Ingeborg, con lágrimas en los ojos.

—¿Qué hemos hecho mal, Inge?

Pero antes de que Ingeborg pudiera responder, una voz de mujer se alzó detrás de ellas.

—El baile es un invento del diablo, niña.

Ingeborg se volvió. La esposa de Heinrich Brasche estaba allí, observando con desagrado la escena en la playa. Rizos pálidos asomaban por debajo de su cofia blanca. Cruzada de brazos, era tan alta y estrecha como un pilar de piedra.

—Me escandaliza que se permitan estas prácticas paganas en nuestro pueblo. ¿Qué dirá mi suegro, el comerciante Brasche? —Fru Brasche se volvió hacia el reverendo Jacobsen.

—Es solo una noche al año —respondió el clérigo con la frente húmeda de sudor—. Y el comerciante Brasche autorizó la hoguera y el festín, porque cree que sirven para distraer a la gente de sus penurias.

Fru Brasche no parecía convencida y puso gesto de enfado cuando vio a la viuda Krog.

—Así que aquí estás, Dorette —exclamó—. He estado esperando mi cena durante toda una hora.

La viuda Krog bajó la cabeza y trepó por las dunas hacia Fru Brasche.

—Lo siento, señora —se disculpó mientras pasaba deprisa junto a Ingeborg y Kirsten—. Enseguida la sirvo.

—Espera y vuelve conmigo a mi casa —le indicó Fru Brasche—. He estado buscando a Heinrich. —Se volvió hacia el reverendo y bajó la voz—. ¿Habéis visto a mi esposo? A veces se codea con los pescadores. ¿Estaba en la reunión?

—No, no he visto a Herr Brasche —respondió el reverendo, que parecía sorprendido.

Los ojos de la viuda Krog se desviaron involuntariamente hacia Ingeborg y Kirsten.

Rápida como un halcón, Fru Brasche se percató del movimiento y miró a las hermanas con frialdad.

—¿Quiénes son estas muchachas? —preguntó al cura.

—Son las hijas de la viuda Sigvaldsdatter.

La expresión de Fru Brasche se endureció aún más al oír el nombre de su madre.

—He oído hablar de ella; nos debe mucho dinero. —Miró con frialdad a Ingeborg antes de girar sobre sus talones, con la viuda Krog apresurándose detrás de ella.

—¿Dónde está vuestra madre, niñas? —preguntó el reverendo.

Ingeborg apretó la mano de Kirsten como advertencia.

—En casa —mintió—. La víspera de San Juan le resulta demasiado triste desde que murieron nuestro padre y nuestro hermano.

—Sí, claro. —El reverendo asintió, pero sin ningún atisbo de compasión en sus ojos—. Id a casa, niñas, y rezad. Pedid perdón a Dios por haber participado del maligno baile de esta noche.

—¿Por qué le mentiste al cura? —susurró Kirsten mientras subían por las dunas hacia la suave hierba pantanosa—. No sabemos dónde está mamá.

—Es mejor que nadie lo sepa, Kirsten.

En el pantano se cruzaron con Maren Olufsdatter, quien cargaba a Peder, el hijo pequeño de Solve, en su cadera, y arrastraba del brazo a Erik, otra almita cansada.

—¿Dónde está Solve? —preguntó Ingeborg.

—Cumpliendo con sus deberes de esposa, en las dunas —dijo Maren escupiendo las palabras.

Ingeborg se ruborizó; esperaba que Kirsten no hubiera entendido lo que Maren había querido decir.

Pero Kirsten tenía otras preguntas para Maren.

—¿Tu madre era una bruja? —inquirió.

—Calla, Kirsten —la reprendió Ingeborg, pero Maren parecía complacida de que le hicieran esa pregunta.

—Sí, por supuesto. Una bruja muy poderosa. El propio gobernador le tenía miedo.

—No deberías hablar de esas cosas, Maren —le advirtió Ingeborg.

Maren pasó a Peder a su otra cadera mientras el pequeño Erik parecía a punto de desplomarse. Ingeborg sintió ternura por el pequeño y lo levantó en sus brazos.

—¿Por qué no? —replicó Maren—. Creo que la única forma de protegernos es hacer que nos tengan miedo.

—¿Quiénes? —preguntó Kirsten con los ojos muy abiertos.

—Los hombres con autoridad, pequeña —respondió despeinando los rizos rojos de Kirsten con su mano libre—. Mi madre no era como las demás brujas —prosiguió—. Tenía dos espíritus familiares a su servicio. Uno era un cuervo negro y el otro un gran alce.

—¿Has visto alguna vez al diablo? —murmuró Kirsten con la voz ronca de emoción.

Los ojos de Maren se encendieron con picardía.

—Desde luego, Kirsten Iversdatter. Y tú también, porque se presenta bajo muchas apariencias.

Kirsten dejó de caminar y se volvió hacia Maren con estupor.

—El diablo puede adoptar la forma de cualquier tipo de criatura. Puede ser un perro de caza grande y vigilante, o un gato negro astuto, o incluso un gorrioncillo que brinca por el suelo de tu casa. La mayoría de las veces se presenta como un hombre vestido de negro. Se disfraza de clérigo, pero debajo de su túnica es mitad bestia y tiene garras en vez de manos y cuernos debajo del sombrero.

Ingeborg sintió que se le oprimía el pecho y se le secaba la boca. Había vivido muchos años temiendo un encuentro con el diablo. Pero lo que decía Maren era pura tontería, ¿no?

Pasaron por delante de la casa de Heinrich Brasche, con el titilante resplandor de la luz de las velas en el interior, y se imaginaron a la viuda Krog, acobardada, sirviendo a la malhumorada Fru Brasche mientras esperaba a su esposo.

¿Por qué habían tomado este camino? Era la ruta más larga. ¿Y qué hacía Maren con ellas? Debería haber esperado a su tío y a su tía en la playa.

Las jóvenes bajaron la colina con los niños dormidos y

pesados en brazos. Pasaron junto al portón del establo de Heinrich Brasche, que estaba un poco entreabierto.

Ingeborg oyó un ruido en el interior, además del susurro de las vacas. Otro ruido. Jadeos, pero no de perro. Y luego un suspiro largo y cargado de desahogo.

Las tres chicas se giraron para mirar.

—Oh —susurró Maren.

Regresaron caminando a casa en silencio. Esta vez, Kirsten no tenía preguntas para Ingeborg. Lo que Ingeborg había visto le escocía los ojos, y tenía ganas de gritar. Pero debía mantener la calma. Fingir que no había visto nada.

—Será mejor que duermas aquí —le sugirió a Maren, y sacó pieles para ella, incapaz de mirarla a los ojos—. No puedes cargar con los dos niños hasta Andersby.

Maren le apoyó una mano en el brazo.

—Gracias, Ingeborg —respondió con voz amable, e Ingeborg se avergonzó al ver la compasión en sus ojos.

Se acostaron, pero les costó dormir. La luz entraba por las hendiduras en las paredes de la cabaña y su madre seguía sin volver. ¿Había perdido la razón? ¿O no le importaba lo que pudiera ocurrirles a sus dos hijas…, que valían mucho menos que un hijo?

Ingeborg observó a Kirsten acurrucada alrededor de Zacarías, dos inocentes borregas, y a los niños apretados junto a Maren. Podía ver cómo el pecho de la joven subía y bajaba mientras dormía. Esperó el regreso de su madre, pero los pájaros siguieron chillando toda la noche y no apareció.

La espantosa imagen persistía. Su madre con la falda subida a la cintura, el trasero desnudo y su piel opalina que brillaba en el establo sombrío; Heinrich Brasche que empujaba detrás de ella, su jubón verde tirado en el suelo del establo. Las nalgas desnudas. Por mucho que lo intentara, Ingeborg no podía apartar la imagen, y esta empezó a tomar otra forma: Heinrich Brasche, ahora más alto, vestido de negro y con cuernos en la cabeza, sujetaba la cintura de su madre con garras, no con dedos.

Cuando por fin se durmió, continuó oyéndolos en sueños, jadeando en pecaminosa fornicación.

El suspiro de ella, y luego el aullido de él, como el de un lobo a la luna.

CAPÍTULO 11

Anna

Era casi imposible dormir durante las semanas estivales de luz eterna. Bajaba la colgadura de la ventana todo el tiempo para conservar la penumbra de la alcoba, pero no era la luz lo que me molestaba tanto como los gritos de las aves marinas que chillaban sin descanso de camino a sus nidos en los acantilados.

La primera noche que aparecieron, me desperté asustada y corrí a la otra habitación, al jergón donde dormía Helwig.

—¡Despierta! —La sacudí de los hombros—. ¿De quién son esos gritos?

—Son solo los pájaros, ama —respondió mientras se frotaba los ojos con manos mugrientas.

—Pero es un ruido infernal, jamás había oído algo así.

—Regresan para anidar durante el verano. Vuelan a los acantilados de Ekkerøy, al otro lado del mar. —Helwig se levantó del jergón con evidente satisfacción por saber todo sobre algo de lo que yo no sabía nada—. Venid a verlos.

Abrió la puerta, que nunca estaba cerrada con llave. Lo único que Lockhert tenía que hacer era cerrar las puertas de la fortaleza y esto se convertía en una prisión para todos nosotros.

Seguí a Helwig al patio de la fortaleza. No tenía ni idea de qué hora era, tal vez fuera mitad de la noche, ya que el sol nunca se ponía durante este mes en el norte. El delicado cielo septentrional se parecía a los de los pequeños cuadros neerlandeses de los paneles de tu sala de invierno, con miles de pájaros blancos que quebraban su serenidad volando en una horda sobre la fortaleza.

—Vienen del este —precisó Helwig—. Siempre anidan en Ekkerøy, junto con las gaviotas y los halcones peregrinos. Sus huevos son deliciosos. —Sonrió, mostrando los dientes—. Si tenemos suerte, puede que el gobernador nos conceda algunos.

Mi estómago gruñó ante la mención de los huevos. En mi casa de Bergen, solíamos comer huevos de codorniz a la plancha con un poco de mantequilla.

Volvimos a la lúgubre y deprimente —siempre tan deprimente— casa comunal que hacía las veces de prisión, pero el chillido de los pájaros me impedía conciliar el sueño. Había una nota de pánico en el sonido que hacía que mi corazón se acelerara con anticipación, y tenía miedo de que me estallara.

Al día siguiente, el clamor de los pájaros continuaba. Helwig me dijo que debía acostumbrarme, pues el ruido persistiría durante todo el corto verano.

No estaba segura de poder confiar demasiado en Helwig. Una dama debería poder compartir todos sus secretos con su doncella, pero Helwig era también mi carcelera, ¿no es así? Me observaba con desconfianza cada vez que abría mi baúl de medicinas para catalogar su contenido. Yo ansiaba poder cultivar algunas hierbas y plantas, pero dudaba que esta isla rocosa tuviera mucho que ofrecerme en cuanto a recursos botánicos.

De vez en cuando, Helwig me preguntaba para qué podía servir cada hoja seca, raíz, tarro de polvo o tintura. Le expliqué que la raíz de consuelda era buena para muchas dolencias, en particular para las hemorragias; que las hojas de menta ablandaban el estómago y aliviaban el exceso de gases y que, pulverizadas, mitigaban los dolores de parto; mientras que mi decocción de rosas rojas era muy buena para los dolores de cabeza, y los dolores de ojos, oídos y encías.

Se acercó y cogió mi frasco de jarabe de hierba hedionda.

—¿Y esto para qué sirve?

Me molestó que hubiera tocado mi preciado brebaje, así que le dije que quitara el tapón y lo oliera. Se echó hacia atrás, como si algo la hubiera picado, y yo me mordí el labio para contener una carcajada impropia de una dama.

—Apesta —señaló—. Como pescado podrido. ¿Qué es esta cosa tan asquerosa?

—Solo con oler el jarabe le has hecho un bien a tu vientre —le informé a Helwig—. En verdad, no hay mejor jarabe para una mujer durante el parto. Refresca el útero; el exceso de calor del útero es lo que suele dificultar los partos.

Me miró con extrañeza.

—La hierba hedionda está regida por el planeta Venus, bajo el signo de Escorpio —añadí—. No hay mejor remedio para las aflicciones del útero ni mejor ayuda durante el parto.

—¿Tenéis experiencia en el arte del parto?

Levanté la cabeza, con el pecho orgulloso.

—He traído al mundo a más de cien bebés —respondí—. Mi esposo y mi padre eran médicos. Aprendí mucho de ellos, pero mi madre también me transmitió el arte de la comadrona.

—Ya no hay comadrona en Vardø.

—¿Qué le pasó?

—Era una bruja —murmuró Helwig, aunque no había nadie cerca que pudiera oírnos—. No hemos tenido comadrona durante diez años. Ninguna mujer desea ser llamada así en estos tiempos.

No necesitó dar más explicaciones, pues muchas de las brujas de las que yo había oído hablar habían sido comadronas. Pero lo mío se basaba en la ciencia y la respetabilidad, y yo era un tipo de comadrona diferente de esas astutas mujeres de campo.

—Hemos tenido que ayudarnos unas a otras —continuó Helwig meneando la cabeza con tristeza—. Muchas de las mujeres de la isla han muerto dando a luz.

—Es una vergüenza —exclamé, y hablaba en serio. Mi propósito ha sido siempre preservar la vida de los inocentes, y deseé que al menos algunas de las mujeres de la isla tuvieran parte de mis conocimientos para poder ayudarlas.

—La esposa del gobernador también está embarazada —comentó Helwig—. ¿La habéis visto?

—Aún no he sido invitada a la casa del gobernador —repliqué con acritud.

Habían pasado casi tres meses y aún no me habían presentado a la única otra dama en la isla de Vardø.

—Fru Orning no es tan fuerte como una isleña —aventuró Helwig con cuidado.

No respondí a su comentario, pues ¿qué era para mí la esposa del gobernador sino un fantasma que se negaba a conocerme?

—Es muy menuda —agregó Helwig.

La imagen del alto gobernador regresó a mi mente. Ayer mismo lo había visto partir de cacería junto con Lockhert y algunos de sus hombres; iban cargados de armas.

Solo tres soldados, entre ellos el joven capitán Hans, habían quedado para custodiarme, apostados en la garita de entrada. Había pasado junto a ellos ese mismo día mientras echaba un vistazo furtivo a las sólidas puertas de la fortaleza... y a las cadenas que las rodeaban. Cuando describí una vez más un círculo alrededor de la fortaleza, sentí un cosquilleo en la espalda y me volví, pero no había ni un alma en el patio. Salía vapor del lavadero, donde Helwig estaba ocupada haciendo su trabajo, así que no había podido ser ella.

Giré con lentitud y levanté la vista de modo instintivo hacia las ventanas del castillo. En lo alto, en una de las ventanas más pequeñas, divisé un rostro oculto —salvo por los ojos— detrás de un gran abanico negro. Tal vez me había estado observando todos los días de mi cautiverio, regodeándose en mis cansinos y solitarios paseos alrededor del patio. Alcé los ojos hacia ella, pues ¿por qué iba a esconder la cabeza con vergüenza?

Se le abrieron mucho los ojos y sus cejas se arquearon por la sorpresa de haber sido descubierta.

Hice una reverencia, con la falda abierta y la cabeza inclinada. Cuando volví a mirarla, había desaparecido de la ventana.

Me sentí un poco ofendida, porque ninguna dama debería huir de una reverencia.

La melaza infusionada en aceite de amapola me ayudó a conciliar el sueño durante la interminable claridad de las noches de junio. Sin embargo, el ruido de los gritos de los pájaros habitaba mis sueños, y me despertaba con el corazón acelerado, empapada en sudor y con las pieles que me cubrían mojadas por el calor de mi cuerpo.

Cuando levantaba la colgadura de piel de pescado para dejar entrar un poco de aire fresco y limpio en la húmeda habitación, era imposible saber qué hora era. La medianoche y la mañana eran iguales, sin sombra en la que poder refugiarse.

Oh, mi rey, qué expuesta me siento en cada momento de mis horas de vigilia.

El gobernador, Lockhert y sus hombres regresaron de tierra firme con las presas de su cacería. Los observé a través de una rendija en mi puerta mientras marchaban hacia el patio del castillo. No me pareció que tuvieran mucho de lo que enorgullecerse: un par de liebres y un montón de perdices blancas.

Helwig me contó más tarde que el gobernador estaba de mal humor porque habían seguido el rastro de un alce durante tres días, habían cavado un foso —que nunca fallaba a la hora de atrapar a las bestias— y, sin embargo, el alce los había eludido.

—Se rumorea que alguien había destrozado la trampa del bosque. El gobernador dice que son las brujas.

—¿Cómo sabes todo esto? —le pregunté.

—Me lo contó Guri, la criada de la esposa del gobernador —respondió Helwig, cruzándose de brazos, satisfecha con su relato—. Persiguieron al alce y lo enviaron directamente hacia el foso. Debería haber caído adentro, ¡pero voló por encima como por arte de magia!

El gobernador no permitía que ninguna presa de caza honrara mi mesa. El olor a perdiz asada atravesaba el patio y se burlaba de mí mientras deglutía el grasiento caldo de pescado. Me dolía la barriga y ansiaba alimentos que me saciaran: queso, carne y pan.

Aliviaba el hambre chupando una de mis almendras azucaradas y luego tomaba otra rodaja de uno de mis limones, lo espolvoreaba con más azúcar y bebía un sorbo de alguna otra cosa que me ayudara a dormir, pero no podía. El graznido infernal de los pájaros parecía estar dentro de mi cabeza y, cuando cerraba los ojos, lo único que veía era el tribunal en Copenhague y las togas de colores que bailaban y giraban una y otra vez y todos los alegres recuerdos de mi pasado mofándose de mí.

Debí de quedarme dormida, porque Helwig me despertó con brusquedad tirándome de la manga.

—Ama —exclamó—. Señora, despertaos.

—¿Cómo te atreves a ponerme las manos encima…? —empecé a protestar, pero ella habló por encima de mí, presa del pánico.

—Se trata de Fru Orning, la esposa del gobernador. Debéis venir. Guri le ha contado al gobernador que poseéis las habilidades de una comadrona.

—¿Cómo lo supo? —pregunté furiosa.

—Yo se lo dije —admitió Helwig en voz baja—. Ha ordenado que vayáis a asistir en el parto.

No tenía el menor deseo de ayudar a la esposa del gobernador en el parto, pero entonces Helwig dijo algo más.

—Quizá eso lo ablande un poco.

Apreté los dientes.

—Solo si todo sale bien.

En cuanto entré en la habitación, me di cuenta de que era demasiado tarde, porque el hedor de la sangre me golpeó como una ola. La esposa del gobernador yacía sobre un amplio lecho, diminuta y extenuada, como un desecho arrojado al mar. Tenía las mejillas marcadas y una palidez fantasmal, mientras que el rojo cubría toda sus partes inferiores y làs sábanas estaban bañadas en carmesí.

Su criada, Guri, estaba desconsolada; acunaba un pequeño bulto en sus brazos y las lágrimas que se deslizaban por su rostro no se correspondían con su rango.

—Entrégame el bebé —le ordené, y me dio el preciado envoltorio.

Ah, mi rey, era un bebé perfecto, de piel muy pálida y rizos oscuros como pegados a la cabeza, pero estaba claro que no había respirado ni una sola vez en esta vida, pues tenía los labios teñidos de azul y estaba en silencio.

Guri lo había limpiado y lo había envuelto con cuidado; solo se veía la luna de su carita perfecta, con los ojos cerrados, que nunca se habían abierto.

—Es demasiado tarde —anuncié—. El bebé está muerto.

—Llegó demasiado pronto —se quejó Guri con el rostro hinchado por el llanto.

Coloqué a la criatura en la cuna, sin saber qué hacer con esta pobre alma, pues necesitaba deshacerme de la sensación del cuerpecito inmóvil contra mi pecho.

Helwig estaba de pie detrás de mí y murmuraba oraciones. Guri me apoyó una mano húmeda en el brazo.

Me la sacudí. Qué atrevidas me resultaban estas mujeres del norte.

—Salvad a mi señora —me suplicó con los ojos desorbitados por el miedo.

—¿Sabe el gobernador que el bebé ha nacido muerto? —le pregunté.

La criada meneó la cabeza con lentitud.

—Pues entonces no se lo diremos, todavía no, no necesitamos molestias.

La esposa del gobernador era frágil y joven, y yo no estaba segura de que pudiera salir de esto con vida. Había perdido mucha sangre y seguía sangrando, pero como todo buen médico, me negué a darme por vencida y abrí mi botiquín. Cerré los ojos y respiré profundamente antes de empezar.

Saqué el frasco de jarabe de hierba hedionda y le di una cucharada.

Ella arrugó la nariz al sentir el olor y el sabor, lo cual era una buena señal.

—Tráeme agua hervida, mucha sal y más sábanas —le ordené a Helwig, mientras Guri comenzaba a sollozar de nuevo.

—¡No para de sangrar, señora! —gritó.

—Deja de llorar —le ordené— y haz exactamente lo que te diga.

Guri se enjugó el rostro húmedo con la manga y se aplicó con dedicación a la tarea que le había encomendado.

—Hierve un poco de vino y añádele un dedo de semillas de hinojo —le expliqué, y le entregué mi frasco de semillas de hinojo—. Tráelo en cuanto puedas.

Saqué mi jarabe verde de marrubio, enderecé un poco a la esposa del gobernador y la animé a beber una cucharada. La joven parpadeó y gimió. Recé para que fuera suficiente para expulsar la placenta.

—Necesito que pujéis de nuevo —le susurré al oído—. Para salvar vuestra vida, Fru Orning.

La muchacha se levantó sobre los codos y me miró. Tenía unos hermosos ojos marrones, como los de una cierva delicada, aunque su cara estaba muy marcada por la viruela.

—Ya viene —murmuró.

Gracias a Dios, la placenta salió con un gran chorro de sangre. Mientras tanto, Guri había vuelto con el vino de hinojo.

—Ayuda a tu señora a bebérselo —le indiqué—. Asegurará que el útero quede completamente limpio.

Guri temblaba mientras ayudaba a su ama a beber el vino.

—Esto es obra de brujas —susurró.

Ignoré su comentario y me dediqué a detener la hemorragia; para ello, preparé una cataplasma con un poco de raíz de consuelda. Deduje que la esposa del gobernador era de humor melancólico, estaba regida por la luna y era del signo de Cáncer.

Cuando hubiera recuperado un poco las fuerzas, pues a estas alturas ya no dudaba de mi capacidad para salvarla, le prescribiría un baño con mi decocción de hojas y bayas de laurel. El laurel es del sol, bajo el signo de Leo, y por lo tanto proporciona una gran defensa contra cualquier brujería.

Este es mi campo de batalla, mi rey. Tú envías a tus hombres a luchar por nuestro reino y muchos jóvenes mueren asesinados antes de tener siquiera más que unos pocos pelos en la barbilla. Pero las mujeres también luchamos, porque nuestra guerra está en el lecho de parto. Tus soldados vienen al mundo gracias a las batallas de sus madres, y nosotras marchamos al combate por voluntad propia porque la recompensa es grande. Pero cuando no lo es..., bueno, he conocido ese dolor, pues está enterrado en lo más profundo de mi ser. Y tal vez lo he encerrado bajo llave, y es mejor así, pues no quiero volver a enfrentarme nunca más a mi sufrimiento. Sin embargo, cada vez que me llaman para que asista como comadrona, las viejas heridas se empiezan a abrir y una parte de mí se pregunta si esta joven no estaría mejor en el otro mundo. Porque si así fuera, se evitaría años de embarazos —algunos abortos, otros partos— y gran parte de su padecimiento.

He visto a muchas mujeres morir en el lecho de parto, más que bebés nacidos; cada una de ellas ha dado su vida por una vida nueva.

Pero la esposa del gobernador no moriría, de eso estaba segura.

Helwig regresó con el agua y las sábanas. Ella y Guri retiraron las sábanas ensangrentadas y colocaron otras limpias debajo de la esposa del gobernador mientras yo la animaba a terminar el vino calentado con hinojo.

Cuando le acerqué la taza a la boca, sus párpados se agitaron y emitió un suave gemido.

—¿Cuál es su nombre de pila? —pregunté a Guri.

—Elisa —respondió.

—Elisa —musité—. Bebéoslo todo.

Esta chica no aparentaba tener más de veinte años y, sin embargo, su marido, el gobernador Orning, tenía la edad de su padre. Me resultaba desagradable, pero era un hecho bastante común en nuestros tiempos.

Ahora que estaba más despierta, los ojos de Elisa recorrían la habitación. Yo sabía lo que buscaba, por supuesto, pero también sabía que debía beber el brebaje. La hemorragia podía comenzar de nuevo si no lo hacía, y ya estaba tan blanca como las sábanas, como si fuera a desfallecer en cualquier momento.

—Mi bebé —susurró con voz ronca.

La ignoré y procedí a darle otra cucharada de vino de hinojo.

—Tenéis que beberos esto —repetí.

Me apartó la mano con más fuerza de la que esperaba.

—¡El bebé! —Se volvió hacia su criada—. Guri, ¿dónde está el bebé?

Guri empezó a llorar de nuevo; incapaz de mirar a su ama, volvió la cabeza hacia otro lado.

—¡No! —Elisa abrió la boca, parecía asustada—. Se enfadará mucho.

—Fru Orning, debéis beberos esto para poneros bien —insistí tratando de meterle más brebaje curativo en la boca.

—No —declaró y meneó la cabeza—. ¡Decidme qué ha pasado!

Las palabras me pesaban en la boca.

—Lo siento. Me llamaron demasiado tarde. El bebé está con Dios ahora.

Se quedó mirándome con ojos desorbitados.

—¡Me matará! —susurró horrorizada.

Antes de que pudiera detenerla, Guri levantó el bulto envuelto que yo había colocado, inerte como una piedra fría, en la cuna. En nuestra preocupación por intentar salvar la vida de su madre, nos habíamos olvidado por completo del bebé.

—¿Qué estás haciendo? —le susurré a Guri, pero ya le estaba entregando el bebé a la esposa del gobernador.

—Era una niña —le dijo a su ama.

Pero Elisa rechazó a su hija.

—¡Aléjala de mí! No puedo mirarla, no puedo —manifestó con gran angustia.

Guri pareció sorprendida y confundida mientras aferraba a la bebé muerta.

—¿No podéis salvar a la bebé? —Elisa se volvió hacia mí—. ¡Fru Rhodius, por favor, os lo ruego!

No nos conocíamos, pero, por supuesto, Fru Orning sabía quién era yo, ya que había sido su rostro el que me observaba desde la ventana del castillo durante mis caminatas.

—Lo siento —respondí—. Cuando llegué, la bebé ya había muerto.

Inclinó la cabeza y su cabello rubio y fino cayó sobre sus mejillas húmedas. No supe si lloraba por ella misma o por el bebé perdido.

Nadie habló y, por primera vez aquella noche, oí a los pájaros gritar y chillar fuera, como si se lamentaran.

—¿Ya lo sabe? —susurró Fru Orning desde la cama.

Se hizo silencio en la habitación, como si la amenaza del gobernador se hubiera vuelto palpable.

—No, señora —replicó Guri.

Fru Orning se volvió hacia mí. Su rostro lleno de cicatrices tenía un tinte amarillento, pero había dejado de sangrar.

—Fru Rhodius, ¿podéis decírselo? —me pidió en voz baja—. No puedo enfrentarme a su ira.

Las criadas parecían asustadas, pero yo no temía al gobernador.

—Lo haré —accedí—. Pero debéis beberos la poción que os he preparado. Os ayudará a curaros.

El contraste entre la enorme sala de la casa del gobernador y mi prisión no podía ser mayor. La luz entraba por las altas ventanas de cristal e inundaba todo con un resplandor dorado. Los suelos de madera estaban limpios y pulidos, y las paredes estaban cubiertas de hermosos tapices con escenas de caza: hombres erguidos en sus caballos que arrojaban lanzas a un pequeño oso pardo con ojos aterrorizados.

A medida que me adentraba en la sala, sentía como si el ambiente palpitara por el calor, pero no podía quitarme la capa, pues mi falda y mi camisa estaban salpicadas con la sangre de la esposa del gobernador. Bajé los ojos a mis pies y vi que las pantuflas de brocado que me enviaste se habían manchado de barro durante mi apresurada carrera por el patio mugriento, a pesar de los zuecos.

Mientras me acercaba, el gobernador se levantó de su silla junto a la chimenea y caminó hacia mí con expresión adusta.

"Ya sabe que su hija ha muerto", pensé; de hecho, la noticia se habría difundido en cuanto Helwig fue a buscar el agua y las sábanas. El gobernador Orning debía de estar al tanto de cada palabra que pronunciaban sus criados. Pero ¿por qué no había subido a la alcoba de su esposa para consolarla?

—¿Es verdad? —me preguntó—. ¿Mi hijo está muerto?

—Me temo que sí, gobernador —respondí, e incliné la cabeza.

—Pero sois una comadrona experta, Fru Rhodius. ¿Por qué no pudisteis salvar a mi hijo?

—Era una niña —lo corregí, y al instante, deseé haberme callado ese detalle, pues su rostro se ensombreció—. Me llamaron demasiado tarde; cuando llegué, la niña ya había nacido. —Me humedecí los labios—. No llegó a respirar. Ya está con el Niño Jesús y el Buen Dios.

—Maldita seáis, Fru Rhodius. —El gobernador golpeó la mesa con tanta brusquedad que me asusté.

—No es culpa mía —me apuré a explicar—. Lo he visto muchas veces. La bebé nació demasiado pronto.

—Pero ¿por qué nació demasiado pronto, Fru Rhodius? —bramó—. ¿Por qué me quitan a mi hija? Si soy un siervo leal del rey y de Dios, ¿por qué esta desgracia?

—Es la voluntad de Dios, gobernador.

—Pero ¿qué hay de nuevo en nuestra isla de Vardø?

¿Quién ha traído al mismísimo diablo a mi casa, para maldecirme a mí y a mi hija?

Me negué a responder a su aberrante insinuación.

—Vuestra doncella Helwig me ha dicho que tenéis un botiquín lleno de extrañas pociones y hierbas —agregó el gobernador.

¡Esa pequeña víbora de Helwig!

—¿No es eso brujería? ¿Habéis entrado en mi casa y maldecido a mi familia, mujer? ¡Porque yo creo que sí!

—Poseo un botiquín de médico con hierbas y tinturas que han salvado la vida de vuestra esposa, gobernador —me defendí, alarmada por sus acusaciones.

Hizo un gesto despectivo con la mano, como si la vida de su esposa tuviera poco valor para él. Advertí por primera vez dos grandes perros loberos a ambos lados de él, con sus grandes lenguas que colgaban de sus mandíbulas pesadas.

—Creo que sois una bruja, Fru Rhodius, y que me habéis echado un maleficio. —Me lanzó esas palabras con fuerza y retrocedí.

—Gobernador, soy una sierva devota de Nuestro Señor... —comencé, con el pánico corriendo por mis venas.

—¡Fueron las brujas las que sabotearon nuestra cacería, las que le concedieron al alce el poder de volar por encima del foso! —me interrumpió—. ¡Fue un espectáculo espeluznante!

Dio un paso amenazador hacia mí y los perros gruñeron cuando se adelantó.

—¡Estoy seguro de que participáis en los aquelarres con otras brujas y que habéis confabulado con el diablo, y haré que os quemen en la hoguera por eso! —bramó enfurecido.

Su amenaza me llenó de terror.

—Soy una mujer buena y devota, una leal servidora de nuestro rey —le supliqué.

—¡Todas las brujas dicen lo mismo!

Por un momento, me vino a la mente la imagen del lugar

de ejecuciones que se alcanzaba a divisar desde los muros de la fortaleza y de una hoguera ardiendo allí, e imaginé que el gobernador Orning podría estar pensando en lo mismo, a juzgar por la expresión de sus ojos.

No tenía tiempo que perder si quería salvarme.

—Creo que el rey Federico me ha enviado a Vardø para ayudaros, gobernador —me apresuré a sugerir.

El gobernador enarcó las cejas; la curiosidad parecía haber aplacado su rabia.

—¿De veras, Fru Rhodius?

—Vuestras palabras son ciertas, gobernador, hay brujas aquí en el norte, pero yo no soy una de ellas. El rey desea que liberemos a esta región de las brujas.

—¿Y qué os hace suponer que habéis sido elegida por el rey para esta tarea? —preguntó el gobernador con aire sombrío—. ¿Acaso no sois una enemiga del rey, una prisionera...?

—¡Jamás! —afirmé con vehemencia—. Amo a mi rey y daría mi vida por él.

¡Esto lo sabes bien! ¡Lo he hecho todo por ti, mi rey!

La expresión del gobernador Orning se atenuó, y su mirada se aclaró.

—Yo podría resultaros útil —insistí, y me humedecí los labios con nerviosismo—. Según las leyes de nuestra tierra, podéis arrestar a las brujas sospechosas, pero tendréis que oír sus confesiones para poder condenarlas. Las brujas, como bien sabéis, son criaturas astutas, pero las mujeres confiarán en mí porque soy mujer, y además, una prisionera. Me ganaré su confianza y lograré que me revelen sus secretos más oscuros.

Se quedó pensativo, con sus ojos grises iluminados por chispas de pedernal.

—He oído decir que estas brujas retozan con el diablo en Domen cuando sus esposos salen de pesca. Se escabullen hasta la cima de la montaña y se desnudan ante él —prosiguió, acariciando la cabeza de uno de sus perros loberos, con los ojos fijos en mí y un destello de fervor en ellos—, y si eso no fuera suficientemente depravado, estas madres entregan a sus propias hijas al diablo. Muchachas jóvenes, vírgenes, son desposadas con el Señor de la Oscuridad.

—Qué perversidad —murmuré con el corazón apretado en el pecho—. ¿Qué mujer haría algo así a su propia hija?

—¡Fru Rhodius, os ordeno que me asistáis en la batalla contra las brujas de Varanger!

Asentí con toda la dignidad que pude, embargada por el alivio y la vergüenza. Había desviado sus sospechas hacia otras. Deseaba saber si me recompensaría, pero decidí que no era necesario decir nada, pues no necesitaba sus recompensas.

Purgaré el norte del mal, y cuando tú, mi rey, hayas visto lo que he hecho por ti, me permitirás ir a casa, ¿verdad?

Cuando me retiraba del salón dorado, el gobernador me llamó, impulsado por un pensamiento tardío.

—¿Vivirá Fru Orning?

—Creo que sí —respondí, y me volví.

—Deshágase del bebé muerto, Fru Rhodius —me ordenó—. No quiero mirar esa cosa maldita.

Estaba de espaldas a una de las ventanas. La luz iluminaba el blanco de su cabello y las arrugas en su piel. Me sorprendió su edad avanzada, mientras que su esposa era poco más que una niña.

De regreso en la planta superior, Fru Orning sufría dolores terribles en el vientre. Para calmarlos, eché un poco de aceite de amapola en el vino de hinojo.

—Lleváosla —susurró mientras se le cerraban los párpados.

Esperé a que su respiración se volviera más profunda y le ordené a Helwig que recogiera a la criatura.

—Por favor, no, Fru Rhodius —protestó horrorizada.

—Debes hacer lo que te digo —insistí: mi venganza contra Helwig por haberle contado al gobernador que yo era una comadrona y poseía hierbas y remedios curativos.

Recogí mi botiquín, y Helwig, con el cuerpecito rígido en los brazos, me siguió fuera de la alcoba y por la escalera del castillo. No nos cruzamos con nadie y podría haber sido de noche, aunque era imposible saberlo porque la oscuridad del exterior era implacable.

Atravesamos el patio de la fortaleza. El gobernador no me había dicho dónde enterrar a la bebé, pero el suelo era duro como una roca.

—¿Adónde la llevaremos? —preguntó Helwig—. Fru Rhodius, quiero deshacerme de ella.

—Necesitamos algo para cavar un hoyo —señalé, y deseé que hubiera habido oportunidad de bautizar a la criatura antes de que muriera. La pobre alma debía estar en un cementerio cristiano. Pero por lo visto, los métodos del gobernador eran crueles y extraños.

No podía pensar en otra persona que pudiera tener una herramienta para nuestra tarea que el alguacil Lockhert. Me dirigí a la garita de entrada y llamé a la puerta. El corpulento alguacil la abrió y me miró con gesto ceñudo.

—El gobernador ha pedido que enterremos a la bebé que él y Fru Orning han perdido, pero no tenemos medios para cavar... —me apresuré a explicar.

—Démela —interrumpió el alguacil, con semblante impasible—. El gobernador vino y me dijo que las brujas habían maldecido a su hija.

—Pero ¿qué vais a hacer? —me oí preguntar, pues no me gustaba la idea de entregar esta alma perdida al horripilante alguacil.

—No ha sido bautizada. Será mejor arrojarla a las llamas para que el diablo no se apodere de su alma.

Helwig soltó un pequeño hipo de angustia, pero de todos modos entregó a la bebé muerta. Lockhert la cogió sostuvo si fuera un pedazo de turba, nada más.

Me volví hacia la puerta con mis zuecos toscos, no quería saber nada más de aquel lamentable asunto.

—¿Así que ahora vais a ayudarnos a cazar a las brujas, Fru Anna? —me gritó Lockhert mientras me alejaba, con una nota burlona en la voz—. ¡Será mejor que no defraudéis al gobernador!

Me desplomé en la cama, arrastré las pieles frías sobre mis huesos exhaustos y agité los pies para quitarme las pantuflas sucias. Aún llevaba la camisa manchada con la sangre de Fru Orning, pero estaba demasiado cansada para quitármela. Sin embargo, cuando intenté dormir, no pude, pues el corazón me latía con rapidez y los pensamientos se agolpaban en mi mente.

Había hecho promesas al gobernador que temía no poder cumplir.

CAPÍTULO 12

Ingeborg

Después del baile de la noche de San Juan, el reverendo Jacobsen predicaba con un fervor nuevo. El fugaz verano se desvaneció y la lluvia y el viento que llegaban del oeste cubrían la aldea de una luz gris y sombría, atravesaban el pantano y silbaban entre los bosques de abedules delgados.

En los escasos días secos, Ingeborg recogía los últimos destellos de color en el bosque; un pálido sendero de luz se abría bajo sus pies mientras deambulaba entre los árboles. Los llevaba consigo a la oscura cabaña: los brezos sobre el pantano, los púrpuras y verdes sobre la tierra negra; las hojas doradas de los abedules que caían en remolinos al suelo.

Ingeborg había renunciado a cazar en el bosque. Alguien inutilizaba sus trampas. Sin embargo, en su lugar, solían dejarle un regalo: un plato tapado lleno de arándanos, un pequeño tarro de mantequilla cremosa, manojos de hierbas y tubérculos, puñados de setas terrosas u hojas de algas marinas, tostadas y saladas. Su fastidio se había convertido en asombro por cómo aquella chica, Maren Olufsdatter, lograba obtener alimentos tan deliciosos de un terreno tan inhóspito.

Los domingos, todas las mujeres del pueblo vestían lo

mejor que tenían. Faldas y blusas de lana en tonos descoloridos. Lencería de color crema por el uso, al igual que los pañuelos que llevaban sobre los hombros, los delantales y las cofias para cubrirse el cabello. Ni un rizo fuera de sitio. Un desafío permanente para Kirsten, cuya cabellera roja se negaba a ser confinada.

Los pescadores, aseados con agua fría de pozo, entraban arrastrando los pies, rígidos e incómodos, con los rostros rubicundos, en la pequeña iglesia. Todos se apretaban en el estrecho espacio. Los olores se mezclaban; Ingeborg se sentía mareada mientras la voz del reverendo Jacobsen resonaba con monotonía. La única forma que tenía de no salir corriendo de la sofocante iglesia era dejar que su mente vagara. Como si pudiera separar sus pensamientos del cuerpo.

Era una sensación agradable, flotar sobre todos los aldeanos congregados y observarlos. Sus vecinos intentaban ocultar su aburrimiento y sus bostezos. Ingeborg flotó sobre el comerciante Brasche y su hijo Heinrich, su esposa y sus hijos, quienes ocupaban los primeros bancos de la iglesia. Se maravilló de sus espaldas rectas y su digna concentración. Incluso los niños permanecían sentados, erguidos y serenos. Pero tal vez era más fácil permanecer sentado en tu propio banco, con cojines mullidos sobre los que arrodillarse. Se concentró en la familia y contempló el delicado jubón de seda de Fru Brasche, bordado en el azul más profundo de los cielos primaverales del norte. Qué bien le quedaría a su madre. Fru Brasche estaba embelesada y absorbía cada palabra que decía el reverendo Jacobsen mientras su boca susurraba oraciones. Por su parte, su esposo Heinrich, con ojos inquietos, parecía más bien un caballo a punto de desbocarse. La pareja rezumaba infelicidad.

El reverendo Jacobsen predicaba, enmarcado por el magnífico retablo con sus tallas, pilares pequeños y vides retorcidas. A sus espaldas se alzaba un gran cuadro al óleo de la familia Brasche: el viejo comerciante y su esposa, junto con sus dos hijos, uno de ellos Heinrich, y sus dos hijas. Todos ellos vestidos de negro austero, con grandes gorgueras blancas y las manos unidas en señal de oración. En la parte delantera del cuadro había tres bebés envueltos: los niños que no habían sobrevivido. Estos Brasche pintados miraban a la congregación con expresiones de censura.

Ingeborg volvió flotando a su cuerpo, apretujada junto a su madre y su hermana. Escuchó lo que el reverendo estaba diciendo, mientras, de fondo, se oían las olas que rompían contra las rocas fuera de la pequeña iglesia.

—Es posible que el diablo se os aparezca en un primer momento como un hombre —los alertó—, pero si lo miráis de cerca, sabréis que es el Maligno, porque puede que tenga garras en vez de manos, o la mirada fija de una vaca. Y siempre —enfatizó y levantó el dedo, señalando a los aldeanos— irá vestido de negro, de la cabeza a los pies.

¿Acaso el propio reverendo Jacobsen no iba vestido todo de negro? Salvo por el rígido alzacuello blanco que le apretaba con tanta fuerza que la carne se le abultaba por encima, roja y furiosa. Pero el resto de él era capa tras capa de negro. Tanta tela que era difícil distinguir la forma de su cuerpo rollizo debajo.

—El diablo os prometerá riquezas, pero no tiene el poder para daros esas cosas. No le creáis. Quiere convertiros en sus siervas. El Maligno os llevará a sembrar la destrucción y la muerte sobre vuestros propios esposos, hermanos e hijos.

Ah, por supuesto, el reverendo Jacobsen estaba advirtiendo a las mujeres. Sus esposos partirían pronto hacia los caladeros de invierno y estarían ausentes durante meses. Las semanas oscuras eran la época de la tentación.

El clérigo dio un paso adelante y extendió la mano como para bendecir a todos los presentes.

—Hay muchos demonios —añadió con un susurro

dramático—. Cada bruja sirve a su propio demonio, a quien se entrega.

Ingeborg no podía ver ahora la cara de Fru Brasche, pero divisó la inclinación de su cabeza e imaginó la expresión ferviente en su rostro. Lo que el reverendo quería decir era que las mujeres muy malas se acostaban con el diablo y luego se convertían en brujas.

Una imagen desagradable afloró en su mente. Su madre y Heinrich Brasche juntos en el establo la víspera del solsticio. Se volvió hacia Kirsten, que se movía inquieta a su lado. ¿Estaba recordando lo mismo? Pero su hermana menor no parecía estar escuchando al reverendo. En vez de eso, retorcía un hilo suelto de su delantal alrededor del dedo meñique y tiraba de él para que se deshilachara.

Ingeborg se volvió hacia su madre. Era tan hermosa, una joven viuda muy peligrosa: la esbelta línea de su cuello, con el diminuto vello dorado en la nuca, y su piel de porcelana, tan suave en las mejillas, a diferencia de las arrugas de Fru Brasche.

Su madre estaba muy quieta, también ella embelesada. Pero sus ojos no estaban enfocados en el reverendo Jacobsen.

Estaban clavados en la nuca de Heinrich Brasche.

Allí estaban los gruesos rizos castaños del joven caballero y su espalda recta, ajena al manejo de las redes y el trabajo agotador. Tan alto, sin las preocupaciones de tener que alimentar a su familia. ¿Acaso era el diablo sentado entre ellos?

—Para practicar su magia negra, estas mujeres despreciables invocan al discípulo de su diablo o a sus espíritus familiares –continuó el reverendo Jacobsen.

¿No les había dicho Maren Olufsdatter a Ingeborg y a Kirsten que su madre tenía dos espíritus familiares: un cuervo negro y un gran alce? Ingeborg se pasó la lengua por los labios. Los tenía resecos y lo que más deseaba era beber agua. La iglesia le resultaba asfixiante. ¿Qué había dicho Maren? "La única forma de protegernos es hacer que nos tengan miedo".

Se contaba que la madre de Maren se había sentado sobre un barril que flotaba en el océano, con los brazos en alto, y que había lanzado relámpagos blancos y dentados al mar embravecido, con su cabello negro siseando como una serpiente en la tormenta de invierno.

¿Era así como se metía miedo, con historias de brujería y magia de las tormentas?

El reverendo Jacobsen había terminado su sermón. Todos se arrodillaron sobre el suelo frío y duro de la iglesia; la comunidad entera apiñada. Alguien se tiró un pedo y Kirsten soltó una risita.

Ingeborg también sintió ganas de reír. Apretó las manos y cerró los ojos. Le dio un pellizco a Kirsten para que parara de reírse. Les habían dicho que la risa y el placer pertenecían al diablo.

—Protege a mi madre del Maligno y de la tentación del placer —susurró.

El diablo bailaba en su cabeza. Tenía el mismo pelo castaño y grueso y los mismos ojos color avellana que Heinrich Brasche. Pateaba y brincaba vivaz, con las manos en las caderas, y luego tomaba la mano de su madre, cuya melena roja y dorada ondeaba con libertad y desenfreno. El diablo y su madre daban vueltas y vueltas. Bailaban con tanta pasión que nadie podía separarlos.

El último domingo de agosto era un día tibio y luminoso. Un inusitado brote de calor antes de que empezara a soplar el frío viento. Los aldeanos salieron en tropel de la iglesia, absorbiendo el aire dulce y la luz.

Al llegar a la casa, Ingeborg y Kirsten se quitaron las cofias y se soltaron el cabello.

—Vamos a recoger los últimos arándanos —sugirió Ingeborg.

Kirsten aplaudió encantada.

—¿Puedo llevar a Zacarías?

—No, tontuela, sería un estorbo.

—Es una buena borrega, mejor que un perro.

—Podría atraparla un zorro —advirtió Ingeborg—. No querrás perder a Zacarías, ¿verdad?

—No animes a tu hermana a que se encariñe con la borrega —la reprendió su madre con voz fría—. Kirsten, sabes bien que la borrega es nuestro ganado. Algún día será sacrificada por su carne.

El rostro de Kirsten se ensombreció, pero se quedó callada; sabía que su madre la abofetearía por insolente si respondía.

—Madre, ¿nos acompañas a recoger bayas al bosque? —le propuso Ingeborg.

Kirsten tiró de su falda y murmuró:

—¡No!

Ingeborg quería vigilar a su madre y mantenerla lejos del hijo del comerciante.

Pero Zigri Sigvaldsdatter meneó la cabeza. Ya estaba entrelazando la cinta azul en su cabello.

—No, niñas, tengo otros asuntos que atender —respondió.

—Madre, recuerda las palabras del reverendo Jacobsen de esta mañana —susurró Ingeborg.

Su madre pareció desconcertada y se sonrojó enseguida.

—¿Qué quieres decir, Ingeborg?

Se hizo un silencio pesado y difícil. Las palabras se atascaron en la garganta de Ingeborg. Quería gritarle a su madre. "¡No andes coqueteando en el establo de Heinrich Brasche porque alguien te verá como te vimos nosotras!". Pero su madre tenía una expresión resuelta. Era obvio que había probado algo que había despertado su deseo e

Ingeborg sabía que todas sus advertencias solo servirían para recibir una bofetada en la cara.

De modo que meneó la cabeza y se encogió de hombros; levantó una de las cestas y le entregó la otra a Kirsten.

Cómo apreciaba Ingeborg los ralos bosques cercanos. Había oído decir que no había ni un solo árbol en la isla de Vardø, donde vivía el gobernador de Finnmark. ¿Cómo podían soportarlo los isleños? Ella adoraba sus árboles, por delgados que fueran.

Ella y Kirsten corrieron entre los abedules y los pinos. Ya habían caído muchas hojas, pero, por supuesto, el abeto conservaba su espeso follaje, e Ingeborg aspiró el limpio aroma de pino y se permitió olvidar sus temores sobre su madre y Heinrich Brasche.

Cuando se acercaron a los arbustos de arándanos, vieron otra figura con una cesta en el brazo; inclinada, recogía las bayas carnosas y oscuras.

—Maren Olufsdatter —gritó Kirsten.

Maren se giró.

—Hola, niñas Iversdatter —las saludó—. ¡La tierra es rica!

El cabello de Maren, negro como el cuervo, le llegaba a la cintura. Era tan alta como había sido el padre de Ingeborg, de caderas estrechas y piernas largas como las de un potrillo.

Maren las condujo a un enclave dentro del bosque, con el suelo tapizado de arbustos de arándanos.

—Zare, mi amigo, me enseñó este lugar. —Se lamió las puntas de los dedos, ya azules por el jugo de las bayas—. Es el hijo de Elli, la mujer sami que fue detenida junto con mi madre.

—¿Murió como tu madre? —preguntó Ingeborg.

—No, ¡se escapó de la fortaleza! —exclamó Maren—. Elli aún vive.

Comieron y recogieron frutos hasta que sus labios se tiñeron de color malva y les dolió la tripa.

Al cabo de un rato, Kirsten se sentó con pesadez sobre la maleza, con las manos en el vientre.

—Me siento mal —gimió.

—Mastica esto y se te pasará. —Maren le entregó una ramita de menta.

Maren apoyó su cesta cargada en el suelo y se tumbó junto a Kirsten. Estiró los brazos y las piernas de forma indecorosa e Ingeborg pudo ver la piel oscura de sus piernas debajo de la falda arrugada.

—Descansemos un rato —declaró, y Kirsten, feliz de poder librarse de la tarea de recoger bayas, se tumbó a su lado.

—El suelo podría estar húmedo, Kirsten. Levántate ya mismo —protestó Ingeborg.

—Pero no lo está —replicó Maren, y se sentó—. Descansa un poco, Ingeborg. Trabajas demasiado.

Ingeborg se sentó con cautela. Esperaba que la tierra estuviera fría y dura, pero le resultó más blanda que sus camas de ramas de abedul. Además, el suelo emanaba un calor reconfortante.

—¿Queréis oír un cuento? —preguntó Maren, y sacó unas hojas verdes y tallos de hierba nudosa de los bolsillos de su falda.

—Ay, sí. —Kirsten se metió en la boca el suculento tallo verde que le dio Maren y comenzó a masticarlo como si fuera un animalito del bosque.

—Bueno, pues entonces voy a empezar —anunció Maren, encantada de tener público—. Había una vez una niña que caminaba por los bosques del sur de Noruega, donde crecen los avellanos. Estaba partiendo los frutos que había recogido de uno de esos árboles. —Maren se volvió hacia Ingeborg con sus cautivadores ojos verdes. Ingeborg sintió que se ruborizaba. Se preguntó si Maren habría visto o probado alguna vez una avellana. ¿Se las traería su padre, el pirata?—. Esta niña… la llamaremos Freyja, en honor a la diosa del amor *y* la guerra.

—Shhh —la amonestó Ingeborg—. Es peligroso hablar de la antigua religión.

—¿Quién nos va a oír? —replicó Maren mientras seleccionaba el tallo más largo y jugoso y se lo ofrecía a Ingeborg.

Incapaz de resistirse, Ingeborg empezó a chupar el jugo del tallo mientras Maren continuaba con el relato.

—Freyja encontró un gusano dentro de una de las avellanas y estaba a punto de apartarla cuando se le apareció el diablo. Sabía que era el diablo porque tenía un gran sombrero negro en la cabeza y garras en vez de manos.

Kirsten entrelazó las manos con los ojos curiosos.

—"¿Es verdad lo que todos dicen de ti?", le preguntó Freyja al diablo. "¿Que puedes adoptar el tamaño que desees? ¿Tan grande como una montaña y tan diminuto como un gusano?".

Maren bajó la voz.

—"¡Claro que puedo!", respondió el diablo, orgulloso. —Maren sonrió a Kirsten antes de continuar—. "Pues bien", dijo Freyja. "Me gustaría ver cómo te cuelas por el agujero de gusano que hay en mi avellana". Y abrió la palma de la mano para mostrarle al diablo la pequeña avellana con el diminuto agujero de gusano en la cáscara.

"El diablo rio divertido ante el desafío. Se quitó el sombrero y lo colocó con cuidado junto a las raíces de un árbol. Batió las palmas tres veces y se convirtió en un gusanito sobre la mano extendida de la niña. Luego se escabulló dentro del agujero de la avellana.

—¿Cómo puede caber el diablo, tan grande, en un agujero tan pequeño? —interrumpió Kirsten.

—Como había dicho, puede adoptar el tamaño que quiera —respondió Maren.

Ingeborg meneó la cabeza. Debería impedir que Maren llenara la cabeza de su hermana con semejantes tonterías, pero hacía mucho tiempo que no veía a Kirsten tan feliz. Además, una parte de ella también estaba disfrutando del momento, con las voces de los personajes que llenaban su mente mientras observaba a Maren.

Maren era una pobre pescadora como ellas y, sin embargo, cuando narraba su historia, Ingeborg podía ver a la antigua diosa nórdica Freyja en ella, en la suavidad oscura y húmeda de sus ojos y la manera en que se mordía el labio superior. Amor y guerra.

—Freyja buscó una ramita y la metió en el agujero de la avellana. Luego recogió el gran sombrero del diablo y se lo colocó en la cabeza. —Maren hizo el gesto de ponerse un sombrero imaginario—. "Ahora", pensó, "tengo al diablo en la palma de mi mano". Se sintió muy lista mientras avanzaba por el bosque con el sombrero del diablo.

Kirsten apoyó la cabeza en el regazo de Ingeborg y sus rizos rojos se esparcieron sobre el delantal blanco. Ingeborg hizo girar el pelo de su hermana alrededor de sus dedos como si fueran anillos de oro mientras las dos prestaban atención a Maren.

—Al cabo de un rato, Freyja dejó atrás el bosque y bajó por la colina hacia el pueblo. "Me gustaría darle una lección o dos a este pomposo diablo", pensó, así que se dirigió al herrero que estaba trabajando fuera de su taller.

Maren saltó y se quitó un sombrero imaginario, como si fuera Freyja.

—"Por favor, maestro herrero", pidió con su voz más educada, "¿puedes romperme esta avellana?". Y sacó de su bolsillo la avellana con el diablo dentro.

Maren se llevó las manos a las caderas y separó las piernas para imitar al herrero.

Kirsten dio un chillido de entusiasmo.

—"¿Por qué me molestas con semejante tontería?", replicó el herrero, cuyo aspecto era mucho más temible del que jamás había tenido el diablo. "Quítate ese ridículo sombrero de la cabeza ya mismo". Pero Freyja se negó a quitarse el sombrero y le rogó al herrero que intentara romper la avellana. El hombre la tomó y meneó la cabeza ante la estupidez de la niña, pero, para su sorpresa, aunque trató con todas sus fuerzas de romper la cáscara en su enorme y fuerte puño, no pudo abrirla.

Maren se dejó caer en el suelo junto a Ingeborg y Kirsten. Se inclinó sobre Ingeborg y acarició el cabello de Kirsten.

"Maren huele a bosque", pensó Ingeborg. "A pino y humo de leña". Mientras enroscaba los dedos en el pelo de Kirsten, tocó las manos de Maren. Levantó la vista; Maren le sonreía. Con lentitud, Ingeborg retiró la mano del cabello de su hermana al sentir que le ardían las mejillas. Maren también retiró la mano, sin dejar de sonreír a Ingeborg.

—De modo que el herrero tomó un martillo pequeño. "Esto sí que es extraño", pensó. Colocó la avellana sobre el yunque y bajó el martillo, pero la avellana no se partió. — Maren hizo una demostración de un martillo imaginario golpeando una avellana imaginaria—. Buscó un martillo más grande y golpeó la avellana, pero esta seguía sin romperse. El herrero se estaba enfadando. ¿Por qué no conseguía romper esa pequeña avellana? Tomó su mazo más grande y lo abatió con todo su vigor. Y la cáscara se rompió con tal fuerza que el techo del taller voló por los aires.

—¿Hizo mucho ruido? —preguntó Kirsten a Maren, atónita.

—¡La avellana hizo tanto ruido al partirse que todos los habitantes de la aldea corrieron a sus casas y cerraron las ventanas pensando que se avecinaba una gran tormenta!

—Oh, ¡qué tontos! —exclamó Kirsten con los ojos brillantes.

—El herrero se quedó aturdido. "Vaya, esa avellana era tan difícil de romper que podría haber tenido al mismísimo diablo en su interior", comentó, molesto porque su tejado había volado por los aires. "Pues lo tenía", dijo Freyja. La niña se caló el gran sombrero y salió del pueblo para adentrarse de nuevo en el bosque. Cuando volvió a quedarse sola, se comió todo lo que había dentro de la cáscara de avellana. Se quitó el sombrero del diablo y lo dejó junto al tronco del árbol para que él lo encontrara, pero nunca más lo volvió a ver.

—Pero si se comió la avellana, ¿eso significa que el diablo está dentro de Freyja ahora? —preguntó Kirsten.

Maren se encogió de hombros.

—Bueno, así es la historia.

—Es mentira, Kirsten, es una historia tonta —terció Ingeborg.

—Siempre hay algo de verdad en todos los cuentos, Ingeborg —la desafió Maren.

—¿De dónde has sacado ese cuento ridículo? —Ingeborg se puso de pie y se quitó los restos de hojas y tallos de hierba nudosa de la falda. Había comido demasiado de lo que Maren le había dado y ahora se sentía un poco revuelta y le dolía la mandíbula de tanto masticar.

—Me lo contó mi madre —respondió Maren, y le dirigió una mirada solemne.

—¿Tu madre la bruja? —susurró Kirsten, sobrecogida.

Maren asintió.

—Cuéntame otra historia que te haya contado tu madre —le pidió Kirsten.

—Ya basta —declaró Ingeborg con firmeza. Tomó a su hermana de la mano y tiró de ella para que se pusiera de pie, a pesar de que su corazón rogaba: "¡Sí, más, más!"—. Es hora de irnos.

Sintió los ojos de Maren clavados en su espalda mientras

emprendía la vuelta a través de los abedules, con Kirsten a rastras y la cesta golpeándole las piernas. Se sentía tentada a volver, ya que ansiaba oír más relatos de chicas listas que podían burlar al diablo, pero dejar volar su imaginación no podía traer nada bueno. Nada en absoluto.

Ingeborg echó a correr, tirando de Kirsten y ajena a sus protestas. Era como si corriera con el viento, aunque las ramas en lo alto no emitían ni el más mínimo susurro.

CAPÍTULO 13

Anna

EL BREVE VERANO HABÍA VOLADO COMO LAS SÁBANAS perdidas del tendedero de Helwig. Y luego llegó la lluvia procedente del oeste, cálida al principio, pero intensa, y empapó toda la isla. El agua corría por el tejado del castillo y encharcaba el patio. Pronto nos hundíamos hasta los tobillos en el fango cada vez que íbamos al pozo o al lavadero.

En cuanto a mi húmeda prisión, la lluvia se deslizaba por el techo de turba hundido y bajaba por las paredes interiores. Helwig estaba frenética; encajaba trozos de turba en los agujeros de las paredes agrietadas para mantener alejadas a las ratas. A mí me parecía una tarea inútil, pues en cuanto encontraba y tapaba un agujero, descubría otro.

—Aparecerán pronto —me advertía con la voz entrecortada por el pánico.

Yo no temía a las ratas, aunque mi relación con ellas era sombría. Durante los años de la peste, cuando atendía a los enfermos en Bergen, las ratas solían merodear alrededor de los pacientes. Vi a una morder el dedo de la mano de un niño agonizante. El pequeño, en medio del sopor causado por la fiebre, ni siquiera gritó. Poco después, el pobrecito era otra alma inocente que había ido al encuentro del buen Dios.

Había consolado a muchos angelitos y enjugado sus frentes; algunos de estos niños moribundos estaban solos en el mundo, pues la peste se había llevado a sus padres antes que a ellos.

Cuando el viento sobre la isla cambió de dirección y comenzó a soplar desde Rusia, la lluvia se convirtió en pequeñas piedras de granizo que se abatían sobre mí cada vez que me llamaban para hablar con el gobernador. Y tras el granizo llegaba la aguanieve, violenta y penetrante.

¡Cómo añoro los radiantes y lejanos septiembres en Copenhague! Anhelaba pasear una vez más por tus jardines, mi rey, y detenerme a admirar los pavos reales que desplegaban sus abanicos de colores. Ah, cómo se desparramaba la luz del sol a mi alrededor, luz y sombra, y allí te veo, una vez más. La luz del sol en tus manos cuando las acercabas a mis mejillas, con el rostro oculto en la sombra del sombrero y la mirada indescifrable mientras el pavo real abría las plumas de su cola y su pecho azul palpitaba, llamando a su hembra.

Anoche, mientras estaba acostada en la cama intentando dormir, con el aullido del viento del este como fondo, me pareció oír de nuevo el graznido estridente del pavo real. Pude ver su cuello azul largo y brillante y su pecho estrecho mientras todo su cuerpo se convertía en una ola de anhelo. El *tempo* penetrante de su chillido y su persistencia me atravesaron el cerebro y me despabilaron.

Pero no estaba en la diminuta alcoba de mi prisión, ni tampoco de regreso en mi hogar en la casa de mi esposo en Bergen. El tiempo había retrocedido años, décadas, y me encontraba en el cuarto de curiosidades de mi padre, en la casa de mi infancia en Copenhague. Era la habitación más especial de todas, donde mi padre guardaba la colección de objetos reunidos a lo largo de toda su vida como físico y filósofo. Tenía más valor para él que cualquier otra cosa en el mundo, incluidas su esposa y su hija, sospecho. Recordé la gran mesa sobre la cual se apilaban los hallazgos más recientes en el centro del suelo de baldosas blancas y negras. Estanterías llenas de descubrimientos se alineaban en las paredes y, sobre ellas, colgaba una vasta colección de esqueletos y criaturas disecadas como nunca se había visto en nuestras tierras. Caparazones de tortugas gigantes, pequeños pájaros árticos erguidos, astas, cuernos y los peces más extraños con aletas afiladas o grandes bocas abiertas. Dos grandes ventanas enrejadas daban a nuestro jardín botánico; el sol entraba en la habitación por la mañana e iluminaba los remolinos de polvo antiguo en el aire. Ah, me veo ahora en el asiento de la ventana, con las piernas recogidas debajo de la falda, examinando caracolas y piedras en las palmas de mis manos e imaginando las tierras cálidas y secas de donde procedían. Sin duda, el legado de mi padre fue una colección magnífica.

Bien, ahora es tuya, mi rey, porque el cuarto de curiosidades de mi padre fue legado al Estado después de su muerte. Y me pregunto, ¿cuidarás del trabajo de toda su vida?

De niña, pasaba horas en el cuarto de curiosidades ayudando a mi padre a catalogar y clasificar. La caligrafía en latín de las cajas es mía. Te invito a que deslices tus dedos sobre las letras: *Lapides* para las piedras y los fósiles; *Conchilia marina* para las caracolas marinas, *Ceraunia* para las piedras de trueno que creíamos que caían a la tierra con los relámpagos.

Mi padre compartía sus conocimientos conmigo porque, a sus ojos, yo no era ni niño ni niña, sino su herencia, y consideraba que era su derecho y su deber educarme. En el cuarto de curiosidades de mi padre había ciencia, pero también magia y misterio.

"¿Ves el cuerno del unicornio? Fíjate en su longitud retorcida y en espiral: un espectáculo extraordinario, ¿verdad?".

Como te explicó mi padre a ti también, el unicornio es

una creación mítica y este cuerno retorcido no pertenece a un unicornio de cuento. Mi padre había encontrado este cuerno unido a un cráneo y, tras una cuidadosa investigación, llegó a la conclusión de que procedía de una ballena, una de esas bestias magníficas que habitan aquí en el norte. Si vinieras a los confines hiperbóreos de tu reino, podrías encontrarme en las almenas de la fortaleza, contemplando las aguas heladas en busca de los narvales, criaturas a las que mi padre anhelaba ver vivir y respirar.

Encontraré uno para ti y, si me facilitas tinta, te lo dibujaré en el pergamino que me enviaste.

Si te place, mi rey, todo lo que tienes que hacer es enviarme tinta y una pluma.

En la habitación que constituía el cuarto de curiosidades de mi padre, solía alzar los ojos al techo hacia el osezno polar disecado, que parecía gruñir, y me maravillaba de lo enorme que podría haber sido, tan inmenso... incluso del tamaño de toda la habitación. Este oso polar podría haber destrozado la habitación y habernos devorado enteros. A veces, cuando lo observaba, podía ver sus ojos muertos que parpadeaban hacia mí como diciendo: "Ojalá me dejaras libre, pequeña Anna".

Cuando mi padre te enseñó el cuarto de curiosidades, yo estaba a su lado. Tenía entonces quince años. ¿Te acuerdas de mí, mi rey, de mi torpeza en mi temprana versión de mujer joven, ruborizada y enfundada en mi sobrio vestido negro? Había sido todo un honor que un príncipe real se dignara a visitar el cuarto de curiosidades de mi padre, pero tú habías oído hablar de él y deseabas ver sus tesoros. Qué fascinado estabas, por cierto, y recuerdo que examinaste con atención cada artículo, por muy pequeño o trivial que pareciera. Compartías la misma pasión por lo desconocido que mi padre, que yo. Le diste la vuelta a cada piedra y estudiaste cada huevo, te reíste del diminuto ratón de cuerda y te intrigó nuestro indígena autómata de las Américas. Pero lo que más te llamó la atención fue el objeto que yo también temía: el cráneo del trol.

—¿Dónde encontrasteis esto? —Te volviste hacia mi padre y te apartaste los largos rizos negros de los hombros.

¡Qué lustroso era tu cabello! Recuerdo que tus atavíos eran tan deslumbrantes como los pavos reales de tus jardines. Llevabas un jubón de seda dorada reluciente, con cintas en las mangas y ribetes de brocado rojo; el cuello era de encaje blanco purísimo, pues eras un príncipe joven y a la moda, de veintiún años, sin necesidad de gorgueras anticuadas. Tus medias tenían aquel día un inquietante tono escarlata brillante, y me encontré incapaz de ignorar el contorno de tus pantorrillas y tus esbeltos tobillos en los zapatos dorados con lazos tan vistosos como las cintas en tus mangas. Qué espectáculo eras, y qué sencilla me veía yo con mi vestido negro, aunque mi cofia, mi pañuelo y mi delantal eran del banco más impoluto.

Tus dedos tocaron el cráneo del trol mientras delineabas las cuencas vacías de los ojos.

—Lo conseguí en uno de mis viajes a Ámsterdam —respondió mi padre—. Pero creo que es del extremo norte de Noruega.

—Ah, por supuesto. —Asentiste—. ¿No es esa la región en la que habitan los trols? ¿Podría este trol haber estado al servicio del mismísimo diablo?

—¿No están *todos* los trols al servicio del diablo, mi príncipe? —aventuró mi padre.

Tú asentiste, sin apartar los ojos de la calavera gigante.

Habías comprendido la obsesión de mi padre por el mundo natural porque eras un príncipe, y ahora un rey, que deseaba saberlo todo sobre su reino.

Nosotros, como pueblo, categorizados y clasificados, somos como los animales, de modo que cuando nuestra carne se desprende, como sin duda ocurre, y nuestras almas se liberan, lo único que queda son nuestros huesos. Tú y yo, mi rey, compartimos una fe arraigada en el mundo real, porque nos debemos al pueblo, ¿no es así?

Mi esposo Ambrosius era una criatura muy diferente, con la cabeza en las estrellas y los ojos vueltos hacia lo alto y lejos de nuestro mundo, empeñado en encontrar patrones y predicciones en el movimiento de los planetas. Aunque soy botánica astrológica, no soy como mi esposo, pues yo veo las propiedades de los planetas en el reino material, en la tierra y en las plantas que pueden curarnos.

Sin embargo, mi esposo y yo teníamos algo en común: el hecho de que ambos éramos forasteros en la ciudad de Bergen. Nuestro enemigo era Statholder Trolle, ¡y sigue siendo *tu* enemigo, mi rey! Considera su nombre: *Trolle*. Qué apelativo tan apropiado, pienso, aunque Statholder Trolle de Bergen era un hombre pequeño, flaco y ni remotamente gigante en estatura. Ah, pero su opinión de sí mismo era inmensa.

Él protege a aquellos dispuestos a destruirte: los depravados y los corruptos de Bergen. Creería, mi rey, que Statholder Trolle conoce bien al Señor de la Oscuridad.

Encontraré a sus colaboradores aquí en el norte de Noruega y al aquelarre de brujas que intenten traer el caos y la destrucción a tu reino. Te protegeré con cada aliento, mi rey, y entonces sabrás cuán verdadero ha sido siempre mi amor por ti.

Más allá de los escasos confines de mi propio corazón, más allá de mi esposo y la familia, siempre seré tu servidora.

Permite que te cuente cómo el gobernador y yo comenzamos nuestro trabajo juntos.

Desde que había salvado la vida de su joven esposa, solía invitarme a compartir su mesa, algo que contrariaba al alguacil Lockhert, a quien no le gustaba ninguna mujer.

El gobernador había oído hablar del tamaño de la biblioteca de mi casa en Bergen y de mi instrucción. Por lo tanto, quería discutir conmigo los escritos de los grandes demonólogos. El gobernador Orning sentía una afición desmesurada por *Daemonologie* de Jacobo VI, *Malleus Maleficarum* de Kramer y Sprenger y, en particular, *Undervisning* de Niels Hemmingsen. Su teoría era que las brujas tenían sexo con el diablo, a pesar de mi observación de que las tres obras eran algo anticuadas, en particular *Malleus Maleficarum*, que había sido publicada por primera vez cerca de doscientos años antes de nuestro tiempo.

—Hay otros teólogos modernos que son dignos de consideración —señalé al gobernador—. No mucho antes de llegar a Vardø, descubrí los escritos del teólogo inglés Thomas Ady. ¿Conocéis su tratado sobre la naturaleza de las brujas y la brujería titulado *Una vela en la oscuridad*? Está escrito para asesorar a jueces y magistrados, como vuestra señoría.

No me extendí más, pues era un riesgo mencionar a Thomas Ady y su conocido escepticismo sobre la brujería. ¿Conoces sus obras, mi rey? ¿Qué piensas de su argumento de que la sangrienta guerra civil en Inglaterra fue un castigo de Dios por los brutales juicios a las brujas? Porque a su entender, en ningún lugar de la Biblia se menciona la forma de probar la brujería. Después de leer su libro, busqué en mi propia Biblia y empecé a percibir cómo es posible que el término "bruja" pueda considerarse papista, tal como él afirma.

Thomas Ady y sus palabras contundentes me confundieron un poco, y una parte de mí rechazaba su idea de que las brujas no son más que melancólicas delirantes. Porque el diablo es real, ¿no es así? Y desde siempre hemos sabido que las brujas son sus sirvientas. Y tú y yo conocemos bien las tentaciones del Señor de la Oscuridad.

—Ah, pero yo prefiero mis propias autoridades en materia de brujería —replicó el gobernador—. Sobre todo, debemos apoyar las declaraciones de Lutero sobre las brujas, ya que él fue muy claro en este asunto. —El gobernador hizo una pausa para enfatizar y me dirigió una mirada seria antes de citar al propio Martín Lutero—: "No hay que tener compasión alguna por estas mujeres; quiero ser el primero en prender fuego a las brujas, de acuerdo con la ley".

—Las brujas son como las ratas —intervino Lockhert; era evidente que estaba aburrido de nuestro debate erudito—. Donde hay una, siempre hay más, y se acumulan con rapidez.

—¿Cómo podemos reconocer a una bruja? —me preguntó el gobernador con mucha atención.

Yo ya había dejado con cuidado mi servilleta de lino sobre la elegante mesa, mi apetito ya saciado con pescado fresco, *gullbrød* y vino tinto dulce. Aparté de mi mente todo pensamiento sobre las argumentaciones de Thomas Ady.

Si todo iba bien, confiaba en que el gobernador reconocería la ayuda que le había prestado, y entonces —oh, y entonces— tu perdón llegaría como una bendición caída del mismísimo cielo.

—No es tan complicado como creéis —respondí—. Una bruja revela su verdadera naturaleza en su comportamiento.

La esposa del gobernador levantó la vista del plato de comida que casi no había tocado y me miró con curiosidad.

—Por ejemplo, tomemos el caso de Maren Spliid —continué—. La bruja de Ribe, en Dinamarca. Tenía la lengua más afilada de toda Dinamarca y no paraba de maldecir a sus vecinos y de blasfemar contra el buen Dios.

—Si fuera por eso, ¡bien podríamos decir que Fru Rhodius es una bruja! — El alguacil Lockhert soltó una carcajada sonora.

—No he pronunciado una maldición en toda mi vida —aseguré con voz fría.

—Deja de burlarte de Fru Rhodius, Lockhert, es una

invitada a nuestra mesa. —El gobernador fulminó con la mirada a su alguacil.

Lockhert me miró con resentimiento mientras me provocaba con el brillo malicioso de sus ojos.

Yo repetía todo lo que había leído sobre la naturaleza de las brujas y se lo decía al gobernador como si creyera en ello; mi absolución pendía ante mis ojos como una fruta dulce y madura.

—Hay otras maneras también de saber si una mujer es una bruja —proseguí—. Por ejemplo, si una mujer está embarazada sin estar casada.

—Ah, o sea, boca grande y moral dudosa. —El alguacil Lockhert volvió a hablar—. La mayoría de las mujeres de la península de Varanger se ajustan a esa descripción.

—Entonces deben de ser brujas —concluyó el gobernador Orning con cara de satisfacción.

—Hay maneras más fáciles de reconocer a una bruja —intervino Lockhert; su acento escocés estrangulaba las palabras danesas—. En mi tierra, teníamos métodos sencillos, pero eficaces.

Según Helwig, ese era el motivo por el que el gobernador Orning había recurrido a Escocia, con tu aprobación, para elegir un alguacil que lo ayudara con la caza de brujas.

Todo el mundo sabía que había más brujas en Escocia que en cualquier otro territorio del mundo cristiano. El rey Jacobo VI de Escocia y I de Inglaterra se había casado con la princesa danesa Anna y la unión de los dos países había provocado un gran ataque contra ellos por parte de las brujas. El rey Jacobo, fallecido hacía tiempo, había pasado décadas purgando a Escocia de brujas, pero, según Lockhert, estas seguían proliferando desde las ciudades hasta las tierras altas salvajes.

—La prueba del agua es una buena forma de reconocer a una bruja, o también el pinchazo en la piel para detectar la marca del diablo —explicó Lockhert al gobernador—. Y luego tenemos herramientas de interrogatorio, como el aplastapulgares, que nunca me han fallado...

—Es importante que actuemos de manera apropiada —lo interrumpió el gobernador mientras yo me preguntaba qué serían esos aplastapulgares escoceses—. Todas las mujeres acusadas serán sometidas a juicio y tendrán la oportunidad de demostrar su inocencia. Una cortesía que el diablo no nos ofrece en sus actos malvados.

—Pero ¿cuándo empezamos? —rugió Lockhert—. ¿Cuándo puedo salir a cazar a esas mujerzuelas viles?

El gobernador se tiró de la barba y se quedó pensativo.

—Creo que será mejor esperar hasta que los pescadores se hayan marchado a los caladeros de invierno —respondió—. El Señor de la Oscuridad convoca a sus brujas en pleno invierno. ¡Pero no lo permitiremos! —Descargó la mano con brusquedad sobre la mesa y su esposa levantó la vista sobresaltada—. Las brujas me arrebataron a mi hija y me *vengaré* por ello.

Fru Orning abrió mucho los ojos mientras miraba con fijeza a su esposo.

—Y si no fuera por Fru Rhodius, mi dulce Elisa también habría perecido —agregó el gobernador, y apoyó su mano sobre la de su esposa, quien se estremeció de manera casi imperceptible.

Asentí con dignidad y tomé nota de atesorar la deuda que el gobernador tenía conmigo, aliviada de que hubiera olvidado su teoría de que yo había traído una maldición a su familia.

—Hay un detalle que tengo especial interés en que investiguéis, Fru Anna —dijo. Se levantó de la mesa y su diminuta esposa lo imitó, aunque su comida seguía intacta—. Es el crimen más atroz de todos. He leído en algunos panfletos que relatan el azote de las brujas en el centro de

Alemania, que estas repugnantes criaturas bautizan a sus propias hijas y se las entregan al Señor de la Oscuridad en un pacto diabólico.

La esposa del gobernador se volvió hacia él con espanto.

El gobernador Orning me dirigió una mirada penetrante.

—Debemos purgar nuestra región no solo de las brujas madres, sino también de sus hijas. Espero vuestra ayuda con esto en particular, Fru Anna.

Observé cómo el gobernador y su esposa niña se marchaban a sus aposentos. Fru Orning seguía temblando y descarté la desagradable imagen de cómo el gobernador podría actuar en privado con la niña. Tenía la impresión de que ella tenía más miedo de su propio esposo que de cualquier bruja.

En cuanto el gobernador se hubo retirado, Lockhert se levantó y pateó la pata de mi silla.

—No olvidéis que también sois mi prisionera, Fru Rhodius —comentó con un tono perverso—. Regresad a la casa comunal antes de que decida encadenaros en el sótano del gobernador.

Aunque el corazón me latía de forma errática, traté de aparentar serenidad y me puse de pie con actitud digna. Atravesé el patio enlodado, tratando de proteger las pantuflas que me diste y de pisar con cuidado con mis zuecos, y me dirigí hacia mi casa lúgubre y helada.

Helwig se había dormido en su jergón y el fuego de la cocina estaba casi apagado. Le eché un poco de turba y me incliné sobre él para calentarme los huesos. Pensé en las palabras que había dicho el gobernador sobre las madres que sacrificaban sus hijas al diablo y el pecho se me estrujó de miedo.

No estaba de acuerdo con esa aborrecible teoría y me preocupaba que insistiera tanto en ella. Pues, mi rey, ¿acaso todos los niños no son inocentes a los ojos del buen Dios?

Pero había detectado el fervor en el semblante del gobernador, y conocía bien la mirada de un hombre con una misión. No sería fácil persuadirlo de lo contrario y, en todo caso, no había mucho que yo pudiera hacer, ya que, a sus ojos, me había convertido en un instrumento de su voluntad.

Recé para que las brujas que cazara no tuvieran hijas.

En mi alcoba, tardé muchas horas en conciliar el sueño. Cuando lo conseguí, volví al cuarto de curiosidades en mis sueños. Esta vez, tomaba un frasco con uno de los fetos deformes de la colección de mi padre. Era una rareza, un ovillo nonato de miembros diminutos y plegados que Dios no había bendecido con aliento vivo. Y, sin embargo, era nuestro.

CAPÍTULO 14

Ingeborg

EL DÍA QUE ZARPARON LOS PESCADORES, LAS LLUVIAS HA-
bían despejado la nieve temprana. Los últimos brezos
otoñales flameaban rojos y ambarinos sobre los pantanos.
Pronto llegaría más nieve y desaparecerían todos los colores; los dos extremos del invierno anticipaban las temidas
semanas oscuras de cielo negro y tierra blanca.

Ninguna mujer de pescador en Ekkerøy se alegraba de la
partida de su esposo. Aunque a veces fuera un bruto o bebiera demasiado, necesitaban su protección. Todas sabían que
en esta época de las brujas, podían ser víctimas de una maldición o, peor aún, ser seducidas para aliarse con el diablo.

—Ahora se intensificarán las regañinas de mi tía —señaló
Maren a Ingeborg mientras contemplaban los barcos pesque-
ros desaparecer por el cabo con sus velas viejas y remendadas
ondeando con coraje al filo de los vientos del suroeste—. Le
tiene más miedo al diablo que a su hombre. Aunque si fuera
yo, sería al revés. Mi tío no es un esposo amable.

Ingeborg se volvió hacia ella con preocupación. ¿Qué podía infundir más miedo que el diablo? Ningún mortal podía
comparársele. Ni siquiera los puños del esposo de Solve.

Una ráfaga de frío imprevista sopló sobre el mar. Ingeborg tiritó cuando atravesó su chal. Se cruzó de brazos y empezó a rezar por la seguridad de los pescadores.

—Deberías rezar por nosotras —sugirió Maren—. Porque ahora que nuestros hombres se han ido, el gobernador y los suyos saldrán a cazar brujas. —Se apartó un mechón de cabello negro enmarañado del rostro—. Escúchame, Ingeborg. —Extendió la mano y le tocó la manga. Ingeborg bajó la vista y observó la piel de los dedos de Maren. Oscura como el hocico aterciopelado de un zorro ártico—. La única forma de protegerte es demostrar que tienes poder. Hacer que te teman.

Otra vez esas palabras. Ingeborg agitó el brazo para liberarse de la mano de Maren, molesta por la ridícula sugerencia. ¿No era mejor acaso hacer menos ruido, volverse más pequeña, desaparecer? Era la única forma de sobrevivir.

—¿Cómo podría el gobernador de Vardø tener miedo de alguien como yo? —declaró.

—Puedo enseñarte a hacerlo —le susurró Maren.

Ingeborg meneó la cabeza y regresó caminando a la aldea. Más que ayudarlas, el tipo de conversaciones como las que planteaba Maren las podían poner en peligro.

Ingeborg deseaba de todo corazón que Maren se equivocara con lo de la caza de brujas, ya que los rumores sobre Zigri corrían por todo el pueblo.

La semana anterior, durante el servicio divino, Fru Brasche se había detenido a la salida de la iglesia y había clavado los ojos en su madre. Heinrich Brasche se había puesto del color de los arándanos rojos y, con las mejillas ruborizadas, había empujado a su esposa hacia delante, pero no antes de que ella escupiera al suelo frente a la madre de Ingeborg.

Fru Brasche lo sabía. "¡Dios mío!". Ingeborg se persignó. "¡Lo sabía!".

¿Quién se lo había dicho?

Se hizo un silencio profundo y horrorizado mientras todos miraban el escupitajo frente a la madre de Ingeborg, quien, sin mediar palabra, se había limitado a levantar la cabeza y pasar por encima. A continuación, se había encaminado colina abajo, con paso ligero, en dirección a su casa.

¿Era esto lo que el amor podía hacerle a una mujer? ¿Convertirla en una necia? Si era así, Ingeborg no quería enamorarse nunca. Su madre se había vuelto una tonta y una imprudente.

Como Maren había predicho, cinco días después de la partida de los pescadores, un barco procedente de Vardø apareció en el horizonte. La corpulenta figura del alguacil Lockhert, con su pelo rojo agitado por el viento húmedo y la barba desgreñada cubierta de gotas de hielo, venía en busca de sus presas.

La mayoría de las mujeres estaban en el pantano recogiendo lo que quedaba de turba, pero en cuanto avistaron el barco, dejaron caer al suelo lo recolectado, atravesaron corriendo la aldea y se metieron en sus casas. Como si los endebles muros de turba pudieran mantener alejado al ogro.

La madre de Ingeborg le ordenó que triturara las espinas de pescado para las vacas de Heinrich Brasche mientras Kirsten jugaba con Zacarías en un rincón.

—Mantente ocupada, Ingeborg.

Su voz era tranquila, pero Ingeborg podía ver el miedo que destellaba en sus ojos. "¡Demasiado tarde, madre!", quería gritarle. "Ya es demasiado tarde".

Juntas, ella y su madre machacaron las espinas hervidas en el gran caldero, mientras Lockhert y sus hombres cruzaban la aldea hacia la casa del comerciante Brasche. Un silencio sepulcral descendió sobre todas las casas como una niebla espesa. Ingeborg imaginó a todos sus vecinos conteniendo la respiración, recordando la caza de brujas que había terminado con la persecución de la madre de Maren.

Los ruidos de los hombres entre las casas apiñadas quebraron el silencio. Lockhert abría las puertas con estrépito y gritaba a las mujeres.

Las manos de Ingeborg temblaban de miedo y Kirsten se aferraba con fuerza a Zacarías.

—No hemos tenido tratos con el diablo, niñas. ¿Por qué habría de venir aquí el alguacil?

Pero las palabras de su madre no tranquilizaron a Ingeborg. Sentía un malestar en la boca del estómago y el terror se deslizaba por su espalda como un presagio.

Como era de esperar, la puerta de su casa se abrió con un empujón y Lockhert irrumpió con dos soldados a su lado.

Zigri saltó hacia atrás por el susto y volcó sin querer el caldero con las espinas de pescado. Las vísceras espesas y viscosas salpicaron el fuego y todo a su alrededor.

Lockhert ignoró el desastre, ya que sus ojos tenían un único punto de atención: la madre de Ingeborg. Dio un paso amenazador hacia ella.

—He venido a arrestarte, Zigri Sigvaldsdatter —gruñó.

Su madre retrocedió y apretó el cuerpo contra las paredes agrietadas. Kirsten se acurrucó alrededor de Zacarías y cerró los ojos. Pero Ingeborg no podía moverse. El caldo hirviente de las espinas de pescado se estaba filtrando por el suelo de tierra, el olor le revolvía el estómago y sus pies desnudos chapoteaban en el líquido repugnante.

—Zigri Sigvaldsdatter: por orden del honorable gobernador de Vardø, tengo instrucciones de llevarte a la fortaleza de Vardø para ser interrogada sobre acusaciones de brujería.

—¿Quién me ha acusado? —protestó su madre con un vestigio de pánico en los ojos.

—Tenemos un testigo que te ha visto en un aquelarre con el diablo.

—Soy una viuda temerosa de Dios; preguntadle al reverendo Jacobsen, voy a la iglesia todas las semanas. No he hecho pactos con el diablo.

—Quien te ha visto con el diablo es Fru Brasche. ¿Estás diciendo que la nuera del comerciante Brasche es una embustera? ¿Ella, una devota dama cristiana? Y tú, ¿qué eres? —Extendió sus brazos por la diminuta casucha.

Su madre se quedó muda, pero Ingeborg tenía que hablar.

—Fru Brasche ha denunciado a mi madre por despecho —se quejó.

El alguacil la ignoró y ordenó a sus soldados que arrestaran a Zigri. Su madre no tenía hacia dónde huir y se aferró a las paredes rajadas. Los soldados la apartaron mientras ella gritaba que no era cierto. La arrastraron a través de la cabaña.

Desesperada, Ingeborg se puso delante del alguacil Lockhert.

—Creedme, mi madre no es una bruja.

Lockhert enarcó las cejas, advirtiendo su presencia por fin, y esbozó una fina sonrisa ante semejante atrevimiento. La abofeteó con rapidez. Ingeborg cayó y se golpeó contra el suelo de tierra, esquivando por poco el caldo derramado.

—Dejadla en paz —gritó su madre.

—¡Silencio, zorra! —bramó Lockhert.

Ingeborg se levantó en un santiamén, ciega de ira. La sentía arder en su interior. Sabía que soltarla no ayudaría en nada a su madre, pero tenía ganas de partirle la cara al alguacil con el palo de triturar. Lo sujetó con fuerza y con una necesidad animal de destruirlo.

—¡Ingeborg, no! ¡Para!

Las súplicas de su madre la detuvieron. Dejó que el palo resbalara de su mano y cayera al suelo.

Ingeborg y Kirsten siguieron a hurtadillas a Lockhert y sus

hombres mientras conducían a su temblorosa madre hacia la casa del comerciante Brasche. Su madre no gritó ni alegó su inocencia, pues sabía muy bien que eso le acarrearía dolor y sufrimiento.

La aldea estaba sumida en la quietud más absoluta. Todas las demás mujeres y los niños seguían escondidos. Pero Ingeborg sentía los ojos sobre ellas a través de las grietas y los agujeros en las paredes.

Caminaron desde su pequeño enclave, cruzaron la playa con forma de medialuna y subieron a la tierra más alta, más seca y más rica, donde se erguía la casa de madera del comerciante Brasche. El gran hombre en persona salió y se quedó de pie en los escalones de entrada, con los brazos cruzados sobre su ancho pecho, para observar a la bruja arrestada.

Lockhert empujó a Zigri por la escalera exterior hacia el sótano del comerciante Brasche y el sonido de los pesados cerrojos pareció resonar en la silenciosa aldea.

A continuación, el alguacil Lockhert siguió al comerciante al interior de su casa mientras Brasche le daba una palmada de aprobación en la espalda.

Ingeborg apretó las manos contra la puerta del sótano.

—¿Madre? —murmuró—. ¿Madre?

—Todo saldrá bien, niñas —respondió la voz insegura de su madre.

En la creciente oscuridad externa, la robusta figura del reverendo Jacobsen se apresuraba hacia ellas, arrastrando su túnica negra por el barro.

—El reverendo Jacobsen está aquí —dijo Ingeborg a su madre—. Le pediré que interceda por ti.

Ingeborg se incorporó y tiró de Kristen para que se levantara. Subieron los escalones deprisa hacia el cura mientras empezaba a llover a cántaros.

—Por favor, reverendo, ayudad a mi madre —rogó Ingeborg—. La han encerrado en el sótano del comerciante Brasche acusada de brujería.

El reverendo la escrutó con ojos fríos.

—Lo sé, hija —respondió—. Voy a interrogarla.

—¿Puede volver a casa después? —preguntó Kirsten.

El sacerdote se volvió hacia la niña más pequeña y su expresión se suavizó.

—No, hay un juicio contra ella —le explicó mientras la lluvia resbalaba por su nariz gorda—. Mañana por la mañana la llevarán a Vardø para juzgarla.

Las palabras se clavaron en Ingeborg como un cuchillo en su pecho. Ninguna persona que hubiera ido a Vardø a ser juzgada había regresado jamás.

—¿Podéis interceder en favor de mi madre, reverendo? —suplicó Ingeborg.

—La han acusado de bruja y debe responder por ello ante el gobernador en persona —precisó el cura sin rodeos. Sacó un gran pañuelo de lino de su bolsillo y se enjugó las gotas de la nariz—. Id a casa y rezad por su alma. Es todo lo que podéis hacer por ella ahora.

¿Cómo podía ir a su casa y rezar? Su madre estaba a unos pasos de distancia, detrás de las paredes del sótano. Cuando el cura hubo entrado, Ingeborg se movió con sigilo por los laterales de la casa. Podía oír a los hombres hablando dentro. Incluso risas. Contentos con sus cervezas y sus vituallas, mientras su madre estaba atrapada debajo de ellos, presa del terror.

Kirsten se deslizó junto a ella y se puso a quitar el barro de las paredes del sótano.

—¡Aquí hay un agujero, Inge!

Juntas tiraron de la madera podrida y se clavaron astillas en los dedos, pero ¿qué importaba? La rabia de Ingeborg por la conducta lujuriosa de su madre había desaparecido. Después de todo, era su madre, y la necesitaba. No podía perder a otro ser querido, no otra vez. Además, su madre no era una bruja.

—Madre —gritó—. ¡Aquí estamos!

Zigri estaba al otro lado y también tiraba de la madera. Pero la parte podrida era pequeña y, por mucha fuerza que hicieron, el agujero más grande que pudieron abrir era del tamaño de la mano de su madre.

Zigri introdujo sus dedos fríos y temblorosos e Ingeborg los tomó.

—Ingeborg, tienes que ir a ver a Heinrich y pedirle ayuda —indicó su madre.

—Pero es su esposa quien te acusa.

—Aun así, creo que me salvará.

Había confianza en su voz cuando retiró la mano.

Ingeborg no podía ver lo que estaba haciendo, pero entonces su madre volvió a introducir la mano. Sus dedos sostenían la cinta azul.

—Entrégale la cinta —agregó.

El aire estaba cargado del olor del humo de la turba que se alzaba en penachos blancos hacia el cielo negro cuando Ingeborg y Kirsten pasaron con sigilo frente a la puerta del comerciante Brasche y volvieron por el sendero posterior, cubierto de brezos y musgo salpicado de hielo, hacia la casa de su hijo.

Kirsten temblaba y debía de tener mucha hambre. Sin embargo, no se quejaba.

—¿Por qué no vas a casa a secarte? —sugirió Ingeborg.

—No —replicó Kirsten con fiereza y las mejillas pálidas encendidas con dos manchas de color—. Quiero ayudarte, Ingeborg.

La viuda Krog abrió la puerta de los Brasche.

—Dios mío, ¿qué haces aquí, Ingeborg Iversdatter? —susurró la anciana con el rostro pálido y desencajado.

—Tengo que hablar con Heinrich Brasche —anunció Ingeborg, y a pesar de su determinación, le tembló la voz.

—Oh, no —se lamentó la viuda Krog. Sus ojos se posaron en el lazo azul que Ingeborg sostenía en la mano—. No entres aquí, niña.

—Por favor, Fru Krog, han arrestado a nuestra madre y la han acusado de brujería.

El rostro de la viuda Krog se tornó lívido.

—Se lo advertí. ¿Cuántas veces le dije que sería su fin?

—Pero es inocente de brujería —aseguró Ingeborg, y alargó la cinta hacia la viuda—. Por favor, ¡él es la única posibilidad que tiene!

La viuda Krog parecía muy preocupada y sus ojos iban y venían entre Ingeborg y Kirsten.

—Por supuesto que tu madre no es una bruja, Ingeborg Iversdatter. —La anciana abrió un poco más la puerta para que las hermanas pudieran pasar—. Entrad, si es necesario.

Marido y mujer estaban sentados a ambos lados del fuego. Pero no se trataba de una simple lumbre de cocina, sino de una auténtica chimenea, con repisa y tiro de verdad. Tres cuencos samis de plata adornaban la repisa y, a un lado del fuego, había un gran cubo de cobre lleno de turba junto al cual colgaban un atizador y unas tenazas, mientras que el fuelle descansaba sobre un estante de la sala. Junto a la pareja, una mesa grande estaba cubierta con un tapiz ricamente bordado con hojas, flores y frutas. Era una imagen hermosa; el esposo que fumaba su pipa mientras su mujer se ocupaba de su bordado.

Ambos levantaron la vista sorprendidos cuando Ingeborg hizo su entrada.

—¿Quiénes son estas mugrientas hijas de pescador,

Heinrich? —La voz de Fru Brasche fue hostil al instante—. Sus zapatos sucios están dejando barro en nuestros suelos limpios.

Fru Brasche llamó a la viuda Krog, pero la anciana se había esfumado. Debía de estar escondida en la cocina, rezando para que no la culparan de la intrusión de las jóvenes Iversdatter.

Ingeborg se volvió para dirigirse al hijo del comerciante.

—Señor, nuestra madre ha sido detenida por el alguacil Lockhert y está acusada de brujería —explicó con la voz agitada por la emoción—. La han encerrado en el sótano de vuestro padre.

Heinrich se levantó alarmado y su pipa se cayó al suelo. Ingeborg sintió los ojos fríos de su esposa sobre ella.

—Nadie me lo ha comunicado —señaló él muy turbado.

—Lo sabías, Heinrich —lo corrigió Fru Brasche—. Tu padre lo comentó ayer mismo. Se ha comprometido a ayudar al gobernador a librar a nuestra aldea de la brujería.

—Mi madre es inocente —aseveró Ingeborg con los ojos fijos en el rostro preocupado de Heinrich Brasche.

—Pero la han visto con el diablo, muchacha —intervino Fru Brasche con tono gélido.

Ingeborg no pudo contenerse más y se volvió contra Fru Brasche al ver el brillo de triunfo en su mirada.

—Fuisteis *vos* quien la acusó.

—¿Qué significa esto, mujer? —exigió saber Heinrich—. ¿Por qué acusarías a Zigri Sigvaldsdatter de brujería?

—Como le dije a la joven —respondió su esposa. Se alisó la falda con las manos y trató de parecer serena, aunque Ingeborg se dio cuenta de que le temblaban—, la vi con el diablo en nuestro establo. No tengo duda alguna. Estaban fornicando.

Kirsten lanzó un gritito ahogado e Ingeborg le tomó la mano y se la apretó con fuerza para que guardara silencio.

Mantuvo la mirada en Heinrich Brasche, cuyo rostro era una contradicción de emociones mientras un rojo intenso de vergüenza le subía por debajo del cuello de la camisa hacia la nuca.

Ingeborg sacó del bolsillo la cinta azul de su madre y se la mostró al hijo del comerciante. La visión de la cinta causó un gran efecto en el joven hombre. Se llevó una mano al pecho y empezó a jadear como un pez varado.

—Debéis decirles a vuestro padre y al gobernador de Vardø que mi madre es inocente y que vuestra esposa se ha equivocado —insistió Ingeborg. Sonó más valiente de lo que se sentía.

—¿Cómo te atreves a venirle a mi esposo con semejantes exigencias? —bramó Fru Brasche furiosa. Dos hileras de perlas rodeaban su cuello y llevaba un ostentoso jubón de seda verde. Sin embargo, a pesar de todas las galas de Fru Brasche, la madre de Ingeborg la superaba con creces en belleza—. ¡Fuera de aquí! —ordenó señalando la puerta.

Pero Ingeborg no pensaba darse por vencida.

—Sabéis bien que mi madre no es una bruja, lo sabéis —le suplicó a Heinrich, elevando la voz con frustración.

El hijo del comerciante había perdido el rubor y estaba muy pálido ahora. Sus ojos color avellana se habían oscurecido hasta volverse negros.

—Tenéis que ayudarla.

¿Cómo era posible que este hombre de poder y riqueza no intercediera en favor de su madre?

—No tengo ninguna influencia sobre el gobernador Orning en Vardø —manifestó Heinrich por fin.

—Pero vuestro padre sí —presionó Ingeborg.

—Mi padre no me escuchará —admitió Heinrich con voz amarga—. Está convencido de que casi todas las mujeres de los pescadores de Ekkerøy son brujas.

—Deshazte de estas chicas, Heinrich —exclamó su mujer

con los ojos en la cinta azul—. ¿Qué te importa su madre bruja?

—Déjame en paz, mujer —exclamó Heinrich. Tomó la cinta de la mano de Ingeborg y la guardó en su puño.

El rostro de Fru Brasche se encendió de furia, pero no dijo nada más. Al fin y al cabo, el daño que se había propuesto hacer ya estaba hecho. Recogió su bordado y dirigió una mirada de odio a las dos hermanas.

Heinrich abrió la palma de la mano y contempló la cinta azul.

—Lo siento, niña, pero tienes que irte.

—Pero ¿por qué le habéis dado la cinta? —insistió Ingeborg y, en la desesperación, le tiró de la manga a Heinrich Brasche.

Heinrich le apartó la mano sin mirarla, e Ingeborg sintió la intensidad de la ira de Fru Brasche, pero ya no le importaba. Estaba enfadada con Heinrich.

—¡Mi madre os ha dado mucho! —Levantó la mano y arrancó el lazo azul de la palma abierta de Heinrich. Era de su madre y se lo devolvería.

—¡Qué insolencia, niña! ¿No deberían encerrarla a ella también? —La voz de Fru Brasche era afilada como una daga.

Heinrich se volvió hacia su esposa.

—¡Cállate, Lisebet, te lo ruego!

Ella lo miró, el odio había desaparecido de sus ojos. En su lugar, solo quedaba resentimiento puro.

—Intentaré interceder por tu madre. —Heinrich se volvió de nuevo hacia Ingeborg—. Pero eso podría empeorar las cosas. —Emitió un suspiro largo y profundo—. Iré a ver a mi padre. Veré qué se puede hacer.

Pidió a la viuda Krog que le trajera el sombrero y la capa.

—Vuelve a casa —le dijo a Ingeborg—. Reza por tu madre. Haré lo que pueda por ella.

Fru Brasche lanzó una mirada fulminante a Ingeborg y a

Kirsten desde su lugar junto al fuego. Su bordado se había caído al suelo y las lágrimas brillaban en sus ojos.

—Vete a casa, Ingeborg —repitió Heinrich dirigiéndose a Ingeborg y a Kristen.

Las nubes negras se arremolinaban en lo alto y el viento aullaba. Ingeborg y Kirsten siguieron a Heinrich Brasche.

La larga capa negra de Heinrich revoloteaba a su alrededor como dos grandes alas mientras atravesaba el pantano hacia la casa de su padre. Lo observaron entrar.

Las hermanas se acurrucaron junto al sótano y susurraron a su madre.

—Ya está aquí. Tu Heinrich ha venido. Te salvará, mamá.

—Pero no se oía nada. ¿Todavía estaba allí? ¿O la habrían llevado a otro lado? O peor aún, ¿la habrían golpeado tan fuerte que estaba medio muerta en el suelo del sótano?

Ingeborg y Kirsten esperaron hasta bien entrada la noche oscura. Hasta que dejó de llover, las nubes se abrieron y pudieron ver el primer creciente de la luna nueva. Ingeborg imaginó el momento en el que Heinrich sacaría a su madre de la casa paterna: los dos bajarían los escalones como un príncipe con su princesa. Pero pasaban las horas y no salía.

Kirsten temblaba de frío y de hambre. Ingeborg sabía que, si permanecían a la intemperie más tiempo, su hermana menor corría el riesgo de enfermar. De modo que regresaron a casa con paso tambaleante. Pronto amanecería. Entonces volverían.

Pero en cuanto su hermana estuvo envuelta en pieles, con la borrega Zacarías a su lado, Ingeborg regresó a la casa del comerciante Brasche. Se arrastró y arañó las paredes del sótano como un gato en busca de ratas. Tenía que haber una forma de entrar. Golpeó la pared junto al agujero.

—¡Madre! —susurró.

Detrás de ella, oyó de repente un ladrido salvaje. Era el

perro negro y enorme del comerciante Brasche; le gruñía con los ojos enrojecidos y vueltos hacia arriba y la saliva se escurría entre los colmillos.

Ingeborg respiró hondo, con miedo y furia y luego... emitió una especie de silbido. El sonido que brotó de su boca la sorprendió. Era feroz, salvaje, animal. Sintió que toda su columna se arqueaba y que le escocía la piel. El perro siguió echando baba por la boca, gruñendo. Ingeborg volvió a lanzar un silbido y echó a correr.

El perro se abalanzó sobre ella y le mordió la mano. Ingeborg soltó un aullido, pero siguió corriendo. Más rápido de lo que había corrido nunca. El perro la perseguía, pero ella era más rápida que la gran bestia negra.

Bajó la colina y se adentró en el pueblo, con el cuerpo ligero por la velocidad. Se escabulló dentro de su casa y dio un portazo con suficiente fuerza para despertar a todos los vecinos. Pero no se movió ni una hoja. Lo único que se oía era el perro que olfateaba fuera.

Ingeborg se abrazó a sí misma y se apoyó contra la puerta. No tenía cerradura, así que el animal podía empujarla y abrirla con facilidad. Lo escuchó olisquear y resoplar; podía sentir su aliento caliente cerca de ella. Por fin, el animal se cansó y se alejó trotando.

Ingeborg se sentó junto a las ascuas agonizantes del fuego para calentarse los pies húmedos y arrugados. La sangre goteaba sin parar de la herida en su mano. Su madre se la limpiaría y se la vendaría, pero ella estaba demasiado cansada. Se llevó la mano a la cara y chupó su propia sangre. No era una herida profunda. El perro solo le había rozado la piel con sus dientes afilados. Pero ¿cómo había podido correr tan rápido?

Ingeborg se lamió la sangre y siguió lamiéndose hasta que su mano resplandeció, blanca y suave, a la luz del fuego.

Fue entonces cuando vio que Kirsten seguía despierta.

Acurrucada junto a la borrega dormida, la miraba con los ojos muy abiertos.

—He visto a nuestra madre con el diablo, Ingeborg —susurró—. Como dijo Fru Brasche.

—No, Kirsten, mi amor, eso no es lo que viste, te lo prometo.

—¿Qué pasará con mamá? —murmuró su hermana con voz temerosa.

—Se salvará —declaró Ingeborg sin saber por qué lo decía con tanta convicción.

—Pero ¿cómo? —preguntó Kirsten.

Ingeborg sacó la cinta azul de su bolsillo.

—¿Te acuerdas el cuento de la cinta azul que nos contaba Axell?

Kirsten asintió.

—La cinta le daba poderes especiales a la niña. Y lo mismo sucede con la cinta azul de mamá.

—Pero la cinta la tenemos nosotras, Ingeborg. No mamá.

—Entonces debemos devolvérsela.

Ingeborg se metió en la cama junto a su hermana y se echó la piel de reno sobre los hombros. Tenía frío y estaba muy cansada, pero cada vez que cerraba los ojos, veía los ojos rojos y vueltos hacia arriba del temible perro del comerciante Brasche. El diablo podía presentarse en la forma de un perro negro: lo había oído bastantes veces de labios del reverendo Jacobsen.

La mano le latía, aunque ya no sangraba. ¿La habría marcado el diablo?

Se estremeció y apretó las manos temblorosas sobre el pecho mientras contraía los dedos fríos de los pies y se frotaba una planta contra la otra.

—Si le damos la cinta azul a mamá, ¿se escapará como la niña del cuento? —susurró Kirsten—. ¿Huirá con los lobos?

Las habían educado para temer a los lobos, pero ahora Ingeborg deseó que su madre estuviera entre aquellas bestias y no entre los hombres que gobernaban.

En cuanto el alba gris se coló por las rendijas de la casa, Ingeborg despertó a Kirsten.

Con delantales limpios y cofias blancas, se arrodillaron a rezar frente a la casa del comerciante Brasche mientras la lluvia se abatía sobre ellas, empapando el fino lino sobre sus cabezas y penetrando en sus chaquetas de lana. Temblaban de frío, pero, aun así, Ingeborg no se daba por vencida. Era lo único que podían hacer ahora: despertar la compasión de los hombres poderosos, a pesar de que las propias mujeres del pueblo las habían ignorado al pasar deprisa junto a ellas de camino al pozo. Cómo deseaba que Solve, la prima de su madre, estuviera allí, e incluso Maren Olufsdatter, porque estaba segura de que se arrodillarían con ellas. Pero era probable que la noticia no hubiera llegado todavía a la aldea de Andersby.

Cuando por fin Ingeborg volvió a ver a su madre, fue evidente que la conmoción por el arresto había dado paso al terror más puro. Su cuerpo se convulsionaba de miedo mientras el alguacil Lockhert y sus hombres la sacaban de la casa del comerciante Brasche. Tenía las muñecas atadas con tanta fuerza que Ingeborg podía ver las marcas rojas en la piel pálida. Le habían quitado la cofia de la cabeza y su cabellera roja y dorada caía con libertad. Ingeborg advirtió unos moratones nuevos en sus brazos y un corte en el labio y sintió que se le partía el corazón.

Detrás de ella, vio a Heinrich; su padre y un criado lo estaban sujetando.

—¡Te lo ruego, padre! —Ingeborg podía oír la voz desesperada de Heinrich—. Lisebet se equivoca. No era el diablo a quien vio con Zigri.

Pero Fru Brasche no estaba por ninguna parte para reconocer su mentira.

El padre de Heinrich lo fulminó con la mirada.

—Te han embrujado, ¿es que no te das cuenta, hijo?

—Padre, ¡ella es inocente! ¡Te lo ruego!

Con un rápido movimiento, el viejo comerciante sacó un cuchillo y lo acercó a la garganta de su hijo.

—Si no dejas de lamentarte, sospecharé que tú también te has confabulado —lo amenazó—. Y ya no serás *mi* hijo. Te desheredaré de todo, Heinrich —susurró con furia, y le indicó a su fornido sirviente que empujara a su hijo de vuelta al interior de la casa. La puerta se cerró tras ellos.

El alguacil Lockhert y sus hombres arrastraron a Zigri en dirección al puerto, como si tiraran de una yegua reacia.

Kirsten echó a correr detrás de ellos. Ingeborg la persiguió.

—¡Mamá! —gritó Kirsten—. Aquí tienes tu lazo azul, mamá.

Kirsten tomó la mano de su madre y le puso la cinta azul, ahora hecha jirones. Pero, aunque su madre sostuvo la cinta, no le dirigió la palabra a su hija menor.

—Oh, Heinrich —gimió mirando a Ingeborg.

Pero el hijo del comerciante no volvió a salir de la casa de su padre.

Las puertas de todas las casas permanecieron completamente cerradas cuando el alguacil Lockhert cruzó la aldea de Ekkerøy con Zigri a rastras.

Llegaron al puerto, donde la barca del alguacil Lockhert estaba lista para zarpar. Los soldados arrojaron a Zigri dentro. Ella tropezó y cayó de rodillas sollozando; las lágrimas corrían copiosas por sus mejillas al comprender que Heinrich Brasche no había podido salvarla de Vardøhus.

A Ingeborg le dolía el cuerpo de solo mirar. Tenía que acercarse a su madre.

—¡Os digo que es inocente! —exclamó, y trató de abrirse paso entre los soldados.

El alguacil la vio y soltó un bramido exasperado. La tomó del cuello y la levantó de modo que sus pies quedaron colgando en el aire.

—¡Mocosa! Si no paras, te meteré en el calabozo de las brujas de Vardø junto con la bruja de tu madre.

Ingeborg se retorció en vano, como un pez en un anzuelo.

—Por favor, dejadla ir, alguacil, no es más que una niña —suplicó su madre.

Lockhert la soltó e Ingeborg cayó de rodillas con un golpe seco; una punzada de dolor le estremeció todo el cuerpo.

Su madre estaba sentada en la cubierta, acurrucada y atada, con los ojos llenos de terror.

—Consigue ayuda, Ingeborg —susurró—. ¡Júrame que lo harás!

—Te lo juro —respondió Ingeborg en voz baja.

Su madre levantó las manos atadas en señal de súplica, con la cinta colgando entre ellas. Sus ojos implorantes atravesaban a Ingeborg.

Había jurado ayudarla. Pero ¿*cómo*?

Los hombres del alguacil soltaron amarras, las velas blancas se hincharon y la barca se meció en la nada gris del mar. Con las bandadas de patos de invierno como únicos testigos, la embarcación desapareció detrás de los acantilados.

Ingeborg se quedó observando mucho después del último aleteo de las velas y la última imagen del cabello de su madre ondeando como un pequeño estandarte dorado. La imaginaba temblando y encogida en el fondo del bote del asqueroso alguacil, llevada a través del mar de Murman hasta la isla de Vardø y la fortaleza del gobernador.

¿Cómo podría traerla de vuelta a casa?

TERCERA PARTE

Invierno de 1662

LAS TRES MADRES

EN UN TIEMPO MÁS ALLÁ DE NUESTRA IMAGINACIÓN, HA-
bía una vez tres madres que vivían al pie del *Yggdrasil*, el
gran árbol de la vida, en el reino de Aesir, junto al manantial sagrado del destino. Su tarea era nutrir al gran árbol
con las aguas puras del manantial, preservar su vida con
la arcilla blanca y recoger gotas del agua para verter sobre
la hierba como rocío. Las tres madres se llamaban Urth,
Verthandi y Skuld, y eran quienes tejían los destinos de todos.

Las tres madres recibían el mismo trato porque nadie, ni
siquiera Odín, el padre de todos los dioses y los hombres,
tenía dominio sobre ellas. Todos los seres estaban sujetos
al destino que ellas hilvanaban. Las madres, o las Norns,
como también se las conocía, eran tal vez hermanas, o tal
vez no, pero no podían existir una sin la otra. Las madres
debían asistir en el nacimiento de cada recién nacido y tejer
la historia de su vida. No era un deber que se tomaran a la
ligera y, a medida que nacían las almas, las madres se entregaban con cuidado y consideración a crear el patrón de
cada vida.

Urth era conocida como el Pasado o el Destino. Su cabello largo y suelto cambiaba de color con las estaciones,
entre tonos dorados y castaños: en invierno, era castaño
oscuro como el agua del pantano, pero en verano, se volvía

del color de un campo de cebada. Su piel también variaba según las estaciones, al igual que sus ojos: miel y avellana en verano y el color de la crema y las brasas ardientes en invierno. Urth rebosaba risas y luz, y ofrecía muchas historias diferentes de la existencia de una persona mientras cantaba en el patrón del destino de la gente. Cada nota que emitía se convertía en un hilo, cada color iluminaba un sendero para el alma.

Verthandi era conocida como el Presente o el Ser. Su cabello era rizado y de mil tonos de rojo. Verthandi era la más pequeña de las tres madres, tan pulcra y diminuta como uno de los elfos-enanos, pero era la más poderosa. Ella tejía el secreto de la dicha en la vida de un alma. Pero su esencia era el hilo más difícil de encontrar. No cantaba ni hablaba, pero disponía el aliento de vida en los corazones de la gente; era como el sonido del mar sobre la orilla en un día de verano tranquilo o el vaivén ligero del viento entre las ramas.

Skuld era conocida como el Futuro o la Necesidad. Su pelo era del negro más negro jamás visto, atravesado por un rayo de color blanco puro. Skuld era la más problemática de las madres. A veces no quería ser madre y se rebelaba contra sus hermanas.

"¿Para qué nos esforzamos tanto en tejer el destino de cada recién nacido cuando nuestro propio futuro es siempre incierto?", se quejaba agitando su pergamino en blanco.

Pero otras veces, después de que las otras dos madres la calmaran con frutas y vino, Skuld tomaba su pergamino y escribía y escribía y escribía. Nunca contaba las historias del destino de los recién nacidos, pero daba cuenta de sus vidas a través de la tinta en el pergamino.

Ninguno de nosotros puede pasar por alto a las tres madres cuando venimos a la vida. Seamos dioses, diosas, humanos, elfos, enanos, trols o gigantes de hielo. Para las tres madres, todos somos iguales. Algunos tendremos destinos dorados y otros lucharemos por salir de las sombras, pero todos somos hijos de las madres, nos guste o no, de sangre o de corazón.

Las tres madres consideraban que su deber más importante era proteger a las mujeres durante el parto. Para ello, tomaban medicinas del gran árbol de la vida: arrancaban frutos de sus ramas y los quemaban en una hoguera junto a sus raíces. Las madres suministraban estos frutos quemados a las mujeres durante su trabajo de parto para que lo que llevaban dentro pudiera salir.

Las tres madres tejían el cielo y la tierra en cada alma recién nacida: con hilos púrpuras de fe de Urth, hilos verdes de amor de Verthandi e hilos anaranjados de esperanza de Skuld.

Este era el regalo para todos aquellos que abrían sus corazones a la sabiduría de las madres: que tenemos un destino, pero podemos tirar de los hilos que deseemos.

El mayor regalo de todos era la gema que Verthandi incrustaba en el tercer ojo oculto de todos los que respiran en esta tierra. Incluso el tuerto Odín la posee.

Está ahí, en el espacio entre nuestros ojos, en nuestra frente.

Cierra los ojos y búscala. ¿Puedes verla brillar? Es una piedra preciosa, la más pura y rica de todas, engarzada en la tela de tu vida por las tres madres.

Es tu verdad.

CAPÍTULO 15

Anna

LA TARDE EN QUE LA PRIMERA BRUJA DE VARANGER LLEGÓ a la fortaleza Vardøhus, yo había pasado todo el día dolorida e incómoda por una fuerte hemorragia. La llegada de la menstruación en ese momento fue inesperada, pues no había sufrido una hemorragia desde antes de mi juicio el último invierno. La culpa era de Helwig, mi criada, pues es sabido que las mujeres que comparten la misma morada sangran juntas. Cada mes, mis sirvientas y yo en Bergen padecíamos calambres bajo la luna llena, y me atrevo a decir que para algunas mujeres que no se habían portado bien, siempre era un maldito alivio.

Durante años, la mancha roja había ido reduciendo mi esperanza mes tras mes. Mi tiempo para la maternidad había transcurrido y había sido incapaz de proporcionar un heredero vivo a mi esposo.

Para ser un hombre, más aún, para ser un rey, tenías un gran interés en el funcionamiento del cuerpo femenino, pues recuerdo que me preguntaste qué se sentía al sangrar cada mes, antes y después.

"Siempre es diferente", te expliqué. "Y depende de la mujer. Yo tengo la suerte de no sufrir calambres ni flujo abundante".

Pero estos últimos años, el ritmo de mi cuerpo ha cambiado, ya que paso meses sin sangrar y de repente me acomete un flujo imparable y abundante, con dolores que me hacen doblarme. He probado diferentes remedios, pero solo me han aliviado un poco. La violencia dentro de mi propio cuerpo parecía una rebelión.

A veces, por las noches, me invadía un calor tan feroz que mi piel ardía en llamas, y el deseo en mi corazón se aferraba casi en vano, pues cuando mi menstruación cesara para siempre, también lo haría mi esperanza.

Estando prisionera, la frágil promesa de tener otro bebé, a la que podría haberme asido, se esfumó para siempre.

Y así, ese húmedo y frío día de octubre en que se aguardaba la llegada de la bruja, Helwig, con el cuerpo encorvado por el dolor y el rostro demacrado, recogió nuestra ropa y trapos ensangrentados para hervirlos con lejía de abedul en el lavadero.

—Espera —le ordené, impulsada por una inesperada compasión. Me llevé una mano a mi propio vientre punzante—. Te daré algo para aliviar el dolor.

Abrí mi botiquín, levanté la tapa y saqué un pequeño trozo de raíz de consuelda. Tomé un cuchillo afilado del mismo lugar y pelé un trocito de raíz.

—Pon a calentar una olla de agua —añadí.

Helwig dejó la ropa para lavar en el suelo y obedeció, sin dejar de mirar con desconfianza cómo yo ponía la raíz de consuelda en el agua y la llevaba a ebullición. De pronto sentí el aroma de los macizos blandos y húmedos de mi jardín botánico en Bergen y el recuerdo hizo que me doliese el corazón, igual que los retortijones en el vientre.

Dejé enfriar la infusión y le ofrecí una taza a Helwig, quien había estado esperando para salir de la cabaña con su cesta de trapos ensangrentados.

—¿Qué es? —preguntó con los ojos entrecerrados.

—La raíz de la consuelda —precisé—. La usamos para aliviar la hemorragia de Fru Orning, ¿recuerdas?

Parecía apaciguada, tomó la taza y se la bebió de un trago.

—Sabe raro —comentó. Luego eructó y se limpió la boca.

Arrugué la nariz en señal de desagrado por su vulgaridad y me arrepentí de haber compartido mi preciada raíz de consuelda con aquella joven ordinaria.

—Te aliviará los calambres —agregué, y me bebí mi taza.

Helwig resopló como si no lo creyera, pero cuando regresó unas horas después con la ropa limpia, tenía color en las mejillas e incluso se puso a canturrear mientras preparaba la cena.

Por mi parte, la raíz de consuelda me había aliviado la hemorragia, de modo que había podido seguir escribiendo en secreto, libre de la mirada de Helwig.

El caldo de pescado ya estaba listo y me disponía a sentarme a la mesa para que Helwig me sirviera cuando oí voces de hombres y ruidos de botas en el duro suelo exterior. Era tan raro oír algo en nuestra tranquila fortaleza, carente de prisioneros aparte de mí, que me levanté instintivamente de la mesa. Impulsada por la misma curiosidad, Helwig me siguió hasta la pequeña ventana que daba al patio. Levanté la colgadura y atisbé el exterior.

Las escasas horas de luz natural se habían convertido en sombras de color zafiro que se entremezclaban con el negro, y la luz plateada de la luna llena ya se proyectaba sobre el patio. Alcancé a distinguir las figuras iluminadas por la luz de las antorchas: la silueta del gigantesco alguacil Lockhert, parecida a la de un trol, y las de varios de los guardias. Sin embargo, la que llamó mi atención fue la de una mujer encadenada, con el pelo suelto que le tapaba el rostro. Por los suaves contornos de sus pechos y caderas supuse que era una mujer bastante joven, pero mientras que los hombres se veían recios, ella temblaba y se estremecía de manera incontrolable.

—Ponedla en el calabozo de las brujas —ordenó Lockhert.

La mujer no opuso resistencia mientras los hombres de Lockhert la arrastraban por el patio.

—¿Quién es? —me susurró Helwig. Su aliento a pescado me hizo retroceder.

—Aléjate de la ventana —le ordené, y me llevé mi pañuelo con aroma a lavanda a la nariz.

—Pero ¿quién es la mujer? —insistió Helwig, y su cara ya me decía que lo sabía muy bien.

—Me imagino que es una mujer acusada de brujería, ya que la están llevando al calabozo de las brujas.

Volví a la mesa y a mi cena, ahora fría. Me quedé mirando los trozos endurecidos y pegajosos de grasa y pescado, más espinas que carne, mientras una zanahoria perdida subía y bajaba en el líquido. No tenía ganas de terminar de comer; tenía el pecho agitado y lo sentía comprimido dentro del jubón. Mis labios estaban secos por la anticipación y el miedo.

Pronto tendría que representar mi papel.

CAPÍTULO 16

Ingeborg

El mar de Murman resplandecía, una vasta extensión gris con las montañas lejanas vestidas de blanco y recortadas contra un cielo cada vez más oscuro. Ingeborg pensaba en su madre. ¿Tendría suficiente para comer, un fuego junto al que calentarse durante las oscuras y gélidas semanas de noviembre?

Volvió a imaginar su delgada figura: con el cabello dorado oculto bajo un gorro blanco, agitando su mano desde una barca que se acercaba a la orilla. Con Heinrich Brasche a su lado. Su salvador. Sin embargo, cuanto más escrutaba el mar, más ridícula se le antojaba esa fantasía.

Aquellos patos de invierno volando en bandadas parecían despreocupados y sin miedo, una familia de cientos. Ingeborg deseaba poder ser uno de ellos y flotar libre sobre los remolinos helados del fiordo.

Por las noches, cuando cerraba los ojos, su madre seguía allí. Eran tiempos lejanos, antes de la pasión por Heinrich Brasche, antes de que Axell y su padre se extraviaran en el mar. Tiempos en los que ella era pequeña, antes de que Kirsten naciera, y su madre había sido amable con ella. Ingeborg podía evocar el aroma de aquella época lejana:

la salvia en la comida preparada por su madre y la hierba marina de las reuniones junto al mar. Podía sentir la piel aterciopelada de su madre y la fuerza de sus manos cerrándose sobre las suyas.

Deseaba tanto recuperarla. Su ausencia le dolía como una profunda contracción en el vientre. Como cuando se comen demasiados arándanos rojos.

Pocos días después de que se llevaran a su madre, Ingeborg había vuelto a casa de Heinrich Brasche tan temprano que aún era de noche; una hora en que solo los criados estaban despiertos. Había visto la desesperación de Heinrich por ayudar a Zigri. Esperaba poder convencerlo de que fuera a hablar con el gobernador en su favor.

Pero la poca esperanza que tenía con respecto a su intervención se desvaneció ante la noticia que le dio la viuda Krog.

—Lamento decirte que Heinrich Brasche se ha marchado, Ingeborg —le susurró la anciana a través de la puerta entreabierta.

—¿Adónde ha ido? —preguntó.

—Está de viaje de negocios en Bergen, en representación de su padre.

—¡Bergen! —Ingeborg soltó un grito espantado. La ciudad natal del comerciante estaba a leguas de distancia. Un viaje que le llevaría varias semanas—. Pero prometió ayudar a mi madre —protestó con la voz quebrada por la desesperación.

La viuda Krog extendió su mano fría y tocó la de Ingeborg. Le puso un manojo de *lefse* dulce en la palma.

—Lo siento, niña. Tu madre no es una bruja, pero humilló a Fru Brasche. —La viuda Krog suspiró—. Me temo que eso no será perdonado.

Mientras la anciana hablaba, Ingeborg oyó la voz brusca de Fru Brasche llamándola. Sintió un deseo intenso de empujar la puerta y enfrentarse a ella. Pero ¿qué podía decir para disuadirla? Antes de que pudiera actuar, la viuda Krog se apresuró a cerrarle la puerta en las narices.

Había corrido de vuelta a su casa hecha una furia. Cada vez más deprisa, con el viento fustigando sus mejillas.

Heinrich Brasche había mentido. Había huido y abandonado a su madre. Era un cobarde, como lo había sido su padre.

Cuando llegó la época de las nieves, ella y Kirsten cerraron bien la pequeña cabaña. Con Zacarías dando tumbos por la nieve reciente, las hermanas se pusieron los esquís.

Kirsten había insistido en que no podían dejar a Zacarías. La borrega había crecido y pesaba mucho, pero su hermana menor se había mantenido firme. Después de todo, Zacarías era lo único de valor que poseían, así que Ingeborg ató la borrega a un pequeño trineo que arrastraría y en el que habían cargado unas míseras provisiones dentro de bolsas de piel de foca.

Emprendieron la marcha sobre la nieve fresca. Se deslizaron sobre la inmensidad blanca y atravesaron los bosques de abedules escuálidos. A lo largo del borde de la península de Varanger, las aguas del mar de Murman se aquietaban en el fiordo de Varanger bajo el cielo lívido del mediodía.

Cuando llegaron a casa de Solve en el pueblo de Andersby, la prima de su madre no se alegró de verlas.

—Esto de Zigri es un asunto terrible —comentó sin siquiera invitarlas a cruzar el umbral—. No deberíais haber venido, niñas.

—No tenemos adónde ir —se lamentó Ingeborg dolida por la reacción de la prima de su madre.

—Pedid al reverendo Jacobsen que os busque un hogar temporal —sugirió Solve.

—¿Quién nos aceptaría?

—Quizá acepten a Kirsten. Todavía es muy pequeña.

—No, no —objetó Kirsten, aterrada—. No me dejes, Ingeborg.

—Cálmate, Kirsten. Por supuesto que no lo haré —le aseguró Ingeborg, y tomó la mano de su hermana. Se volvió hacia Solve—. Por favor, necesitamos cobijo —suplicó—. He traído comida y nuestra borrega para ordeñarla cuando crezca. Trabajaremos duro, lo prometo.

—No quiero que me relacionen contigo, Ingeborg —admitió Solve con la mano en la cabeza de Peder, aferrado con fuerza a su falda—. Ya tenemos aquí a Maren, y debo pensar en mis hijos.

Mientras hablaba, Maren y Erik salieron del establo con dos cubos llenos de leche cremosa.

—¡Lo ha hecho otra vez, mamá! —exclamó Erik con cara de felicidad—. ¡Mira toda la leche que ha conseguido Maren que diera la vaca!

Solve se puso colorada.

—Cállate, niño.

En cuanto Maren vio a Ingeborg y a Kirsten, esbozó una ancha sonrisa.

—Por fin habéis venido. Os estaba esperando.

—No se van a quedar, sobrina. No podemos recibirlas —señaló su tía.

Maren se dio la vuelta.

—¡Pero tenemos suficiente para todos!

—No es por eso —precisó Solve, y se humedeció los labios con nerviosismo—. Es demasiado peligroso para nosotras confraternizar con las hijas de Zigri.

Maren se llevó las manos a las caderas y miró a su tía como si fuera una pobre tonta.

—¡Es demasiado tarde para preocuparse por eso! —exclamó—. Tu esposo te puso en peligro el día que me recibió a *mí*. ¡Mi madre también fue condenada por bruja!

Solve estaba inquieta.

—No tuve opción en ese tema, y eso ya es pasado, asunto terminado.

—Esto no se termina nunca, tía —advirtió Maren con voz fría—. Tenemos que unirnos, mostrar nuestra fuerza.

Solve soltó una carcajada nerviosa.

—¿De qué fuerza hablas, muchacha infeliz?

Pero Maren la ignoró y se volvió hacia Ingeborg y Kirsten.

—Entrad, hermanas.

Ingeborg notó que la expresión de Solve se suavizaba. No iba a rechazar a las hijas de su prima.

—Supongo que solo sois unas niñas, ¿y qué podrían querer de vosotras los hombres del gobernador?

El sol de invierno oculto lanzaba sus tenues reflejos sobre la parte baja del fiordo de Varanger. Allí donde el hielo se encontraba con el mar, el vapor se elevaba de la costa como humo, un brebaje de infierno. El aliento del diablo. Ingeborg estaba sentada sobre el borde helado mientras la luz efímera desaparecía. El cielo era un suspiro de azul; la nieve, un rubor rosado. Aquí era donde el hielo ardía, donde el aire era ligero y quebradizo.

¿Existía algún lugar tan poderoso como este? Podía sentirlo en las puntas de los dedos, como si le clavaran alfileres, y en el hormigueo de su piel. Cómo deseaba hacer suyo este poder y respirar fuego. Cómo deseaba derretir las leguas de hielo y nieve que la separaban de su madre.

Maren encontró a Ingeborg en el fiordo de Varanger. Se había quitado los esquís. Aún observaba el vapor sobre el hielo mientras se preguntaba si sería lo bastante grueso para soportar su peso. Si hubiera sido verano, el aire se habría llenado con el chillido de los charranes árticos de camino a los salientes rocosos de su pueblo de Ekkerøy, pero en los tonos sombríos de este día de noviembre, el aire estaba en silencio, con poco más que la luna invernal en el cielo. Lo único que se oía era el canto solitario de un petrel marino que descendía en picado en el aire frío y el crujido de la nieve sobre los delgados árboles que bordeaban el fiordo.

Ingeborg contemplaba el fiordo y las lágrimas calientes se deslizaban por sus mejillas heladas. Estaba enfadada con Heinrich Brasche y con su madre por haberse enamorado de él. Estaba enfadada con su padre por no haber vuelto nunca del mar y con Axell por haberse ahogado. Estaba enfadada por ser quien era: una muchacha pobre, la hija de un pescador muerto. ¿Quién iba a escucharla? ¿Cómo podría salvar a su madre? Ni siquiera conocía el camino a Vardø.

—No llores —dijo Maren, y le apoyó una mano en el brazo—. Deja que salga tu dolor y que fortalezca tu decisión de ayudar a tu madre.

—Pero mi madre está condenada —se lamentó Ingeborg. Trató de contener las lágrimas, aunque estas seguían brotando—. La han acusado de bruja.

—¡Y a la mía también! Pero recuerda que el comerciante Brasche, el gobernador e incluso el alguacil Lockhert temen a las brujas. —Maren la tomó de los hombros—. ¡Y ese miedo nos da poder!

Ingeborg se enjugó las mejillas con la manga. Maren se equivocaba. Nadie le tenía miedo. Ni siquiera era una mujer adulta. Solo una niña que luchaba por salir al mundo con todo el mundo en su contra.

—¡*No* nos tienen miedo! —replicó volcando toda su frustración en Maren—. Nos oprimen. Hacen que nosotras les tengamos miedo *a ellos*.

—Y aun así, si pudieran, nos enviarían a todas las mujeres a la hoguera —afirmó Maren con voz fría y sus ojos verdes como el mar iluminados por luces ocultas—. No es bueno dejar que nos dominen. Pero estos hombres no son invencibles. Creen en el diablo. Creen que el diablo puede destruirlos y que las brujas son agentes del diablo.

—Pero ¿cómo puede esto ayudar a mi madre? —protestó Ingeborg—. Está encerrada en la fortaleza del gobernador al otro lado del mar de Murman…

—Hay formas de ayudarla —susurró Maren mientras miraba a su alrededor. Pero no había ninguna otra alma en el fiordo de Varanger. Los últimos restos de luz se hundieron en el crepúsculo temprano. La luna brillaba en lo alto, iluminaba los trozos de hielo flotante y arrojaba su luz plateada sobre las mejillas oscuras de Maren—. ¿Quiénes crees que son las brujas, Ingeborg?

—No lo sé —vaciló—, pero mi madre no…

—Las brujas son las marginadas —explicó Maren—. Las que son diferentes. Las que son escupidas. Profanadas y maltratadas. Juntas nos confortamos, nos damos fuerza.

—¿Qué estás diciendo? —susurró Ingeborg.

—El gobernador, el comerciante Brasche y el alguacil Lockhert, y hasta el mismo rey Federico, nos acusan de brujería. Quieren destruir a todas las brujas del norte. Pero ¿por qué? ¿Por qué molestarse con las esposas y viudas pobres de los pescadores? Porque, como he dicho, les asusta el poder que poseemos en sintonía con la naturaleza, con los animales y las fases de la luna. Les asusta la unión de las mujeres. No entienden nuestra sabiduría.

—No tengo poder, Maren. ¡Nadie me escuchará!

—*Haz* que te escuchen, Ingeborg —insistió Maren—. Conviértete en la señora de lo desconocido, porque solo así podrás protegerte a ti misma y a Kirsten.

—Pero ¿cómo?

Maren se mordió el labio y la miró con aire pensativo.

—Tengo un secreto que nunca debes contarle a mi tía Solve. ¿Me lo prometes?

Ingeborg asintió.

—Te lo prometo —concedió, porque la expresión de Maren le daba un poco de esperanza.

—Te llevaré con alguien que puede ayudarnos.

—¿Quién? —No había otros hombres influyentes en el vecindario. Los Brasche lo controlaban todo.

—Ponte los esquís y sígueme —le indicó Maren—. Vamos a ver a los samis.

Ingeborg titubeó, pero había pasado demasiadas horas infructuosas rezando al buen Dios. Era hora de pedirle ayuda al diablo, si es que, en efecto, el reverendo Jacobsen tenía razón y los samis eran sus discípulos.

CAPÍTULO 17

Anna

LA SEMANA DESPUÉS DE QUE LA BRUJA LLEGASE A LA FOR-
taleza, fui invitada a cenar con el gobernador Orning y su
esposa. Después de mi gélido tugurio, el calor de la sala casi
me hizo caer de espaldas: el fuego ardía en la chimenea y
su resplandor parecía impregnar todos los aspectos de la
estancia, incluida yo misma. Los colores de los tapices de
caza en las paredes parecían más intensos y los diseños de
las alfombras tener vida propia.

Cuando me acerqué a la mesa, pude oler el lujo del
banquete. Ante mí había una pila de crujientes *flatbrød*
recién horneados, junto con una fuente de arenques asa-
dos con mantequilla y un gran cuenco de *rømmekolle* con
canela humeante.

Me serví una ración pequeña, aunque deseaba poder
engullir todas aquellas delicias. El gobernador Orning llenó
una copa de vino y bebí un sorbo discreto y exquisito. ¡Ah,
beber en una copa tan fina! Después de tantas semanas de
cerveza amarga, el líquido me recordó los veranos en el sur,
las cerezas oscuras y las moras del bosque, y la dulzura de
las especias.

—Nuestro trabajo ha comenzado de verdad, Fru Rhodius

—anunció el gobernador Orning con la solemnidad propia de un hombre que está a punto de ir a la guerra contra las brujas.

—Por cierto que sí, gobernador Orning —respondí, y bebí otro trago de vino.

—La primera bruja, Zigri Sigvaldsdatter, de la aldea de Ekkerøy, ha sido encarcelada en el calabozo de las brujas a la espera de que la interroguemos.

—¿De qué maleficio se la acusa? —pregunté.

El gobernador apoyó los codos sobre la mesa del comedor, entrelazó los dedos y apoyó la barbilla en ellos sin dejar su gesto ceñudo, acorde a la seriedad de sus palabras.

—Un comerciante llamado Brasche me ha informado que Zigri Sigvaldsdatter fue una de las brujas responsables de la magia de las tormentas que hizo naufragar su barco el invierno pasado cuando se dirigía al sur con un cargamento completo de *klippfisk*. No solo pereció toda la tripulación, sino que las pérdidas en *riksdaler* fueron considerables. —El gobernador bajó la voz hasta un susurro conspirativo, aunque los únicos presentes éramos yo y su buena esposa, Fru Orning, quien, como siempre, picoteaba su comida con movimientos nerviosos—. Además, esta tal Sigvaldsdatter fue vista fornicando con el diablo.

Sentí una punzada de angustia, pero me cuidé de disimularlo. Escuché con atención, con las manos cruzadas con docilidad sobre el regazo y los ojos fijos en las seductoras vituallas. El gobernador había atrapado a la primera de sus presas y, sin embargo, en lo único que yo podía pensar era en el *rømmekolle* con canela que tenía en la boca.

—Si no fuera por el comerciante Brasche y sus barcos, no tendríamos rutas comerciales a Bergen —continuó el gobernador Orning—. Nuestro poblado se empobrecería mucho sin los recursos que nos proporciona. Pero Brasche me ha confiado que la península está tan plagada de brujas que su familia tiene miedo. —El gobernador hizo una pausa y se reclinó en su asiento, levantó su copa de vino y bebió antes de proseguir—. Los pescadores no dejan de quejarse de las deudas que contraen a cambio de grano, pero son ellos los que se endeudan al no pescar lo suficiente para pagarle al comerciante Brasche. Y el diablo seduce a sus mujeres. —El gobernador se limpió la boca con la servilleta antes de doblarla cuidadosamente y colocarla junto a su plato—. El comerciante Brasche ha insinuado su deseo de volver a vivir en Bergen. Pero, Fru Rhodius, no podemos permitirlo de ninguna manera. Es menester asegurarle que la península de Varanger estará libre de brujas de una vez por todas.

—¿Quién acusa a la mujer Zigri Sigvaldsdatter? —pregunté. "Reúne todas las pruebas, Anna. Haz que sea un caso invencible".

—El propio Brasche, ya que vio a las brujas alzar vuelo como pájaros y lanzar su magia de las tormentas. —Se interrumpió y se inclinó hacia delante—. Pero fue la esposa de su hijo, Heinrich, quien vio a Zigri Sigvaldsdatter retozando con el diablo en el establo.

—¿Están ambos dispuestos a testificar?

—Por supuesto. De hecho, el comerciante ya testificó en el juicio de la bruja Marette Andersdatter. Y en cuanto a Fru Brasche, es una mujer respetable —aseveró el gobernador—. Sin embargo, me complacería mucho que convenciéramos a Zigri de que confesara y se arrepintiera de sus pecados. Según nuestras leyes, necesitamos que la bruja confiese para poder condenarla.

El gobernador me escrutó, y me sorprendí a mí misma bajando la mirada de manera sumisa y deseando tomar otra pieza más de *flatbrød*.

—Por eso quiero que habléis con Zigri Sigvaldsdatter y utilicéis vuestros recursos femeninos gentiles y persuasivos para arrancarle una confesión y, además, lograr que denuncie a las otras brujas implicadas en el abominable delito de la magia de las tormentas.

El gobernador Orning chasqueó los dedos y Guri empezó a retirar los platos antes de que yo tuviera oportunidad de servirme el ansiado *flatbrød*. Observé que, una vez más, Fru Orning no había tocado su comida y, con un mero vistazo a su rostro lleno de cicatrices y el cutis que parecía estirado sobre los huesos, me di cuenta de que necesitaba un buen tónico.

El gobernador se puso de pie y yo también.

—Acompañadme, Fru Rhodius—me indicó.

Seguí al alto gobernador fuera del calor de la sala de estar; los dos perros le pisaban los talones y yo trotaba detrás de ellos. Atravesamos un pasillo y luego entramos en una habitación amplia y de techo alto. El aire era tan frío que nos salía vapor por la boca y me ceñí más el chal sobre los hombros, deseando tener conmigo la capa de piel que me habías regalado.

Un enorme tapiz colgaba de una pared, iluminado por la luz de la luna que entraba a través de una hilera de ventanas altas, y pude distinguir que se trataba de otra escena de caza; esta vez, un grupo de cazadores rodeaba a un lobo solitario; el animal se retorcía mientras los hombres le atravesaban el cuerpo con sus lanzas. Debajo de las ventanas, había un sillón magnífico, como un trono, con una cornamenta de ciervo que colgaba sobre él y un enorme cofre a un lado.

Era, sin duda, una sala impresionante, y, sin embargo, al caminar por ella, sentí una presión en el pecho y una sensación de confinamiento mayor que la de mi prisión.

El gobernador extendió la mano por la imponente habitación.

—Esta, mi querida señora, es nuestra sala del tribunal —anunció—. Cerrad los ojos ahora e imagináosla llena, porque con el tiempo, lo estará.

—¿Para el juicio de Zigri Sigvaldsdatter?

—Para el juicio de *todas* las brujas de Varanger, porque ella no es la única —aclaró. Tomó asiento en el gran sillón y apoyó las manos sobre los brazos tallados—. ¿Habéis oído hablar de Liren Sand?

—No, gobernador —mentí, pues no quería revelar ningún conocimiento sobre las brujas de Vardø.

—Era la líder de las brujas, y me complace decir que fue capturada y quemada en la hoguera hace dos años —dijo el gobernador con un susurro ronco—. Pero su cómplice, una mujer sami llamada Elli, se escapó. La he estado buscando desde entonces. —Se levantó de la silla y se colocó de pie frente a mí, con los brazos en la espalda—. Tengo entendido que algunas mujeres de Ekkerøy la conocen.

Me quedé pensando en lo que me había dicho mientras el gobernador se arrodillaba delante del enorme cofre, lo abría y sacaba una llave de hierro. La cruzada del gobernador contra las brujas había comenzado mucho antes de mi llegada.

Después de incorporarse, el gobernador giró sobre los talones y caminó hacia mí.

—Ved cómo confío en vos, Fru Rhodius, más incluso que nuestro bendito rey —manifestó, y agitó la llave ante mí—. Pero yo os necesito y vos me necesitáis a mí. —Me dedicó una media sonrisa, aunque sus ojos tenían un atisbo despiadado—. Juntos podemos hacer grandes cosas por nuestro reino, ¿no es así?

—Sí, gobernador Orning —murmuré. Pero no confiaba en él, aunque me estaba ofreciendo la oportunidad de volver a ser libre ante mis propios ojos.

Dio un paso adelante y pude sentir su aliento en mi mejilla. Por un momento, me pregunté cuáles serían sus intenciones, porque me apoyó una mano en la cintura y sus ojos indagaron los míos. Eran ojos severos, brutales, que habían librado muchas batallas y eran inmunes al sufrimiento.

No me inmuté, pues sabía que no debía mostrar ni la más mínima señal de debilidad.

Con la llave en la mano libre, la balanceó ante mí.

—Esta, señora, es una de las llaves del calabozo de las brujas —precisó—. Os autorizo a entrar y salir del calabozo de las brujas tantas veces como queráis. —Subió su mano desde mi cintura por el costado de mi cuerpo hasta llegar a mi pecho. Apartó el pañuelo para revelar mis pechos pálidos que subían y bajaban con inquietud dentro del jubón. Las comisuras de sus labios delgados se curvaron en una sonrisa desagradable mientras deslizaba la fría llave entre mis pechos antes de darles una palmadita—. Creo que allí estará a salvo, ¿verdad, Fru Rhodius? Sois una mujer casta.

Para mi fastidio, sentí que me ruborizaba.

—No os doy esta llave gratis. Vuestra tarea es hablar con Zigri Sigvaldsdatter y hacer que confiese su crimen. Averiguad si Elli, la mujer sami, está detrás de la brujería y conseguid que denuncie a las demás brujas en la península de Varanger.

—Sí, gobernador —respondí con obediencia, pues ¿qué otra cosa podía decir?

—Si no lográis persuadir a Zigri Sigvaldsdatter para que confiese de manera voluntaria, deberéis informarle de las consecuencias. —El gobernador pateó el suelo tan de improviso que me sobresalté—. ¿Sabéis lo que hay en mi sótano, debajo de esta inmensa sala, Fru Rhodius? —Volvió a golpear un pie contra el suelo con un gesto cruel en el rostro—. Son los dominios del alguacil Lockhert —añadió—. Con todos sus instrumentos de persuasión, incluidos sus queridos aplastapulgares y el potro.

—Señoría, c-creo que es contrario a la ley danesa torturar a una sospechosa de brujería hasta que confiese. —Solo Dios sabe qué me impulsó a decirlo tartamudeando al hacerlo.

—Estos son tiempos extraordinarios, Fru Rhodius, y requieren medidas extraordinarias. Estamos en un reino de terror y debemos hacer todo lo necesario para proteger a nuestro rey y a nuestra tierra.

No quise pensar en la cámara de tortura de Lockhert y recé para que Zigri Sigvaldsdatter se mostrara dócil, pero entonces se me ocurrió algo.

—¿Sabéis si la bruja es una mujer casada y con hijos?

El gobernador Orning se sentó en su gran silla de juez, con las piernas abiertas y la cicatriz en un lado de su cara tan blanca y pálida como la cornamenta de alce sobre su cabeza.

—Es viuda, Fru Rhodius, al parecer una viuda joven y alegre, con dos hijas.

—Señoría, ¿puedo sugerir que el alguacil viaje a su pueblo para interrogar a las hijas?

El gobernador cruzó las manos sobre su regazo.

—Sois muy lista, Fru Rhodius —comentó—. Pero iré yo mismo con mi querida esposa. Ella tiene un toque gentil y puede hablar con ellas. De hecho, las palabras de las hijas pueden ser justo lo que necesitamos.

Se me encogió el corazón, pues mi intención había sido alejar a Lockhert para que no atormentara a la mujer. No quería ser partícipe de ninguna tortura.

Sin embargo, si le decía a la bruja acusada que el gobernador se dirigía a su pueblo natal para interrogar a sus hijas, ¿estaría más dispuesta a decir la verdad? No había mucho que el gobernador Orning pudiera hacer a unas niñas, ni siquiera él sería capaz de infringir esas leyes. Pero yo podía recuperar a Zigri Sigvaldsdatter para nuestro buen Señor y llevarla mansamente a su fin.

Podía salvar su alma.

Porque nunca he quebrantado ninguna de tus leyes en toda mi vida, a pesar de ser tu prisionera.

Recuerda, mi rey, no he quebrantado *ninguna* ley.

CAPÍTULO 18

Ingeborg

PASARON POR ANDERSBYVATNET A TODA VELOCIDAD, POR un camino que Ingeborg nunca había recorrido, a través de un pantano cubierto de nieve espesa. Los esquís de madera de Ingeborg surcaban la nieve intacta, el cielo gris se iba tornando color índigo y teñía de azul la nieve y la piel de ambas. Todo alrededor se volvió de un azul profundo y audaz.

Maren siguió esquiando y las condujo tierra adentro. El cielo se llenó de estrellas mientras la nieve relucía, brillante, bajo la luna llena. Al cabo de un rato, Maren redujo la velocidad para que Ingeborg pudiera alcanzarla.

Ingeborg jadeaba, con el cuerpo mojado de sudor bajo las pieles a pesar del frío intenso. Maren, en cambio, parecía como si no se hubiera esforzado y oteaba la distancia. Sin mirar a Ingeborg, dijo:

—La luna nos abre un camino.

—¿Hasta dónde vamos? —preguntó Ingeborg, un poco nerviosa—. ¿Y si viene una ventisca del este? —Estaban demasiado lejos de Andersby para encontrar refugio.

Maren olfateó el aire.

—¡No hay tormenta! —aseguró con confianza.

El cielo se extendía vasto ante ellas y la tundra se

desplegaba en pequeñas lomas nevadas. Aún con los esquís, avanzaron con dificultad en la nieve densa y comenzaron a subir una colina. Cuando llegaron a una pequeña cresta plana, las dos jóvenes resoplaban en el aire helado.

—¡Hemos llegado! —exclamó Maren.

Un grupo de abedules enjutos sobresalía en la nieve, pero Maren señalaba más allá de los árboles. En la orilla de un lago interior había un anillo de cuatro *lávvus* samis: tiendas circulares de pieles de reno con palos altos que formaban una abertura por donde salía el humo del fuego central.

Su padre había visitado a menudo a los samis para comerciar con carne y pieles de reno, pero era la primera vez que Ingeborg veía un poblado sami. Sintió un pequeño estremecimiento en el pecho, pero no se asustó. No como cuando Lockhert se había llevado a su madre.

Una rama se quebró detrás de ellas, e Ingeborg se volvió para ver a un joven sami de pie con la espalda apoyada en los abedules arrugados que la miraba sin parpadear. Tal vez fuera un poco mayor que ella y llevaba un llamativo sombrero azul con cuatro puntas y trenzado con ribetes rojos, amarillos y blancos. Su padre siempre había llamado a los sombreros que llevaban los samis "sombreros de los cuatros vientos" por su forma de estrella. A Ingeborg le resultó muy colorido, comparado con el sombrero negro de copa alta que usaba Heinrich Brasche.

—¡Zare! —gritó Maren.

El chico esbozó una sonrisa, aunque sus ojos seguían escrutando a Ingeborg. Ingeborg se ruborizó a pesar del frío intenso.

Maren empezó a hablar en sami, para sorpresa de Ingeborg.

—¿Hablas sami? —le preguntó Maren a Ingeborg, quien negó con la cabeza.

—Entonces hablaremos en noruego —le dijo a Zare—. Esta es mi amiga, Ingeborg Iversdatter —añadió.

Los samis con los que su padre había comerciado habían sido figuras sombrías de su infancia. Su padre solía llevarles pescado y, a veces, grano, y a cambio recibían carne de reno, pieles y botas hechas con pieles de reno. Los samis eran diferentes a ellos, pero Ingeborg nunca lo había cuestionado demasiado, aunque ahora estudió el pequeño círculo de *lávvus* y las familias que se movían entre ellas; el olor de la comida que cocinaban y el murmullo de las voces. Reinaba un aire sereno, muy diferente de la tensión en su aldea, dominada por la casa del comerciante.

—Venid conmigo a ver los renos —sugirió Zare.

Giraron sus esquís en la dirección de Zare y atravesaron el *siida*. Solo una de las mujeres samis se volvió hacia ellas. Estaba claro que Maren no era una desconocida.

Los renos estaban en lo alto de la meseta y en los bosques de abedules delgados de las áreas de pastoreo de invierno. Las muchachas se quitaron los esquís y los apoyaron contra un árbol, mientras Zare les entregaba a ambas unos manojos de musgo. Un niño sami estaba cuidando a los renos y vigilando que no hubiera depredadores.

Maren lo saludó con la mano antes de acercarse a los renos. Los animales la rodearon, entrechocando sus astas mientras le hundían el hocico en las manos.

—De uno en uno, queridos —dijo Maren mientras les acariciaba la cabeza.

Ingeborg extendió una palma llena de musgo y uno de los renos de Maren trotó hacia ella. Sus labios peludos le hicieron cosquillas en la palma.

Zare se unió a ella y apoyó la mano sobre la cabeza del reno.

—Son muy mansos —comentó Ingeborg.

—No entiendo por qué Dios les dio cuernos. Para mí, los renos no son animales de lucha —dijo Maren.

—El reno macho sí es un animal de lucha, Maren —la corrigió Zare antes de lanzarle una mirada profunda—. Hace muchos días que no te vemos. ¿Qué te trae por aquí?

Maren dejó de alimentar a los renos. Se volvió primero hacia Ingeborg, con una expresión en los ojos como diciendo "confía en mí", antes de volverse hacia Zare.

—Necesitamos la ayuda de tu madre —explicó—. La madre de Ingeborg ha sido arrestada por brujería y llevada a Vardøhus para ser juzgada. Sabes bien lo que eso significa.

Zare se quedó muy quieto un momento, como si contuviera la respiración.

—Sí —respondió en voz baja—. Lo sé.

—¿Nos llevarás con tu madre? —preguntó Maren—. Ella puede ayudarnos.

Los ojos de Zare se volvieron hacia Ingeborg.

—Siento lo de tu madre. Pero tengo que proteger a la mía.

—Elli está en deuda conmigo —exigió Maren—. Ella escapó y mi madre no. —Zare se puso rígido—. Supongo que es ella quien debe elegir si decide ayudar o no —concluyó.

Zare dio de comer a un reno lo que le quedaba de musgo.

—Muy bien —accedió con tono reacio—. Os llevaré con ella.

Bajaron esquiando de los campos de pastoreo de invierno y volvieron al *siida*, se quitaron los esquís y siguieron a Zare a la *lávvu* central del círculo.

El muchacho apartó la piel de reno de la entrada y les indicó que pasaran.

El humo del fuego central ascendía hacia la abertura. La luz de la nieve del exterior se reflejaba dentro de la *lávvu*.

Ingeborg se inclinó junto a Maren al lado de un montón de turba y un perro blanco y negro desaliñado que les olfateó los pies. Ingeborg olió las hojas de acedera y se imaginó su sabor algo ácido, dulcificado con leche y azúcar, sobre su lengua.

Una mujer muy pequeña removía una olla sobre el fuego. Era incluso más baja que Ingeborg. La mujer sami levantó la vista y movió la cabeza hacia Zare. El ligero movimiento fue suficiente invitación y Maren avanzó arrastrando los pies y se sentó sobre unas pieles de reno. Ingeborg la imitó. Las pieles eran suaves y mullidas gracias al lecho de abedul colocado en el sitio de los invitados.

Zare se sentó al otro lado del fuego. La mujer sirvió tres tazas de leche de reno caliente con hierbas y Zare le pasó una a Maren y otra a Ingeborg antes de tomar una para él.

Permanecieron sentados en silencio, con ambas manos en las tazas de abedul, antes de tomar los primeros y deliciosos sorbos.

Por fin, la mujer habló en noruego.

—¿En qué puedo ayudarte, Maren Olufsdatter?

"Debe de ser Elli". A primera vista, Ingeborg había pensado que era vieja, pero ahora se daba cuenta de que no era mucho mayor que su madre, con la piel curtida por la vida al aire libre y los ojos del mismo azul que los de su hijo. Y mientras Elli se bebía su tazón de leche de reno, Ingeborg notó que algunos de sus dedos estaban atrofiados y rotos.

—¿Podrías lanzar unos hechizos contra el gobernador Orning y sus hombres? —le pidió Maren.

—¿Por qué quieres que haga algo así? —inquirió Elli.

—Porque tienen a mi madre en el calabozo de las brujas —intervino Ingeborg, incapaz de contenerse por más tiempo.

Elli soltó un suspiro. Fue largo y triste, e hizo que la esperanza de Ingeborg cayera como una piedra.

—Los hechizos no ayudarán a tu madre —señaló con dulzura.

—Pero ¿no puedes arrojar un *gand*? —preguntó Maren—. Después de todo, se los vendes a los comerciantes para que los envíen contra los enemigos del sur.

Ingeborg se estremeció. Axell le había contado una vez que los hechiceros samis eran capaces de enviar estos *gands*, hechizos mágicos, a través de grandes distancias. "Disparan sus maldiciones como flechas, sus puntas son tan mortíferas como las de verdad", le había contado, imitando el lanzamiento del hechizo con su propio arco y flecha imaginarios.

Elli soltó una carcajada.

—¡Ay, Maren! —exclamó—. No son maldiciones de verdad. Se las vendemos a los comerciantes tontos para sacarles dinero.

Maren parecía abatida.

—Lo siento, niñas —agregó Elli—. No puedo enviar hechizos para ayudar a tu madre.

—Pero mi madre me contaba que las dos lanzabais hechizos...

—Tu madre era una amiga muy querida —recordó Elli con la voz cargada de tristeza—. Gracias a ella estoy sentada ante vosotras. Pero no practicábamos brujería juntas.

El fuego crepitó y una chispa saltó sobre las pieles de reno, que Zare apagó con el pie.

Maren estudiaba a Elli con gesto hosco, contrariada por la revelación que acababa de hacer. Ingeborg siguió su mirada.

La mujer sami tenía los ojos clavados en las llamas, las sombras y la luz danzaban en su rostro: estaba sumida en sus pensamientos.

—Hay una forma en la que podrías salvar a tu madre. —Elli se volvió hacia Ingeborg—. Pero es peligroso.

Los ojos de Maren se iluminaron.

—Dinos cómo, Elli, te lo ruego.

—Hay un túnel —reveló—. Tu madre y yo encontramos

un pozo grande en el calabozo de las brujas que los guardias no habían visto, así que cavamos y cavamos con nuestras propias manos mientras Zare y su padre cavaban fuera de los muros de la fortaleza. Tardamos semanas, pero al final las dos mitades se encontraron y habíamos hecho un túnel. Así fue como escapamos.

—¿Mi madre escapó? —susurró Maren.

—Sí, sí, lo hizo. Siento no habértelo contado nunca —se disculpó Elli con los ojos fijos en el fuego—. Salimos del túnel, pero los soldados nos vieron correr hacia el bote que el padre de Zare había escondido en la bahía.

Maren escuchaba con atención y una expresión vehemente en el rostro.

—Tu madre se resbaló en las rocas. La atraparon.

—¡Oh, no! —Maren aferraba su tazón de leche de reno con manos temblorosas y el contenido se cayó sobre su regazo.

—Iba a buscarte a casa de tu tío y luego vendría a vivir con nosotros —continuó Elli en voz baja—. Su lugar era con los samis.

Nadie habló. Ingeborg pensaba en la madre de Maren. En la desesperada persecución por las rocas resbaladizas y la caída. Saber que estaba sola mientras sus amigos samis se alejaban en el bote.

—¿Por qué no me lo contaste antes? —preguntó Maren con voz dolida.

—Pensé que no te ayudaría en nada —respondió Elli con mirada compasiva.

Maren dejó la taza y se pasó la mano por las salpicaduras de leche de reno en su regazo.

—Me alegro de que lo hayas hecho ahora. —Su voz era firme de nuevo—. Porque si mi madre pudo escapar, la tuya también podrá, Ingeborg.

—Si es que encontramos el túnel —aventuró Ingeborg

sin atreverse a creer que hubiera una posibilidad de ayudar a su madre—. ¿Nos dirás cómo llegar a él? ¿Dónde está?

—Zare os lo enseñará —respondió Elli.

—¡No! —protestó Zare, volviéndose hacia su madre—. ¿Y si vuelven a buscarte? Tengo que protegerte.

—Estoy en deuda con la madre de Maren, Zare, y debemos ayudar a la amiga de Maren —explicó Elli a su hijo.

Zare estaba furioso.

—¡Madre, la gente de Ekkerøy jamás haría algo así por nosotros! —exclamó—. Los hombres del gobernador vendrán a buscarte y te llevarán.

—Te prometo, hijo mío, que nunca me volverán a encerrar —le aseguró Elli, ahora con tono apasionado—. Piensa en la situación de esta pobre chica.

Elli levantó la mano y abrió la palma hacia Ingeborg. Zare miró con fijeza a Ingeborg y ella no pudo apartar la mirada. Los ojos de Zare eran del azul más extraño y salvaje que jamás había visto. Tan gélidos como el fiordo helado e igual de profundos.

—Entendemos que quieras proteger a tu madre, Zare —intervino Maren—. Pero ¿recuerdas cómo nos sentimos cuando encarcelaron a nuestras madres? Ahora Elli está a salvo, aunque yo he perdido a la mía. Pero aún podemos salvar a la madre de Ingeborg.

—Te lo suplico —susurró Ingeborg.

Advirtió que la furia de Zare cedía y que el hielo de sus ojos se derretía. Se ruborizó, pero no bajó los ojos.

El fuego chisporroteaba mientras el viento tiraba de los bordes de la *lávvu*. Ingeborg se estremeció, a pesar de que hacía calor en la pequeña tienda circular. Pero sabía lo frío y oscuro que estaba fuera, y su madre estaba demasiado lejos, encerrada en el lugar más oscuro y frío de todos.

—Te lo suplico —repitió aferrándose a la pequeña esperanza que este chico sami podía darle.

—De acuerdo —concedió, él y meneó la cabeza con expresión disconforme—. Nos iremos dentro de unas horas.

Ingeborg sintió una punzada de pánico en el pecho.

—Pero tengo que volver y avisarle a mi hermana…

—¡No hay tiempo para eso, Ingeborg! —la reprendió Maren—. Tenemos que llegar a Vardø lo antes posible. Kirsten estará a salvo con la tía Solve y los niños.

Ingeborg se sintió muy mal.

—Pensará que he huido sin ella.

—Pero al final sabrá que fuiste a salvar a tu madre —replicó Maren—. ¡Kirsten se pondrá muy contenta cuando vuelvas con ella!

Ingeborg tenía sus dudas. Pero las descartó. Por supuesto, Kirsten quería a su madre tanto como ella. Cuando Ingeborg la trajera de vuelta a casa, su madre volvería a ser la misma de hacía muchos años atrás, tal como ella había soñado.

—Ahora debes descansar —sugirió Elli, y le ofreció una piel de reno—. Cierra los ojos y haz acopio de tus fuerzas, porque las vas a necesitar.

Acurrucada en un rincón de la *lávvu* sami junto a Maren, Ingeborg creyó que nunca se sentiría lo bastante a gusto como para dormir. Pero aunque estaban en una casa portátil, una simple tienda hecha de pieles de reno y palos, parecía más sólida que su cabaña de techo de turba en Ekkerøy. El cálido interior de madera y el suave gemido del viento en el exterior la arrullaron y cayó en un sueño intermitente.

Vio a su madre vestida con el espléndido vestido de seda verde de Fru Brasche y el cabello rojo suelto con la cinta azul entrelazada en él. En el sueño, Ingeborg estaba equivocada: su madre no había sido encarcelada en la fortaleza de la isla de Vardø; de hecho, había sido rescatada por Heinrich Brasche y vivía su vida en libertad en la ciudad de Bergen. "Madre, ¿por qué nos has abandonado a Kirsten y a mí? ¿Por qué nos has olvidado?", rogaba. Pero Ingeborg era un fantasma y su madre no la veía.

Allí estaba ella, Zigri Sigvaldsdatter, con su Heinrich, sentados a la cabecera de un gran festín, con torres de conos de azúcar y bandejas de frutas maduras como las que Ingeborg había visto en los tapices de la sala de Heinrich Brasche en Ekkerøy. La encantadora pareja, con las mejillas encendidas, se atiborraba de frutas dulces mientras el zumo les chorreaba por la barbilla. Comían sin parar, con un apetito insaciable. Compartían la mesa con invitados de otro reino, criaturas del oscuro mundo de las tinieblas: zorros con chaquetas rojas; cabras con jubones; trols toscos y grises como osos; lobos con sombreros altos; y centauros, mitad hombre y mitad caballo, con sus pechos desnudos y velludos.

Un gato negro con librea hizo sonar un tambor para anunciar al más importante de todos los invitados. Ingeborg quiso apartar la mirada, no ver quién era, pero sentía como si dos manos le inmovilizaran la cabeza, y tampoco podía cerrar los ojos.

Fue una entrada grandiosa, propia del Príncipe de las Tinieblas, quien irrumpió en el elegante vestíbulo de la casa de Heinrich Brasche en Bergen con una gran capa negra.

El gato seguía tocando el tambor. HE - VENIDO - A - BUSCARTE.

El diablo la miró. Sus ojos se parecían a los de otra persona que ella ya conocía.

Se sobresaltó con espanto.

—¡Maren! —gritó.

—¡Aquí estoy!

Alguien estaba sacudiendo a Ingeborg para arrancarla del diabólico sueño.

—Despierta, Ingeborg —era la voz de Maren.

Ingeborg abrió los ojos y se topó con los iris de Maren, brillantes como el mar y llenos de color: el verde de las algas, el dorado del atardecer y el plateado de los peces, colores más allá de lo humano, como los ojos del diablo en su sueño. Tembló de miedo. Esto era un terrible error. ¿Y si estaba poniendo en peligro a su madre al relacionarse con la hija de una bruja y con los samis?

Pero ¿a quién más podía recurrir?

El tambor seguía sonando. Ya no en su sueño, ni en su cabeza. Se dio cuenta de que el sonido procedía del exterior.

—¿Por qué tocan un tambor? —susurró con voz ronca.

—Es el *noaidi*, el chamán sami —respondió Maren con entusiasmo—. Vamos a verlo. —Tiró de la mano flácida de Ingeborg.

El implacable retumbar del tambor resonaba en la *vidda*. Estaban en el centro de sus repiques, y también se oía otro sonido. Voces que invocaban, extrañas y etéreas.

—El *noaidi* está tocando su tambor mágico y entonando el *yoik*. —Los ojos de Maren ardían de intriga—. Acerquémonos para oírlo mejor.

—No —se opuso Ingeborg alarmada—. ¡Eso es brujería! Es el diablo quien hace esos sonidos.

—¿Y qué si lo hace? —la desafió Maren mientras salía de la *lávvu* a la cruda noche—. No le tengo miedo al Señor de la Oscuridad. —Levantó la piel que hacía de puerta de la tienda con una mano y le indicó que la siguiera.

Ingeborg obedeció, impelida ahora por un impulso interno que no podía sofocar.

Fuera, el aire vibraba con los extraños sonidos. ¿Eran humanos siquiera? Ingeborg lo dudaba.

—Deberíamos volver dentro, Maren —la instó, y tiró de su manga; lamentaba haberse dejado llevar por la curiosidad.

Maren se libró de ella y se encaminó hacia el sonido del tambor. La falta de miedo de esta joven era estupidez, no valentía. ¿Acaso Maren no sabía que se estaba entrometiendo en un mundo que podría engullirlas? ¿Que podría alejarlas para siempre de su propia gente?

A medida que el sonido reverberante se intensificaba y los lamentos continuaban, Ingeborg percibió que procedían de una *lávvu* situada en el centro del *siida*. Ahora surgió una voz similar al canto de un lobo.

Estaban tan cerca de la tienda que Ingeborg imaginó la reunión de los samis en el interior. El pulso del tambor se había apoderado de su corazón, que ahora latía a su compás. El reverendo Jacobsen les había dicho que el sonido del *runebomme* sami despertaba a los demonios. ¿Estaría ella respondiendo a la llamada del Maligno?

Maren se lanzó sobre la nieve y colocó las manos sobre la tensa piel de reno de la tienda. ¿Se atrevería a entrar? Sin duda ofendería mucho a los samis si interrumpía sus rituales. Pero Maren no entró en la *lávvu*, sino que se arrodilló en la nieve fría y seca.

Cuando Ingeborg se le unió, se dio cuenta de que Maren estaba espiando a través de una rendija que había entre los pliegues de la piel de reno y uno de los palos de apoyo. Maren se apartó para que Ingeborg echara un vistazo. Ingeborg apretó la cara contra la rígida piel de reno.

Dentro de la *lávvu*, el *noaidi* estaba tocando su *runebomme*. No iba vestido de negro como el diablo, sino que era una figura colorida, con su chaqueta bordada de rojo y azul. Tenía una barba puntiaguda y la tez tan curtida que parecía carne de reno seca. Tocaba el tambor con un pequeño martillo, y unos anillos de latón rebotaban sobre la membrana superior. Esta membrana de piel tirante tenía símbolos: Ingeborg podía distinguir el sol en el centro y unos hombrecillos con renos. El *noaidi* tocaba su instrumento, pero miraba más allá. La expresión en sus ojos era distante, como si su alma hubiera emprendido un viaje, como las brujas cuando volaban con el diablo.

¿Estaba lanzando *gands*? Pero Elli había dicho que los *gands* eran hechizos falsos que vendían a los comerciantes supersticiosos de Bergen deseosos de venganza.

Entonces, ¿qué significaban esos dibujos en el tambor? Ingeborg deseó tomarlo en sus manos y leer las historias representadas allí, comprender los símbolos.

—El tambor es un regalo del Señor de la Oscuridad —le susurró Maren mientras se apretujaba a su lado para mirar por la rendija. Había otras personas en la *lávvu*, además del *noaidi*: hombres y mujeres del *siida*. Todos repetían los sonidos que hacía el *noaidi*, los hombres con voces más agudas y las mujeres con voces más graves. Allí estaba Elli, sentada cerca del chamán, junto al fuego humeante, con los ojos enfocados en los movimientos del *noaidi* mientras este seguía golpeando el tambor.

Entonces, de repente, el *noaidi* se detuvo. Dejó el tambor en el suelo, recogió cenizas del fuego y se las echó sobre sí mismo. Luego tomó asiento y bebió de una copa mientras los demás seguían entonando la canción salvaje y descontrolada. Para sorpresa de Ingeborg, el *noaidi* se acostó y cerró los ojos, y luego Elli se puso de pie y fue a sentarse a su lado. La voz de Elli era la que dominaba ahora, entonando las notas retorcidas y desenfrenadas.

—El chamán está buscando la sabiduría en otro mundo —le explicó Maren en voz baja—. Elli debe traerlo de vuelta, de lo contrario morirá.

Ingeborg estaba maravillada por el poder que exudaba Elli al llamar al *noaidi*. Sin embargo, se echó hacia atrás; se sentía mal por espiar un mundo privado al que no debía tener acceso.

Los ojos de Maren brillaban a la luz de la luna y parecía complacida, como si lo que habían visto fuera algo bueno. Pero estaba lejos de serlo. Ingeborg estaba segura de que el reverendo Jacobsen afirmaría que sus almas corrían peligro de muerte. Pero, más que miedo, Ingeborg se sentía una entrometida. Esta ceremonia no pertenecía a gente como ella, ni como Maren. No tenían derecho a espiar a los samis y a su *noaidi*.

Tiró del brazo de Maren.

—Deberíamos irnos.

Maren se sentó en cuclillas.

—Me pregunto si la ceremonia es para nosotras, Ingeborg —reflexionó, ignorándola—. Me pregunto si el *noaidi* estará mirando nuestro futuro. Me pregunto qué espíritu animal lo estará guiando. Creo que el reno macho es el más poderoso de todos.

Ingeborg resopló con desdén. ¿Por qué un *noaidi* realizaría semejante ritual para ella y para Maren? Pero el ritmo del tambor seguía resonando en su cuerpo, como las olas del mar que retumbaban sobre la playa de Ekkerøy. Volvió a asomarse por la pequeña rendija de la tienda.

Elli todavía vigilaba al chamán tumbado sin dejar de entonar la irregular melodía. A pesar del humo, Ingeborg divisó los penetrantes ojos azules de Zare y su concentración profunda.

Se echó hacia atrás. ¿Y si la había visto?

—Zare está ahí adentro —murmuró a Maren.

—Por supuesto —respondió Maren—. El *noaidi* es su padre y un día él también lo será.

—¡Oh! —exclamó Ingeborg con sorpresa.

—Zare es muy leal a su pueblo —continuó Maren con un destello de algo en los ojos. ¿Un desafío? —. Siempre será lo primero para él, antes que encontrar una esposa o tener hijos.

—¿Acaso no es lo mismo para la mayoría de los hombres? —replicó Ingeborg con vehemencia y, para su fastidio, se ruborizó—. El deber está antes que el amor.

Maren se encogió de hombros.

—Los porqués matrimoniales de los hombres no son algo que me preocupe.

—Pero algún día te casarás, Maren —sugirió Ingeborg—. Y yo también.

—No creo que lo haga —respondió Maren con convicción—. Porque nunca podrán darme lo que quiero.

—¿No quieres tener hijos? —Ingeborg estaba perpleja.

—¿Tú quieres tenerlos, Ingeborg Iversdatter? —Maren le sostuvo la mirada—. En el fondo de tu corazón, *¿de verdad quieres tenerlos?*

Ingeborg se sintió desconcertada. Nunca se había planteado si quería o no tener su propia familia algún día. No parecía haber sido una opción para ninguna de las esposas de los pescadores de Ekkerøy. Pero allí, en el *siida* sami, la vida preestablecida para ella en su pueblo natal parecía haberse desprendido como la corteza vieja de un abedul, como tiras de color plateado de lo que podría haber sido.

Se estremeció, su aliento era como vapor a la luz de la luna. Mientras habían estado hablando, el canto había cesado. Reinaba un silencio pesado. La tienda estaba llena de cuerpos y, sin embargo, no se oía ni el más mínimo ruido.

Una rama se quebró detrás de ellas e Ingeborg se volvió para ver a Zare que las miraba con atención y las manos en las caderas. ¿Cómo había hecho para escabullirse de la tienda? Ingeborg se sonrojó al instante y se puso de pie con torpeza.

—¡El sonido del tambor era tan fuerte que nos ha despertado! —explicó en defensa de ambas, incluso antes que él hablara—. Queríamos verlo.

Zare ladeó la cabeza.

—¿Y estás satisfecha, Maren Olufsdatter?

Maren soltó un suspiro profundo antes de entrelazar su brazo con el de Ingeborg.

—No, no lo estamos, ¿verdad, Ingeborg? Porque nos

gustaría saber qué estaba haciendo tu padre. ¿Elli lo ha traído de vuelta?

—Mi padre está bien —respondió Zare.

—¿Adónde fue? ¿Qué ha visto? —insistió Maren.

Zare meneó la cabeza, pero mirando a Ingeborg, no a Maren. Ingeborg no terminaba de descifrar si la presencia de ellas le molestaba o le era indiferente. Cuando habló, lo hizo con tono burlón.

—Volved a la cama, noruegas. Necesitáis descansar, porque tendremos que recorrer una gran distancia hasta Vardø en nuestra valiente y tonta aventura.

Ingeborg sintió una indignación tremenda. ¿Acaso Zare pensaba que la vida de su madre era una broma?

—¡No es ninguna tontería! —soltó Maren en nombre de Ingeborg—. Es solo que nos negamos a someternos a la voluntad del gobernador. Si tu gente se resistiera, Zare, seríamos más que ellos. ¡No entiendo por qué dejamos que nos dominen!

—Bueno, para empezar, tienen mosquetes, Maren —replicó él con el mismo tono burlón.

—Pero nosotros tenemos magia —replicó Maren apretando el brazo de Ingeborg.

Zare suspiró, como si Maren fuera una niña con demasiada imaginación.

—Debéis ir a la cama ahora —les ordenó—. Si mi madre os encuentra a las dos aquí fuera en el frío no se podrá nada contenta.

Ingeborg se despertó con la sensación de algo caliente y húmedo sobre su mano; la que le había mordido el perro negro del comerciante Brasche. Abrió los ojos y vio que uno de los perros samis le lamía con devoción la mano lastimada. Justo entonces se dio cuenta de que la piel se había enrojecido por la infección, y le picaba. Había poca luz en la *lávvu*, pero podía oír el crepitar del fuego y sentir el aroma de la turba humeante mezclado con el del caldo de carne que burbujeaba en la olla sobre el fuego.

Se sentó y dejó que el perro le siguiera lamiendo la mano. El contacto de la lengua con su piel irritada le resultaba calmante. Cuando sus ojos se adaptaron al sombrío interior, se dio cuenta de que Maren ya no estaba durmiendo a su lado; de hecho, la *lávvu* estaba vacía, excepto por Elli, que estaba inclinada junto al fuego y tomaba las espinas delgadas de pescado seco de un bloque de piedra y las apilaba sobre otra piedra detrás. Luego revolvió la olla sobre el fuego. El aroma del guiso de carne llegó de nuevo hasta Ingeborg y se le hizo agua la boca. Elli le añadió más carne de reno antes de levantar los ojos hacia ella.

—¿Dónde está Maren? —preguntó Ingeborg.

—Está con Zare y su padre. Están reuniendo provisiones para el viaje. —Elli bajó los ojos y reparó en la mano herida de Ingeborg—. ¿Qué te ha pasado en la mano?

—Me la mordió el perro del comerciante Brasche.

—Es un perro salvaje, como su amo —comentó Elli. Hizo a un lado la olla con el estofado y se acercó a Ingeborg—. Fuera. —Le dio unas palmadas suaves al perro para que se alejara y luego le tomó la mano a Ingeborg.

Ingeborg se quedó mirando el pulgar torcido y los dedos rotos de Elli. Se preguntó cómo se las arreglaba para hacer cualquiera de sus tareas con esa mano desfigurada.

—Calentaré leche con hojas de acedera. No es una herida profunda y la acedera ayudará a curarla. Eres pequeña, pero fuerte. ¿Verdad, Ingeborg Iversdatter?

Ingeborg asintió, un poco asombrada por la mujer sami e incapaz de apartar los ojos de sus manos torcidas.

—¿Qué quieres preguntarme, muchacha? —añadió.

—Tus manos —susurró Ingeborg—. ¿Qué les pasó a tus manos?

Ingeborg se arrepintió al instante de su pregunta, pues no hubo una respuesta inmediata. Cuando levantó la vista, Elli tenía una expresión sombría y los labios tirantes en una línea apretada.

—Es mejor que no lo sepas —respondió—. Sobre todo por el lugar a donde irás. —Elli se ciñó el chal.

—¿Sucedió allí, en Vardø?

Elli no respondió. Alzó las manos deformes a la altura de su rostro y las contempló.

—A mi querida amiga, Marette Andersdatter, se le negó un entierro digno y puede que nunca encuentre el camino hacia el *sáivu*.

—¿Qué es el *sáivu*? —preguntó Ingeborg en un susurro.

—Son los *huldrefolk*, nuestros antepasados en el otro mundo. Viven entre nosotros, aunque no podamos verlos, y tienen sus propios rebaños de renos. Nunca pasan hambre ni sufren como nosotros. Y donde viven, el gobernador nunca puede tocarlos.

Ingeborg se preguntó si sería allí donde habitaban ahora su padre y Axell, porque el cielo que describía el reverendo Jacobsen estaba muy arriba y muy lejos. Un reino al que una joven como ella solo podía tener la esperanza de alcanzar.

—Mis manos maltrechas son mi recuerdo constante de la madre de Maren, porque nunca la olvido. Me duelen, me duelen a menudo. Ayer, cuando Maren me pidió ayuda, me dolieron mucho hasta que accedí. —Elli hizo una pausa, se humedeció los labios y dirigió una mirada vehemente a Ingeborg—. Sé que mi hijo Zare es astuto como un lobo y que puede eludir cualquier trampa, pero Maren... —Se interrumpió—. No dejes que la atrapen, Ingeborg Iversdatter, porque los sentimientos del gobernador por su madre son profundos. Quiso a Marette Andersdatter, y luego la odió. Cómo la odiaba ese hombre. No dejará vivir a su única hija, aunque todavía sea una muchacha.

CAPÍTULO 19

Anna

LA LLAVE, ENCAJADA ENTRE MIS PECHOS, ERA UN METAL frío y duro sobre mi piel tibia. Pero me gustaba sentirla. ¡Poseer una llave que abría una puerta! Era solo una, es cierto, y de un lugar en el que nadie desearía alojarse, pero aun así, la confianza que el gobernador había depositado en mí al entregarme la llave y la tarea que me había encomendado me henchían de orgullo. Era digna de ser la responsable de la llave del calabozo de las brujas.

En cuanto regresé a mi prisión, saqué la llave de entre mis pechos y la deslicé en el bolsillo debajo de mi enagua. Caminé por la habitación, sintiendo el agradable golpeteo contra mi muslo. De vez en cuando, me detenía, sacaba la llave y la admiraba sobre la palma de mi mano.

Cuando Helwig me vio sacar la llave, parecía bastante confundida. Esto me agradó, pues nunca cesaba de recordarme que era mi carcelera y no mi criada.

—¿Quién os ha dado esa llave? —me preguntó.

—El gobernador en persona.

—¿De dónde es? No parece lo bastante grande para ser de las puertas del castillo.

—Es del calabozo de las brujas. —Volví a guardar la

llave en el bolsillo—. El gobernador me ha dado instrucciones de entrar y salir cuando quiera. Debo interrogar a la bruja acusada.

Helwig pareció más consternada todavía.

—Creo que haríais mejor en no involucraros en ese asunto, Fru Rhodius.

Me molestó su actitud atrevida y le di la espalda. De todos modos, podía intuir su expresión alicaída y oír sus palabras de advertencia. Me había arrebatado la alegría de mi pequeño triunfo y me enfurecí con ella.

—¿No te has dado cuenta de lo sucio que está el suelo de esta casa? —la regañé—. Te recuerdo que debes cumplir con tus obligaciones y guardarte tus pensamientos.

Recogí mi Biblia, mojé mi pañuelo con más agua de lavanda y me dispuse a ir a interrogar a la bruja acusada.

Helwig no paró de menear la cabeza mientras barría el suelo con poco entusiasmo.

No había esperado que fuera tan oscuro, pero, por supuesto, el calabozo de las brujas no tenía ventanas. Era la celda más pequeña y oscura de las celdas de la fortaleza; de hecho, era más una choza que un calabozo. Desde fuera, había visto una pequeña abertura debajo del techo de turba hundido, pero eso pertenecía al almacén de municiones, que quedaba encima del calabozo de las brujas, separado por un techo de vigas podridas. El soldado que me acompañaba, el capitán Hans, sostenía una antorcha encendida que parpadeaba con las corrientes de aire. La luz de la antorcha revelaba un espacio lúgubre, con forma de ataúd, del mismo tamaño que mi despensa en Bergen. No había en él ningún elemento de confort doméstico: ni velas, ni un taburete, ni un fuego, ni siquiera una abertura para el humo. Había entrado en una caja negra, una habitación helada de suelo rugoso con hedor a pescado podrido, cuerpos sucios y defecación.

Saqué el pañuelo y me lo apreté contra la nariz.

—¿Dónde está la bruja? —susurré al capitán Hans, pues aunque la olía, no podía verla.

El capitán levantó la antorcha y, en el rincón más alejado de la pequeña pocilga, divisé una figura acurrucada, con el rostro blanco alzado y sin rasgos distintivos en la oscuridad.

—Pasadme la antorcha —pedí al capitán Hans a medida que mis ojos empezaban a adaptarse—. Esperad fuera.

—¿No debería quedarme a vuestro lado? —inquirió—. Es una bruja.

—Estaré perfectamente —aseguré al joven.

El capitán evitaba mirar a la mujer acusada; era evidente que temía ser hechizado, pero yo también era una mujer y estaba convencida de que no podía hacerlo conmigo.

Al acercarme a la supuesta bruja, Zigri Sigvaldsdatter, distinguí unos grandes ojos que sobresalían como dos enormes discos de tristeza en un rostro redondo como la luna. Era difícil distinguir su forma, pues estaba encogida debajo de un montón de pieles de reno. Me alegró ver que le habían dado esas pieles, aunque solo fuera un pequeño acto de amabilidad, ya que imaginé que el gobernador no deseaba que pereciera de frío en el calabozo de las brujas antes de que pudiera confesar todo lo que sabía sobre las brujas del norte.

—Me llamo Fru Anna Rhodius —me presenté—. El gobernador me ha enviado para cuidar de ti.

—¿Cuidar de mí? —repitió con la voz entrecortada.

—Sí —susurré—. ¿Tienes hambre? ¿Tienes sed?

A las brujas hay que domarlas, mi rey, porque no sirve de nada presionarlas demasiado.

—Sí —susurró, temblorosa.

—Haré los arreglos necesarios para que te traigan víveres. —Me volví hacia la puerta, con mi hermosa llave en el bolsillo secreto que me golpeaba contra el muslo.

—¡No me dejes aquí en la oscuridad! —gritó.

—Volveré con comida —aseguré—. Confía en mí.

Mientras Zigri Sigvaldsdatter bebía la cerveza a grandes tragos y devoraba el *flatbrød* con un trozo de queso, tuve la oportunidad de examinarla. Era de una belleza impresionante, lo que no parecía posible en alguien de orígenes tan comunes. Su lustroso cabello caía en grandes ondas a ambos lados de su cara sucia y una cinta azul deshilachada colgaba entrelazada de un rizo. Me alivió ver que no tenía moratones, salvo los que las esposas habían dejado en sus muñecas.

—Dime, querida —le dije con suavidad mientras me inclinaba a su lado—, ¿por qué estás aquí?

Tragó lo que quedaba de cerveza y noté que le dio cierto vigor.

—Ha habido un malentendido —explicó—. Me han calumniado y acusado falsamente.

—¿Quién te acusa?

—Fru Brasche —precisó Zigri con la voz llena de odio—. ¡Es una arpía!

—Pero, ¿en qué se basa para acusarte?

Zigri Sigvaldsdatter se tomó el rizo de cabello con la cinta azul entrelazada y empezó a acariciarlo.

—Es un asunto delicado. —Me dirigió una mirada furtiva—. Dice que me vio en el establo con el diablo, pero no es cierto. —Suspiró hondo—. Estaba en el establo con su esposo. ¡Por eso me ataca!

—Fornicar con un hombre casado es un pecado terrible —declaré.

Tuve que decirle esas palabras, aunque, como bien sabes, no creo que ese sea el caso cuando surge el verdadero amor entre unos pocos especiales. Porque entonces, ese amor libera todas las restricciones morales.

Zigri Sigvaldsdatter inclinó la cabeza.

—Lo sé, Fru Rhodius —respondió con voz mansa—. Pero eso no me convierte en una bruja.

Hice una pausa y me humedecí los labios; recordé las instrucciones del gobernador de que debía obtener una confesión, no simpatizar con la acusada.

—Fru Brasche jura sobre la santa Biblia que te vio con el diablo, Zigri Sigvaldsdatter, y que su esposo estaba con su padre en ese momento.

—Pero ¿qué dice Heinrich? ¿Dónde está? —Dejó de acariciar la cinta y se alargó para asirme del brazo con sus manos mugrientas—. ¿Dónde está Heinrich? Me prometió que no me pasaría nada malo.

Con su proximidad, la fetidez de su cuerpo sucio se tornó todavía más fuerte; y había otro olor subyacente, el olor a terror: vómito y orina. Me llevé el pañuelo a la cara otra vez y aspiré profundo el aroma a lavanda.

—¿Dónde está Heinrich? —repitió.

Bajé el pañuelo para hablar.

—No está en Vardøhus, Zigri Sigvaldsdatter. Es todo lo que puedo decirte.

Se apretó el vientre debajo del montón de pieles y abrió los ojos con incredulidad.

—Pero me lo prometió —murmuró con voz ronca.

—Lo preguntaré. —Me incorporé. Me dolían las piernas y me sentía agobiada por el olor del lugar. Me enjugué el rostro con mi pañuelo perfumado—. Mientras tanto, Zigri, debes hacer memoria. ¿Era de verdad Heinrich Brasche el que estaba en el establo? Porque su padre, el comerciante Brasche, sostiene que estaba en otra parte. ¿Te habrá engañado el diablo?

—No, no. —Meneó la cabeza—. No, era Heinrich, ¡y él me ama!

Ah, mi rey, sin duda era una mujer muy necia. Porque sabes bien que el amor de un hombre no basta para proteger a una mujer en desgracia. La pasión se apaga ante el deber, por muy grande que esta sea. Heinrich Brasche no acudiría en su ayuda, pues aquella pobre desgraciada se había dejado seducir por el sueño de una vida espléndida a la que no pertenecía.

Era consciente de que aún tenía que interrogarla sobre las afirmaciones del comerciante Brasche en cuanto a que ella y otras brujas habían hecho magia de las tormentas para hacer naufragar su barco, pero ya no podía enfrentarme a aquella criatura rota.

Aferrada a la llave, sostuve la antorcha frente a mí y caminé de regreso hacia la entrada del calabozo de las brujas.

—Por favor —rogó—. Por favor, averigua dónde está Heinrich. Él intercederá por mí.

Sus súplicas seguían resonando en mi cabeza mientras me apresuraba de vuelta a mi casa. El dolor que atravesaba esas súplicas retumbaba en mi cuerpo y rezumaba el anhelo profundo de aquella mujer por su amante.

Mi rey, sentí su abandono con la misma intensidad que el mío.

CAPÍTULO 20

Ingeborg

ESQUIARON POR EL BOSQUE RALO, CON ZARE A LA CABEZA y las dos chicas detrás, en medio de un silencio y una sole- dad absolutos y quebrados únicamente por el susurro de las ramas escuálidas cargadas de nieve y el silbido de los esquís.

Llegaron a otro lago helado. Las densas y oscuras nubes de la noche se habían disipado y aunque la luna plateada seguía brillando en lo alto, el cielo se estaba tiñendo de un azul intenso. Ingeborg divisó un lobezno corriendo por el lago. El animal no las vio, pues los jóvenes se movían como parte de la naturaleza.

Lo que estaban haciendo era una locura: dos muchachas y un joven sami con la misión de salvar a una bruja encar- celada en la fortaleza de Vardø. Pero Ingeborg había per- dido la razón. Tenía que llegar a Vardø antes de que fuera demasiado tarde.

Esquiaron durante dos días, casi siempre en la oscuridad, con breves descansos al atardecer para luego volver a inter- narse en la negrura invernal. Ingeborg estaba agotada; Ma- ren y Zare no se fatigaban nunca, pero la dejaban descansar.

El joven sami buscaba un lugar donde encender un fuego. Luego él e Ingeborg iban en busca de leña o desenterraban un poco de turba protegida de la humedad por el musgo cubierto de nieve. Mientras tanto, Maren desaparecía y regresaba con las raíces dulces y retorcidas de la bistorta alpina, tallos tiernos de angélica y otras plantas que había recolectado.

—¿Por qué no cazamos una liebre? —sugirió Zare a Maren.

—No necesitamos su carne —respondió ella.

—Eres rara —señaló Zare, y sacó carne de reno seca del bolsillo y le ofreció a Ingeborg.

A Ingeborg le gustaba recoger leña para el fuego con Zare. La mayor parte del tiempo trabajaban en silencio, pero su presencia era reconfortante.

Sentados alrededor del fuego, compartiendo las mismas pieles para mantenerse calientes y vivos en la gélida tierra salvaje, los tres repasaban el plan. Ingeborg tenía muchas preguntas, muchas dudas. Pero temía plantearlas. Era imposible contemplar un fracaso.

La segunda noche, remolinos de luces iridiscentes y cortinas brillantes de violeta y verde aparecieron danzando en el cielo nocturno. Maren se puso de pie junto al fuego y levantó la cabeza y los brazos hacia la luminiscencia como si recibiera un regalo que los colores le dispensaban.

—Inclina la cabeza —le susurró Zare—. Siempre debes mostrar humildad ante *Guovssahas*, la aurora boreal.

El padre de Ingeborg le había contado cómo los samis veneraban las auroras boreales, mientras que, en el mundo cristiano, su aparición era algo temible, una profecía del mismísimo infierno y de magia oscura en gestación.

Los colores grises del mundo cotidiano se habían esfumado.

Maren se volvió hacia ellos con los ojos brillantes.

—Mi madre está ahí arriba, bailando entre las luces. Me dijo que siempre la encontraría allí.

Zare meneó la cabeza y atizó el fuego con un palo.

—Su magia todavía palpita en mi cuerpo, Ingeborg —agregó Maren, y se sentó—. Ella nos protegerá.

—Si sigues hablando de magia, terminarás en la hoguera —le advirtió Zare.

Un lobo aulló, acompañado por el resto de su manada. Ingeborg escrutó el bosque oscuro con nerviosismo.

—El fuego los mantendrá alejados —la tranquilizó Zare.

—Estos lobos no nos molestarán —afirmó Maren con convicción.

Pero Ingeborg tenía demasiado miedo de quedarse dormida y que se apagara el fuego. Se tumbó como los demás, pero mantuvo los ojos abiertos, escuchando los aullidos de los lobos y preguntándose si se estarían acercando.

—Yo vigilaré el fuego —le dijo Zare—. Necesitas dormir, Ingeborg.

Ella contempló sus ojos azules como las llamas del fuego y se sintió a salvo. Con lentitud, cerró los suyos.

Era la tercera mañana del viaje. La luna iluminaba un sendero plateado sobre la espesa nieve mientras remolinos brumosos verdes y violetas brincaban sobre ellos. La aurora boreal había brillado durante todo el inquieto descanso de Ingeborg y ahora se encontraban al pie de Domen, el reino del diablo. Con los pies enfundados en piel de foca para darles más sujeción, se quitaron los esquís y empezaron a subir la ladera nevada a paso ligero. No era una montaña empinada, pero sí ancha, y la nieve, densa. Ingeborg se hundía hasta las rodillas.

Ella y Maren se habían metido la falda debajo de la cintura y de las varas de junco de sus corsés. Debajo, llevaban unos viejos calzones que habían pertenecido al tío de Maren y que Ingeborg usaba desde que estaba viviendo con la tía de Maren. Le quedaban enormes y entorpecían sus movimientos aún más, ya que le colgaban, húmedos y pesados, en las piernas. Envidiaba a Zare, quien subía con facilidad con su *gákti* sami con cinturón y sus *gálssohat* de piel de reno.

Llegaron a la cima. A través de la niebla arremolinada, la vasta tierra blanca se extendía en tres direcciones, norte, sur y oeste, hasta donde alcanzaba la vista. No había lobos en las cercanías. Al este estaba el borde de la montaña. Las luces etéreas de los cielos septentrionales se habían desvanecido y, sobre la niebla, la oscuridad se había transformado en un fugaz hechizo de azul teñido de rosa dorado como las moras de los pantanos. Ingeborg caminó con paso inseguro hasta el borde del acantilado. Debajo, el mar de Murman silbaba en las orillas de la montaña. Si miraba a su derecha, podía ver la curva de la montaña y una oscura abertura hacia una de las cuevas.

—¡Imagínate que debajo de nuestros pies hay un laberinto de cuevas que, según dicen, conduce a la única entrada al infierno! —murmuró Maren.

Ingeborg no quería imaginárselo. Pero las palabras de Maren habían divertido a Zare. Se rio de ella.

—¡Supersticiones cristianas!

—¿Qué significa Domen para ti, Zare? —lo desafió Maren.

—Es una montaña. Nada más.

—¿No crees en la magia? ¿Qué clase de sami eres?

—La magia existe, Maren, pero no como tú dices.

—¡Te equivocas! —declaró. Se colocó los esquís de nuevo y voló como el viento a través de la cima de la montaña. Una pequeña figura oscura en el inmenso vacío que se deslizaba por la desolada ladera posterior de Domen.

—Deberíamos alcanzarla —sugirió Ingeborg, preocupada porque Maren estuviera tan sola.

—Estará bien —la tranquilizó Zare—. Maren ha pasado suficiente tiempo sola en la naturaleza salvaje para valerse por sí misma. —Señaló el borde del acantilado—. ¿Quieres ver nuestro destino?

La niebla había comenzado a levantarse de la cima de la montaña y las sombras de tierra firme se proyectaban en el mar.

Vardø. La isla alada. Una protuberancia de rocas con una costa irregular y una colina sin árboles. Ni uno solo crecía en aquella isla salvaje. Se alcanzaba a ver el pequeño puerto, con un grupo de casitas alrededor, la iglesia y la silueta de la fortaleza blanca.

Ingeborg se quedó mirando la fortaleza. Dentro, estaba su madre.

Zare contempló Vardøhus y luego levantó los ojos al cielo.

—Se aproxima una tormenta. Deberíamos cruzar antes de que llegue.

Ingeborg no entendía cómo podía saberlo, ya que todo era quietud en la montaña. Solo se oía el lejano vaivén del agua y los gritos de las gaviotas. Estaba a punto de seguir el rumbo que había tomado Maren cuando Zare le puso una mano en el brazo en señal de advertencia.

—Muévete muy despacio —le susurró.

Ingeborg sintió que se le erizaba la piel y se estremeció. Miró a Zare a los ojos para leer algo más en sus palabras. La expresión del joven sami era tranquilizadora, como si dijera: "No te preocupes, yo te protegeré".

Mientras se alejaban despacio del acantilado, Ingeborg vio lo que Zare había detectado.

Un gran lince rondaba cerca de ellos.

CAPÍTULO 21

Anna

TÚ ME BUSCASTE. ¿RECUERDAS, MI REY? FUISTE TÚ QUIEN vino a mí primero.

Fue el quinto día de octubre de 1634 y la noche de *Det Store Bilager*: la boda más grandiosa que Copenhague había visto jamás y el día del matrimonio de tu hermano, el príncipe electo, Cristian, con Magdalena Sybille de Sajonia. Tu hermano y su joven esposa hicieron gala de toda la gloria y el esplendor de la realeza danesa. Los preparativos se prolongaron durante semanas; lo más probable es que no tuvieras ni idea del trabajo que suponían, pero mi padre se mantuvo ocupado atendiendo a las criadas de la cocina que se habían escaldado y a los sirvientes que se habían caído de las escaleras mientras colgaban guirnaldas en el jardín del rey. El tiempo era aún lo bastante templado como para permitir que los invitados pasearan por los jardines disfrutando del último suspiro lánguido del otoño antes de la llegada del largo invierno.

¡Nunca había oído que se usara tanta carne para un solo banquete! Tu padre, el rey Cristian, parecía decidido a que nadie se quedara con hambre. Los carniceros estuvieron sacrificando animales durante días antes de la boda y oí que se habían preparado cerca de cien bueyes, mil ovejas, docenas de pavos y pollos, además de morcillas gigantes, enormes jamones ahumados, faisanes y palomas al horno.

Como médico del rey, mi padre era considerado lo bastante importante como para ser invitado a la boda. Toda mi familia iba a asistir, pero yo no quería ir. Mi madre tuvo que persuadirme; yo era una tímida doncella de diecinueve años y sabía bien que mi aspecto sería escrutado por todos los hombres de la sala y que se juzgaría mi valor para el matrimonio, pues ya era hora de que me casara.

No me interesaba desfilar con todas las demás jóvenes emperifolladas y exhibirme, ya que mi lugar preferido era la biblioteca o el cuarto de curiosidades de mi padre, o mejor aún, los jardines botánicos de mi padre. Sentarme a la mesa y cenar en platos de plata y beber en copas de cristal veneciano con los nobles no solo de Copenhague, sino de toda Europa y sus reyes, reinas, príncipes y princesas me ponía tan nerviosa que me hacía temblar.

—Por favor, padre, déjame quedarme en casa —le había suplicado.

—Imposible, Anna. El rey en persona se ha interesado en tu matrimonio.

—¿No tiene suficientes hijas propias a quienes casar? —protesté.

—Creo que nunca se cansa del juego del matrimonio —se lamentó mi padre con voz adusta.

Como sabes, tu padre, el rey Cristian IV, a quien mi padre atendía a diario debido a las diversas dolencias que lo aquejaban en aquellos últimos años, había engendrado más de veinte hijos legítimos, ni hablar de los ilegítimos. Yo había crecido en una casa cerca del palacio de Rosenborg y, aunque no se me permitía jugar con los niños de la realeza, había observado a todas las princesitas en sus paseos diarios con las institutrices.

También te había observado a ti, un joven príncipe de cabello negro lustroso y rizos apretados, y te había visto crecer cada vez más y más alto. Año tras año, tus hombros se ensanchaban, tus piernas se fortalecían bajo los calzones y las medias, y el vello se acumulaba en tu barbilla. Me encantaba ver tu distinguido bigote y tus grandes ojos castaños, tan suplicantes como los de un perro gentil. Te desenvolvías con aplomo y presencia, dueño de una calma resuelta, a diferencia de tu bullicioso hermano mayor, que tanta fama tenía de salvaje.

Te observaba, pero creía que no me veías, ni siquiera después del día en que nos conocimos en la biblioteca tantos años atrás, o en el cuarto de curiosidades de mi padre. Creía que me habías olvidado tan rápido como el chasquido de tus dedos, pues ¿quién era yo comparada contigo?

Ah, pero volvamos a mis recuerdos de la noche de la celebración del matrimonio de tu hermano. Era el futuro rey de Dinamarca, o eso creíamos todos entonces, el príncipe Cristian, llamado así por su padre, vestido de seda y brocado y rebosante de vino y buena comida, acariciándose la barriga bien llena con una sonrisa tan ancha como una luna creciente. Su esposa no podía ser más diferente, ya que era una mujer pulcra y reservada y, a pesar de su vestido de brocado dorado resplandeciente y el pelo oscuro trenzado y adornado con pequeñas perlas como si fueran estrellas en el cielo nocturno, tenía un aire de austeridad. Cuanto más ruidoso se volvía su flamante esposo, más apretaba ella la cruz en su cuello y se limitaba a picotear las fuentes de plata cargadas de manjares.

Yo sabía que Magdalena Sybille era una joven muy devota y, de hecho, en mi biblioteca de Bergen poseo una edición del libro de oraciones, un volumen precioso, que escribió no mucho después de que falleciera tu hermano. Cuánto debió desaprobar esa muchacha luterana pura toda la extravagancia de su boda, con la interminable sucesión de exquisiteces anunciadas con trompetas y timbales.

Mientras estábamos sentados alrededor de las mesas, rodeados de toda la opulencia de este grandioso banquete de bodas —carnes, panes, quesos, torres de mazapán y conos de azúcar—, sentí tu mirada sobre mí. Estaba vestida con lo mejor que podíamos permitirnos, pero sabía bien qué colores me sentaban bien y había elegido un vestido de seda azul aciano, con el collar de perlas de mi madre ajustado al cuello. Tenía un hermoso abanico de plumas de pavo real que había pertenecido a mi abuela, detrás del cual ocultaba la mayor parte de mi rostro; no por recatada, sino porque me había sonrojado al sentir tu mirada sobre mí.

Eché un vistazo furtivo a tu amante, Margrethe Pape. Era una criatura magnífica, altiva y orgullosa, y me pregunté cómo podían tus ojos apartarse de semejante belleza.

El banquete nupcial se convirtió en una verdadera agonía, pues tras los primeros manjares ya tenía el estómago lleno, pero pasaban las horas y los platos no se acababan nunca, cada uno más rico que el anterior; uno tras otro, y yo con el corsé que se me clavaba con fuerza en los costados y el vino que se agriaba en mi boca a causa del exceso de sabores.

Por fin, se anunció el Ballet Real en el gran salón de baile del palacio y todos nos congregamos allí, apretujados y acalorados, intentando no eructar por nuestros excesos mientras observábamos el baile. Ah, eso sí que fue una delicia, y la gracia de las bailarinas vive para siempre en mi memoria.

Después... ¿te acuerdas? Tu padre abrió el baile con su nueva amante, que había sido la criada de su segunda esposa.

Mientras los contemplaba, reflexioné sobre lo prescindibles que son las mujeres en el mundo de los reyes, no, de los hombres; todas nosotras meros apéndices: esposas y amantes, y las que ni siquiera merecen ser mencionadas. Tu padre casi no podía moverse, pero su amante era de paso ligero. No le caía bien a nadie en la corte y la hostilidad se percibía en el ambiente, intensa y frágil, pues una cosa era que una mujer de la nobleza como su segunda esposa fuera amante del rey, pero que una vulgar sirvienta se encumbrara era impensable. Y, sin embargo, el rey parecía estar embelesado con ella, aunque el rostro de la mujer no reflejaba placer alguno, y me pregunté si habría querido al rey como amante. Por supuesto, ninguna mujer se negaría: tenía que ser el mayor de los honores.

Las llamas de las velas parpadeaban en el cristal de las arañas, como amplificadas en un fuego que ardía sobre nuestras cabezas. El aire estaba saturado del humo de las mechas y los olores de los nobles invitados —el sudor en la seda y el aliento cargado de las especias del magnífico banquete—, pero peor era el aire de malevolencia, pues ya era posible percibirlo en ese entonces. Esos nobles de Dinamarca daban vueltas alrededor del rey y del príncipe electo, inclinaban sus cabezas y se rozaban unos con otros, pero sus ojos eran como los de las serpientes. Llegado el momento, todos ellos querrían destruirte.

Bueno, eso lo corroboraste no mucho tiempo después, ¡pues mira lo que le pasó al rey inglés Carlos! Pero yo siempre he estado de tu lado, lo sabes, por siempre jamás. Mi deseo es ensalzar a la monarquía.

Un pretendiente tan insignificante que ahora no recuerdo quién era me invitó a bailar. Me habló en alemán y aunque yo sabía el idioma bastante bien, el esfuerzo de convertirlo en danés me provocaba mareos. Además, la sensación de estar expuesta como el resto de las mujeres solteras me mantenía rígida en mi vestido ajustado y me dificultaba la respiración. ¿Era mejor estar en la pista de baile, donde al menos la formalidad imponía cierto orden y espacio? ¿O ser aplastada entre la multitud de curiosos?

Vi que mi padre estaba conversando con un grupo de

jóvenes nobles que me miraban. Se me hizo un nudo en la garganta, ya que la idea de casarme con un noble y llevar una vida ociosa no me atraía, y mucho menos los peligros del parto. Deseaba tener un propósito más allá del papel que se me había asignado como esposa y madre. Quería dejar una huella en este mundo, mi rey, y que mi legado fuera algo más que descendencia.

Cuando cambiamos de pareja, para mi sorpresa, me encontré tomando tu mano y haciendo un giro mientras miraba tus ojos color ámbar.

—Anna Thorsteinsdatter —pronunciaste en voz baja, y no dijiste nada más.

Solo mi nombre, pero al oírlo, un temblor me recorrió todo el cuerpo, porque te acordabas de mí a pesar de que habían pasado cuatro años desde que habías visitado el cuarto de curiosidades de mi padre.

Sentí la penetrante mirada de Margrethe Pape sobre mí mientras giraba en la fila de bailarines junto a nosotros.

—Alteza. —Hice una reverencia con la cabeza, consciente de mis mejillas encendidas.

No hubo oportunidad de hablar más, ya que seguiste adelante y enlazaste las manos con tu siguiente pareja, y a mí me tocó otro noble.

Cuando terminó el baile, me escabullí entre la gente porque no deseaba bailar con ningún otro hombre. Una de las ventanas que daban a la terraza estaba abierta y me escapé a la fresca noche de octubre. Era contrario a la etiqueta que una joven se paseara sin compañía por el jardín del rey, pero no podía soportar ni un minuto más la luz intensa y brillante y el ruido de la fiesta. Decidí que tomaría un poco de aire y regresaría antes de que alguien advirtiera mi ausencia.

Deambulé por los senderos tranquilos, bordeados de árboles, y escuché el relajante sonido de las fuentes de agua y el ulular nocturno de un búho solitario. Contemplé el agua y el reflejo de la luna atrapado en ella.

Me detuve a observar la fuente que, si bien era hermosa, no me levantó demasiado el ánimo, ya que pensaba en mi posible destino. Pronto, sin duda, estaría casada con un hombre aburrido que tal vez ni siquiera me permitiría leer.

El sonido de unos pasos a mis espaldas irrumpió en mis pensamientos y me volví alarmada, preocupada de que fuera mi padre que venía a reprenderme. Pero no era él, no, porque ahí estabas tú.

El estupor me dejó muda, y casi boquiabierta.

—Bien podríamos estar en la corte francesa, ¿no crees? —señalaste, y tu voz tenía un tono familiar, como si hubiéramos estado conversando toda la noche—. ¡Esta boda apesta a celebración barroca católica!

—Es bastante suntuosa —convine con voz tímida.

—Cualquiera pensaría que no somos luteranos —exclamaste—. ¡Pero mi hermano debe demostrar al resto de Europa que es el príncipe más rico de todos! —Suspiraste y era evidente que tu desaprobación era grande.

No supe qué responder, pues habría sido una tontería criticar al príncipe electo.

—¿Adónde vas, Anna Thorsteinsdatter, hija del médico del rey? —preguntaste, con un tono un poco burlón—. ¿Estás huyendo de la mayor fiesta que Copenhague ha celebrado jamás?

—Me siento un poco mareada, alteza —respondí con nerviosismo.

—Lamento oírlo. —Me ofreciste tu brazo—. Ven, déjame acompañarte por los jardines.

Enlacé mi brazo con el tuyo con el corazón explotando de gozo.

—Dime, ¿ha añadido muchas cosas tu padre a su cuarto de curiosidades desde la última vez que lo vi?

Sentí una gran emoción al pensar que recordabas el día en que habías visitado el cuarto con mi padre y conmigo como guías.

—Tiene una piel de serpiente, procedente de África —precisé, y una vez más pensé en los nobles en la fiesta de bodas: serpientes bajo sus finos atuendos—. Pero este último año ha estado ocupado con su jardín botánico y su herbolario.

—Oh, sí, de hecho, estoy muy interesado en eso —manifestaste—. Aprender el valor medicinal de nuestras hierbas y plantas es una ocupación maravillosa.

—Tenemos más de doscientas especies diferentes en nuestro jardín botánico —afirmé con orgullo.

—Has dicho "tenemos", Anna Thorsteinsdatter. ¿Tengo razón al suponer que tienes conocimiento personal de las plantas del jardín de tu padre?

Me sonrojé.

—Pues, sí. Es una de mis pasiones.

Me miraste a los ojos y no pude ver tu expresión con claridad porque, aunque la luna brillaba, las sombras los habían vuelto de un tono castaño tan oscuro que parecían casi negros.

—Me gustaría mucho ver ese jardín —sugeriste.

—No es tan hermoso como el jardín real. Y aquí mismo, hay muchas frutas y verduras y hierbas beneficiosas.

—¿Podría haber algo aquí que pudieras tomar para sentirte mejor esta noche?

Me henchí de orgullo, porque me estabas pidiendo que compartiera mis conocimientos contigo.

—Bueno, sí. Creo que aquí hay un poco de menta. —Me incliné y cogí una ramita.

—¿Te sientes mal del estómago?

Me alegré de que conocieras las propiedades de la hierba. Sonreí y asentí con la cabeza, aunque en realidad, me sentía mal del estómago por los nervios de estar tan cerca de ti, y a solas.

Te tendí una hoja de menta y la tomaste. Inhalé su aroma refrescante y me sentí más tranquila y más relajada; ah, la menta siempre me transporta a aquella noche contigo.

—Me gustaría enseñarte mi lugar favorito en el jardín de mi padre —indicaste.

Dudé, pues mi comportamiento era muy indecoroso para una joven muchacha, pero no podía negarme, al fin y al cabo, eras un príncipe.

Me condujiste a través de una puerta hasta un huerto de perales, donde las últimas peras doradas colgaban pesadamente en la noche otoñal. Arrancaste una de un árbol, tan alto eras, le diste un mordisco y luego me la entregaste.

Nada en toda mi vida me ha sabido como esa pera, una dulce y jugosa tentación.

—Te he estado observando toda la noche, Anna Thorsteinsdatter —dijiste.

—Pero ¿por qué, mi príncipe? —solté.

Me parecía extraño que yo hubiera llamado tu atención entre todas las increíbles bellezas de la nobleza europea y tu fascinadora amante, Margrethe Pape.

Para mi absoluta sorpresa, te inclinaste hacia delante y me acariciaste una mejilla.

—Posees una cualidad poco común en la corte en estos días.

"¿Qué cualidad?", pensé, pero no dije nada. Más allá del estupor de tu gesto, tus dedos en mi mejilla me habían generado mariposas en el estómago.

Sin embargo, respondiste, como si hubieras leído mi mente.

—Inocencia.

Me ruboric y el aroma de la menta en la palma de mi mano ascendió hacia mí; el sabor de la pera dulce persistía en mi boca. Te había admirado durante muchos años, porque habías sido el príncipe de mis sueños, y ahora estabas allí, frente a mí, y me prodigabas elogios. A la vez, tenía sentimientos divididos, porque estaba a solas con un hombre que no era de mi sangre y, sin embargo, estaba encantada.

—Dime, Anna, ¿aún conservas tu virtud? —agregaste.

La pregunta me resultó brutal después de la suave caricia, y me dolió un poco en el corazón, pero de todas maneras, estaba deslumbrada.

—Por supuesto que eres virtuosa, Anna Thorsteinsdatter —respondiste por mí—. ¿Tu padre ya te ha arreglado un matrimonio?

Negué con la cabeza.

Tu mano recorrió de nuevo mi mejilla, y luego mi cuello y mi pecho, y se deslizó dentro del jubón.

—Me gustaría que fueras mi amante.

Abrí los ojos con asombro.

—¡Pero Margrethe Pape...! —exclamé.

Suspiraste.

—Es una mujer atractiva, pero no posee tu inteligencia, Anna. Me gustaría tener una amante con quien poder discutir sobre las propiedades de estas plantas, una amante con interés por los libros, que tú demostraste cuando nos conocimos. Deseo una compañera en mis aposentos privados que tenga una mente como la mía. ¿Te gustaría esa posición?

Me sentí abrumada. Había mencionado sus aposentos privados y, aunque reservada, yo también era audaz y no dudé en responder.

—Sí —susurré.

Sonreíste y mi corazón se derritió. Ah, sí, tu sonrisa siempre me aflojaba las piernas.

—Tu respuesta me complace, Anna Thorsteinsdatter —contestaste, y te inclinaste para besarme.

Me perdí en tus labios sin prisa —vaya si me perdí— y

dejé que me tumbaras sobre la fría hierba del huerto, y justo debajo de uno de los perales cargados de frutas, consumamos nuestro acuerdo por primera vez. Fuiste gentil, pero aun así dolió y lancé un pequeño grito de dolor. Sin embargo, oír mi grito, creo, encendió aún más tu pasión. Te hundiste entre mi falda, retiraste tus labios de los míos y emitiste un profundo suspiro de placer que me llenó de orgullo.

Nunca olvidaré nuestra primera vez, porque la culpa y el placer me desgarraban por dentro. Estaba pecando y, sin embargo, el hijo del rey divino me había elegido a *mí*, una simple hija de un médico. No me habías elegido por mi prestigio ni por mi belleza, sino por mi mente.

CAPÍTULO 22

Ingeborg

LA CRUEL BELLEZA ANIMAL LA DEJÓ SIN ALIENTO: ANSIÓ apoyar sus manos en el pelaje suave y blanco como las nubes, pero, claro, eso habría significado la muerte instantánea. Tenía una mandíbula magnífica y dientes afilados, pero no les gruñía. Las patas eran enormes y poseían garras mortales, Ingeborg lo sabía. El pelaje blanco estaba salpicado de manchas castaño oscuro y la impresionante cabeza estaba coronada por orejas puntiagudas con largos penachos de pelo fino. Ingeborg fijó su mirada en los ojos del gran lince, llenos de colores ricos y cálidos: dorado, ámbar, destellos de verde mar y motas de castaño oscuro.

El lince daba vueltas en torno a ellos, despacio, casi con languidez. Ingeborg captó el fulgor del cuchillo en la mano de Zare, pero ¿de qué serviría la pequeña hoja contra un depredador tan hábil? Contuvieron la respiración.

De repente, el gato salvaje les dio la espalda. Avanzó silencioso por la nieve y echó a correr, por donde ellos habían venido, hacia el oeste.

—Se dirige tierra adentro, hacia los bosques —explicó Zare y enfundó su cuchillo—. Me sorprende verlo en la montaña, no encontrará muchas presas por aquí.

—¿Por qué no nos ha matado? —preguntó ella con voz temblorosa.

Zare se volteó.

—Es muy poco probable que un lince nos ataque, es más probable que lo haga un lobo o un oso, aunque todavía duermen —explicó. Pero ella se dio cuenta de que él también se había asustado—. Estás temblando de frío.

La atrajo hacia sí y la abrazó. La acción fue tan íntima, tan sorpresiva, que ella no supo qué decir. "Solo me está dando calor para que no me muera de frío", se dijo a sí misma, pero no pudo evitar aspirar su aroma. Cuando la soltó, ella deseó que no lo hubiera hecho.

—¡Será mejor que alcancemos a Maren!

Maren. La mención del nombre la hizo sobresaltarse con inquietud. Los ojos del lince, tan llenos de colores: el ámbar y el dorado, tonalidades de verde mar…

Se estremeció. Qué tontería. Maren lamentaría no haber visto al lince.

Atravesaron la cumbre blanca y helada de Domen, propulsándose con más rapidez, y bajaron a toda velocidad por el otro lado de la montaña. La nieve que levantaban los esquís aguijoneaba el rostro de Ingeborg.

Una borrasca repentina los envolvió en una nube de viento y nieve, pero siguieron adelante.

Cuando la ventisca amainó, estaban al pie de la montaña del diablo. Las nubes se abrieron y revelaron el estrecho de Varanger. A la orilla del mar, un grupo de *goahtis* samis revestidos de turba conformaban un pequeño asentamiento. Al otro lado del agua espumosa, se alzaba la isla rocosa de Vardø.

Se oyó el silbido de esquís sobre la nieve y Maren se detuvo junto a ellos.

—¿Dónde estabas? —le preguntó Ingeborg.

—Me perdí, pero ahora estoy aquí.

—¿Adónde fuiste?

—¿Qué más da? —Apoyó su mano con el mitón sobre el brazo de Ingeborg—. No volveré a alejarme.

Maren la escrutó como si buscara algo que había perdido en el interior de Ingeborg. A pesar del frío, el aire entre ellas se sentía denso y caliente.

Ingeborg observó los labios morados de Maren y el brillo de su piel tibia por el esfuerzo físico. Podía ver la fuerza de la que hablaba Maren brotando de ella.

Ingeborg no se sentía su igual.

Maren desvió el rostro de repente, pero la sensación entre ellas persistió: algo extraño y tácito.

—Pediré refugio en el pueblo —dijo Zare—. La prima de mi padre está casada con uno de los samis de aquí. Hace muchos años que no vemos a Morten, pero lo recuerdo como un buen hombre.

—¿Cómo cruzaremos las aguas hasta Vardø? —preguntó Ingeborg, consciente de que se estaba levantando viento que provocaba ráfagas de nieve en la oscuridad creciente.

—Haremos un trueque para usar un *bask* —precisó Zare—. Nadie querrá llevarnos hasta los dominios del gobernador en Vardø, pero Morten podría permitirme usar su barca.

—¿Y qué podríamos darles a cambio? —preguntó Maren—. No tengo nada más que un bolsillo lleno de plumas, y dudo que Ingeborg tenga algo más.

—Mi madre me dio algunos artículos para comerciar. Los samis de la costa siempre están interesados en carne de reno, pieles y astas para hacer herramientas. Y tengo hilo de tendón para su esposa. —Zare palmeó la mochila que llevaba en la espalda—. En lugar de pescado, pediremos que nos dejen usar el bote. —Se caló el sombrero sobre la frente cuando la nieve empezó a caer con más intensidad—. Esperad aquí —les indicó antes de partir hacia el asentamiento.

Las breves horas de luz se habían convertido en una oscuridad cada vez más profunda, la luna y las estrellas se ocultaban detrás de las nubes y la nieve se arremolinaba en torno a Ingeborg y a Maren.

—Le gustas a Zare —comentó Maren con ligereza, pero Ingeborg percibió el malestar en su voz.

—¡Y tú también! —exclamó Ingeborg y se volvió hacia ella.

Maren meneó la cabeza sabiendo lo que se decía.

—No seas modesta, Ingeborg Iversdatter. Es evidente que algo pasa entre vosotros.

—¡No pasa nada! —saltó Ingeborg, ofendida—. ¡Soy una cristiana devota y él es un sami!

—¿Y qué? Los samis pueden pretender ser cristianos. Sabemos de pescadores en Ekkerøy que se han casado con mujeres samis y han tenido hijos. ¿Recuerdas a Einar Robertson y su esposa Ragnild? ¿Ella no era sami? Tuvieron muchos hijos buenos, todos criados como cristianos devotos.

Ingeborg se quedó mirándola con desconcierto. ¿Qué significaba esta conversación sobre hijos?

—Zare es tu amigo, Maren, no el mío.

En la oscuridad, oculto por la nieve, Ingeborg no podía ver el rostro de Maren. Lo único que percibía era su silueta, borrosa y casi sin forma. Sentía la urgencia de tomarla de las manos y atraerla hacia sí. Ansiaba explorar sus ojos como piedras preciosas y tomar una pequeña parte de su fuerza; frotarla en su piel como el aceite de hígado de bacalao que le ponía su madre cuando era pequeña.

Pero Elli le había pedido que cuidara de Maren, porque Maren era la vulnerable, no Ingeborg.

—¿Por qué me ayudas? —le preguntó ahora, mientras esperaban el regreso de Zare.

—Porque quiero hacerlo —respondió Maren.

—Pero ¿por qué?

Maren no respondió. La nieve caía en una cortina silenciosa y el único sonido que se oía era el del mar que comenzaba a encresparse. El viento le empujaba la espalda e Ingeborg sentía que el corazón le latía cada vez más deprisa. Se acercaba la tormenta. Necesitaban cruzar pronto el estrecho de Varanger, pues ¿cuántos días tardaría en ceder la tormenta? Días y noches en los que su madre estaría sola y asustada en el calabozo de las brujas.

—Deseo vengarme del gobernador de Vardø —confesó Maren en un murmullo.

—Pero eso es imposible —le advirtió Ingeborg—. Es el hombre más poderoso de Finnmark. Tiene soldados en la fortaleza. ¿Cómo vas a…?

—Shhh —susurró Maren—. Ojalá no te hubiera confesado mi deseo. No me asaltes con dudas. Todo lo que necesitas saber por ahora es que tengo la intención de rescatar a tu madre.

Maren se le acercó y, mientras las nubes se deslizaban deprisa en lo alto, un rayo de luna iluminó un lado de su rostro. Su piel resplandeció como el cobre, como si estuviera lustrada. Ingeborg quiso sacarse el mitón y tocarla con las yemas de los dedos para verificar que era una joven real, de carne y hueso.

Zare regresó con la noticia de que su primo Morten los recibiría en su *goahti* para que descansaran antes de emprender la etapa final del viaje. El trueque había ido bien y, a cambio de la carne de reno, las pieles, las astas y los hilos que Zare había llevado consigo, Morten les permitiría usar el bote.

—No puedo quedarme más de una mañana en la isla, porque Morten solo puede perderse un día de pesca.

—¿Es tiempo suficiente para encontrar el túnel y llegar hasta mi madre? —preguntó Ingeborg, nerviosa.

—Tendrá que serlo —replicó Zare.

Cuando entraron en la cabaña revestida de turba de Mor-ten, el primo de Zare, Ingeborg percibió enseguida la dife-rencia de hospitalidad con la tienda de Zare en el *siida* de Andersbyvatnet. Elli no estaba allí para darles la bienvenida con tazas de leche de reno caliente y acedera. Morten y su mujer desconfiaban de ellos, no los miraban a los ojos y mantenían a sus hijos escondidos en el rincón más alejado de la *goahti*.

Incluso cuando Maren les habló en sami, giraron la cabeza.

—¿Por qué no quieren hablar conmigo, Zare? —pre-guntó Maren en noruego mientras se apiñaban en el área de invitados de la *goahti*—. Quiero darles las gracias.

—No están muy contentos de tenerte en su casa —ad-mitió Zare—. Me costó mucho convencerlos, porque con-sideran que tu gente les ha robado el pescado. Me dijeron que te llevara a Svartnes, el pueblo pesquero más adelante.

—Pero no podemos ir allí. Nos entregarían al goberna-dor —protestó Maren.

—Se lo expliqué y les transmití el mensaje de mi madre de que nos ayudaran —señaló Zare—. Morten siente un gran respeto por mi madre y mi padre.

El viento aullaba fuera de la *goahti* a pesar de las sólidas paredes de turba.

—Tenemos que irnos ya —intervino Ingeborg con ur-gencia—. Antes de que se desate la tormenta.

Zare se volvió hacia ella. La luz del fuego había suavizado el azul gélido de sus ojos, que ahora habían adquirido los tonos suaves de los cielos de verano en el norte. Ingeborg añoraba aquellos días de luz, hacía no mucho tiempo, antes del terrible arresto que había dividido a su pequeña familia.

—Lo siento, Ingeborg, es demasiado tarde. Debemos esperar —respondió Zare.

A Ingeborg se le cayó el alma a los pies. No se atrevía a contar cuántos días habían pasado desde que habían encarcelado a su madre, ya que cada uno la ponía en mayor peligro.

La tormenta sopló de manera salvaje y furiosa durante dos días y dos noches. La mayor parte del tiempo permanecieron acurrucados en la *goahti* con Morten y su familia. Su esposa les dio de comer bacalao seco y *flatbrød*.

Había tres niñas. La mayor tenía la misma edad que Kirsten y las dos más pequeñas eran poco más que bebés. La mayor tenía un rostro parecido al de un zorro ártico, barbilla puntiaguda y ojos brillantes e inquisitivos. Al pensar en Kirsten, Ingeborg volvió a sentirse culpable por el tiempo que había estado fuera. Echaba de menos a su hermana. Sonreía a la niña como si eso pudiera aliviar su conciencia, pero la niña se apretaba contra su madre, quien la miraba con gesto ceñudo.

Era una sensación extraña ser objeto de temor.

Zare y Morten compartían una pipa y hablaban un poco en sami. Una o dos veces, Maren habló en sami, pero cada vez que lo hacía, Morten se callaba y meneaba la cabeza hacia Zare.

—¿De qué hablan? —preguntó Ingeborg a Maren.

—Morten le está advirtiendo a Zare que no se involucre en la caza de brujas porque será perjudicial para el pueblo sami.

—Lo más probable es que tenga razón —reconoció Ingeborg con pesadumbre.

—Los samis han sido acusados antes y volverán a serlo —dijo Maren—. Lo que hagamos no les cambiará en nada.

Ingeborg se despertó rígida, pero abrigada, acurrucada junto a Maren. Era el tercer día. En cuanto respiró por primera vez, escuchó. El corazón le dio un vuelco, pues aún se oía el gemido del viento y el estruendo del mar. Cerró los ojos con fuerza y rezó a Dios. "Por favor, Padre celestial, ten piedad de mi madre. Que amaine el viento. Concédenos un viaje seguro".

Maren se agitó a su lado y se estiró como un gato, pero no se despertó. Una semana atrás, la joven había sido casi una extraña para ella, pero ahora pasaban todas las noches apretujadas una contra la otra para darse calor. El aroma de Maren estaba impregnado en su piel, amaderado y penetrante, como el bosque invernal. Era algo especial estar cerca de una chica tan diferente de las demás. Ingeborg quería preguntarle sobre su padre. ¿Era cierto que era un pirata berberisco? ¿Cómo se llamaba? ¿Cómo lo había conocido su madre? Pero estas preguntas podrían llevar a otra: ¿era cierto, como habían dicho todas las mujeres de Ekkerøy, que el padre de Maren era el Señor de la Oscuridad?

¿Podía ser que el placer de estar con Maren, de que la vieran con ella y de que Maren la ayudara fuera en realidad una tentación que terminaría perjudicándolas todavía más a ella y a su madre y que solo serviría para añadir más pruebas a las acusaciones de brujería?

Las preguntas le daban dolor de cabeza. Tenía ganas de salir de la *goahti*, aunque la tormenta la empujara de nuevo al interior. Miró hacia el otro lado de la *goahti*. Podía ver la silueta del sombrero de Zare y sus brazos cruzados sobre el pecho, así como el grupo conformado por el primo de su padre y su familia. Debía de ser de noche para que todos estuvieran tan profundamente dormidos. ¿Quién podía saberlo? La mañana era tan oscura como la medianoche.

Se arrastró fuera de la *goahti* y empujó con fuerza la puerta de madera para salir al exterior. Nada más atravesarla, el viento la hizo retroceder contra las sólidas paredes. Negro, muy negro. No podía ver ninguna luz en la turbulencia salvaje de la naturaleza, aparte de los vertiginosos remolinos de nieve con sus pequeñas dagas heladas que se clavaban en su piel. El viento podría destruir a cualquier mortal si quisiera.

Intentó rezar, pero le costaba mantenerse erguida.

Ingeborg dejó de rezar, dejó de intentar respirar. Entregada, sintió como si el viento respirara por ella. Aflojó el cuerpo y dejó que el viento la empujara de un lado a otro. Se giró de cara hacia la *goahti* y abrió los brazos todo lo que pudo, de espaldas al viento. Este la sostuvo, casi al punto de que sus pies abandonaran el suelo.

"¿Cómo sería volar?".

La puerta de la *goahti* se abrió. Estaba tan oscuro que era difícil ver quién era, pero el instinto le dijo que era Zare. Asomó la cabeza como un oso al salir de su cueva. Ingeborg se rio al pensar en Zare el oso, aunque el sonido se perdió en la furia del viento. La puerta se abrió un poco más y la débil luz del incipiente fuego matutino en el interior iluminó el rostro de Zare.

La puerta se cerró de un golpe a espaldas de él. Ingeborg distinguió el cuerpo ancho de Zare que avanzaba hacia ella, empujando contra el viento a través de los remolinos de nieve. Le gritó algo, pero ella meneó la cabeza porque no podía oírlo por encima del rugido del viento y el mar en su cabeza. Luego, él también le dio la espalda al viento y extendió los brazos. Estaban uno junto al otro, a un palmo de distancia, entregados a la fuerza del viento que amenazaba con levantarlos y al poder de la naturaleza.

Una ráfaga violenta y repentina tumbó a Ingeborg de costado sobre la nieve espesa. Zare se acuclilló a su lado. Era como si ahora estuvieran debajo del viento, en la nieve. Un espacio bajo y pequeño de quietud y silencio.

—¿Te has hecho daño? —le preguntó.

Ella negó con la cabeza.

—¿Cuándo parará la tormenta?

La alegría de dejarse arrastrar por el viento había desaparecido. El temor por su madre estaba de regreso.

—Bieggagállis, el dios del viento, se refugiará pronto en sus cuevas, como hace siempre —le aseguró Zare.

—¿Hay un dios del viento? —preguntó ella pensando en sus oraciones a un dios de todas las cosas.

—Sí. —Zare la miró—. En nuestra tradición, todas las cosas tienen alma y, por lo tanto, veneramos todo lo que nos rodea. Tenemos muchos dioses, como el sol, la luna, el trueno, la madre primigenia y sus hijas. Bieggagállis, el dios del viento, es uno de los más poderosos —destacó—. Si no deja de soplar hoy, entonaremos el *yoik* esta noche —añadió. Pero se humedeció los labios y se quedó pensativo.

—¿Qué pasa? —preguntó Ingeborg al percibir su inquietud.

—Morten se ha perdido dos días de pesca. No sé si ahora podrá darnos su barca…

—¡Oh, no! Pero ¿cuándo, entonces?

Zare tomó las manos de ella entre las suyas.

—Le he dado a él y a su familia una gran cantidad de carne de reno. Si el viento para hoy, nos dejará marchar.

Ingeborg bajó la vista hacia las manos ásperas de Zare alrededor de las suyas. Ninguno de los dos llevaba mitones y sus pieles tenían diferentes tonos de azul por el frío. La sensación de su presencia era diferente a la de Maren, pero Ingeborg quería estar cerca de él tanto como de Maren. Había algo en Zare que le recordaba a Axell. La hacía sentirse segura. No sabía por qué.

Maren le hacía sentir lo contrario, como si estuviera jugando con fuego. Pero aun así, también deseaba su compañía. ¿Por qué quería que ambos la tocaran y la miraran con cariño? ¿Podría ser que estuviera tan hambrienta de afecto por parte de su madre que lo deseara de cualquiera que se fijara en ella?

Zare le apretó la mano y le susurró por debajo del bullicio del viento.

—Tumbémonos en la nieve. Está bastante seca y cantaré el *yoik* a Bieggagállis, aunque no debes contarle a nadie que lo he hecho delante de ti.

—Te lo prometo —respondió ella, honrada.

Bajo la tormenta, se tendieron en la nieve, tomados de la mano. Ingeborg cerró los ojos para escuchar el *yoik* que Zare comenzó a entonar, similar a los sonidos que había oído cuando ella y Maren habían visto a su padre, el *noaidi*, caer en un trance. Notas extrañas y etéreas como ninguna otra; tan alejadas de los himnos de su Iglesia cerrada en sí misma que tenían que ser de un mundo diferente.

Sobre el manto de nieve blanca, con la cúpula del mundo debajo de ella, Ingeborg apretó los párpados y trató de no pensar en si estaba o no participando en un acto de magia negra. Lo único que quería era estar con su madre y salvarla.

Escuchó a Zare y sintió el contacto firme y sólido de sus dedos entrelazados. No supo cuánto tiempo permanecieron así, pues a pesar del frío profundo, no se sintió aterida.

Cuando volvió a abrir los ojos, Zare ya no estaba cantando el *yoik* y el viento había cesado. El cielo era azul oscuro para un mediodía de invierno; un tono previo a la negrura.

Volvió la cabeza hacia Zare.

—Deberíamos irnos —dijeron al mismo tiempo las mismas palabras. Zare abrió más los ojos e Ingeborg sonrió.

En la penumbra, Ingeborg vislumbró un hilo entre ellos, plateado y frágil como una tela de araña. Parpadeó y el hilo se esfumó.

La puerta de la *goahti* se abrió con un chirrido y oyó a Maren resoplar sobre la nieve.

—¡Ahí estáis! —Maren se erguía sobre ellos, con las manos en las caderas, el pelo oscuro suelto y los ojos entrecerrados.

Ingeborg se apuró a soltar la mano de Zare.

—¿Qué hacéis aquí? ¿Es necesario que os lo pregunte? —se burló.

Pero Ingeborg vio el dolor en sus ojos. La habían dejado fuera. Quería explicarle que no era lo que parecía, que no había querido excluirla. Maren dormía profundamente cuando Ingeborg salió a la tormenta. No sabía que Zare la seguiría, y bueno, esto era magia, lo que había pasado con él en la nieve. Pero Ingeborg no sabía cómo empezar.

Maren giró sobre sí misma y se dirigió de regreso a la *goahti*, con el pelo alborotado en su espalda.

Ingeborg se puso en pie, atormentada por la culpa. Zare también estaba de pie. Había una nueva incomodidad entre ellos.

—Gracias —susurró.

Zare asintió.

—Es un cese temporal; Bieggagállis volverá pronto. Sacará su pala y volverá a soplar el viento.

Juntos, los tres lanzaron el pequeño *bask* que Morten les había prestado al mar picado. Ingeborg se arremangó los calzones y el agua helada le golpeó las piernas desnudas al trepar al bote. Zare la tomó de la mano y la ayudó, mientras Maren subía con facilidad detrás de ella.

Remaron más allá de los límites del poblado sami y cruzaron el estrecho. La fuerza del mar agitaba peligrosamente la pequeña embarcación. Ingeborg tenía el estómago revuelto. Sentía mucho miedo, pero también determinación. Era demasiado tarde para volver atrás.

A medida que se acercaban a Vardø, el cielo se tiñó de gris sobre las cabañas de turba y la oscuridad se afianzó en sus contornos. El agua entraba por los lados del bote mientras Zare se esforzaba por mantener el rumbo.

Ingeborg observó las manos anchas de Zare, que aferraban los remos. Recordó un viejo sueño. En él, un par de manos como aquellas sujetaban su rostro con enorme ternura. El pensamiento la hizo sonrojarse. En sus sueños, Ingeborg había encontrado el tipo de amor que nunca había experimentado en la vida real. Había sentido un amor fraternal profundo por Axell, y una gran confianza, pero esto era diferente. Estas no eran las manos de su hermano.

El vaivén del pequeño bote le aceleraba el corazón. Zare la miraba de nuevo con sus ojos penetrantes. Ingeborg se encogió y se caló el sombrero sobre la frente. Maren la miró y frunció el ceño.

Franjas de niebla plateada creaban una bruma sobre el estrecho y el viento ya comenzaba a levantarse de nuevo. El hielo resquebrajado se arremolinaba sobre la superficie del agua como las gruesas pinceladas de veladuras en las pinturas al óleo de los Brasche en la iglesia del pueblo. Debajo de Ingeborg, un fragmento de hielo flotante le devolvió su reflejo: un óvalo destellante de tez pálida, un sombrero de piel de reno, un mechón suelto de cabello castaño.

El pequeño *bask* se bamboleaba sobre las aguas turbulentas e Ingeborg se sujetó de los lados. Zare paró de remar. Levantó los remos y unas gotas de agua cristalina salpicaron el mar encrespado.

—¿Por qué has parado? —le preguntó Maren.

—Estoy sintiendo las corrientes —respondió—. Decidiendo por dónde entrar a tierra.

El mar estaba en los ojos de Zare. Su fuerza de impacto y de arrastre.

Pareció a punto de decirle algo a Ingeborg, pero volvió a asir los remos y continuó.

El viento era cada vez más intenso y Zare tenía que empujar con todas sus fuerzas contra él. Maren tomó los otros remos que yacían en el fondo de la embarcación para ayudarlo. El mar bullía en torno a ellos como un caldo hirviendo.

Por fin, atravesaron las corrientes y llegaron a aguas más tranquilas. Encallaron con un golpe en la orilla pedregosa.

—Uno de nosotros debería quedarse y asegurarse de que el *bask* no se pierda o se lo lleven —señaló Zare—. ¿Te quedas, Ingeborg?

—¡No! Es mi madre la que está encerrada en el calabozo de las brujas —declaró con los puños apretados.

—Sería más seguro que te queda...

—¡No! —repitió, furiosa de que él creyera que ella tenía que esperar en el bote.

—Bueno, entonces... ¿Maren? Porque tengo que mostrarle a Ingeborg dónde está el túnel.

—El espíritu de mi madre está atrapado en Vardø entre los vivos y los muertos —replicó Maren con tono resentido—. No voy a quedarme en el bote. No vine hasta aquí para eso.

—De acuerdo. No perdamos el tiempo discutiendo. —Zare les indicó que se bajaran y llevaran los remos entre las dos. Una vez que hubieron vadeado el agua hasta las rocas, Ingeborg se volvió y vio que Zare levantaba el bote sobre su cabeza y lo acarreaba hasta depositarlo sobre una roca seca y plana. La barca parecía el caparazón de una tortuga gigante y resultaba difícil imaginar que una embarcación tan ligera hubiera sido capaz de transportarlos por aguas tan turbulentas—. Si la fortuna nos acompaña seguirá aquí cuando regresemos —agregó Zare.

Ingeborg alzó la vista hacia las nubes de tormenta que se acumulaban en el cielo oscuro.

—¿Tenemos tiempo suficiente?

—Esperemos que sí —respondió Zare—. Ya no hay vuelta atrás.

Ingeborg trepó por las rocas resbaladizas detrás de Maren y de Zare. Se movían tan rápido que era difícil seguirles el ritmo. Zare fue tierra adentro y ella levantó la mirada y vio las murallas de Vardøhus que se erguían en lo alto. Subieron un acantilado escarpado y se acuclillaron detrás de un promontorio de rocas.

—Es poco probable que nos vean; mi madre me contó que los soldados prefieren fumar sus pipas en el barracón en lugar de montar guardia fuera. Pero de todas maneras debemos tener cuidado —las previno Zare.

Siguieron trepando por las rocas hasta llegar a la base del castillo. Zare tanteó el camino con las manos y luego se giró para estudiar la dirección por la que habían venido.

—El túnel está por aquí. Estoy seguro.

Quitó las rocas alrededor de la base de la fortaleza y, por fin, una de ellas se movió debajo de sus manos y dejó al descubierto un agujero pequeño.

Zare entró primero, luego Maren y, por último, Ingeborg. Avanzaron sobre sus estómagos, Ingeborg con el pecho tan estrujado por el miedo que le costaba respirar. Estaban completamente a oscuras. No podía ver ni a Zare ni a Maren, solo oía el movimiento de pies y los jadeos agitados delante de ella.

De pronto, oyó que Zare lanzaba una exclamación en sami antes de que ella chocara contra la espalda de Maren.

—¿Qué pasa? —murmuró.

—Han tapiado el túnel —explicó él, y maldijo otra vez en voz baja—. Pero, claro, qué tontos hemos sido. ¡Era obvio que lo harían!

—¿Hay forma de pasar? ¿O de hacer un túnel alrededor? —preguntó Maren.

—No, es roca sólida —respondió Zare—. Mi padre y yo tardamos días en hacerlo, y no tenemos tiempo.

—Pero tenemos que hacerlo —suplicó Ingeborg. Al otro lado estaba su madre, desesperada y sola en el calabozo de las brujas. Estaban tan cerca.

—Es imposible —aseveró Zare.

Ingeborg golpeó con las manos la piedra dura a ambos lados de ella. La roca helada le quemó las palmas.

—¡No! ¡No!

—Encontraremos otra forma —la alentó Maren con furia callada.

De vuelta en el exterior, las nubes oscuras se henchían en el cielo oscuro y el viento gemía en señal de advertencia.

—Deberíamos irnos, la tormenta volverá en cualquier momento —advirtió Zare—. Morten necesita su bote. Además, no podemos quedarnos en la isla. O nos congelaremos o nos atraparán.

Ingeborg contempló la fortaleza Vardøhus, las grietas y hendiduras de la vieja muralla. Apretó las manos contra ella y tanteó con los dedos. Allí, justo frente a sus ojos, había un punto de apoyo. Miró hacia arriba y vio más salientes diminutos a lo largo del muro.

Las palabras de Axell de veranos ya lejanos surgieron en su mente. "Imagina que eres un gato".

—Puedo escalar el muro —aseguró y se volvió hacia Zare.

El joven sami la miró horrorizado.

—Te caerás y te matarás —respondió con voz brusca—. No eres lo bastante fuerte, Ingeborg.

Pero Maren estaba a su lado y le apretó la mano.

—Sí, lo es, y yo también iré. Lo lograremos.

Zare se quedó observándolas con incredulidad.

—Tú vuelve y ocúpate del bote —añadió Maren con un cierto tono autoritario.

Zare negó con la cabeza.

—Es una locura.

—He escalado cosas peores —comentó Ingeborg, y recordó los acantilados de pájaros en Ekkerøy—. Si no volvemos a tiempo, regresa con Morten y su familia al otro lado.

Zare alargó una mano y se la apoyó en el brazo.

—No lo hagas, Ingeborg.

—Tengo que hacerlo.

La miró a los ojos y ella vio que la entendía, ya que su expresión se suavizó en señal de comprensión.

—De acuerdo, yo haría lo mismo por mi madre. Pero no puedo esperar demasiado. ¡Se acerca la tormenta y no dejaré que me arrojen a una celda mugrienta!

Ingeborg se volvió otra vez hacia el muro de la fortaleza, con Maren a su lado. Aflojó los miembros de su cuerpo antes de prepararlos, suspiró hondo e inspiró con fuerza. Con un ímpetu de energía, se estiró hacia arriba y clavó los dedos en la áspera pared para aferrarse bien. Luego se estabilizó en el punto de apoyo y empezó a subir. "Nunca mires hacia abajo".

Maren estaba justo debajo de ella. Podía oír su respiración esforzada.

Ingeborg se abría camino con los sentidos. Trepaba la muralla con sigilo como si no fuera ella misma. Sus uñas se clavaban como garras y se adhería con rapidez al muro. Sabía instintivamente que no se caería.

El viento tiraba de ella, pero seguía subiendo. Por fin, llegó a lo alto y se deslizó al otro lado. Se asomó entre las almenas para ver dónde estaba Maren, pero no vio nada. Se le hizo un nudo en el estómago, pero entonces oyó una voz junto a ella.

—Hemos llegado, amiga felina —le susurró Maren con una sonrisa.

Ingeborg echó un último vistazo por donde habían venido. Detectó la diminuta figura de Zare que esperaba junto a la barca mientras el sol de invierno se ocultaba bajo el horizonte y arrojaba reflejos magenta sobre la nieve; una línea carmesí que se desangraba hacia el cielo y bañaba de malva el mar antes de sucumbir a la oscuridad más absoluta.

Las dos muchachas se acuclillaron junto a uno de los cañones para protegerse del viento cada vez más furioso. Estaba tan oxidado y cubierto de hielo que Ingeborg dudó que alguna vez hubiera sido utilizado.

—¿Y ahora qué hacemos? —preguntó Maren, con los ojos verdes brillantes de anticipación. No parecía sentir nada de miedo.

Ingeborg miró hacia abajo. Aún no había oscurecido del todo y los blandones con antorchas encendidas de los muros interiores de la fortaleza proyectaban sombras y luz. Allí estaba el barracón de los soldados. Podía oír el murmullo de las voces y oler el fuego de turba. A un lado del barracón estaba el castillo. Advirtió el cuadrado iluminado de una ventana pequeña, pero el resto del edificio estaba a oscuras. Giró la cabeza y vio la garita de entrada y las puertas de la fortaleza. Por allí tendrían que salir, a menos que encontraran una cuerda y la ataran a lo alto de las almenas. ¿Por qué no habían pensado en traer una cuerda?

—Mira, ¿es ese el calabozo de las brujas? —Maren señaló más allá de la garita de entrada y de una casa comunal larga y baja hacia una casucha sin ventanas.

—Tiene un aspecto deplorable —señaló Ingeborg.

Maren tiró de Ingeborg para que mirara más allá de la fortaleza.

—¿Ves esa lengua de tierra, más lejos de donde Zare nos está esperando?

Ingeborg asintió con la cabeza.

—Bueno, eso es Stegelsnes, el lugar de las ejecuciones. Allí quemaron a mi madre.

El pecho de Ingeborg se contrajo otra vez. No podía concebir el mismo final para su madre.

—Una de nosotras tiene que ir a la garita de entrada y tratar de conseguir la llave para abrir las puertas del castillo

—explicó a Maren—. Y la otra tiene que lograr entrar de alguna manera en el calabozo de las brujas.

—Dos tareas bastante poco posibles —replicó Maren enarcando las cejas, pero no parecía desanimada—. Yo buscaré la llave de la caseta de entrada.

Mientras susurraban, se oyó movimiento en el patio de abajo. La puerta del calabozo de las brujas se abrió. Para sorpresa de Ingeborg, no fue un soldado quien salió, sino una mujer, alta y erguida. La mujer cerró la puerta del calabozo y guardó la llave en un bolsillo debajo de su capa. Las jóvenes la observaron mientras se abría paso con delicadeza a través de la nieve y entraba en la casa comunal.

—Bueno, ahí tienes la entrada al calabozo de las brujas —indicó Maren.

—Me ocuparé de conseguir la llave —aseguró Ingeborg. No sabía cómo lo haría, ni quién más podría estar en la casa, pero parecía una opción más fácil que enfrentarse a los soldados.

Bajaron los escalones hasta el patio. El viento helado las atravesaba, pero Ingeborg se alegró porque eso significaba que era poco probable que los soldados se aventuraran a salir.

Cuando se volvió para decirle a Maren que tuviera cuidado, Maren había desaparecido. El patio estaba vacío, salvo por una rata grande que correteaba a través de él.

Ingeborg caminó por el suelo helado hasta la casa comunal. Una fina columna de humo salía del techo hundido. Apoyó la mano en la puerta y la abrió de un empujón.

CAPÍTULO 23

Anna

YO ERA TU AMANTE SECRETA. NOS VEÍAMOS DE FORMA clandestina en los lugares que amábamos: la biblioteca real, los jardines botánicos, el huerto de perales, el cuarto de curiosidades de mi padre... y contemplábamos el gruñido del cachorro de oso polar mientras tu cabello largo y oscuro caía en cascada sobre mis pechos desnudos.

Cuatro años esperé la invitación para asistir a la corte de palacio como tu amante oficial, pero nunca llegó.

Cuatro años es mucho tiempo para alguien tan joven, pero ahora no es más que un parpadeo. Ah, qué ingenua era y cuán embelesada estaba contigo, porque si me hubieras dicho que nos encontráramos en el gallinero, lo habría hecho.

Me devorabas entera, desde los dedos de los pies hasta la coronilla, mis entrañas, mi corazón y cada rincón de mi mente. Vivía y respiraba para mi príncipe y esperaba con ansias la llegada diaria de un cuadradito de pergamino con el sello real. Cuando abría tus cartas de amor, tus palabras de cariño me embriagaban y corría sin aliento a nuestro punto de encuentro, sin tiempo para colocarme aceite de rosas en el pecho. Me perdía en nuestros abrazos, mientras me despojabas del vestido y las enaguas y te hundías en mi joven carne.

No te aprovechaste de mí: yo te deseaba. Te deseaba. Me estremece reconocer esta verdad, pero conozco bien la lascivia a la que puede entregarse una mujer. Estaba poseída por el deseo de tener sexo contigo, pues en cuanto volvía a casa, ya anhelaba nuestra próxima cita.

Mi rey, me pregunto, ¿son tus recuerdos tan cristalinos como los míos?

Creo que no, porque me dijiste palabras muy dulces y amorosas y me abrazaste con mucho afecto cuando yo era joven. Y fuiste muy diferente la última vez que nos vimos, cuando te habías convertido en otro hombre. Puede que mi aspecto sea diferente: mi piel está más opaca, mi cintura se ha engrosado y tengo el cabello negro salpicado de canas, pero por dentro nunca he dejado de ser la joven enamorada de su príncipe. Había separado los pecados de la carne del amor puro arraigado en mi corazón.

Aquí sola, con pocas cosas que me distraigan, cavilo demasiado sobre aquellos años tempranos. Me pregunto, si nuestras circunstancias hubieran sido diferentes, ¿podría haber llegado a ser como Margrethe Pape, tu amante oficial y madre de tu hijo ilegítimo? Pero al final, hasta Margrethe Pape fue dejada de lado por tu matrimonio con Sofía Amelia de Brunswick-Luneberg, una mujer a quien más vale no contrariar, como bien lo sabe tu hermana Leonora Christina.

¿Acaso la reina Sofía Amelia tiene algo que ver también con mi injusto exilio? Me lo pregunto porque me miró con mucho desdén cuando la conocí años después. Pero eso fue cuando hacía tiempo que ya me había ido de Copenhague y, por entonces, también estaba casada.

CAPÍTULO 24

Ingeborg

En la casa comunal, Ingeborg primero olió a la mujer; el aroma dulzón del aceite de rosas mezclado con el humo de la turba llenó sus fosas nasales, pero no vio a nadie. El humo salía del fuego chisporroteante, impregnaba las vigas y se escabullía por la abertura superior. Había una mesa torcida con un farol encima, dos taburetes desvencijados y una silla de respaldo recto con un cojín tapizado raído. Todo estaba situado junto a una diminuta ventana cerrada con cuidado con un harapo, como para preservar la poca luz que pudiera haber en la habitación.

¿Dónde estaba la mujer de la llave? Al otro lado de la estancia había una puerta entreabierta. Ingeborg avanzó por los tablones irregulares del suelo y la empujó con suavidad.

La mujer estaba de espaldas a ella, arrodillada junto a un baúl abierto. Sacó de él un pequeño libro de tapa dura y lo apoyó en el suelo antes de incorporarse con lentitud. Al volverse, vio a Ingeborg y dio un pequeño respingo, asustada.

Ingeborg supuso que su aspecto debía de resultarle bastante extraño a la mujer: mitad niña, mitad niño, con los calzones y la falda remangada, su gran sombrero y los mechones de cabello castaño mojado que enmarcaban su rostro. En cambio, ella advirtió enseguida que la mujer que tenía ante sí no era una mujer corriente, sino de noble cuna.

Aunque debía de tener solo unos años menos que la viuda Krog, se mantenía tan erguida como una dama joven, e Ingeborg detectó un destello de pelo negro como un cuervo bajo su cofia blanca. Su figura esbelta estaba enfundada en un elegante vestido azul y la piel de sus mejillas era pálida y suave. Pero un leve entrelazado de arrugas en las comisuras de sus ojos delataba su edad.

—¿Quién eres? —preguntó con voz imperiosa—. ¿Y qué haces en mi habitación?

—No os pasará nada. Solo dadme la llave —la urgió Ingeborg sonando más valiente de lo que se sentía.

El corazón le retumbaba en el pecho y tenía las manos húmedas, pero estaba decidida a no mostrar su miedo a aquella gran dama. Tenía que conseguir la llave.

La mujer arqueó las cejas.

—¿Qué llave? —preguntó.

—La que tenéis en el bolsillo, debajo de la falda.

—¿Y por qué habría de hacerlo? Dime quién eres.

Ingeborg sacó el pequeño cuchillo de caza de Axell de su cinturón y lo blandió ante ella mientras daba un paso adelante, pero la mujer no parecía asustada.

—Eso no es asunto vuestro. Por última vez, dadme la llave —repitió, y acercó la punta del cuchillo a la delicada garganta palpitante de la dama.

—De acuerdo —murmuró la mujer.

Ingeborg bajó el cuchillo y la mujer sacó la llave de su bolsillo. Jugueteó con ella entre sus dedos, como si quisiera provocar a Ingeborg.

—Dádmela. —Ingeborg estaba lo bastante cerca para ver que los ojos de la mujer eran gélidos como glaciares. Volvió a acercarle el cuchillo a la delgada garganta, rezando para no tener que utilizarlo.

—Esto no terminará bien —la previno la mujer, y le entregó la llave—. ¿Cómo crees que vas a escapar?

Mientras hablaba, Ingeborg oyó movimiento en la otra habitación. Retrocedió por la puerta y se sintió aliviada al ver que Maren blandía en su mano la gran llave de las puertas de la fortaleza.

—Fue fácil. ¡El viejo alguacil dormía como un tronco! —Maren suspiró—. Estuve tentada de degollarlo, pero pensé que me llevaría demasiado tiempo. —Parecía muy satisfecha de sí misma mientras balanceaba la gran llave a su lado.

—¡Tú! —La dama noble había seguido a Ingeborg y ahora se detuvo, señalando a Maren—. ¡Te he visto! —exclamó—. ¡Con el lince!

Maren le sonrió.

—¡Así es, era yo!

Ingeborg no tenía ni idea de cómo Maren podía conocer a aquella mujer, pero no tenía tiempo de averiguarlo.

—Átala a la silla —le ordenó.

—Intentaste matarme. —La mujer seguía dirigiéndose a Maren.

—¡A vos no! —respondió Maren. Se quitó el cinturón y ató a la mujer a la vieja silla destartalada.

En ese momento, la puerta de la casa comunal se abrió de nuevo y una criada cargada con un montón de turba apareció en el umbral. Emitió un chillido, dejó caer la turba y salió gritando de la casa.

—Huid, niñas —susurró la mujer noble.

Ingeborg y Maren salieron de la casa comunal, pero los soldados ya habían salido del barracón y avanzaban hacia ellas con los mosquetes en las manos. Lockhert se aproximaba desde la garita de entrada con el rostro amoratado por la furia.

—Todavía podemos escapar, Ingeborg —murmuró Maren.

Ingeborg no podía imaginar cómo hacerlo. Estaban rodeadas.

—No voy a abandonar a mi madre.

—Muy bien, nos quedamos —declaró Maren, como si tuvieran alguna opción.

Ingeborg dejó caer el pequeño cuchillo. ¿De qué servía contra un mosquete que le apuntaba al corazón?

Un soldado la aferró y le dobló los brazos con fuerza en la espalda. Ingeborg sintió el tirón en los hombros y gritó de dolor.

El alguacil Lockhert tomó a Maren por su largo cabello negro y le arrebató la llave de las puertas de la fortaleza. La abofeteó tan fuerte que la arrojó al suelo helado.

La criada se apresuró a regresar a la casa comunal.

—¿Qué estáis tramando, perras ladronas? —les gruñó Lockhert. Luego miró a Ingeborg a la cara—. ¡Te conozco! Eres la hija de la bruja Sigvaldsdatter.

Ingeborg meneó la cabeza y se negó a responder.

La dama noble salió de la casa comunal, después de ser liberada por la criada. Caminó hacia ellos. Ingeborg aún tenía la llave del calabozo de las brujas en la mano, detrás de la espalda. La mujer la rodeó y entonces Ingeborg sintió que los dedos de la mujer le quitaban la llave de su puño cerrado. La mujer volvió a rodearla una vez que tuvo la llave y la guardó debajo de su falda, en el bolsillo oculto.

—¿Así que eres la hija de la bruja? —preguntó.

Ingeborg observó sus ojos impasibles. No había expresión en ellos. Ni odio, ni compasión, ni emoción alguna. ¿Quién era? ¿Y por qué tenía la llave del calabozo de las brujas?

Un óvalo de luz dorada brilló de repente sobre el grupo cuando la figura de un hombre alto vestido de negro cruzó el patio desde la puerta abierta del castillo.

Lockhert se dirigió a la silueta oscura.

—Su señoría, hemos detenido a estas dos muchachas que intentaban liberar a la bruja Zigri Sigvaldsdatter.

—Mi madre no es una bruja, lo juro —objetó Ingeborg.

—¡Silencio! —la acalló Lockhert.

El hombre alto dio un paso adelante y quedó de pie bajo la luz del farol de Lockhert. Una larga cicatriz de guerra atravesaba una de sus mejillas desde el borde de una ceja poblada hasta la barbilla.

—De modo que esta joven es la hija mayor de la bruja Zigri Sigvaldsdatter —dijo, y señaló a Ingeborg—. ¿Y quién es esta otra extraña criatura?

—Mi madre era Marette Andersdatter —se presentó Maren con orgullo, levantándose del suelo.

El gobernador se estremeció.

—Sí, ¿la recordáis? —lo desafió Maren. Caminó hacia el gobernador, pero uno de los soldados la detuvo y la apartó—. También conocida como Liren Sand.

—En efecto, nunca hubo una bruja más malvada por estas regiones —replicó el gobernador con un gesto de su mano—. Y ahora aquí estás tú, niña; claramente entregada al diablo por tu madre.

El gobernador se volvió hacia la mujer noble, quien permanecía inmóvil, observando a Maren forcejear con el soldado.

—Como os dije, Fru Rhodius. Las brujas sacrifican sus hijas al diablo.

—No estoy tan segura de eso, gobernador —respondió en voz baja la dama noble llamada Fru Rhodius—. Nunca lo he visto con mis propios ojos. Son muchachas atrevidas, de eso no cabe duda…

—De lo que no cabe duda es de que son hijas de brujas —aseveró Lockhert—. Lo he visto en Escocia. Mi tierra natal estaba plagada de brujas y de sus hijas.

El gobernador se acercó a Ingeborg. Se detuvo junto a ella y la observó desde su altura.

—Las brujas de Vardø amenazan a todo el reino de Noruega y Dinamarca, y al mismísimo rey, con el terror y la peste. Las brujas, confabuladas con el diablo, están causando estragos. —Se inclinó y le susurró al oído—: Y puedo ver que estás confabulada con el Señor de la Oscuridad, muchacha.

Ingeborg trató de no demostrar su miedo.

—Señoría, mi madre no me entregó a nadie. Es inocente... —gimió con voz temblorosa.

—¡Silencio! No te he dado permiso para hablar —exclamó, y gotas de su saliva salpicaron las mejillas heladas de Ingeborg—. Ya habrá tiempo de hablar en el juicio. —El gobernador salió de debajo de la luz del farol. Ahora su expresión estaba oculta por las sombras—. Llévalas al calabozo de las brujas, Lockhert —ordenó.

—¿No estarían mejor si las alojara conmigo, su señoría? —intervino Fru Rhodius—. Son tan jóvenes...

—... pero lo bastante mayores para ser brujas —agregó el gobernador—. Es donde deben estar.

Los soldados empujaron a Ingeborg y a Maren a través del patio. Ingeborg pensó en Zare. ¿Cuánto tiempo las esperaría? Rezó para que no lo atraparan a él también. El viento ya aullaba a través de la fortaleza y las nubes se deslizaban deprisa. Había comenzado a granizar. La tormenta había vuelto, el dios del viento sami, Bieggagállis, soplaba con fuerza. Zare tendría que regresar, empujado hacia el continente por la intensidad del vendaval.

Lockhert abrió el calabozo de las brujas con su llave y los soldados arrojaron a Maren y a Ingeborg dentro. Mientras lo hacían, Ingeborg vislumbró que la dama, Fru Rhodius, meneaba la cabeza, como si fueran dos niñas traviesas que hubieran olvidado rezar sus oraciones. Pero la situación era muchísimo más grave que cualquier travesura infantil.

Maren y ella cayeron juntas sobre el suelo áspero. Ingeborg alargó la mano en la oscuridad cerrada y palpó una pared sucia y pegajosa. Era imposible ver el tamaño del calabozo o lo que había dentro. Lo que sí estaba claro era que no había luz, ni fuego, ni ninguna comodidad. Pero Ingeborg no pensó en eso cuando se puso de pie y gritó:

—¡Madre!

Un grito ahogado sonó en la oscuridad informe.

—¡Soy yo, madre!

—¿Ingeborg? —La voz de su madre era débil y entrecortada—. Oh, Dios mío, Ingeborg, ¿qué ha pasado?

Ingeborg sintió que Maren se movía a su lado y luego oyó un sonido. Vio una chispa entre dos piedras. Luego una luz.

Maren tenía un pequeño cabo de vela en la palma de la mano. Su diminuta llama parpadeaba, pero era suficiente para ver la forma acurrucada al otro lado de la estrecha celda, que no medía más de siete pasos por seis. Las paredes de madera estaban agrietadas y mugrientas y el suelo de tierra era duro a causa de las rocas que sobresalían y los terrones de turba seca; no había rastro alguno del antiguo túnel. El hedor a excrementos era insoportable, igual que el olor penetrante y metálico a sangre antigua. El frío le quemaba la garganta a Ingeborg. Pero nada de eso importaba, porque allí estaba su madre, y estaba viva.

—Hemos venido a salvarte —respondió.

—Oh, Ingeborg —se lamentó Zigri—. Qué tonta eres.

Ingeborg se acercó y tanteó en busca de las manos de su madre debajo del montón de pieles que la cubría. A la luz de la vela de Maren, pudo ver su rostro.

Los ojos de Zigri ardían de ira.

—Niña estúpida. —Se puso de pie, arremetió contra Ingeborg y la abofeteó en la mejilla.

A Ingeborg se le llenaron los ojos de lágrimas ante semejante furia.

—¡Has empeorado las cosas! —la regañó Zigri—. Te dije que fueras a ver a Heinrich. Que él intercedería por mí.

—Heinrich Brasche está en Bergen, madre —respondió Ingeborg dolida—. Su padre lo envió allí por negocios.

Su madre pareció horrorizada.

—Se marchó al día siguiente de tu detención.

—¡No, no! —exclamó Zigri, y entonces se vino abajo, su rabia ya disipada—. Me lo prometió.

La vela de Maren se estaba apagando.

—Podemos salvarte, Zigri Sigvaldsdatter —intervino Maren con los ojos ámbar por la llama de la vela.

—¿Cómo? —preguntó Ingeborg.

—¿Viste cómo se asustó el gobernador cuando mencioné a mi madre? —comentó Maren con voz entusiasmada—. Haremos que nos tenga miedo. Amenazaremos con maldecirlo a él y a su esposa.

La madre de Ingeborg ya no escuchaba, sollozaba desesperada entre las pieles.

—¡Es el gobernador de Vardø, Maren! —saltó Ingeborg—. ¡Tiene soldados armados y más poder del que podríamos soñar! Nuestra única esperanza es su misericordia.

—Pues no tiene ni pizca—replicó Maren, y se arrodilló al otro lado de la madre de Ingeborg—. Pero encontraremos la manera.

La desesperanza roía el corazón de Ingeborg. Se sentó junto a su madre y tomó su mano entre las suyas.

—La verdad saldrá a la luz, madre —le aseguró para intentar tranquilizarla—. Eres inocente y quedará demostrado en el juicio.

Pero Zigri seguía llorando, acurrucada con la cabeza en el regazo de su hija.

—Y Kirsten está a salvo, madre. Está con Solve.

Zigri dejó de llorar, se secó las lágrimas y alzó la vista hacia su hija mayor con expresión severa.

—Hay algo raro en Kirsten —susurró—. Fue culpa suya que Axell se ahogara.

Ingeborg la miró con estupor.

—¡No, madre!

—Y la borrega a la que llama Zacarías es un pequeño diablo —agregó en voz baja.

—Kirsten tiene solo doce…

Pero su madre la interrumpió.

—Kirsten es una mala niña —resopló —. Es malvada.

CAPÍTULO 25

Anna

LAS TORMENTAS DEL NORTE AZOTABAN LA ISLA DE VARDØ y el viento bramaba como si una horda de criaturas diabólicas sobrevolara mi prisión. Me acurruqué debajo de las mantas de la cama y cerré las colgaduras para resguardarme del frío. Había fantasmas a mi alrededor, y no solo de las pobres almas que habían muerto prisioneras aquí, como el viejo sacerdote que había fallecido en la misma cama en la que yo yacía.

Había otros fantasmas de mi pasado: los rostros de los que había tratado de curar durante la Gran Peste. No recordaba sus nombres, pero jamás olvidaría el número de fallecidos. Durante aquella terrible temporada de enfermedad, atendí a trescientas cuatro almas moribundas y, mi rey, no tuve miedo de sostenerlas en mis brazos. El sufrimiento de la gente del pueblo era inmenso, el dolor y el miedo de los moribundos era de tal crudeza que ni siquiera había lugar para las lágrimas. Pero de vez en cuando, surgía un fragmento puro en el límite del último estertor de la respiración, cuando el alma abandonaba el cuerpo. Veía cómo el éter se elevaba y empañaba mi visión, de modo que lo único que podía hacer era sentir el tránsito con la piel erizada y el suave susurro de la partida en mis oídos. De pronto, el peso de quien acababa de morir se tornaba ligero en mis brazos, como la cáscara de un huevo, y una profunda serenidad, tan densa como la yema, descendía sobre mí.

Este paso entre la vida y la muerte se convirtió en una fuerza a la que me acostumbré. Me embriagaba; era apasionante ver cómo cesaba la lucha y la paz se posaba sobre los ojos que se cerraban; la gracia de Dios por fin se derramaba sobre ellos.

Estos fantasmas revoloteaban a mi alrededor en la solitaria alcoba de mi prisión en la casa comunal de la fortaleza de Vardø, y no me deseaban ningún mal. Aquellas almas que había perdido durante ese año de peste me consolaban como ningún mortal lo hacía.

Y, sin embargo, no había podido retener a mis propios bebés, todos ellos perdidos durante mi búsqueda de la maternidad.

Regresemos a julio de 1638, a mis veintitrés años y mi primer embarazo.

Sí, mi rey, el bebé era tuyo, pero nunca lo supiste, no, nunca.

Habías estado fuera, en Francia, visitando la corte de Luis XIII, mientras yo había experimentado malestares matutinos durante los nueve días enteros de tu ausencia. En mi tonta inocencia, creía estar muy enferma y le pedí a mi padre que me examinara.

—No estás enferma, Anna —dedujo con gran seriedad, mientras sumergía las manos en una palangana de agua—. Estás embarazada.

Solté un grito de asombro, aunque una parte de mí se alegró, porque pensé que ahora mi príncipe tendría que reconocerme como su amante oficial y sacarme a la luz, exhibirme ante todos en la corte. Sin duda, el rey Cristian IV estaría complacido de que la hija de su médico favorito se hubiera convertido en la favorita de su hijo, ¿verdad?

—Cuéntame cómo ha sucedido, Anna —me urgió mi padre.

El color encendía sus mejillas y la furia se juntaba en su interior como nubes de tormenta, porque ahora sabía por qué yo había rechazado a todos los pretendientes que me habían presentado para casarme.

—Estoy embarazada del príncipe Federico, padre.

Su reacción no fue la que esperaba. Por primera vez en mi vida, mi padre usó la fuerza; me tomó de ambos brazos y me sacudió.

—Deja de decir tonterías, niña, y dime la verdad.

—Pero es la verdad, padre. Soy la amante del príncipe.

—La amante del príncipe es Margrethe Pape y es una baronesa —replicó, y parecía desesperado—. Dime, ¿acaso mi alumno Ambrosius se ha aprovechado de ti? He visto cómo te mira.

—¡Oh, no! —exclamé, casi riéndome de la sugerencia.

Ambrosius Rhodius era un joven alemán estudiante de medicina que se alojaba con nosotros desde hacía tres meses. Yo casi no le había prestado atención, tan absorta estaba en mi aventura contigo. Ahora parecía que este larguirucho alemán tenía ojos para mí, porque siempre tropezaba con sus propios pies y se le caía el plato de la cena en mi presencia. Yo lo había atribuido a la torpeza, ya que el joven casi no me había dirigido la palabra desde que nos habían presentado.

—No sería una mala opción, Anna —comentó mi padre, ignorando mi negativa—. Ambrosius tiene buenas perspectivas. Proviene de la vieja nobleza alemana, aunque su familia ha perdido todas sus tierras.

—¡Ni siquiera me ha besado la mano, padre!

Mi padre hizo una pausa y su rostro se ensombreció.

—Pero, entonces, ¿quién, Anna? Dímelo ahora, no me mientas.

—Ya te lo he dicho. Este bebé —insistí y me llevé una mano al vientre con orgullo— es del príncipe Federico. Estoy segura de que cuando lo sepa me llevará a vivir a la corte y...

—Dios mío. —Mi padre hundió la cara entre las manos.

—¿Nunca se te ocurrió, padre? ¿Con todas las cartas que llegaron del palacio real dirigidas a mí? He sido su amante estos últimos cuatro años.

Mi padre levantó la cabeza con una expresión de horror absoluto.

—Creí que eran de la princesa Leonora, porque sé que le gusta pasear contigo... —Su voz se apagó—. ¿No era Leonora con quien paseabas?

—No, padre.

—No debes decírselo a tu madre —me ordenó con los ojos entornados—. ¿Tienes idea de la posición en la que nos has puesto?

—Pero hablaré con el príncipe cuando regrese de Francia. —Me acerqué y tomé sus manos frías—. ¡Él me quiere, padre! Aquieta tus temores. Es el príncipe, y cuidará de mí.

—Oh, Anna —gimió mi padre con voz quebrada y retiró las manos.

Él lo sabía, por supuesto; mi padre tenía la sabiduría de la que yo carecía y sabía que mis palabras eran pura ilusión, pero yo era joven y estaba enamorada, y creía que tú también lo estabas.

Cuando volviste de Francia, esperé una semana antes de recibir una carta tuya. Para entonces, mi padre era un fastidio constante y no paraba de asegurarme que era posible arreglar un matrimonio con Ambrosius Rhodius. Mi estado no se notaba aún, dado que era muy pronto, pero no quise hacerle caso.

Por fin, recibí unas líneas con tu hermosa letra, que tanto me gustaba, en las que me invitabas a un encuentro en el jardín del rey a una hora tan temprana de la mañana que ninguno de los sirvientes del palacio estaría despierto. Me indicaste que me abriera paso entre la lavanda y esperara junto al árbol de la morera, con sus frutos pálidos y todavía sin madurar.

Cómo me gustaba el mes de julio, la estación del verano en el norte, con el sol eterno aún en lo alto de los suaves cielos azules. El corazón me latía con anticipación cuando salí de casa de mi padre, con una capa con capucha que me ocultaba todo menos los ojos. Atravesé nuestro apestoso callejón, con mis zapatos infantiles protegidos por zuecos de madera, hasta que por fin entré en el jardín del rey y aspiré el aire floral. Después, corrí como si flotara en el aire, ilusionada por estar en el umbral de una nueva aventura contigo.

Cuando llegué a la morera, no estabas allí y esperé con impaciencia. Las abejas zumbaban a mi alrededor y el aire comenzaba a condensarse con el calor de la mañana. Al fin apareciste, caminando despacio, sin abalanzarte en mis brazos como había esperado. Sentí que mi confianza se debilitaba un poco, porque me di cuenta de que algo había cambiado. Ya no llevabas el pendiente de oro, ni las medias escarlatas ni el jubón de brocado dorado. Vestías todo de negro, con un sombrero negro de copa alta, y sentí como si una nube oscura hubiera cubierto el sol en el cielo.

—Amor mío —solté, pero retrocediste un paso antes de hablar por encima de mí.

—Querida Anna Thorsteinsdatter, gracias por reunirte conmigo esta mañana. —Tu tono era tan formal que me confundió, y mantenías la cabeza hacia un lado, como si no pudieras mirarme a los ojos—. Tengo el deber de informarte que nuestro acuerdo debe cesar ahora mismo. He disfrutado muchísimo de tu compañía, pero Margrethe está embarazada. Debo ocuparme de ella. Se lo he prometido.

Tus palabras calaron hondo en mi corazón.

—Pero ella no es tu esposa —protesté—. Eres soltero, mi príncipe, y eres libre de elegir...

—Ah, no, querida muchacha, no soy libre de tomar tales decisiones. —Meneaste la cabeza—. Debo dar el ejemplo. Y ambos sabemos que nunca podrías aparecer a mi lado en la corte, porque no perteneces a la alta nobleza.

Me quedé estupefacta, temblorosa y helada, aunque el sol calentaba mi piel.

—Tienes toda una vida por delante, mi dulce Anna —concluiste, y me miraste—. Un esposo de tu clase y tu propia familia. Me agradecerás que te haya liberado. Pero yo soy un pájaro enjaulado y siempre lo seré.

—Pero, mi príncipe, yo te quiero...

Levantaste la mano para impedirme que dijera más.

—Eres demasiado joven para comprender el tipo de amor que comparto con Margrethe. Lo que yo te di fue una educación de los sentidos; lo que tú me diste fue un agradecimiento por mis enseñanzas.

Di un paso atrás, dolida.

—Te he traído un regalo. —Sacaste del bolsillo una fina cadena de oro. En su extremo colgaba una pequeña cruz negra—. Es de ónice. La encontré en Roma.

Me entregaste la cruz y la cogí con dedos rígidos.

—Negra como tu cabello —añadiste. Meneaste la cabeza con aire apenado, como si fuera yo quien estuviera rompiendo contigo—. Póntela y reza para pedir perdón.

La cadena se quedó colgando en mis dedos, porque ni siquiera te molestaste en abrochármela en el cuello.

Luego te alejaste a través de la bruma verde y vibrante

del jardín del rey, con las mariposas que sobrevolaban la lavanda y el aroma de nuestro amor que me envolvía.

Quise arrojarte la cruz, pero caí sobre el césped y tuve arcadas junto a las raíces de la morera.

¿Qué debía hacer? Sentí que el pánico me ahogaba, como si tuviera una mariposa atrapada en el pecho.

Levanté la cruz negra con manos temblorosas. Brillaba a la luz, el ónice reluciente como el caparazón de un escarabajo. Había sido tuya durante cuatro años y mi recompensa era una pequeña cruz. No pude evitar pensar en todas las joyas que había visto engalanar el cuello de Margrethe Pape, pero ni un rubí ni un zafiro para mí.

Ah, pero había más. Porque me habías regalado una vida que llevaba en mis entrañas y nunca lo sabrías.

CAPÍTULO 26

Ingeborg

E<small>L DÍA Y LA NOCHE SE CONVIRTIERON EN UNA LARGA OS-</small>curidad gélida. El frío atravesaba todo el cuerpo de Ingeborg mientras se acurrucaba bajo las pieles de reno entre su madre y Maren. Sin fuego en el calabozo, el aire era tan punzante como hierro helado. Se fusionaban una en la otra, una sola criatura sufriente con tres corazones heridos. El hambre las corroía. Una vez al día, los guardias traían un cubo de agua del pozo de la fortaleza, lleno de cieno, no como el manantial puro de su aldea. Pero no dejaba de ser agua y la bebían ansiosas, con moscas y todo. En un segundo cubo, hacían sus necesidades. Pero aún no habían tenido ocasión de vaciarlo y el hedor en la pequeña celda era desagradable. La única comida que les habían dado era un caldo aguado de espinas de pescado tan salado que Ingeborg sentía como si estuviera tragándose el mar. Le daban ganas de vomitar.

Hasta Maren estaba irritable y le confió que estaba a punto de menstruar, ¿y qué iba a hacer sin paños?

La madre de Ingeborg no paraba de llorar, angustiada por Heinrich Brasche. Ingeborg nunca la había visto llorar por su padre. Y, sin embargo, por ese hombre, que debía haber sabido que jamás podría ser suyo, se retorcía las manos y sollozaba como una joven enamorada. Ingeborg tenía que abrazarla y calmarla.

Había algo más también. Algo en el rostro de su madre: una pesadez en la mandíbula y la forma en que se movía, torpe y desequilibrada cuando se ponía de pie y se estiraba en la pequeña celda. Habían estado separadas solo un ciclo lunar, pero su madre se había despojado de su caparazón exterior. Ahora se aferraba a Ingeborg y le preguntaba en un susurro entrecortado si había alguna esperanza para ellas.

Ingeborg pensaba en Zare, el joven sami. Aunque hubiera conseguido volver al asentamiento y con su madre, Elli, no había nada que pudieran hacer por ellas. Ingeborg había buscado la entrada del túnel en el calabozo de las brujas, pero estaba tapada con rocas pesadas imposibles de mover.

Habían pasado quizá tres días, o cuatro, era difícil saberlo, cuando la llave giró en la puerta del calabozo. Esta vez no era un soldado con caldo o agua, pues la luz del farol iluminaba al alguacil Lockhert.

En el diminuto espacio, parecía aún más monstruoso cuando se encorvó para pasar debajo de las vigas bajas. Detrás de él estaba Fru Rhodius, que avanzó entre la suciedad con un pañuelo en la nariz.

Ver su desdén enfureció a Ingeborg. ¿Qué le parecería a ella tener que dormir junto a un cubo de sus propios excrementos?

—Huele como los cerdos de mi padre —comentó Lockhert, como si eso lo complaciera.

—¿Han vaciado el cubo de los excrementos? —preguntó Fru Rhodius.

—Los soldados no lo quieren tocar. Tienen miedo de la bruja.

Fru Rhodius hizo una mueca de desaprobación.

—Aún no se ha demostrado su culpabilidad, Lockhert. ¿No pueden las dos muchachas llevarlo fuera y vaciarlo por encima del muro de la fortaleza?

Lockhert vociferó instrucciones a sus soldados e Ingeborg y Maren recibieron la orden de cargar el pesado cubo de desechos entre las dos.

A Ingeborg le dieron arcadas mientras lo sacaban del calabozo. Pero el aire dulce y limpio y la nieve fresca que caía fueron una bendición sobre sus mejillas.

Subieron el cubo por la escalera que bordeaba las murallas de la fortaleza y lo vaciaron al otro lado. Ingeborg vio cómo la suciedad oscura caía sobre el blanco puro. Pronto la nieve lo cubriría con una gruesa capa.

—Ah, saborea la nieve limpia en la lengua, Ingeborg —sugirió Maren, y ambas inclinaron la barbilla hacia atrás y abrieron la boca. La nieve suave y tierna que caía sobre su piel sucia encogió de dolor el corazón de Ingeborg.

El guardia se impacientó, golpeó el suelo con sus pies fríos y empujó a las chicas en dirección al calabozo.

—Mira, Ingeborg. —Maren señaló hacia la nieve que se arremolinaba en lo alto. Un cuervo negro volaba en círculos sobre la fortaleza y emitía graznidos ruidosos—. ¿Qué piensas? ¿Es una de nosotras, llamando a nuestras hermanas?

—Cállate —susurró Ingeborg. Las palabras de Maren las enviarían directo a la hoguera. Y, sin embargo, una parte de ella deseaba que tuviera razón.

Cuando volvieron a la celda, reinaba un aire amenazante.

Fru Rhodius estaba de pie entre Lockhert y su madre, quien se encontraba apoyada contra la pared mugrienta. La dama tenía una Biblia abierta delante de ella y la sostenía frente al rostro de Lockhert.

—Pensad en la palabra del buen Dios, alguacil Lockhert —declaró Fru Rhodius de manera apasionada—. Y en las leyes de este reino.

—El gobernador depositó su confianza en vos para sacarle una confesión a la bruja, pero no habéis tenido éxito. Ha llegado el momento de utilizar otros métodos —gruñó Lockhert.

Ingeborg vio algo que brillaba en la mano del alguacil. Su corazón latía despacio, muy despacio, con terror y pavor.

—¡Es ilegal atormentar a una mujer acusada de brujería en el reino de Dinamarca! Debe confesar libremente —argumentó Fru Rhodius.

El alguacil agitó el instrumento de tortura frente a ella.

—Dejad de entrometeros o, de lo contrario, podría tener que usar mi aplastapulgares con vos —la amenazó. Fru Rhodius se estremeció al ver la sangre oxidada en el metal—. Tenemos nuestras propias leyes aquí en Vardø.

Ingeborg observaba con atención. La desagradable imagen de las manos rotas de Elli surgió en su mente.

Fru Rhodius respiró hondo.

—Es el propio gobernador quien me ha pedido que me "entrometa".

—¡Lo cual ha sido improductivo! La bruja no nos ha dicho nada útil. ¡Apartaos de mi camino, mujer! —bramó él.

Pero ella no se movió. Y luego habló tan bajo que Ingeborg casi no pudo escucharla.

—No podéis tocarla. Esta mujer está embarazada.

Ingeborg retrocedió, conmocionada, y se chocó contra Maren, que estaba de pie detrás de ella.

—¿Cómo lo sabéis? —preguntó Lockhert malhumorado.

—¡Miradla!

Durante todo este tiempo, la madre de Ingeborg había estado lloriqueando contra la pared, envuelta en las pieles de reno. Pero ahora Fru Rhodius se volvió y se las quitó con gentileza de los hombros.

Ingeborg se quedó boquiabierta. Allí estaba, a la vista. La blusa se tensaba sobre el pequeño bulto.

—Sean cuales sean vuestras leyes aquí en el norte, no pueden permitir la tortura a una mujer embarazada.

Lockhert parecía furioso.

—Y tampoco puede ser llevada a la hoguera en este estado —concluyó Fru Rhodius.

—¡Pero la bruja es viuda! —resopló Lockhert—. Se habrá acostado con el diablo…

—¡No! ¡No es cierto! — La voz de Ingeborg brotó de su interior—. No puede ser. Madre, díselo.

Pero la madre de Ingeborg se deslizaba desesperada por la pared, con el rostro húmedo de lágrimas.

Lockhert giró sobre sus talones y miró a Ingeborg y a Maren como si hubiera olvidado que las había enviado con el cubo de los desechos.

—Bueno, si no se puede hablar con la madre, entonces interrogaré a la hija —amenazó, y agitó el puño con el aplastapulgares hacia ella.

—¡De ninguna manera, alguacil! —Fru Rhodius habló con tanta autoridad que el alguacil bajó los puños—. Como ya sabéis, son demasiado jóvenes.

—A mí me parecen mujeres.

Fru Rhodius se acercó a Ingeborg y a Maren. Miró a Ingeborg y luego posó sus ojos en el rostro de Maren.

—¿Qué edad tenéis, niñas? —inquirió, con el alguacil que observaba furioso detrás de ella.

—Dieciséis veranos —respondió Ingeborg, con la vista más allá de Fru Rhodius, en la figura encogida de su madre.

—¿Y tú? —La dama se volvió hacia Maren, e Ingeborg pudo ver cómo estudiaba la piel de la muchacha y su cabello negro salvaje y despeinado.

—Lo mismo. Soy alta para mi edad. —Ingeborg oyó el descaro en el tono de Maren—. Lo heredé de mi padre.

—¿Y quién es? —preguntó Fru Rhodius con suavidad.

—Sería bueno saberlo. —Maren sonrió como un felino

antes de atacar—. Aunque algunos dicen que era un pirata berberisco y el Señor de la Oscuridad de los mares orientales.

¿Qué estaba *haciendo*?

Lockhert dio un paso hacia Maren y la fulminó con la mirada.

—Negra por dentro y por fuera —exclamó, antes de soltar un gran escupitajo a los pies de la joven.

Estaban todos muy apretujados y tan cerca que Ingeborg contenía la respiración, pegada al lado de Maren, aunque toda su atención se centraba en su madre. Embarazada del hijo de Heinrich Brasche. ¿Era tan desastroso? Fru Rhodius tenía razón. Podría salvarle la vida. Pero Ingeborg sentía una rabia creciente. Su madre le había dado todo a Heinrich Brasche y, al hacerlo, las había descuidado a ella y a Kirsten.

Lockhert salió precipitadamente del calabozo, dejando a Fru Rhodius y el farol.

Ingeborg se acercó a su madre y le tomó los brazos.

—Madre, madre, ¿por qué no me lo contaste? —No pudo ocultar la indignación en su voz.

—Tenía esperanzas —murmuró su madre—. Tenía la esperanza de que Heinrich viniera…

—Nadie te creerá —señaló Fru Rhodius con un tono de tristeza—. Dirán que tu hijo es del diablo. Será una prueba en tu contra, Zigri Sigvaldsdatter.

—¡Pero no es cierto! —protestó Ingeborg con vehemencia, aunque su madre guardó silencio.

—Venid, os he traído un poco de *flatbrød* y arenques salados de mi ración. —Fru Rhodius sacó de entre su capa unos trozos de pan y un pequeño tarro de arenques—. Y también almendras garrapiñadas. —Sacó un puñado de almendras del bolsillo y se las ofreció a Maren con cautela, como si estuviera dándole de comer a un animal salvaje.

Maren se las arrebató de la palma.

—Pruébalas, Ingeborg —dijo mientras mordisqueaba las almendras.

Mientras las tres mujeres comían las provisiones y se deleitaban con las almendras azucaradas, Fru Rhodius comenzó a caminar en círculos por la apestosa celda.

—He venido esta noche a leer algunas plegarias con vosotras —les anunció.

Maren se agachó en el suelo inmundo y lamió el azúcar de la última almendra antes de metérsela en la boca.

—No os veo sotana de predicador, Fru Rhodius —respondió—. Olvidaos de las plegarias. ¿Os gustaría escuchar una de mis historias?

Fru Rhodius vaciló. Llevaba un par de pendientes de perlas con forma de media luna que brillaban a la luz del farol. Ingeborg pensó que iba a regañar a Maren y obligarlas a arrodillarse. Pero en vez eso, suspiró hondo.

—Bueno, como quieras, Maren Olufsdatter.

Ingeborg se puso en cuclillas junto a Maren. ¿Por qué permitiría Fru Rhodius las historias de Maren? Dentro de la cabeza de Maren vivían trols, hechiceros, bandidos y el mismísimo diablo. Pero era un mundo imaginario.

Su madre había dejado de llorar por fin y masticaba un arenque con expresión lúgubre.

—Perdóname, Ingeborg —susurró a su hija con voz quebrada.

Pero Ingeborg volvió la cara. Su madre las había traicionado a ella y a Kirsten, y a lo que una vez habían sido. Una familia. Ingeborg apretó los dientes y no pudo evitar pensar en su padre.

Elli había dicho que los espíritus de los muertos vivían entre ellos en su propio mundo especial, donde la comida era abundante y nunca sufrían. Ingeborg deseaba poder creerlo, pero por mucho que lo intentara, le resultaba imposible imaginar a su padre y a Axell entre los *huldrefolk*.

Aquí, en el calabozo de las brujas, no había aire, ni luz, ni espacio para otro reino espiritual. Estaban atrapadas en los escuálidos confines de las mujeres descarriadas.

Parpadeó para ahuyentar las lágrimas de vergüenza por lo que su padre pensaría de su madre. Quizá su padre no se había ahogado. Tal vez había navegado a un lugar más allá del dolor de su esposa y ahora no podía regresar.

Maren alargó la mano, tomó la de Ingeborg y la apretó con fuerza.

—Esta es una historia que oí contar a los samis —le dijo a Ingeborg con expresión comprensiva.

Ingeborg aún podía oír los sollozos de su madre y el susurro de la falda de Fru Rhodius cuando la mujer se acercó a escuchar, pero todos esos sonidos se desvanecieron cuando Maren comenzó a hablar. Su historia creaba un pequeño remanso de consuelo, unos instantes en los que podían estar en otro lugar.

—La historia transcurre en la *vidda*, en primavera —comenzó Maren—, cuando la capa de nieve es más gruesa y los cielos diurnos se llenan de delicadas y brillantes tonalidades rosadas y anaranjadas. Una vez, un grupo de bandidos se topó con una viuda rica, su rebaño de renos y sus dos hijas. Los bandidos ataron a la viuda, pero dejaron libres a las dos niñas para que cuidaran de los renos. Cuando se llevaban a la madre, esta colocó una bolsa de plumas en la mano de su hija mayor y susurró algo a la menor. La viuda rica era en realidad una hechicera y estaba transmitiendo un hechizo mágico a sus hijas.

"Estos hombres eran corpulentos y crueles; ataron a la viuda a una roca donde tembló durante toda la noche y obligaron a las niñas samis a quedarse fuera para cuidar del rebaño de renos mientras ellos permanecían dentro de la *lávvu* de la viuda, comiéndose toda su carne de reno y bebiéndose la leche de reno que la viuda conservaba bajo tierra. También bebieron cerveza a sus anchas. Cada vez que uno de ellos salía a mear, se mofaba de las dos niñas. A los bandidos les había parecido divertido trenzar los cabellos de las pequeñas y atarles las trenzas alrededor de los brazos para mantenerlas unidas. En realidad, eso les daba más fuerza, ya que les permitía moverse como un solo ser, juntas y en armonía.

Maren recogió un mechón largo de cabello de Ingeborg y empezó a alisarlo en sus manos. Ingeborg cerró los ojos mientras seguía escuchando el relato.

—Cuando los bandidos se fueron a dormir, las niñas les avisaron que gritarían si los lobos venían a por los renos, porque, desarmadas y débiles como estaban, no podrían defenderse solas de los lobos.

Maren separó el pelo de Ingeborg y empezó a trenzarlo mientras continuaba con su historia.

—Una vez fuera, con la manada de renos, las niñas acudieron al reno macho, que era su guardián. Con su gran cornamenta, el animal cortó las cuerdas que ataban a la madre a la piedra para que pudiera volar en libertad. La madre se convirtió en un águila y se perdió en la noche oscura. A continuación, las niñas gritaron simulando que habían llegado los lobos, abrieron la bolsa de plumas y pronunciaron las palabras mágicas que su madre les había enseñado. Las plumas se convirtieron al instante en copos de nieve y cuando los bandidos salieron corriendo de la *lávvu*, se vieron arrastrados por una ventisca feroz, incapaces de ver u oír dónde estaban las niñas o los renos.

Las hábiles manos de Maren habían terminado de trenzar el cabello de Ingeborg y lo dejó caer con suavidad sobre su espalda.

—El reno macho se inclinó ante las dos niñas samis, quienes treparon juntas a su lomo, unidas por las trenzas para toda la eternidad. Cabalgaron hacia el oeste, mientras su madre águila volaba en círculos sobre ellas. Y los bandidos murieron congelados.

Maren aplaudió con alegría cuando terminó la historia.

—¿Quién te ha contado este cuento? —preguntó Fru Rhodius. Observaba a las dos muchachas con expresión penetrante.

—Es una historia muy conocida entre los pueblos del norte —respondió Maren a la mujer danesa.

Pero Ingeborg nunca la había oído antes. Le gustaba la idea de dos hermanas unidas a través de la fuerza, pero no podía imaginarse a Kirsten y a ella como un único ser, nunca. ¿Dónde estaba ahora su hermana menor? Rezaba para que estuviera sana y salva, pero la duda la atormentaba por dentro y le revolvía el estómago. No debería haber dejado a Kirsten.

CAPÍTULO 27

Anna

EN UNA SEMANA PASÉ DE SER LA AMANTE DEL REY A LA respetable esposa de un médico. Después de nuestro encuentro en el jardín del rey, regresé a la casa de mi padre y guardé cama. Los olores de las alcantarillas debajo de nuestra calle subían hasta mi ventana abierta, pero no me molestaba en cerrarla. Mi madre no tenía ni idea de por qué me negaba a salir de mi refugio de sufrimiento, mientras que mi padre lo adivinó todo y actuó con rapidez. No sintió la necesidad de preguntarme qué quería porque, en su opinión, mi comportamiento excluía cualquier tipo de elección. Debía casarme, y rápido, para que mi esposo no tuviera ninguna pista sobre la identidad del verdadero padre de mi bebé.

Iba a tener un hijo. La idea debería haberme llenado de terror, de vergüenza como mínimo, pero estaba agradecida por el bebé que llevaba dentro de mí, porque siempre tendría una pequeña parte de ti. Este pensamiento calmaba el dolor de tu abandono.

Nunca supe cuál fue el arreglo entre mi padre y Ambrosius Rhodius. Todo lo que sé es que, en una semana, Ambrosius y yo nos casamos en la iglesia de Sankt Petri, a pocas calles de la universidad de mi padre. Él estaba muy bien relacionado en los círculos académicos y es probable que eso influyera en que Ambrosius obtuviera un nuevo puesto en la Escuela Latina de Bergen. Embarcaríamos hacia Noruega en un par de días y viajaríamos muy lejos de Copenhague, a los confines occidentales de tu reino.

Recuerdo estar de pie en la escalinata de la iglesia de Sankt Petri el día de mi boda, a finales de julio de 1638, ya como mujer casada, y contemplar el horizonte de Copenhague. Podía ver las torrecillas de tejados verdes de tu palacio de Rosenborg y no pude evitar preguntarme si alguna vez mirarías por la ventana y me echarías de menos. Lo más probable era que yo hubiera pertenecido a una breve época de tu vida, pues habías pasado a otra etapa con Margrethe Pape y tu futuro hijo.

A lo largo de los años, me he esforzado por amar a mi esposo. Había muchas cosas que me gustaban de Ambrosius Rhodius, ya que era un apasionado de sus estudios y tenía muchas ideas inusuales e interesantes. Estaba obsesionado, y me imagino que aún lo está, con las enseñanzas del alquimista Paracelso. Ambrosius creía en el valor predictivo de los sueños y en su propio poder profético. Me atrevería a decir que si yo hubiera vertido tales opiniones, como mujer, habría sido tachada de hereje o bruja; mi esposo, en cambio, en su calidad de noble y médico menos talentoso que yo, nunca corrió ningún riesgo. Lo mejor de todo era que Ambrosius me permitía leer y coleccionar libros. Fui yo quien le dio a conocer a diferentes teólogos y enseñanzas de la doctrina protestante. Creo que podrías desaprobar algunos de los textos que yo coleccionaba, pero mi esposo y yo siempre fuimos fieles a nuestra fe luterana, te lo prometo.

Mi vida en Bergen era buena. Mi esposo me consultaba y yo contribuía a su trabajo de médico y estudioso.

El nuevo puesto le valió una casa con un terreno en el

distrito de Sandviken en Bergen. Cuando le propuse crear un jardín botánico, la idea le entusiasmó y me puso a cargo de su diseño y la elección de las plantas. Ese fue el mejor regalo que me hizo en todos nuestros años juntos; de verdad, ninguna joya igualaba mi alegría en nuestro jardín. Me duele el corazón al pensar en él. ¿Se las habrá arreglado Ambrosius para cuidarlo? Teníamos dos jardineros, pero ¿acaso los manejaría tan bien como lo hacía yo?

¿Y por qué no me escribe?

Me duele mucho pensar en mi esposo porque, al final, me traicionó.

En su lugar, permítame recordar las primeras semanas de mi nueva vida como joven esposa en Bergen, en el otoño de 1638. Era la señora de mi propia casa y, a pesar de mis veintitrés años, me desenvolvía con soltura. Tenía tres buenas sirvientas. Sidsel estaba dotada para el cuidado hogareño y, junto con Kjersti, cocinaba, mantenía las ventanas limpias, los suelos lustrados y organizaba la visita semanal al lavadero. Mi tercera criada, Hege, era una eximia costurera, una habilidad que a mi madre le irritaba que yo no tuviera. Había un gran telar en el piso superior y Hege pasaba la mayor parte de sus días allí hilando lana, o remendando, cosiendo y tejiendo. Hasta tenía buena mano para los bordados finos.

Mis tres sirvientas me dejaban tiempo para aprender sobre mis plantas. Ya había estudiado mucho con mi padre y había leído tratados médicos de doctores eruditos como los Bartholin. En Bergen, conversaba con las mujeres del mercado sobre los usos de hierbas y plantas, además de consultar con el boticario, y así empecé a entender cada planta y sus propiedades alineadas con el Zodiaco. Ambrosius se interesaba muchísimo en esto, pues era un gran creyente y seguidor de los movimientos planetarios. Leí todo lo que pude encontrar sobre botánica, y a medida que lo hacía, me encontré cuestionando algunas de las enseñanzas médicas que mi padre me había transmitido.

Desde mi punto de vista, siempre había pensado que las sangrías debilitaban a los pacientes, y cuando vi cómo Sidsel utilizaba las hierbas en nuestra cocina, comprendí que el uso de esas hierbas y las plantas nutría a los pacientes en lugar de menguarlos. ¿Podría su uso hacer recuperar el equilibrio? Pero ¿quién era yo para contradecir las enseñanzas de tantos grandes hombres? Aun así, dejé los libros por un tiempo y me senté en la cocina a interrogar a Sidsel sobre su conocimiento de las hierbas. Era enciclopédico, y le pregunté cómo había aprendido tanto alguien que no sabía leer ni escribir.

—De mi madre, ama —respondió—. Y de su madre antes que ella.

El linaje matriarcal de la curación fue una revelación para mí y me dio confianza: no solo los hombres cultos como mi padre podían curar. Absorbí las palabras de Sidsel, tomé notas copiosas y experimenté con remedios.

Ah, mi rey, he estado divagando y dejando que recuerdos más felices del pasado me llenaran de imágenes de hierbas, de los años que pasé estudiando plantas y cultivando el jardín botánico más magnífico de toda Noruega.

No te había olvidado durante mis primeros meses en Bergen, ¿cómo podría, con la creciente conciencia de tu hijo en mi vientre? Recuerdo una escena feliz en la que Hege bordaba mi blusa roja con hilo verde mientras yo giraba en un círculo lento para ella, con las manos en mi cintura cada vez más gruesa, y llena de anticipación.

Creo que a estas alturas estarás muy desconcertado. ¿Qué pasó con ese bebé? Porque, claro, sabes que soy una mujer sin hijos. ¿Dónde está tu progenie, entonces?

Todavía no le había comunicado a Ambrosius la noticia de que estaba embarazada. Había estado ocupada todas las noches en la alcoba para asegurarme de que no hubiera dudas en su mente, y cuando el niño llegara pronto, lo declararía ansioso de hacer su entrada en el mundo y distraería a mi esposo con lo que los planetas habían pronosticado.

Pero mis mentiras nunca fueron necesarias.

Era el mes de septiembre. El aire frío y la luz brumosa se colaban por la ventana abierta y me desperté con la cara fría y temblando bajo las sábanas: supe casi al instante que algo iba mal. Ambrosius ya se había levantado y se había ido a la Escuela Latina, lo cual había sido una bendición salvadora.

Los calambres me acometieron, profundos y urgentes. Respiré hondo y bajé las manos. Al levantarlas hacia mi cara, las yemas de mis dedos estaban manchadas de sangre.

En ese momento, ¿cómo me sentí?

Me sentí presa de profundas emociones contradictorias, porque no quería perder a ese niño y, sin embargo, ¿acaso no haría mi vida mucho más sencilla? Era joven y tendría muchos años por delante para tener hijos con mi esposo. Eso me hizo llorar, porque ahora tenía un esposo, para nada. Por muy amable que fuera, yo no amaba a Ambrosius.

Solo mis mujeres supieron la verdad de mi menstruación el tercer mes de mi matrimonio. Fueron ellas las que vieron el sangrado abundante y lo que mi cuerpo eliminó. Sidsel me preparó un té de raíz de consuelda, endulzado con miel, mientras Hege me arropaba en la cama.

Ambrosius permaneció distante, sin querer saber nada de la menstruación de su esposa.

Y así, tras el tañido de diez y luego once campanadas, resultó que ya no llevaba a tu hijo. Mientras la sangre brotaba de entre mis piernas y las lágrimas goteaban de mi barbilla, mientras mi vientre se retorcía de suplicio y la vida que habíamos creado moría en mi interior, mi esperanza en nosotros también murió.

Creí que nunca más volvería a sentir tus caricias.

CAPÍTULO 28

Ingeborg

CUANDO LLEGARON LOS DEMÁS, LA FORTALEZA SE HAllaba sumida en *mørketiden*, el tiempo oscuro. El sol había desaparecido y no volvería durante semanas. Ingeborg había sido enviada a buscar agua al pozo. ¿Cuántos días había estado confinada en la oscuridad? No tenía ni idea, pero durante el tiempo de su cautiverio, había caído tanta nieve sobre el calabozo de las brujas que los soldados habían tenido que despejar la entrada.

Caminó por un túnel de nieve; la luz, de un verde acuoso, la hizo sentir por un instante como si estuviera debajo del agua. Al salir del túnel, se encontró en lo alto de bancos de nieve blanca apilados alrededor de la fortaleza que se extendían hasta el tejado de la vieja casa comunal, donde vivía Fru Anna.

La nieve caía recta y de lado, y los diminutos copos de hielo aguijoneaban su piel, adornaban sus pestañas y cubrían de blanco sus pieles de reno. ¡Cómo deseaba caer en una inconsciencia misericordiosa y desaparecer!

El cielo siempre estaba oscuro. Ingeborg sabía que era de noche por el tañido de la campana de la iglesia y la estrella del norte que refulgía sobre su cabeza. Se dirigió al pozo, hundiéndose hasta los muslos en la nieve y con un palo de madera para romper la capa de hielo.

Mientras estaba llenando el cubo con agua helada, las puertas de la fortaleza se abrieron con un traqueteo ruidoso. Un trineo entró y atravesó los montículos de nieve, seguido de otros dos. Al sonar las campanas de los renos, los soldados de la fortaleza salieron del barracón de turba y se congregaron en desorden.

El primer trineo lo conducía el corpulento alguacil Lockhert. Detrás de él, Ingeborg divisó una silueta oculta bajo una serie de pieles y cadenas. Lockhert ordenó a los soldados que sacaran a alguien del trineo, y a lo que solo le pareció una silueta del segundo trineo.

El gobernador Orning salió del tercer trineo, junto con una muchacha pequeña y pálida que Ingeborg supuso que debía de ser su esposa. El hombre iba cubierto de tantas pieles que parecía un oso, y ella, un pequeño ratón.

Había otras dos personas detrás de ellos y, cuando la nieve se detuvo brevemente e Ingeborg se acercó un poco más, se asombró al ver la gruesa silueta del reverendo y, junto a él, a Kirsten. Se quedó helada y dejó caer el cubo al suelo, con el corazón en la boca.

Su hermana menor estaba apretujada junto al gordo sacerdote, con la cara contraída por el frío y el miedo. Ingeborg deseó con todo su ser llamar a su hermana, pero si lo hacía, el gobernador la vería y haría que la golpearan sin más razón que por haber hablado. Tenía que esperar un momento más propicio. Ver qué ocurría.

Cuando los soldados arrastraron a las dos personas de los trineos, Lockhert levantó un farol para iluminar a las dos almas encadenadas: Solve, pálida y cegada por el farol, y la viuda Krog, tan erguida como podía sin su bastón.

La respiración de Ingeborg se aceleró, con bocanadas cortas y aterradas. Ni Solve ni la viuda Krog la habían visto.

Lockhert cruzó el patio y golpeó a la puerta de la casa comunal. Fru Rhodius salió como si hubiera estado esperando la llamada. Llevaba una capa forrada con piel y las manos enfundadas en un manguito. Se acercó al gobernador a través de la nieve espesa mientras él se tiraba de la punta de su barba gris, con una sonrisa cruel en el rostro, y su esposa se apresuraba a entrar en el castillo.

Ingeborg se acercó, sin quitar los ojos de su hermana. Kirsten se aferraba al trineo y miraba a su alrededor, pero no la veía. Ingeborg se esforzó por oír lo que decían.

—Fru Rhodius, acompañad a estas nuevas prisioneras al calabozo de las brujas e insistidles en la necesidad de confesar —ordenó el gobernador a la mujer danesa.

—Sí, su señoría —respondió ella, y asintió con la cabeza.

—Recordad lo que está en juego si me falláis —le advirtió él en un susurro.

Ingeborg notó el efecto de las palabras en Anna Rhodius: se puso rígida, con una mezcla de miedo y de lo que Ingeborg pensó que podría ser desagrado.

El gobernador se volvió hacia el reverendo Jacobsen. De pie a su lado, el cura resoplaba y pateaba el suelo.

—Reverendo Jacobsen, ayudad a Fru Rhodius y ocupaos de las malditas almas de estas mujeres.

—¿Y la niña? —preguntó Jacobsen.

—La llevaré al calabozo de las brujas con las demás —respondió Lockhert.

El corazón de Ingeborg dio un vuelco. Tenía muchas ganas de abrazar a Kirsten. Iban a estar todas juntas, pero al mismo tiempo, no quería que su hermana menor experimentara el horror del hediondo calabozo de las brujas, con las ratas que correteaban de un lado a otro todo el día y toda la noche. Se asustaría mucho.

—No creo que sea un lugar adecuado para una niña tan pequeña —intervino Fru Rhodius.

El gobernador lo consideró un momento.

—Puede que su madre bruja la intimide para que no nos diga la verdad. Llevadla a la casa comunal, Fru Rhodius.

Anna Rhodius llamó a Helwig, quien apareció, tiritando, con un chal de lana ligero.

—Me interesan las historias que cuenta esta niña Iversdatter —agregó el gobernador hacia Fru Rhodius—. Aseguraos de trasmitirme todo lo que os diga.

Ingeborg se alarmó. ¿Qué había estado contando Kirsten? Recordó las palabras de su hermana: "Vi a nuestra madre con el diablo, Ingeborg. Como dijo Fru Brasche".

El pavor encogió su pecho. Tenía que ponerla sobre aviso.

—¡Kirsten! —Corrió por la nieve, resbalando y patinando, con la mano extendida—. ¡Kirsten, no hables, hermana!

Uno de los soldados la aferró por detrás y la arrojó al suelo.

Entonces, Kirsten la vio.

—¡Inge! ¡Inge! ¡Me han dicho que mamá es una bruja!

—No, no lo es…

La ordinaria mano de Lockhert la abofeteó en la boca y el alguacil arrastró a Ingeborg mientras Helwig tomaba a Kirsten de la mano y tiraba de ella hacia la casa de Anna Rhodius.

—¡Ingeborg! —El miedo agudizaba la voz de su hermana—. ¡Han matado a Zacarías! Dijeron que era mi espíritu familiar. ¡Pero ella me quería!

Ingeborg forcejeó para alejarse de Lockhert, pero él la hizo caer al suelo de rodillas.

—Recoge el cubo, hija de una bruja, rellénalo y vuelve al calabozo. Después de estas otras brujas.

Las palabras sonaron como un estigma. *Hija de una bruja*. Su madre no era una bruja y ella tampoco. Pero era inútil luchar contra aquel bestia. Alcanzó a ver los ojos consternados y vidriosos de Solve y el rostro demacrado de la viuda Krog que la observaban.

Recogió el cubo vacío y lo volvió a llenar con manos temblorosas y lágrimas incipientes mientras veía cómo Helwig llevaba a su hermana a la casa comunal de Fru Rhodius. Un soldado se quedó vigilando a Ingeborg mientras el otro, junto con Lockhert, empujaba a Solve y a la viuda Krog, que cojeaba, a través del túnel de nieve y hacia el diminuto calabozo de las brujas. El reverendo Jacobson los seguía con paso vacilante. Fru Rhodius fue la última en entrar, con la cabeza bien alta.

Ahora serían cinco las habitantes de Ekkerøy hacinadas en la pequeña celda. Ingeborg volvió a sentir que el pánico le quitaba el aliento. Había visto las ansias en los ojos del gobernador cuando le había ordenado a Fru Rhodius que obtuviera las confesiones.

Pero ella era Ingeborg Iversdatter, la hija ingeniosa. Siempre encontraba una manera. Su padre solía repetirlo cada vez que ella remendaba sus viejas redes de pesca otro año más o recogía grandes cantidades de algas para alimentar a la familia, o descubría el mejor lugar del pantano donde hallar la turba más seca. Ingeborg nunca se rendía y siempre encontraba algo mejor cuando su padre o su madre o su hermano y su hermana hubieran preferido conformarse. Ingeborg nunca se había dado por vencida. Como lo había hecho su padre.

Pero ahora estaba perdida. Estaban en un pozo profundo y no tenía ni idea de cómo saldrían de allí.

CAPÍTULO 29

Anna

El gobernador y el alguacil Lockhert regresaron con dos brujas que habían capturado en la península de Varanger, además del sacerdote del pueblo, el reverendo Jacobsen. Yo no había conseguido arrancarle ninguna confesión a Zigri Sigvaldsdatter, y al gobernador Orning no le agradó enterarse de eso, ni tampoco el hecho de que estuviera embarazada, pues su estado la protegía de cualquier trato riguroso, así como de la hoguera.

—Dice que el niño es de Heinrich Brasche, pero que su padre lo envió a Bergen —le informé al gobernador la primera noche de su regreso—. ¿Deberíamos esperar a que regrese para confirmar la verdad de esto?

Me habían mandado llamar a la casa del gobernador cuando nos disponíamos a tomar nuestro caldo, así que había dejado a Helwig a cargo de darle de comer a la niña Kirsten Iversdatter. Atravesé el patio helado y resbaladizo con mis zuecos y el estómago revuelto de hambre y temor ante la perspectiva de tener que enfrentarme al disgusto del gobernador.

Mi interrogatorio inicial a las brujas de Varanger no había ido bien. No había logrado obtener ninguna información útil, y mucho menos una confesión de ninguna de ellas. La anciana encorvada, canosa y con una verruga con pelo en la barbilla, tenía todo el aspecto de ser una bruja. He vivido temiendo las canas, y todas las noches examino mi cabello negro azabache en busca de esos ofensivos pelos blancos, y me los arranco. La vieja fea, llamada la viuda Krog, se había negado a dirigirme la palabra.

La otra, Solve Nilsdatter, era prima de Zigri Sigvaldsdatter, además de tía de Maren, la muchacha morena.

En cuanto Solve Nilsdatter había visto a su prima y a su sobrina, las había insultado por haberla denunciado.

—No he confesado nada —se había defendido Zigri entre lágrimas.

Pero cuando Solve había advertido el vientre prominente de su prima, había lanzado otra andanada de maldiciones.

—¡Mira lo que has hecho, Zigri! —exclamó—. Te lo advertí y ahora somos todas prisioneras. Le has hecho esto a tus propias hijas.

—¿Kirsten también? —preguntó Zigri, entornando los ojos.

La hija mayor de Zigri, Ingeborg, apareció por detrás de mí con un cubo de agua.

—Se quedará con Fru Rhodius en la casa comunal —dijo, y dejó el cubo en el suelo.

—La cuidaré como si fuera de mi familia —aseguré.

Hubo un silencio estupefacto mientras la madre asimilaba la información de que su pequeña niña también se encontraba dentro de los confines de los muros de la fortaleza, pero su reacción no fue la que yo esperaba.

—¡Ese diablillo te llenará de mentiras! —chilló Zigri.

Sus palabras endurecieron mi corazón hacia la mujer, pues ¿qué clase de madre dice semejantes cosas de su propia hija?

—Todo esto es culpa tuya —arremetió Zigri contra Maren—. Llenaste la tonta cabeza de Kirsten con tus fantasías y tus historias sobre trols.

—No son fantasías... —replicó Maren, pero en ese

momento, el reverendo Jacobsen intervino y ordenó a las mujeres que se callaran.

—De rodillas —les ordenó con voz severa—. Debemos rogar a Dios que os guíe para que le contéis la verdad a Fru Rhodius.

El sacerdote me había dirigido una mirada fría y hostil al decir esto, porque estaba claro que desaprobaba mi participación, pero yo ya lo había calado con las pocas palabras que habíamos intercambiado. El reverendo Jacobsen era un hombre de intelecto limitado. Era uno de esos siervos de Dios tercos que carecen de los recursos necesarios para inspirar a su congregación. Porque, por cierto, ¿acaso no era responsabilidad suya que algunos de su rebaño se hubieran extraviado?

Después de las oraciones, las mujeres se habían mostrado aún menos inclinadas a hablarme, ya que el reverendo Jacobsen las había sumido en un gran pesimismo. Estaban agotadas por el largo y riguroso viaje en trineo a través de la península de Varanger. Y yo no tenía ánimo para presionarlas.

Ahora estaba en la gran sala del gobernador viéndole devorar un plato de carne de foca asada, con los labios resbaladizos de aceite y la barba grasienta. Inhalé el aroma de la carne y se me hizo agua la boca, pero no me invitaron a cenar, ni siquiera a sentarme a descansar junto al fuego. Estaba claro que la gratitud del gobernador por haber salvado la vida de su esposa se había agotado.

Mientras hablaba, todas las miradas estaban posadas en mí: la expresión insensible del gobernador, la cruel mirada de Lockhert, los ojos fríos del reverendo Jacobsen y los ojos inquietos de la nerviosa esposa del gobernador.

—Eso está fuera de discusión. —El gobernador eructó mientras respondía a mi sugerencia de que esperáramos el regreso de Heinrich Brasche de Bergen—. Fru Brasche insiste en que vio a la acusada con el diablo y ha enviado su testimonio por escrito, así como el relato del comerciante Brasche sobre el hundimiento de su barco. Además —añadió, e hizo una pausa para servirse una codorniz asada—, tendremos el testimonio de la niña, Kirsten Iversdatter —afirmó mientras masticaba los pequeños huesos de ave—. Me ha dicho que vio a su madre con el diablo, tal como aseguró Fru Brasche. Es vuestra tarea aseguraros de que no cambie su historia. —El gobernador me fulminó con la mirada.

—La condena de la madre tendrá que esperar hasta después del nacimiento del...

El gobernador hizo un gesto con la mano.

—Un engendro del diablo —tronó Lockhert con una expresión de odio puro en el rostro.

Podía oír la respiración agitada de Lockhert: jadeaba como un perro feroz esperando que le quiten la correa.

—Necesitamos las confesiones de las otras dos mujeres, Solve Nilsdatter y la viuda Krog.

—¿Por qué se las acusa de brujería, gobernador? —me aventuré a preguntar.

—Solve Nilsdatter bebe demasiada cerveza para ser mujer —intervino el reverendo Jacobsen—. No solo eso, sino que les da a otras mujeres, incluso a muchachas jóvenes, y las anima a bailar.

Se interrumpió para causar efecto, pero me negué a reaccionar.

—¿Y? —lo desafié con tono frío.

El reverendo parecía un poco nervioso.

—La han visto subir sola a la montaña para encontrarse con el diablo.

—Creo que es una de las brujas que se unieron al aquelarre diabólico con Zigri Sigvaldsdatter para hundir el barco del comerciante Brasche —comentó el gobernador.

—¿Y la mujer mayor? —inquirí.

—La viuda Krog incitó al baile en la noche del solsticio de verano y Elli, la mujer sami, le enseñó el arte de la brujería —declaró el reverendo Jacobsen—. Fru Brasche vio a la viuda recibir un pescado de la bruja sami, que enfermó a la viuda Krog. Eso demuestra que la anciana está infectada por la brujería.

—Estoy convencido de que Elli, la mujer sami, y la viuda Krog fueron las otras dos brujas implicadas en usar la magia de las tormentas para acabar con el cargamento del comerciante Brasche y de todas las almas a bordo —concluyó el gobernador Orning.

—Debo volver a buscar a Elli, la mujer sami. —Lockhert puso un gesto ceñudo—. Es responsable de todas las maldiciones en la península de Varanger.

—Así que, como verá, Fru Rhodius, tenemos los crímenes, pero necesito las confesiones y los nombres de otras brujas en la península —resumió el gobernador, y se sirvió otra codorniz—. Debéis recalcar a estas dos mujeres las consecuencias de no colaborar. —Hizo una pausa para escupir algunos huesos del ave—. Serán enviadas con Lockhert, que está ansioso por familiarizarlas con todos nuestros métodos de interrogatorio.

—¡Oh, Christopher, no!

Había estado tan callada que casi había olvidado la presencia de Fru Orning. Ahora, la joven mujer se había girado hacia los hombres con los ojos muy abiertos por el espanto y las cicatrices de la viruela sobresaliendo enrojecidas en su rostro pálido.

El gobernador Orning apoyó una mano sobre la de su esposa.

—Son brujas malvadas, Elisa. Recuerda que maldijeron a nuestro hijo.

Los ojos de Elisa se llenaron de lágrimas, pero no dijo

nada más. Se limitó a alejar la mano de la de su marido e inclinar la cabeza hacia su plato de comida sin tocar.

Yo también me había sentido horrorizada ante la sugerencia de tortura, pero mi situación era precaria e intuía que debía tener cuidado al expresar mis protestas.

—¿Y qué hay de las dos muchachas, Ingeborg y Maren? —pregunté—. ¿No sería conveniente separarlas de las mujeres mayores? No hay espacio para todas en el calabozo de las brujas.

Pensé en aquellos cinco cuerpos apretujados en los húmedos confines del calabozo de las brujas, donde casi no cabía un alma, y mucho menos cinco. Deseaba apartar a las jóvenes de los casos perdidos de Zigri, Solve y la viuda Krog, y recuperarlas para Dios nuestro Señor.

—La sobrina, Maren Olufsdatter, es sin duda una joven perdida —señaló el gobernador—. Aplicaremos el método escocés de Lockhert de mantener despiertas a las brujas durante seis días. Si ninguna confiesa, las dos muchachas se alojarán con vos, Fru Rhodius, y también con la más pequeña, para que Lockhert pueda trabajar con otras formas de hacer confesar a las mujeres mayores. —Se limpió la cara grasienta con la servilleta y me sonrió—. El juicio tendrá lugar antes de que termine el invierno y espero que consigáis arrancar la verdad a estas muchachas sobre todas las brujerías en la península de Varanger.

—Sí, gobernador. —Hice una reverencia con el corazón oprimido. Las tres chicas, Maren, Ingeborg y Kirsten, estaban en peligro de muerte. Dependía de mí salvarlas antes del juicio.

CAPÍTULO 30

Ingeborg

FRU RHODIUS SE ALISÓ LA FALDA DE SEDA AZUL, LUEGO levantó la vista y les habló.

—Estoy aquí por órdenes directas del ilustre gobernador Orning y, por lo tanto, por mandato real. Os animo a confesármelo todo. —Hizo una pausa y se humedeció los finos labios—. Mujeres de Varanger, estáis en esta celda por una razón, lo sabéis bien. No tiene sentido que sigáis intentando ocultar vuestra culpa, porque saldrá a la luz.

La viuda Krog levantó la barbilla en un gesto desafiante. Miró a Anna Rhodius a los ojos y habló.

—Debería daros vergüenza, Fru Rhodius, condenar a otras mujeres con tanta facilidad.

—Pensad en vuestra condenación eterna —respondió Anna Rhodius con las mejillas sonrojadas—. Si no confesáis, vuestras almas estarán condenadas al infierno.

—Peores que los hombres son las mujeres que se cazan entre sí. —La voz de la viuda Krog estaba ronca por la furia.

Fru Rhodius le dio la espalda y enfrentó a la temblorosa Solve.

—Te has dejado seducir por el diablo y sus promesas vacías de una vida mejor —le dijo.

Solve alzó los ojos hacia ella implorante.

—Por favor, mis hijos están solos —suplicó—. No he hecho nada malo. Os lo ruego…

Ingeborg observó a Fru Rhodius, quien ignoró las palabras de Solve.

—Te has dejado tentar por la codicia, en lugar de someterte a la voluntad de Dios y aceptar esta vida terrenal con sus dificultades —la sermoneó—. Ahora debes afrontar las consecuencias de haberte alejado de nuestro Señor.

—No le he hecho ninguna promesa al diablo —declaró Solve—. No soy una bruja.

A la luz del farol que Fru Rhodius sujetaba en la mano, Ingeborg podía ver pequeñas gotas de sudor en su frente. A pesar de que su aliento se elevaba en forma de columnas en la gélida celda, tenía las mejillas encendidas. "No quiere hacerlo", pensó. A pesar de sus sermones, sospechaba que la mujer danesa no estaba de acuerdo con obligarlas a confesar.

—Escúchame —susurró ahora—. No te dejarán volver a tu casa.

—Pero prometisteis que esperaríamos el regreso de Heinrich —intervino la madre de Ingeborg.

—No está en mis manos hacer promesas —explicó Fru Rhodius—. Recemos para que vuelva antes del juicio.

Ingeborg sintió un nudo en la garganta al oír la palabra *juicio*.

Solve gritó horrorizada.

—¡No, no, no pueden llevarme a juicio! No he hecho ningún pacto con el diablo.

Fru Rhodius meneó la cabeza y sus pendientes con forma de media luna reflejaron la luz del farol.

—Hay otras brujas sueltas. Hay que atraparlas —afirmó.

—¿Quiénes? —exclamó Solve descontrolada. Ingeborg se dio cuenta de que Maren escrutaba a la mujer danesa. La escuchaba muy quieta, como un gato a punto de saltar.

—Elli, la mujer sami —precisó Fru Rhodius—. ¿Alguna de vosotras sabe dónde está?

Las mujeres negaron con la cabeza.

—Si no me decís nada, seréis enviadas con el alguacil Lockhert. —Fru Rhodius volvió a pasarse la lengua por los labios, esta vez con nerviosismo—. Y tiene otros métodos de interrogatorio, terribles y dolorosos, como el potro. Quiero evitaros ese sufrimiento.

Ingeborg se tensó. Había cosas peores, mucho peores que los aplastapulgares de Lockhert.

Solve se estremeció con una expresión de terror, y su madre parecía aturdida, pero la viuda Krog meneó la cabeza. Su gruesa corona de cabello blanco parecía una cresta de plumas de búho y habló muy despacio, pero con claridad.

—No mentiré sobre mí misma ni sobre ninguna otra mujer —dijo—. No somos brujas.

Cuando Fru Rhodius se hubo marchado, un soldado fue apostado con ellas para evitar que durmieran. Siete faroles fueron colocados en unos ganchos en las paredes del calabozo, y se mantenían encendidos día y noche. Si una de ellas se quedaba dormida, el soldado la golpeaba con un palo. El golpe de la madera dura contra la piel ya dolía bastante, pero el dolor en el corazón de las agotadas mujeres, el hecho de saber que seguían atrapadas en el calabozo de las brujas, era todavía peor.

A medida que pasaban los días, las acusaciones de su madre contra Kirsten se intensificaban.

—Es una niña caprichosa y taimada. ¡Mira cómo se ha escabullido para contarle todo tipo de historias al gobernador!

—¡Eso no es verdad, madre! Ella también está prisionera —la defendió Ingeborg, aunque le preocupaba el deseo de su hermana de adornar con fantasías su vida lúgubre en el pueblo.

Solve, por su parte, no dejaba de reprocharle a Maren que su madre hubiera sido una bruja y que hubiera hecho caer la desgracia sobre ella desde el día en que había llegado a su casa. O bien acusaba a su prima de ser una mujerzuela; Zigri replicaba que al menos su esposo nunca la había maltratado ni violado, lo que provocaba más insultos por parte de Solve.

Fue necesario que la viuda Krog pronunciara palabras severas para silenciar a las primas.

—No estamos en esta celda por culpa de ninguna joven ni de ninguna mujer —las amonestó.

—Pero ¿dónde están las brujas de Varanger? —preguntó Ingeborg en voz baja a la viuda Krog.

La anciana apoyó su mano helada sobre la de Ingeborg.

—No hay brujas en nuestra aldea, Ingeborg, pero el diablo existe. Mira a los ojos de nuestros acusadores y lo verás.

A pesar de sus palabras, Ingeborg se preguntaba si la viuda Krog no sería la verdadera bruja entre ellas, pues mostraba poco temor. Maren y la viuda Krog se acurrucaban juntas e intercambiaban historias. ¿Eran *ellas* las brujas? A Ingeborg le dolía la cabeza por la preocupación y el miedo, le apretaba el hambre y le dolía el cuerpo por el frío.

Lo único que deseaba era volver atrás en el tiempo, a la época en que Axell había estado a su lado. La pérdida de su hermano se abatió sobre ella como una tormenta violenta que la arrasó y la dobló de dolor.

Cuando volvió a levantar la cabeza, los faroles seguían proyectando sombras sobre las paredes del calabozo. Ingeborg podía ver la silueta del diablo en ellas. Un sombrero de copa alta en la cabeza, cuernos que lo atravesaban, garras en vez de manos y pezuñas en vez de pies. Se pellizcó con tal furia que le salió sangre.

La única forma que tenían de mantener los ojos abiertos y evitar las palizas del soldado era narrar historias. Maren hablaba sobre trols gruñones, pero amables, y muchachas samis listas y valientes, mientras que los cuentos de la viuda Krog procedían de la antigua religión.

Cuando contaban cuentos, las mujeres dejaban de pelearse y se acurrucaban juntas.

—Estas historias me las contaba mi abuela —susurró la viuda Krog—. Y la suya antes que ella. —Se rascó la barbilla velluda con aire pensativo y ojos cargados de nostalgia—. Mis hijos están dispersos a los cuatro vientos y me alegra decir que mis dos hijas están muy lejos de Varanger. —Suspiró—. Pero me preocupa que no recuerden estos relatos.

—Nosotras no los olvidaremos —prometió Maren.

La viuda asintió ante la comprensión de la muchacha.

—Antes de que el buen Dios llegara a nuestra tierra de Noruega y antes de que naciera Jesucristo —comenzó en voz baja, aunque no había duda de que el soldado la oía de todos modos—, el poder estaba en manos de dioses y diosas. Entre ellos, prevalecía el enorme fresno *Yggdrasil*, el gran árbol de la vida. Era tan poderoso que se alzaba hasta el cielo y descendía hasta el infierno. Entre sus ramas habitaban dioses y diosas, elfos y enanos, y trols. En su base, tenía tres raíces retorcidas: una se extendía por Aesir, donde moraban los dioses principales; otra se extendía por la tierra de los gigantes de escarcha y la tercera, por el reino de los muertos.

Zigri apoyó la cabeza en el hombro de su hija e Ingeborg le acarició el cabello como si fuera su hija. Era imposible seguir enfadada con ella; a pesar de su vergonzoso comportamiento, Ingeborg la quería. Entonces, cerró los ojos. Imaginó que el árbol de la vida rompía el suelo rocoso y duro del calabozo de las brujas y que sus ramas se elevaban a través de las vigas bajas y el almacén de municiones arriba, y atravesaban el tejado de turba.

La viuda Krog no era una narradora tan animada como

Maren, pero a Ingeborg le fascinaban sus historias de la religión antigua. En ellas abundaban el bien y el mal, pero no se mencionaba al diablo. El cuento de las tres madres de la viuda Krog le permitió a Ingeborg ver su mundo bajo una luz diferente. También recordaba las conversaciones con Zare sobre los dioses de la fe sami, que estaban en todas partes y que los samis veneraban y también podían tocar.

¿Y si el soberano de todo no fuera el Dios Todopoderoso que habitaba en el cielo?

Le temblaban las manos de solo pensar en semejante herejía. Juntó las palmas e intentó rezar para pedir clemencia, pero en vez de eso, veía a las tres madres en su cabeza. Urth, Verthandi y Skuld tejían su destino al pie de *Yggdrasil*, el gran árbol de la vida,

"Llevadme a través de Bifrost, el puente de arcoíris ardiente de las historias de la viuda Krog, llevadme lejos de esta tierra, a Asgard, el reino de los dioses", suplicaba su corazón. Cuando cerraba los ojos y se concentraba mucho, a veces vislumbraba el puente de arcoíris ardiente de la antigua religión. Para su asombro, al otro lado del puente, no la esperaba su familia, ni siquiera los antiguos dioses nórdicos, sino Elli, que entonaba el *yoiki*, y Zare, que hacía sonar el *runebomme*.

En medio de los gemidos, las toses y los sollozos de las mujeres encarceladas, Ingeborg se aferraba al sonido del *yoik* y al ritmo del tambor. Esto alimentaba una pequeña esperanza en su interior, una obstinada negativa a creer que todo estaba perdido.

CAPÍTULO 31

Anna

ATRAVESÉ VEINTICINCO AÑOS DE MATRIMONIO Y FUE UNA guerra tan llena de penurias físicas para mí como para cualquier soldado. Mi batalla no fue con mi esposo Ambrosius, pues nunca fue duro ni me levantó la mano ni una sola vez. No, mi rey, mi lucha fue con mi propia carne y sangre, pues mi cuerpo no se rendía a mi voluntad.

Mi cuerpo, que sangraba, se desgarraba y se despedazaba, me acometía con terribles sufrimientos y, aun así, no salía victoriosa. Todo lo que quería era tener un hijo, pero fue voluntad de Dios que mi deseo de un niño nos fuera negado para siempre.

De vez en cuando, oía hablar del hijo que tu amante Margrethe Pape te había dado. Con su mismo nombre, Ulrik Frederik *Gyldenløve*, proclamaste que era el hijo ilegítimo del rey de Dinamarca, *Gyldenløve*, ¡ah, qué honor le concediste a la baronesa Pape! Supe del ascenso de tu hijo entre la nobleza de Copenhague y de su habilidad militar, ya que su gloria en la batalla de Nyborg es legendaria. En cierto modo, me sentía dueña de su historia, pues una voz dentro me decía: "Ulrik Frederik *Gyldenløve* podría haber sido tu hijo, Anna, y tú serías una baronesa, como su madre".

Pero mi vida, aunque privilegiada, transcurrió en espacios más humildes, y ahora me alegro; de verdad, porque mis experiencias con la gente común de Bergen me ayudaron a entender las injusticias de nuestro mundo. Hubo un tiempo en que te interesabas por el bienestar de tus súbditos, mi rey, pero creo que hace mucho que has olvidado tus deberes, resguardado detrás de tu escudo de monarca absoluto, libre de las limitaciones y las restricciones de las leyes que rigen a tu pueblo. Ah, pero ¿por cuánto tiempo podrás eludir a los que buscan la verdad y la justicia? Porque no puedes exilar a Vardø a todos tus disidentes.

Yo era la esposa de un médico y caminaba entre la gente común por las calles empedradas de Bergen. Escuchaba la sabiduría sobre las plantas de las mujeres del lugar y recogía con mis propias manos las raíces y semillas que encontraba en las colinas boscosas que rodeaban la ciudad. Las llevaba a nuestro jardín y las plantaba yo misma.

En mis viajes, veía cómo la gente luchaba por sobrevivir, vulnerable a cualquier dolencia leve. Mendigos que habían sido soldados se sentaban a lo largo de los muelles o en el mercado de pescado, con sus miembros amputados y almas derrotadas. A pesar de sus penurias, no oí ni una sola vez a ningún pescador, comerciante, panadero o sirvienta hablar de otra cosa que no fuera amor y devoción por su rey. No, las palabras que oí en tu contra fueron en los círculos más altos, y cómo me hervía la sangre al ver a esos aristócratas, con Statholder Trolle a la cabeza recaudando impuestos y robando cientos de *riksdaler* al pueblo y a ti, mi rey. Pero tú lo sabes, porque te escribí muchas veces sobre el asunto a lo largo de los años. Aunque no me respondiste ni una sola vez.

Mi pasión por dar a luz a un niño vivo nunca decayó, aunque después de perder a nuestro sexto hijo, Ambrosius me suplicó que me detuviera.

—No sobrevivirás a otro embarazo, Anna —me advirtió.

—¿Acaso lo has visto en los planetas? —lo desafié—. ¿Voy a morir en el parto?

—No. —Hizo una pausa, con la voz quebrada—. Pero hemos enterrado a muchos. Todos han nacido rígidos y azules. Ninguno ha emitido un soplo de vida. —Una lágrima resbaló de su ojo y me enfureció.

¿Cómo se atrevía a llorar cuando yo perseguía con valentía mi destino de madre, acaso no deben tener un hijo todos los hombres?

—Tendremos a nuestro hijo, Ambrosius, aunque nazca con mi último aliento.

Pronuncié esas palabras con toda la convicción de mi corazón, créeme.

Cómo sufrí durante todos esos años de bebés que nacieron muertos, o embarazos cortos interrumpidos, con sangrados abundantes y calambres desgarradores, y el corazón que se rompía una y otra vez. ¿Fue tan grande mi pecado contigo que nunca se me permitiría tener un hijo vivo? Hubo momentos, en medio de la fiebre por dar a luz, sabiendo que era demasiado pronto, apretando los dientes con angustia desesperada, en los que veía al Señor de la Oscuridad observándome. Estaba de pie en un rincón de mi alcoba y contemplaba con ojos lujuriosos mi parte más íntima, desplegada. El bebé muerto se deslizaba hacia afuera, sin bautizar, y él lo tomaba en sus brazos y se lo quedaba.

Oh, qué agonía, todas esas almas perdidas.

Pero entonces, ah…, entonces, mi rey, llegó la época más dulce de mi vida.

En abril de 1646, dos años antes de que ascendieras al trono de Dinamarca, quedé embarazada de nuevo. El mundo estaba convulsionado, ya que los nobles y reyes combatían entre sí por toda Europa, pero en mi mundo reinaba por fin la calma, pues el bebé se aferraba a mis entrañas y la misma víspera en la que nos enteramos de la muerte de tu hermano, el príncipe elegido, di a luz a una niña viva. La llamamos Christina, en honor a tu hermano.

Christina. Si cierro los ojos, contengo la respiración y me concentro, puedo oler a mi niña y ya no estoy prisionera en la oscuridad de esta casa comunal, sino en mi hogar en Bergen, sosteniendo en mis brazos a mi bebé recién nacida. Puedo oler el aroma de su piel sobre la mía, sentir mis dedos en su delicado cabello rojo y recordar la alegría desbordante en mi corazón.

—Tenemos una hija —exclamé con gozo. Ambrosius me sonrió.

—Eres magnífica, Anna.

Nunca me había sentido tan feliz como entre los brazos de mi esposo, sosteniendo a nuestra bebé.

Christina. Era una bebé encantadora y sonriente, que cautivaba a todos los que la contemplaban. Mis sirvientas discutieron sobre quién conocía a la mejor nodriza, pero rechacé todas sus recomendaciones, porque yo misma la amamanté. No había sufrido ocho años de esterilidad para dejar que mi bebé bebiera del pecho de otra mujer. Mi decisión escandalizó a toda la casa, incluido Ambrosius, pero me mantuve firme.

Aún recuerdo la sensación de su succión, el pellizco en mi pezón y el calambre en mi vientre como si aún estuviera conectada a mi hija en el útero. Hege solía sentarse conmigo a tejerle mantitas, tantas mantitas, y sus ojos brillaban de alegría por mí. ¡Cómo nos amaban esas mujeres a mí y a mi hijita! Sidsel horneaba bollos de canela con azúcar porque sostenía que yo había adelgazado demasiado y Kjersti me preparaba tónicos para sanar mi útero y darme fuerzas.

El primer año de vida de Christina transcurrió entre los cuidados de estas tres mujeres, y Ambrosius se convirtió en una sombra. Solía sentarse con Christina y conmigo, pero cuando llegaba la noche, prefería dormir en paz, lejos de los llantos y la lactancia.

A los tres años, Christina era aún más adorable; aferrada a las faldas con sus pequeños puños, subía y bajaba las escaleras de la casa. Si no era mi falda, era la de Hege, Sidsel o Kjersti. Tenía la piel suave y pálida como la leche, los ojos azules como el verano y el pelo rojo y rizado; no había heredado demasiado mis rasgos. Según Ambrosius, se parecía a su hermana, con la nariz salpicada de pecas. Conté todas esas pecas y eran veinticinco, como una bendición de estrellitas sobre su rostro. Cada noche, mientras mi niña se adormecía en mis brazos, le contaba historias sobre el niño Jesús, y cuando se quedaba dormida, daba gracias al buen Dios.

A los ocho años, Christina era rápida como un rayo, pero silenciosa como el humo, para subir y bajar las escaleras. A diferencia de sus padres, era una niña callada, pero escuchaba y absorbía cada pequeño acontecimiento con sus grandes ojos azules. Observaba a Sidsel y a Kjersti en la cocina, y aprendió a hacer nuestras tinturas y decocciones, porque cuando le pedía que trajera cualquier hierba u hoja del jardín, sabía qué buscar y para qué servía.

Yo sentía un inmenso orgullo de mi niña preciosa e inteligente y ahora me pregunto si ese orgullo fue mi perdición.

Christina estaba creciendo y necesitaba un vestido nuevo; además, era mi deseo encargar un retrato en miniatura de mi hija, algo que, aunque era caro, Ambrosius aceptó, pues adoraba a Christina tanto como yo.

El paquete llegó del puerto a nuestra casa en Bergen un día de lluvia. Sidsel retiró el papel mojado y sacó un trozo de brocado del mismo tono que las esmeraldas. Aplaudí con deleite; imaginaba que mi pelirroja Christina parecería una princesa con semejante vestido.

Cuando Hege vio el delicado material, aplaudió también

y se puso manos a la obra. Juntas, ella y Sidsel lo colgaron a secar delante del fuego en la cocina. El vapor que salía del material húmedo llenaba nuestra pequeña cocina con el olor almizclado de tierras extranjeras, porque yo había pedido el brocado directamente a Ámsterdam, y me habían dicho que había viajado desde la ciudad de Argel, en el norte de África.

Cuando volví del mercado de pescado con Christina, Hege me dijo que era hora de tomar las medidas para el vestido nuevo. Qué emoción, mi rey, cuando Hege midió el material recién secado con la figura de mi niña; Christina saltaba de un pie a otro de alegría y Hege intentaba convencerla de que no se moviera o se pincharía con los alfileres.

Estas son las imágenes que me vienen a la mente cuando me asaltan los pensamientos más oscuros y solitarios. Creo que lo que ocurrió a continuación tuvo que ver con el paquete de Ámsterdam que tanto me había esforzado en conseguir por amor a Christina.

CAPÍTULO 32

Ingeborg

EL ALGUACIL LOCKHERT BALANCEABA EL FAROL HACIA DE-
lante y hacia atrás mientras la cabeza de Ingeborg daba
vueltas. Tenía los ojos secos y tirantes, como si estuvieran
llenos de pequeños granos de arena. Y por mucha agua
helada que se llevara a la boca, su garganta seguía seca.
¿Cuántos días llevaban sin dormir? Incluso para las mujeres del norte, acostumbradas a la luz implacable de las noches de verano, se estaba convirtiendo en algo demasiado
difícil de soportar.

Los ojos de Solve vagaban sin cesar y todo su cuerpo
temblaba de cansancio. No quedaba nada de la madre bai-
larina y jovial de Andersby.

Como si detectara que era la más débil de todas, Lockhert dirigió su atención hacia ella.

—Cuéntame la verdad, mujer, sobre todas las acciones
infames con las que has aterrorizado al pueblo cristiano de
Varanger. —Continuó haciendo oscilar la linterna de un
lado a otro.

—Soy inocente —respondió Solve con voz temblorosa—. Por favor, mis niños. Debo volver con mis niños.

Lockhert soltó una carcajada cruel.

—Primero confiesa tu participación en la magia de las tormentas, Solve Nilsdatter. —Le dio un golpe con el palo cuando ella bajó la cabeza—. El comerciante Brasche os vio convertidas en pájaros. —Señaló a la madre de Ingeborg—. Ella era una paloma blanca y la vieja, un cisne blanco; Elli, la mujer sami, era una gaviota de cabeza negra, y tú, un chorlito, Solve Nilsdatter. Las cuatro arrojasteis una maldición sobre el barco del comerciante Brasche y lo hundisteis, llevándoos con él a todos los que estaban a bordo. —Entornó los ojos.

Ingeborg estaba muy confundida. ¿Cómo había podido el comerciante Brasche decirle a Lockhert que los pájaros que había visto habían sido mujeres, y mucho menos, brujas?

Pero el alguacil estaba convencido, y tan furioso y escandalizado que comenzó a golpear a la pobre Solve con el palo mientras ella alegaba su ignorancia.

—¡Cro-cro, cro-cro, cro-cro! —comenzó a graznar Maren, que se había puesto de pie y daba vueltas alrededor de la pequeña celda con los brazos extendidos como alas—. ¡A vos también os gustaría ser un pájaro, alguacil Lockhert! —añadió mientras Ingeborg la miraba desconcertada y aturdida—. El único momento en que somos libres de verdad es cuando estamos en lo alto, por encima de toda la suciedad y el pecado de los hombres. Cuando nos elevamos en el cielo.

Lockhert dio un paso amenazador hacia ella, pero Maren no dejó de provocarlo.

—Giramos en torno a la luna, observamos las estrellas, nos zambullimos en el mar para ver los reinos subterráneos —continuó—. Sí, la gloriosa independencia solo es posible para el pájaro que hay en mí.

—¿Me estás diciendo, niña, que puedes transformarte en pájaro? —susurró él con mirada oscura.

—Sí —respondió Maren—. Pero ellas no pueden hacerlo.

—Extendió un brazo—. Porque no puedes *elegir* cambiar de forma. No, *tu* pájaro te elige a ti. —Dejó de girar y se llevó las manos al corazón—. Aquí lo tenéis, el brillo del cuervo en mis ojos cuando contemplo mi reflejo en el agua helada del pozo. Y cuando estoy en lo alto de la fortaleza, lo veo todo con ojos de cuervo. —Se rio—. Me llevo la mano a la cara y tengo un pico en lugar de nariz, un pico duro y frío al tacto. Alzo la cabeza para buscar a mis hermanas y las llamo. ¡Cro-cro, cro-cro, cro-cro!

Caminó hacia el alguacil Lockhert sacudiendo los brazos y fue entonces cuando Ingeborg comprendió lo que Maren estaba haciendo. Una expresión de miedo había descendido sobre el rostro del enorme hombre. Ninguna súplica, ruego o plegaria de clemencia detendría su tormento, pero Maren, como pájaro, agitando sus plumas y dispuesta a maldecirlo, había logrado detenerlo. El alguacil la miraba con la boca abierta como si de verdad se hubiera transformado en un gran cuervo negro.

—El cuervo se posa en mi corazón y transforma mi cuerpo en pájaro —prosiguió—. Extiende mis brazos, mis dedos, y observa cómo crecen las plumas negras. Y cómo duele, alguacil Lockhert. Cada pluma revienta mi piel, tensa y ardiente. Y todo se comprime dentro de mí. Me vuelvo más y más pequeña. Mis sentidos se agudizan, mi visión se amplía para siempre y puedo ser libre siempre que lo desee.

Los ojos de Maren centelleaban e Ingeborg sintió terror por ella. Quería arrojarla al suelo, hacerla callar. Cuanto más hablaba, más se condenaba a sí misma. Pero Maren parecía no temer las consecuencias. Se acercó al estupefacto alguacil y tal vez él vio un gran pájaro negro cuando ella ladeó la cabeza hacia él.

—Soy yo, alguacil Lockhert, quien se sienta en el alféizar de vuestra ventana y os observa. Y era yo la que iba sentada en el mástil del barco que os trajo a nuestra isla. El Señor de la Oscuridad me ha enviado a atraparos. —Maren soltó una carcajada alocada y empezó a dar vueltas de nuevo—. ¡Cro-cro, cro-cro, cro-cro!

Por fin, el alguacil se recuperó y gritó:

—¡Basta! —Pero no golpeó a Maren ni reanudó su interrogatorio. En vez de eso, ordenó al soldado que apagara los faroles—. Deja a las brujas en la oscuridad, donde deben estar.

La bendita oscuridad. Las cinco cayeron como piedras, incapaces de hablar por el cansancio. Se desplomaron unas sobre otras y sucumbieron al dichoso olvido del sueño.

CAPÍTULO 33

Anna

Recuerda, mi rey, el año 1654, cuando la Gran Peste llegó a Noruega y sembró el pánico y el terror sobre toda alma viviente, fuera noble o de baja cuna. La "peste del diablo" fue indiscriminada y brutal, y nadie estuvo a salvo de su voraz apetito de muerte.

En nuestra casa de Bergen, Sidsel fue la primera en enfermar, con una fiebre feroz y rápida que la dejó pidiendo nieve a gritos. Kjersti y yo la atendimos lo mejor que pudimos. Le di un poco de nuestra melaza de Jenes, hecha con flores de genciana, mientras Kjersti le refrescaba el cuerpo con paños húmedos. Cuando Ambrosius regresó de la Escuela Latina, no necesitamos contarle lo que la aquejaba. Kjersti y yo nos miramos horrorizadas al ver el bubón negro inflamado en el cuello de Sidsel, luego otro bajo la axila, y otro más. Tosté raíz de lirio blanco, la mezclé con manteca de cerdo y se la apliqué a las llagas para abrirlas, pero fue en vano.

Pobre Sidsel. Llamaba a gritos a su madre, con los ojos desorbitados de miedo, pero al cabo de unas horas, había muerto.

—Tenemos que envolverla en una sábana y pedir que

la recojan —le expliqué a Kjersti, que permanecía de pie, sujetándose los codos con expresión de pánico—. Luego debemos fumigar toda la casa con romero.

—Pero ¿nos confinarán? —preguntó Kjersti con voz temblorosa—. ¿Tapiarán las puertas? ¿Estamos condenadas?

—No, no diremos nada. Ambrosius certificará que murió de paludismo —respondí; el corazón me latía deprisa mientras subía las escaleras para asegurarme de que Christina estaba bien.

Mi hija estaba con Hege, aprendiendo a utilizar el telar. Me quedé observando desde el vano de la puerta, maravillada de que sus dedos diminutos fueran mucho más diestros que los míos. Ambas parecían estar bien, aunque Hege se espantó cuando le conté que Sidsel había muerto.

—Pero si estaba bien esta mañana —comentó, y se cruzó de brazos.

No mencioné de qué había muerto, aunque recogí el brocado verde que habíamos encargado a Ámsterdam.

Cuando volví a la cocina, arrojé la tela al fuego, ante la confusión de Kjersti. No sabía cómo explicarle que había algo sobre el origen lejano del brocado que me inquietaba.

Cuando Ambrosius regresó por la tarde, se lo veía preocupado, pero no sorprendido.

—Me he enterado de tres personas que murieron hoy a causa de la peste. Se extenderá con rapidez. Debemos abandonar la ciudad con Christina de inmediato —ordenó—. He conseguido habitaciones en la granja Hatteberg de los Rosenkrantz, en una de las islas. Allí estaremos a salvo de la peste.

—Pero ¿y qué hay de Hege y Kjersti?

—Deben quedarse en Bergen —aseveró—. No podemos llevarlas con nosotros, Anna. Hay sirvientes en la granja Hatteberg. Será menos arriesgado.

—¡No podemos abandonarlas, Ambrosius, son mujeres a nuestro cuidado!

—Anna, la plaga arrasará Bergen como el fuego. Christina es nuestra responsabilidad y debemos sacarla de la ciudad tan pronto como podamos.

Por mi hija, estaba dispuesta a traicionar a Hege y a Kjersti, dos almas queridas que me habían acompañado en mis años de esterilidad y me habían dado mucho consuelo.

Se llevaron el cuerpo de Sidsel para enterrarlo y Ambrosius confirmó que había muerto de paludismo; la habíamos envuelto de manera tan ceñida que nadie la examinó en busca de signos de peste. Cuando vimos cómo subían el cuerpo al carro, me acordé de mis bebés muertos y envueltos en sábanas de lino y se me hizo un nudo en la garganta.

Ambrosius y yo estuvimos despiertos toda la noche llenando nuestros baúles.

Si no nos hubiéramos preocupado por nuestras posesiones y hubiéramos huido con lo puesto de la pestilente ciudad, ¿habría sido diferente nuestra historia?

A la mañana siguiente, mientras preparaba la ropa de viaje, Christina llegó en camisón y descalza.

—Ven, hija mía, debemos prepararnos para marcharnos.

Cuando la miré, vi el rubor en sus mejillas y el brillo en sus ojos. De verdad, sentí que me apretaban el corazón con un puño y un grito se atascó en mi garganta por la necesidad de mantener la calma por ella, mi querida niña.

—Mamá —susurró—. Me duele la cabeza.

Me tiembla la mano y verás que este papel tiene marcas de mis lágrimas, porque escribirte esta carta es lo más duro que me ha pasado desde entonces. Perdí a mi hija, estas cuatro palabras brotan amargas y agrias de mi boca mientras los recuerdos se agolpan en mi memoria.

La plaga asoló nuestra ciudad de Bergen y destruyó a los que yo amaba. Kjersti, Hege y yo aliviamos y cuidamos a nuestra pequeña con todos los métodos de curación que poseíamos. Vertíamos melaza de Jenes en su boquita capullo de rosa y desoíamos las advertencias de Ambrosius, que entraba en la habitación con el rostro tapado y nos ordenaba que nos apartáramos, pero no lo hacíamos. ¿Cómo iba a dejar morir sola a mi Christina? Sosteníamos sus manos calientes y le contábamos historias sobre el dulce niño Jesús. Cuando llegó su hora, los bubones negros se habían hinchado en su pequeño cuerpo, a pesar de las cataplasmas de manteca de lirio blanco que yo le había aplicado, pero sus ojos eran las nomeolvides más azules de todo el mundo.

Mi niña podía ver muy muy lejos, más lejos que cualquier alma mortal.

—El niño Jesús está aquí, mamá —murmuró con los labios agrietados—. Está conmigo.

Cuando me arrancaron de los brazos el cuerpecito de Christina, mi esposo lo envolvió en sábanas y se lo llevaron, Hege cayó enferma. Kjersti hizo todo lo que pudo para mitigar su sufrimiento, pero la querida Hege no tardó en unirse a mi hija en las sombras. Yo me sentía de otro mundo. ¿Lloré por Hege? No lo recuerdo bien, aunque lo que sí sé es que todos los días toco sus labores de costura y rezo una oración por su dulce alma.

Kjersti, la más práctica y estoica de las mujeres de servicio, preparó más melaza de Jenes con las flores de genciana y hojas de laurel de nuestro jardín. Me indicó que Ambrosius y yo debíamos tomarla cuando ella muriera. Luego se acostó y ya no volvió a levantarse.

Esperé mi turno. Pero no enfermé, ni tampoco Ambrosius. Nuestro hogar, antes lleno de alegría y risas, se había convertido en una casa de muerte.

Cuando se llevaron los cuerpos de Kjersti y Hege, Ambrosius me insistió en que nos fuéramos al campo. Todos los nobles se habían marchado y la gente se estaba muriendo en las calles; las autoridades estaban tapiando las casas de los infectados y nos quedaríamos atrapados. Pero yo no quería irme. No deseaba vivir. Lo único que deseaba era estar con Christina.

Sin embargo, era la voluntad de Dios, un cruel castigo que yo debía soportar, y Ambrosius también. Después de reflexionar al respecto, entendí que nuestro sufrimiento era el designio de Dios para que Ambrosius y yo comprendiéramos que debíamos ayudar a aliviar el dolor ajeno.

Durante aquellos días oscuros en nuestra casa de Bergen, nos acabamos el tarro de melaza de Jenes que Kjersti nos había dejado; nos servíamos cucharadas y nos llenábamos de su amargura. Quizá fue eso lo que nos salvó la vida; pero ¿por qué la nuestra y no la de los demás?

Lo único que sé es que hice más melaza con nuestras flores de genciana y hojas de laurel. Llené con ella todos los recipientes que encontré y el aroma floral y herbáceo se me metió en la piel y los huesos.

—¿Qué haces, Anna? —me preguntó Ambrosius, con los ojos enrojecidos de dolor por nuestra hija—. Por favor. —Me tendió la mano—. Debemos irnos de inmediato. Por favor, esposa.

—No —respondí, la primera palabra que recuerdo haber dicho a mi esposo desde la muerte de Christina—. Nos quedaremos y ayudaremos.

Me miró con incredulidad.

—Somos médicos y nuestro trabajo es atender a los enfermos, esposo mío —añadí.

—Pero moriremos —susurró .—Si lo hacemos, nos reuniremos antes con nuestra querida hija.

Entonces lo comprendió y abrió mucho los ojos.

—Todos dicen que Christina se parecía a mí, pero no es cierto, Anna. Ella está en ti. —Se le quebró la voz y se enjugó una lágrima—. Muy bien. Me quedaré. Muy bien, esposa —agregó en tono suave y resignado.

Durante todo el verano húmedo y el otoño sombrío de 1654, mi marido y yo trabajamos sin descanso, atendiendo a los enfermos y moribundos de Bergen. Sin tregua, echábamos melaza de Jenes en las bocas de los niños.

Para los que ya tenían fiebre, no servía demasiado, pero empecé a notar que ofrecía protección a los que todavía no estaban infectados. Fregaba los suelos de los pobres con agua hervida y hojas y corteza de abedul, pues también había llegado a la conclusión de que a la peste no le gustaba la limpieza: cuanto más limpiaba y fregaba, más vivían los pobres de Bergen. Nos llamaban santos, al médico y a su esposa, por quedarnos a curar a los necesitados, a los ciudadanos abandonados de tu gran ciudad occidental de Noruega, mientras que la gente como Statholder Trolle había huido a las colinas. Pero, en realidad, mis intenciones no eran tan honorables, ya que esperaba el día en que despertaría con la frente caliente y el cuerpo inflamado. Esperaba encontrar a Christina en el otro mundo con todos los demás ángeles, pero ese día nunca llegó.

CAPÍTULO 34

Ingeborg

Rendida en un sueño profundo, Ingeborg oyó un golpecito en la pared detrás de ella. *Toc. Toc. Toc.* Una voz la llamaba por su nombre.

—¡Ingeborg! Ingeborg Iversdatter, ¿dónde estás?

Una parte de ella pareció separarse de su cuerpo y su mente exhaustos y, con fuerza y agilidad, comenzó a tirar de los tablones de madera. Se rompió las uñas y se clavó astillas en las yemas de los dedos hasta que consiguió soltar una de las tablas. Se inclinó y se asomó fuera.

¿Quién otra podía ser si no Maren Olufsdatter? ¿Cómo había logrado escaparse del calabozo? Pero allí estaba, bailando en la nieve de Navidad con el Señor de la Oscuridad. No era tan desagradable como lo describía el reverendo Jacobsen, pero era alto, de cabello negro lustroso, la piel bruñida como el cobre y los ojos azules como valvas de mejillón.

Maren dejó que él la hiciera girar antes de saltar por los aires. En lugar de aterrizar en la nieve, alzó vuelo. Ingeborg se quedó deslumbrada al ver cómo sus brazos se desplegaban en dos magníficas alas de plumas negras. ¡Qué hermosa era!

—¡Ven a volar! —la llamó Maren.

Ingeborg quería compartir la magia con las demás. Así que las despertó y les mostró el agujero en la pared.

—Vamos, vamos —las urgió, y todas se colaron por él. Fuera estaba nevando, pero no tenían frío. Las mujeres se tomaron de la mano. Por fin, todas estaban unidas. Levantaron la vista hacia Maren, el cuervo que surcaba el cielo y que luego se posó sobre la puerta cerrada de la casa comunal de Fru Anna Rhodius y llamó a ella con el pico. Como por arte de magia, la puerta se abrió, y allí estaba la hermana de Ingeborg, de pie en el umbral.

—¡Kirsten! —la llamó Ingeborg.

Kirsten la saludó con la mano antes de cruzar el patio nevado y sumarse a las mujeres que subían la escalera de la muralla interior de la fortaleza.

—Estoy aquí, mamá —dijo Kirsten a su madre, y, por una vez, Zigri no se alejó, sino que tomó la mano de su hija menor.

De pie en una fila, mantuvieron el equilibrio en lo alto de la muralla de la fortaleza: la vieja viuda Krog, Solve con sus rizos cobrizos, Zigri con el bebé nonato en su vientre, tomada de las manos de Kirsten y de la propia Ingeborg. Podían ver toda Vardø ante ellas: la isla cubierta de blanco, y el cielo, una cúpula de colores vertiginosos: el verde en todo su poderío, el rojo con su furia y el púrpura de la oscuridad profunda. Las luces cambiantes las llamaban, la brillante estrella polar le hacía señas a Ingeborg.

Ingeborg observó cómo Maren, convertida en cuervo, se dejaba llevar por el viento y describía un círculo espectacular. Era el momento de seguirla. Ingeborg, Kirsten y su madre dieron un paso al frente al mismo tiempo. Se zambulleron hacia el suelo y chocaron con el viento, hasta que extendieron los brazos y empezaron a volar.

Zigri se reía.

—¡Mirad, niñas! —exclamó—. Ahora no pueden tocarnos.

El gobernador y sus hombres contemplaban atónitos: el reverendo Jacobsen, boquiabierto por el asombro, y el alguacil Lockhert, agitando el puño, pero con expresión de terror.

Solve y la viuda Krog las imitaron desde el muro. Se dejaron caer en el aire y dieron vueltas alrededor de la aldea de Vardø. El sacristán hizo sonar las campanas de la iglesia y toda la gente señalaba y contemplaba a las seis aves que se deslizaban por el cielo. Ingeborg estaba embriagada por el viento que soplaba entre sus plumas, y por la velocidad y la potencia de su vuelo.

¿Por qué no había volado antes? Era liviana como una pluma y ágil como una flecha. Todas se habían convertido en pájaros. Zigri en una paloma, la viuda Krog en un cisne, Solve en un chorlito, Maren en un cuervo y Kirsten en un gorrión de ojos brillantes. ¿Y en qué pájaro se había convertido Ingeborg?

Sobrevolaron la fina capa de hielo del fiordo, entre el hielo y las rocas. La sombra de Ingeborg era la de un águila. La joven sentía el poder del ave en su interior: su majestuosidad, su sabiduría y su fuerza.

Volaron hasta la cima de Domen y, cuando llegaron, el Señor de la Oscuridad recibió a las mujeres con un gran festín: rebanadas de pan de jengibre caliente y jarra tras jarra de leche de canela cremosa. Bailaron en círculo y el diablo tocó una canción con su violín rojo. ¿Cómo podía ser malvado si las hacía tan felices?

Ingeborg se despertó en la oscuridad profunda y hedionda, aferrada a su madre embarazada. Todo había sido un sueño. No había ningún pájaro, sino solo las pulgas que se arrastraban por su piel sucia. Además, Kirsten no estaba con ellas y su madre no había mostrado cariño por su hija menor. Ingeborg ahogó un sollozo y volvió a cerrar los ojos.

"Llévame de vuelta, llévame de vuelta al gran cielo con mi hermana y mi madre. Las tres en armonía y en libertad". Pero no podía volver. Había perdido su identidad de pájaro, su familia y su libertad.

CAPÍTULO 35

Anna

HAY UN DICHO COMÚN QUE REZA QUE INCLUSO DURANTE la noche más oscura, hay un destello de luz, una estrella perdida, un trocito de luna, una vela encendida, ¿verdad?

Mi estrella perdida fue Kirsten Iversdatter.

Recuerdo la noche de su llegada. Había vuelto después de interrogar a las nuevas prisioneras y, cuando entré en la casa comunal, Kirsten estaba sentada en el taburete junto a la mesa, tragando con voracidad el caldo de pescado que le había dado Helwig.

La criada la observaba desde el otro extremo de la habitación, con los brazos cruzados y expresión crítica.

—Hay algo en ella que no me gusta —me confió Helwig.

Kirsten hizo una pausa en su comida con la cuchara a medias levantada y el caldo goteando. Estaba claro que había oído. Me miró directamente como si Helwig no estuviera en la habitación.

Fue en ese momento cuando tomé conciencia del aspecto de la niña: el parecido me golpeó como un rayo. Me tambaleé hacia atrás y me tomé del brazo de Helwig.

—Tiene un aspecto raro, y esos ojos —agregó Helwig en voz baja, malinterpretando mi reacción.

Solté el brazo de Helwig, avergonzada por mi repentina pérdida de compostura.

—Qué tontería.

Helwig me escrutó.

—Os advertí que este asunto es peligroso, Fru Anna. Es mejor que no os involucréis.

—No tengo elección, Helwig —respondí de mal humor con los ojos fijos en Kirsten, que había seguido tomándose su caldo.

Me acerqué a la niña y le hablé con dulzura.

—No tienes nada que temer, Kirsten —le aseguré—. Yo cuidaré de ti.

Volvió a levantar la vista y su imagen me atravesó el corazón. Esta niña… ¿cómo era *posible*?

Kirsten tenía los mismos ojos azules grandes, con unas pestañas negras largas y familiares, como pintadas sobre su piel de porcelana. Las pecas salpicaban el puente de su nariz y me pregunté si serían veinticinco. El cabello era una maraña de rizos del mismo rojo vivo y sus dientes sobresalían un poco sobre el labio inferior, igual que los de Christina.

La hija del pescador, Kirsten Iversdatter, era la viva imagen de mi hija muerta. La única diferencia era la edad: Christina murió a los ocho años; me habían dicho que Kirsten tenía doce y, por cierto, era más alta, aunque tenía cara de niña.

—Mataron a mi borrega —dijo con los ojos llenos de lágrimas—. Mataron a Zacarías.

—Las borregas están destinadas a morir —respondí—. Es su propósito.

Mis palabras la sorprendieron. Dejó de comer, con la boca abierta.

—*Agnus Dei* —agregué y me senté a su lado.

—¿Qué significa?

—Significa "Cordero de Dios" en latín, la lengua de

nuestra Iglesia, y así a veces llamamos a Cristo. Cordero de Dios, que quitas los pecados del mundo, ten piedad de nosotros. Él sacrificó su vida por nosotros.

Bajó la cuchara y se limpió la boca con la manga.

Tendría que enseñarle a usar una servilleta.

—¿Zacarías sacrificó su vida por mí? —preguntó, y frunció el ceño—. Balaba mucho. No creo que quisiera morir.

—Bueno, Jesucristo tampoco quería morir, pero lo hizo para salvarnos —le expliqué. Sentía unas ganas tremendas de tocarla para asegurarme de que esta evocación viviente y palpitante de mi Christina era de verdad de carne y hueso.

La primera noche en la casa comunal, Kirsten se durmió con Helwig en el jergón. Pero en mitad de la noche, la criada me despertó.

—Está caminando en círculos y tiene los ojos abiertos, pero no me hace caso cuando le digo que vuelva a la cama —protestó—. No puedo tolerar esto, Fru Anna.

Cuando fuimos a la habitación principal, Kirsten daba vueltas y vueltas alrededor del fuego de la cocina en camisón, con los pies descalzos negros por la suciedad. Fue como una lanza en mi corazón, porque me recordó la última mañana que Christina había entrado en mi alcoba. Sus últimas palabras antes de que la fiebre descendiera afloraron en mi mente. "Me duele la cabeza, mamá".

Supe de inmediato lo que estaba ocurriendo, pues estaba claro que Kirsten padecía sonambulismo. Lo había visto en mi época de esposa de médico en Bergen.

—Es sonámbula —afirmé.

Helwig me fulminó con la mirada.

—No sé qué es eso, pero a mí me parece que el mismísimo diablo se ha apoderado de ella.

—En absoluto. Es un problema médico —preciso—. No es algo tan poco común. Simplemente, camina dormida.

—¡Pero tiene los ojos abiertos, Fru Anna! ¡Fijaos!

Los ojos de Kirsten eran redondos y miraban muy lejos, o muy dentro, como ojos abiertos debajo del agua.

—La despertaré. No pasa nada raro.

Helwig negó con la cabeza.

—Esta niña no está bien, Fru Anna, es un problema…

—¡Basta! —exclamé—. Te pido que no menciones esto a nadie de la fortaleza.

Helwig parecía muy enfadada, pero volvió a tumbarse en su jergón mientras yo llevaba a Kirsten a mi alcoba y la despertaba con suavidad.

Me miró aturdida.

—¿Dónde estoy?

—Estás aquí, conmigo, en mi alcoba, Kirsten. Estabas caminando en sueños.

Su expresión era confusa.

—No me acuerdo.

—Métete en mi cama y vuélvete a dormir.

La niña hizo lo que le dije y se volvió a dormir profundamente.

Encendí una vela, junté las manos y recé a Dios para que protegiera a Kirsten. Su comportamiento me había perturbado y no podía quitarme la advertencia de Helwig de la cabeza. No permitiría que el diablo se llevara a mi pequeña.

Deduje que Kirsten había estado muy alterada por lo de su borrega y que era probable que esa fuera la causa de su sonambulismo. Pero, por otro lado, era muy extraño que estuviera tan angustiada por la borrega y que no hubiera ni mencionado a su hermana Ingeborg o a su madre, quienes sabía que estaban prisioneras y sufriendo en el calabozo de las brujas.

Después de esa primera noche, le comuniqué a Helwig que Kirsten dormiría siempre en mi alcoba. Le indiqué que hiciera un catre con ramas de abedul y pieles de reno a los pies de mi cama, pero la mayoría de las noches, sin que Helwig lo supiera, dejaba que Kirsten se metiera en mi cama.

Observé que había luna menguante y, en los días subsiguientes, Kirsten caminó sonámbula todas las noches. Sin embargo, cuando sobrevino la luna nueva, dejó de hacerlo. Pero entonces, se despertaba en mitad del sueño llorando por su borrega perdida. Yo la invitaba a acurrucarse a mi lado, con los dedos de los pies fríos a causa del suelo, y calentaba sus pies entre los míos, ya que yo nunca tenía frío. Durante el período de vigilia entre el primero y el segundo sueño, le leía historias del niño Jesús o a veces le daba té de flores de borraja y agua de rosas endulzada para dormir. Kirsten solía quedarse dormida mientras yo le acariciaba el cabello y admiraba su textura suave y sedosa, y su color rojo vivo.

Qué ansias tenía, mi rey, de amar a otra alma.

Pero las pesadillas nocturnas de Kirsten eran terribles y solía despertarme con su cara sobre la mía y sus ojos desorbitados por el miedo. Cuando le preguntaba qué le pasaba, me respondía que había soñado que se ahogaba en el mar, como les había ocurrido a su padre y a su hermano.

—Estás a salvo aquí conmigo —la tranquilicé.

—Echo de menos a mi padre —me confesó—. Era el que más me quería.

—Mi padre también murió. Pero me gusta tener recuerdos felices de él. ¿Te acuerdas de alguno de tu padre?

—Sí —respondió—. Me sentaba en su regazo y me hacía cosquillas debajo del mentón.

Ambrosius nunca sentó a Christina en sus rodillas y traté de imaginar al padre perdido de Kirsten Iversdatter como un pescador fuerte de manos amables.

—Papá me contaba historias sobre la gran ballena azul y sobre su reino debajo del mar donde viven todos los pescadores perdidos. ¿Has visto alguna vez una ballena?

—No, pero mi padre tenía el cuerno de un narval.

Le hablé a Kirsten sobre el cuarto de curiosidades de mi padre y se quedó cautivada. Todas las noches me pedía que le describiera un objeto más y su procedencia.

—Pero ¿cómo sabes que no era el cuerno de un unicornio? —me volvió a preguntar sobre el cuerno del narval—. ¿Cómo sabes que los unicornios no viven en una tierra en la que nunca hemos estado?

—Porque ningún alma de ningún dominio de la tierra de nuestro Dios Todopoderoso ha visto jamás un unicornio, pero mi padre vio un esqueleto de narval de verdad.

Kirsten meneó la cabeza.

—Que no puedas ver algo no significa que no exista, porque yo nunca he visto a Dios.

Era una niña lista, aunque Helwig alegaba que era medio tonta porque se pasaba horas mirando el fuego de la cocina y dejaba que el potaje se quemara frente a sus ojos. Pero yo sabía que Kirsten Iversdatter no veía lo que estaba cerca, porque podía mirar hasta distancias muy lejanas, o a través de las llamas hacia el valle del infierno, o hacia arriba, donde moraban Dios, los ángeles y mi Christina.

Yo creía que Kirsten Iversdatter podía ver detrás del velo.

No obstante, otras veces no era más que una chiquilla despreocupada. Para aumentar aún más la antipatía de Helwig hacia ella, había bautizado a todas las ratas, aunque no sé cómo lograba distinguir a las alimañas que compartían nuestra vivienda. Les puso nombres de cuentos que le había contado su padre: Per el Grande y Per el Pequeño (aunque ambos eran del mismo tamaño), Ash Lad, Ganske, Kari Stave Skirt, Lillekort y Haaken Barba Moteada. Intentaba atraparlas y cantarles, como supongo que había hecho antes con su borrega, pero desde luego, las ratas huían.

—Al menos es una forma de deshacerse de ellas —señalé a Helwig, a quien, por cierto, le parecía mal todo aquello.

Una mañana me desperté con los dedos de Kirsten en mi rostro; me daba golpecitos en la mejilla y me miraba fijamente.

—¿Qué tienes en la cara, Fru Anna?

Intenté mantener la calma en mi voz. ¿Tendría viruela? ¿O algo peor?

—Busca el espejo en mi baúl, Kirsten —le pedí.

A menudo me he preguntado por qué pusiste un precioso espejo de mano en mi baúl. ¿Fue un regalo para demostrar tu estima por mí? O, como creo en el fondo de mi corazón, ¿querías que, año tras año, mi imagen envejecida me torturara?

Lo que vi en el espejo me llenó de pavor tanto como la viruela, pues era un gran lunar castaño oscuro en mi mejilla, más grande que cualquiera de los que poseía la viuda Krog.

—¿Se quitará? —preguntó Kirsten.

Negué con la cabeza, llorosa, mientras imaginaba la reacción de Lockhert: "¡Fru Anna Rhodius tiene la marca del diablo en su rostro!".

Kirsten me observaba con curiosidad.

—Abre mi botiquín, Kirsten —le ordené, mientras salía de la cama y me envolvía en la capa.

A Kirsten le encanta curiosear en mi botiquín. Como ya he escrito, es una niña lista, porque en dos semanas ya recordaba todos los nombres de las hierbas y las pociones, y sus posibles usos.

—¿Puedes quitártelo? —repitió.

—No, pero lo puedo ocultar —le expliqué. Abrí mi pequeño frasco de polvo de arsénico—. ¿Qué es esto? —le pregunté, para poner a prueba sus conocimientos.

—Es arsénico y nunca jamás debo tocarlo ni probarlo, porque moriré.

—Muy bien. Pero puedo tomar un poco, mezclarlo con vinagre y con tiza blanca en esta botellita, y colocármelo en la piel. Una pequeña cantidad es segura y vale la pena el riesgo.

Kirsten observó con fascinación mientras yo preparaba la mezcla que había hecho tantas veces para otras mujeres de Bergen que se despertaban con lunares como estos o que simplemente eran vanidosas y querían una piel más pálida. Las había considerado criaturas bastante tristes, pero ahora me unía a sus filas.

Cuando terminé el trabajo en mi cara, el lunar había desaparecido.

Kirsten aplaudió encantada.

—¡Magia! —cacareó con deleite.

—No, Kirsten, esto es ciencia.

Ayer vi desde la ventana de la casa comunal cómo llevaban a la prisionera Solve Nilsdatter a la casa del gobernador para interrogarla. No quise ni pensar en los horrores a los que la someterían y recé para que fuera una bruja, porque entonces las torturas estarían justificadas, pero temía que Lockhert estuviera cometiendo un gran pecado al quebrantar tus leyes.

Pasó una hora, luego otra, mientras esperaba junto a la ventana. Kirsten estaba de pie a mi lado, tomada de mi mano, y juntas observábamos en silencio.

La luna llena de enero ya había salido y la nieve resplandecía bajo su luz cuando por fin Solve Nilsdatter regresó al calabozo de las brujas. La vi y le dije a Kirsten que se diera la vuelta.

Oh, rey mío, ¿qué le habían hecho a la joven y bella madre? Un brazo le colgaba a un lado como un ala quebrada y la sangre goteaba de sus dedos rotos, pero lo peor eran las quemaduras. Vi que le habían rasgado el jubón y que estaba casi desnuda, en ropa interior, bajo la luz de la luna ártica. La piel de su pecho estaba al rojo vivo y el olor del azufre llegaba hasta la casa comunal. El odioso alguacil Lockhert lo había derramado sobre sus pechos.

Solve caminaba con la cabeza inclinada, de modo que no podía verle el rostro, y la espalda encorvada, como si hubiera envejecido cien años. Arrastró su cuerpo por el patio, empujada por un soldado, y entró en el calabozo de las brujas.

Observé cómo el alguacil Lockhert regresaba a la caseta de entrada con expresión satisfecha y sentí que el estómago se me revolvía de asco.

—Tráeme el botiquín, Kirsten.

Obedeció sin decir palabra y se quedó mirando mientras yo buscaba mi pequeño frasco de agua destilada de uña de caballo y flor de saúco, que pretendía aplicar con paños en las quemaduras de Solve.

A pesar de no haber conseguido que ninguna de las mujeres confesara, aún tenía en mi poder la llave del calabozo de las brujas. Me puse la capa y el sombrero.

—¿Puedo ir contigo, Fru Anna? —Los ojos azules de Kirsten eran conmovedores.

—No, pequeña. —No quería que viera a su madre o a su hermana en un lugar así, y menos aún el estado de las demás prisioneras—. Es tarde. Mira, Helwig ya está durmiendo. Métete en mi cama y caliéntamela.

—¿Traerás a Ingeborg contigo?

—Esta noche no puedo, pero lo haré pronto; el gobernador me ha prometido que sacará a Ingeborg y a Maren del calabozo de las brujas.

Era la primera vez que Kirsten mencionaba a su familia desde que vivía conmigo. Su pregunta sobre Ingeborg me inquietó un poco, porque creía que Kirsten me pertenecía a mí y a nadie más, y que deseaba estar a mi lado.

Me deslicé en la penumbra oscura del calabozo de las brujas. El leve olor a azufre que había percibido antes en el viento era ahora insoportable y me llevé el pañuelo a la nariz e inhalé profundamente. Colgué el farol en el gancho en la pared y apreté el botiquín contra mi pecho.

Las tres mujeres y las dos niñas estaban juntas.

—Mira lo que le ha hecho el alguacil. —La viuda Krog habló con ojos acusadores, como si yo tuviera la culpa.

—No puedo hacer nada contra sus métodos —me defendí con brusquedad—. Estoy aquí para aliviar su dolor.

Examiné a la pobre Solve, pero no había mucho que pudiera hacer para paliar el daño causado en su piel. Le apliqué paños mojados con agua de uña de caballo en las zonas afectadas y le di un vaso de vino con unas gotas de aceite de lavanda para calmarla. Tenía la cabeza apoyada en el regazo de su prima; estaba claro que ya no había más recriminaciones entre ellas.

—La obligó a confesar —susurró Zigri asustada—. Nos ha denunciado a todas.

Meneé la cabeza con el corazón oprimido por el sufrimiento de estas mujeres, pues ahora el gobernador tenía sus pruebas para el juicio por brujería.

—No debemos mostrar nuestro miedo —declaró Maren, como si yo no estuviera de pie a su lado—. No tengáis miedo. Nuestro poder puede ser grande.

Cuando salí de la celda, no regresé a mi prisión. A pesar de las amenazas del alguacil, no le tenía miedo. Había sufrido demasiado en el pasado como para temer lo que pudiera depararme el futuro, así que llamé con fuerza a su puerta.

Era evidente que había estado bebiendo, porque emanaba olor a cerveza. Todavía tenía sangre en la túnica y ni siquiera se había lavado la sangre de la pobre mujer de las manos.

—Vaya, Fru Rhodius —dijo—. Me siento muy halagado por su visita, pero sois un poco vieja para mi gusto.

Quise gritar mi afrenta ante su insinuación, pero me contuve.

—Pasad, si lo deseáis —me invitó cuando no me moví del umbral.

—No —respondí, pues no tenía intención alguna de poner ni un pie dentro de su guarida—. Estoy aquí porque... —Busqué las palabras adecuadas—. Os ruego que dejéis de atormentar a las mujeres.

Sus ojos brillaron ante la mención de sus viles acciones.

—¿Por qué habría de hacerlo? La muy perra confesó en un día después de que vos os pasasteis semanas complaciéndolas y no lograsteis arrancarles ni una palabra de la verdad.

—Es contrario a la ley...

—¿Podéis callaros, mujer? —me regañó—. En mi país ya os habrían condenado al cadalso por vuestras arengas constantes. —Me puso una de sus manazas en el pecho y me empujó hacia atrás. Aterricé en la nieve y se me cayó el botiquín.

—¿Quién os creéis que sois? —continuó con desprecio—. Bueno, os diré *quién soy yo*, por si no os ha quedado claro. Mi propósito, hasta el día de mi muerte, es cazar brujas. Para eso me mandó llamar el gobernador de Finnmark. Vosotros no sabéis cómo enfrentaros a las brujas, pero los escoceses sí.

Me senté en la nieve, con el botiquín apretado contra el pecho, aliviada de que no se hubiera abierto.

—Las brujas me quitaron a mi familia. Éramos cuatro cuando zarpamos de Escocia rumbo a Noruega, pero mi esposa y mis dos hijos murieron ahogados. —Se inclinó sobre mí y su saliva mojó mis mejillas—. Igual que el comerciante Brasche, yo también vi brujas transformadas en pájaros volando alrededor de nuestro barco, y luego llegó la tormenta. Sabían lo que yo venía a hacer e intentaron ahogarnos a todos haciendo naufragar el barco. ¡Pero yo sobreviví!

Me escupió, y un grueso esputo me cayó en la frente antes de que se enderezara y entrara de vuelta el barracón con un portazo.

Me limpié la saliva de la cara, asqueada, y me puse de pie.

Aquel hombre era vil. Y yo te pregunto, mi rey, ¿cómo era posible que un alma así viviera cuando a tantas otras les era arrebatada la vida con crueldad, a veces en un instante?

Y, sin embargo, había captado algo en sus ojos —una pena profunda y persistente—, porque el alguacil Lockhert tenía la mirada de alguien que había perdido todo lo que alguna vez había amado.

CAPÍTULO 36

Ingeborg

A la mañana siguiente de que Solve regresara rota y dolorida de su interrogatorio con el monstruo de Lockhert, se dio la orden de que Ingeborg y Maren fueran sacadas del calabozo de las brujas.

—Preferiría manteneros encerradas a todas juntas —admitió el alguacil Lockhert—. Pero el gobernador quiere que os separéis. —Se inclinó y dirigió una mirada fría a Ingeborg. Sus ojos parecían los de una vaca enloquecida por la enfermedad: muy abiertos y asustadizos—. Sí, consideraos afortunadas, muchachas, de estar bajo el cuidado de Fru Rhodius. Será mejor que le contéis toda la verdad. —Clavó su dedo sucio en el pecho de Ingeborg—. De lo contrario, volveréis bajo mi dominio.

Ingeborg se esforzó por no mostrar su miedo y cerró los puños a ambos lados del cuerpo.

—Sí, el gobernador cree que estando lejos de la influencia de vuestras parientes brujas, se os podrá sacar la verdad. —Se volvió hacia Maren con una expresión más cautelosa—. Si de mí dependiera, os la arrancaría con las manos, ya que no hay duda de vuestras brujerías.

La madre de Ingeborg sollozó al pensar en perderla y se

sujetó el vientre hinchado. La rabia que Ingeborg sentía por la inmoralidad de su madre se había convertido en compasión. Le prometió que haría todo para ayudarla.

Atravesaron el patio resbaladizo y fueron recibidas en la casa comunal por Fru Anna Rhodius y su malhumorada criada Helwig. Ingeborg había perdido a su madre, pero aquí al menos estaba Kirsten, a salvo.

—Hola, Inge —la saludó Kirsten con los ojos bajos, sentada a la mesa de Fru Anna en un taburete y balanceando las piernas, como si el día anterior hubieran estado juntas en el pantano recogiendo turba.

—¡Hermana!

Ingeborg corrió hacia ella, pero Kirsten retrocedió.

—¡Apestas! —exclamó y arrugó la nariz con asco.

Ingeborg y Maren fueron enviadas al lavadero con Helwig, quien las restregó sin piedad como si quisiera purgar el mal que había en ellas.

—¡No puedes quitarme el color de la piel! —Maren se apartó de la vigorosa criada—. Siempre tengo este tono.

Helwig enrojeció.

—Nunca he visto nada igual.

Ingeborg pensaba que Maren era hermosa. Se sentía sin fuerzas y endeble en comparación con su amiga alta y espléndida. ¿Qué haría sin la negativa de Maren a ceder a las amenazas de Lockhert? La muchacha le infundía valor; una extraña sensación de que existía algo más allá de lo que podía ver con los ojos. Si Ingeborg se permitía creer que tenía poder, tal vez, tal vez podría ser cierto.

Una vez limpias, se vistieron con jubones viejos de lana gris y faldas negras pesadas y desechadas por criadas fallecidas hacía tiempo. Todo le quedaba grande a Ingeborg.

—¡Pareces una de las elfas enanas de la viuda Krog! —se rio Maren.

—¡No es cierto! —protestó Ingeborg indignada.

—Ven, ven y lo verás. —Maren la tomó del brazo y la llevó fuera. La condujo hasta el borde de una placa de hielo creada por el agua que escurría del lavadero—. Compruébalo tú misma —agregó sin dejar de reír, y le indicó que mirara hacia abajo.

Ingeborg avanzó con sus botas viejas y observó su reflejo en el hielo con cierta angustia en el corazón. ¿Qué aspecto tendría después de tantas semanas en el calabozo de las brujas? Pero Maren tenía razón. Tenía un aspecto ridículo. Un ratoncito enfundado en lana gris y negra. Con expresión lastimera y ojos muy abiertos y asustados. Soltó una carcajada que recorrió todo su cuerpo tenso.

Estaba mal reírse en medio de tanto padecimiento, pero Ingeborg no pudo contenerse. Sobre todo cuando vio también el reflejo de Maren y las caras que ponía en el hielo para hacerla reír aún más. ¡Y qué corta le quedaba la falda a Maren! No solo se le veían los tobillos, sino también las pantorrillas, pobladas de vello oscuro.

Las dos jóvenes rieron hasta llorar. Y luego, la alegría previa se desvaneció. Se miraron, una tan alta y la otra tan pequeña. Pero, aun así, dos niñas. Maren abrió los brazos y lloraron abrazadas contra sus chaquetas de lana áspera, temblando, sosteniéndose mutuamente, hasta que Helwig les gritó que dejaran de hacer ruido.

Después de días y noches sin principio ni fin en el calabozo de las brujas, Fru Anna imponía orden y rutina en la casa comunal. Tras las oraciones matutinas en la oscuridad, encendía una vela para que las jóvenes aprendieran a leer. Fru Anna tenía una edición danesa de la Biblia luterana con una foto del rey Cristian III, abuelo del rey Federico, en la portada. Era el primer libro que Ingeborg había tocado.

Fru Rhodius se sentaba frente a las chicas y les enseñaba

a leer. Les permitía que siguieran el trazo de la escritura bíblica con el dedo si lo tenían limpio. Ingeborg delineó la "E" de embarazada una y otra vez. Y luego la "S" que bailaba sobre la página. Aprendió la palabra *SATÁN*.

"Una serpiente, una *lávvu* sami, un árbol, otra *lávvu* y la montaña al otro lado".

—Cuando puedes leer la Biblia, estás más cerca de Dios —les explicó Fru Anna—. A veces, Dios no elige a una mujer para que sea madre. A veces su deber es difundir las enseñanzas de Jesucristo.

Fru Anna les contaba historias bíblicas sobre Jesús y, durante algunos minutos, Ingeborg lograba olvidar dónde estaban. Jesús también había sido muy pobre. Había nacido en un establo, rodeado de animales. Había amado a los animales, como Maren, y se había negado a tratar a las mujeres de forma diferente. A Ingeborg le encantaban los relatos de Jesús y María Magdalena. Pero después de estas historias bíblicas venía el catecismo: horas agotadoras en las que Fru Anna les hacía preguntas y ellas debían responder palabra por palabra, tal como estaba escrito en el ejemplar del catecismo de Lutero que le había dado el reverendo Jacobsen para instruirlas.

—¿Qué es el bautismo? —preguntó Fru Anna a las chicas.

Aunque Ingeborg había aprendido el catecismo con el reverendo Jacobsen en Ekkerøy, ahora las palabras se habían suprimido de su memoria. Pero Kirsten había aprendido bien de Fru Anna durante el tiempo que había pasado a solas con ella.

—El bautismo no es solo agua, sino agua comprendida en el mandato de Dios y conectada con la palabra de Dios.

Fru Anna apoyó una mano sobre los rizos rojos de Kirsten y le dedicó una sonrisa benévola.

—Buena niña —dijo. Retiró la mano y tomó el catecismo para leerlo—. ¿Qué os da el bautismo o en qué os beneficia?

—El bautismo obra el perdón de los pecados, libra de la muerte y del diablo y da la salvación eterna a todos los que creen en él, tal como lo declaran las palabras y promesas de Dios —recitó Kirsten.

—¿Cuáles son esas palabras y promesas de Dios? —continuó Fru Anna.

Maren bostezó y se rascó la pierna debajo de la falda de lana.

Fru Anna miró a Maren con desaprobación antes de esperar la respuesta de Kirsten con una sonrisa expectante.

—Cristo, nuestro Señor, dice en el último capítulo de Marcos —Kirsten hizo una pausa y cerró los ojos antes de proseguir—: El que crea y sea bautizado será salvado, pero el que no crea será condenado.

Ingeborg observaba a Kirsten con estupor. Nunca había manifestado tanto interés por el catecismo cuando las habían obligado a recitarlo todas las semanas con el reverendo Jacobson. Pero había algo diferente en su hermana cuando Fru Anna le hablaba. Como si se hubiera encendido una luz en su interior. Cuando Ingeborg lo pensó, se dio cuenta de que esa luz había existido antes, pero se había apagado la noche en que habían dado por perdido a su padre.

—¿Cómo puede el agua hacer cosas tan grandes? —prosiguió Fru Anna con toda su atención puesta en Kirsten, como si Maren e Ingeborg fueran ahora invisibles para ella.

Kirsten inclinó la cara hacia la mujer y repitió con voz alegre y cantarina las palabras que le habían enseñado.

"¿Las entenderá siquiera?".

—No es el agua la que las hace, sino la palabra de Dios en y con el agua, y la fe, que confía en la palabra de Dios en el agua. Porque sin la palabra de Dios, el agua no es más que agua y no bautismo. Pero con la palabra de Dios, es un bautismo… —vaciló Kirsten.

—... un agua de vida misericordiosa —intervino Fru Anna.

—Un lavado de regeneración del Espíritu Santo —concluyó Kirsten.

—Sí, en efecto, como dice san Pablo en la epístola a Tito, capítulo tres. —Fru Anna soltó un suspiro dramático y Maren puso los ojos en blanco mirando a Ingeborg.

La falta de reverencia de Maren era escandalosa, pero una parte de Ingeborg también quería poner los ojos en blanco. Toda su vida había creído que era una buena cristiana; en otros tiempos, había sido capaz de recitar las palabras del catecismo a la perfección. Y a pesar de eso, la habían encarcelado y le habían dicho que era poco cristiana, una chica mala mala.

Suspiró con el corazón afligido por las recitaciones devotas de su hermana del maltrecho ejemplar del catecismo luterano.

—A ver, Ingeborg. —Fru Anna le dirigió una mirada fría—. ¿Qué significa ese bautismo con agua?

Ingeborg buscó las palabras adecuadas. El agua ahogaba, sí, el agua ahogaba el mal, y entonces todo era puro. Sabía que eso era parte de la respuesta, pero no sabía cómo decirlo, de modo que meneó la cabeza.

Fru Anna chasqueó la lengua.

—¿Maren? ¿Te sabes el catecismo?

Maren se encogió de hombros.

—Por supuesto, pero me aburre repetir palabras tan pesadas. ¿Puedo contar un cuento, Fru Anna?

—Más tarde. Pero, niña —advirtió Fru Anna—, tus cuentos no te servirán de nada. Si aprendes el catecismo, te ayudará...

—El agua significa que, a través de la contrición y el arrepentimiento diarios, el antiguo Adán en nosotros debe ahogarse y morir con todos los pecados y los malos deseos, y un hombre nuevo debe surgir y levantarse cada día para vivir ante Dios en rectitud y pureza para siempre. —Maren pronunció las palabras con rapidez antes de inclinarse hacia delante y señalar con el dedo a Fru Anna, quien la observaba atónita—. Pero, ¿qué hay de nosotras, las doncellas, las madres, incluso las mujeres nobles como tú? ¿Por qué no hay mención alguna de Eva? Dime ahora, ¿cómo pudo Lutero olvidarse de nosotras, cuando él llegó a este mundo *a través* de una de nosotras?

Los ojos de Fru Anna se abrieron con incredulidad al escuchar esas palabras, pero no la amonestó. En cambio, se levantó y dejó el libro sobre la mesa. Se metió la mano en el bolsillo. Ingeborg imaginó que sus dedos rozaban la llave del calabozo de las brujas y deseó meter su propia mano en el bolsillo y quitársela.

Cuando Fru Anna sacó la mano, tenía el puño apretado. Se acercó a las niñas y abrió la palma. En ella había tres almendras más grandes que las que les había dado en el calabozo de las brujas hacía muchas semanas; el azúcar sobre ellas parecía polvo de nieve glaseado y a Ingeborg se le hizo agua la boca de solo pensar en comerse una.

—¿Queréis una de mis almendras garrapiñadas? —ofreció sin esperar respuesta—. Me las ha enviado el rey de Dinamarca y las compartiré con vosotras como recompensa si sois buenas chicas —agregó con aire tenso—. Lo único que tenéis que hacer es responder a una pregunta: ¿vuestra madre, Ingeborg y Kirsten, o vuestra tía, Maren, os bautizaron en nombre del diablo y os entregaron a él?

"Solo una pregunta, dice, ¡pero qué pregunta!".

—Mi madre… —empezó Kirsten con los ojos fijos en la almendra, pero Ingeborg apoyó una mano de advertencia en el brazo de su hermana.

—Nuestra madre no ha hecho nada de eso —intervino, y se volvió hacia Maren.

Cuando Maren no dijo nada y se limitó a lanzar una mirada amenazadora a Fru Anna, Ingeborg respondió por ella:

—Y la tía de Maren tampoco la bautizó.

¿Parecía Fru Anna aliviada por la respuesta? Fue como si hubiera estado conteniendo la respiración, y lanzó un suspiro hondo. Les entregó una a una las almendras garrapiñadas, a pesar de que no habían confesado nada.

Qué dulzura en la boca, mayor que la más dulce de las bayas de verano. Pero cuando Ingeborg mordió la almendra, el sabor era de otro mundo. No como el de su casa en Ekkerøy, sino el mundo al que había deseado navegar con su hermano Axell.

Algunas tardes, Fru Anna les enseñaba un poco sobre las hierbas curativas que guardaba en su botiquín, sin dejar de advertirles que no se acercaran a ellas, ya que algunas podían ser venenosas si se tomaban en exceso. Los diferentes nombres y usos se entremezclaban en la cabeza de Ingeborg, pero Kirsten y Maren aprendieron enseguida.

Antes de cenar, las niñas practicaban la escritura con los dedos en los rincones de la casa comunal.

—Mira, Ingeborg, tu nombre es el más largo —exclamó Maren mientras Ingeborg leía en voz alta y con lentitud los tres nombres garabateados en el fango: "Ingeborg, Maren, Kirsten".

—Todos juntos —añadió Maren con aire de satisfacción.

Después de que la campana de la iglesia tocara doce veces, se sentaban a comer. La comida solía consistir en potaje y bacalao salado. Maren se negaba a comer pescado e Ingeborg temía que adelgazara demasiado. Pero la joven siempre tenía un bolsillo lleno de tubérculos o tallos para chupar. Fru Anna nunca le preguntaba de dónde los sacaba.

Con el paso de las semanas, el sol volvió a asomar en el

horizonte, unas pocas horas de luz antes y después del mediodía. Un azul intenso e inquietante emergió de debajo de la capa de nieve y llenó el cielo. Cuando Ingeborg extendía la mano hacia fuera, parecía como si la luz crepuscular se la tragara, y se imaginaba que el cielo querría arrastrarla tras sus cortinas. De buena gana se hubiera escondido, pero su exposición era implacable, pues la vida en la casa comunal proseguía con su ronda habitual de oraciones, tareas, catecismo y preguntas diarias. ¿Cómo habían aprendido su madre y Solve el arte de la brujería? ¿Cómo habían conocido al diablo? ¿Habían participado de la magia de las tormentas? Aunque ella y Maren se negaban siempre a responder, no recibían castigo alguno. Pero lo que más le preocupaba a Ingeborg eran las largas horas que Kirsten pasaba con Fru Anna en la alcoba. Era el lugar donde su hermana menor elegía dormir, en un pequeño jergón a los pies de la cama, mientras que Ingeborg y Maren compartían el jergón de la criada Helwig.

—¿Qué le has estado contando a Fru Anna? —preguntó Ingeborg a su hermana.

Kirsten la miró con expresión vacía.

—Nada. Me da azúcar para comer, con limón, y también más almendras garrapiñadas. —Hizo una pausa—. Le gusta llamarme Christina. Creo que era el nombre de su hija.

Ingeborg la miró ceñuda.

—Pero tú no eres su hija, Kirsten, recuérdalo.

—¡Mamá nunca me ha querido, Inge! —Kirsten se marchó haciendo aspavientos.

El juicio se acercaba y su hermana estaba bajo la influencia de Fru Rhodius. El tiempo apremiaba.

Los soldados vigilaban el calabozo de las brujas e Ingeborg no podía acercarse. Por las noches, junto al fuego de la cocina, examinaba la falda de Fru Rhodius. Bajo sus enaguas, en el bolsillo, estaba la llave del calabozo de las brujas. Tenía que quitársela. Pero la mujer danesa llevaba la llave encima todo el tiempo y la escondía debajo de la almohada por las noches.

Ingeborg, apretujada entre Maren y Helwig en el jergón, se presionaba las sienes con los puños. "Piensa, Ingeborg, piensa. Tiene que haber una manera".

Ingeborg había sido llamada al castillo para que la interrogase el gobernador. El alguacil Lockhert la empujó dentro de la sala de estar antes de girar sobre sus talones y marcharse. La joven se quedó de pie en la puerta, insegura, con los hombros doloridos donde Lockhert la había sujetado y abrumada por la majestuosidad ante sus ojos. Era aún más grande que la sala de estar de Heinrich Brasche; las paredes estaban decoradas con ricos tapices y pinturas al óleo, y un fuego ardía en la chimenea. No era turba lo que chisporroteaba, sino madera preciosa. El calor de la estancia le hacía gotear la nariz y se la limpió con la manga, sin atreverse a imaginar la repugnante imagen que estaba dando.

El gobernador Orning estaba sentado en una de las grandes sillas de madera en el fondo de la sala, con su larga cicatriz de guerra que partía su rostro de piedra.

A su lado había una mujer joven que Ingeborg supuso que era su esposa. Su cabello era tan pálido que casi parecía blanco y llevaba un vestido de satén negro; el cuello de encaje blanco estaba decorado con una rosa de seda carmesí en el centro. El rojo resaltaba sobre el escote blanco. Una gran gata negra se acurrucaba en su regazo e Ingeborg alcanzaba a oír su ronroneo fuerte y rítmico. La mayor parte del rostro de Fru Orning estaba oculto por un enorme abanico de encaje negro que sujetaba con una pequeña mano blanca para protegerse del fuego intenso que ardía en la chimenea.

El gobernador se levantó, estorbando a los dos perros

loberos tendidos a sus pies. La gata contempló con fría indiferencia a los perros y siguió ronroneando sobre el regazo de la mujer.

—Ven conmigo, muchacha. —El gobernador le hizo un gesto con el dedo para que lo siguiera.

Su esposa dejó de abanicarse. Había una advertencia en sus ojos. Pero ¿qué podía hacer Ingeborg? No podía desobedecer al gobernador de Finnmark. Lo siguió y entró en una enorme sala. No tenía muebles, excepto por una silla imponente, una cornamenta de ciervo que colgaba sobre ella y un gran cofre. Varios tapices y pinturas al óleo decoraban las paredes y las ventanas de cristal carecían de cortinas. No había un fuego encendido y hacía mucho frío. Ingeborg vio caer la nieve al otro lado de las ventanas.

—¿Sabes qué sala es esta? —preguntó el gobernador Orning.

Ingeborg negó con la cabeza, temblando de frío y de malos presentimientos.

—Es la sala del tribunal de Vardøhus —precisó con los ojos brillantes—. Muy pronto se llenará de gente. Yo, mi leal alguacil Lockhert y un jurado de doce hombres buenos. Y las brujas acusadas.

Un escalofrío bajó por la columna de Ingeborg.

—¡Sí, en pocas semanas, nos habremos librado de las brujas! —exclamó. Se sentó en el gran sillón y le indicó que se acercara.

Ingeborg dio un paso hacia delante de mala gana.

—Debo preguntarte por un incidente que ha salido a la luz hace poco —prosiguió el gobernador con expresión severa—. El comerciante Brasche me ha enviado una carta para contarme lo que ocurrió en Nochebuena en la casa de su primo Anders Pedersen en Kiberg.

Ingeborg juntó las manos y se preparó para el interrogatorio.

—Llegaron brujas bajo la forma de pájaros, se transformaron en gatos y se introdujeron en su bodega. Se reunieron con el diablo y se bebieron toda la cerveza de Anders Pedersen. ¿Qué puedes decirme sobre eso, Ingeborg Iversdatter?

Ingeborg miró al gobernador con estupor.

—No sé nada de esos sucesos, su señoría.

—Mientes —reprochó el gobernador—. El propio comerciante Brasche te vio, porque él y Anders Pedersen se encontraron contigo y con Maren Olufsdatter, la hija de la otra bruja, su tía Solve Nilsdatter y tu propia madre.

—No. —Ingeborg negó con la cabeza, presa del pánico—. No es verdad. De hecho, la víspera de Navidad estábamos prisioneras aquí...

Su voz se fue apagando y el gobernador se puso de pie y meneó la cabeza.

—Solve Nilsdatter lo ha confesado. Dijo que todas os convertisteis en gatos y salisteis del calabozo de las brujas con ayuda de vuestras garras. Luego os transformasteis en pájaros y volasteis por el estrecho de Varanger hasta el pueblo de Kiberg.

—No sabe lo que dice... —protestó Ingeborg.

El gobernador se acercó y le hundió el dedo en el pecho. Ingeborg retrocedió hacia la pared al otro lado de la sala.

—¿Entiendes lo grave que es este delito? ¿Que las mujeres se cuelen en la bodega de un hombre y se beban toda su cerveza?

—El comerciante Brasche se equivoca. Él y Anders Pedersen se bebieron toda la cerveza.

—¿Estoy escuchando una calumnia? —El gobernador enarcó las cejas y de repente pareció divertido—. Puede que seas joven, pero no te acobardas con facilidad, ¿verdad, muchacha?

Ella no dijo nada; deseaba que la dejara en paz.

—¿Cuántos años tienes, Ingeborg Iversdatter? —inquirió a continuación; estaba claro que no tenía intención de dejarla marchar.

—Dieciséis años, su señoría.

—Eres solo un año mayor que mi esposa cuando la llevé a la cama por primera vez.

Ingeborg pensó en la muchacha pálida vestida de negro, con la rosa de seda roja y el rostro oculto por el gran abanico.

—Menudo alboroto se montó. Tuve que obtener el perdón del rey porque me la había llevado en contra de la voluntad y de la aprobación de su familia. ¡Cómo se enfadó el padre de Elisa! —El gobernador Orning le dirigió una sonrisa sombría, alargó una mano y le apartó el pelo de la cara. Ingeborg se sobresaltó como un animalito asustado—. Es una pena que tengas el cabello del color de la tierra, pero me gustan tus ojos. De un tono canela cálido, y como si sugirieran "ven aquí". —La mirada del gobernador recorrió todo su cuerpo—. Y esa ropa te queda demasiado grande, pero lo que me gusta es lo que hay debajo.

Avanzó con expresión amenazante, e Ingeborg retrocedió de nuevo. Sus hombros se apretaron contra la pared.

—En realidad, no hay comparación, porque mi esposa es hija de un noble y tú eres la hija de una amante del diablo, pero, de todos modos, ahora me perteneces. —El tono de su voz había cambiado y había lascivia en su rostro.

Ingeborg apretó las manos contra las frías paredes de madera de la sala del tribunal.

—Ahora veremos si llevas la marca del diablo —agregó—. Dame tu mano.

Ella no tuvo más remedio que levantar las manos. Él examinó una y luego la otra.

—¿Qué es esta cicatriz? —preguntó con gesto ceñudo.

—Me mordió el perro del comerciante Brasche —susurró ella.

El gobernador ladeó la cabeza. Con ojos incrédulos.

—Quítate las botas —le ordenó.

Ingeborg se quitó las gastadas botas de piel de reno. Sus viejas medias de lana estaban llenas de agujeros por donde asomaban los dedos de los pies.

—Quítate las medias —El gobernador se apretó las manos—. Y el jubón y la falda.

Ingeborg se paralizó, horrorizada.

—Haz lo que te digo —la presionó con voz áspera—. ¿De qué otro modo puedo examinarte en busca de la marca de Satanás?

—Su Señoría, os lo ruego, no tengo conocimiento del diablo...

—¡Quítate la ropa ahora, muchacha, o haré que Lockhert te la arranque!

Ingeborg se tragó el nudo que tenía en la garganta. No lloraría delante del gobernador. Cerró los ojos y empezó a desabrocharse el jubón con las mejillas encendidas por la humillación a medida que se aflojaban las ballenas.

Cuando estuvo vestida solo con su enagua y temblando, el gobernador empezó a examinarla. Le levantó los brazos, le apartó la tela del cuello, introdujo una mano y la tocó alrededor de los pechos. Apoyó la mano en el pequeño pecho izquierdo y le apretó el pezón. Ingeborg soltó un gemido de dolor.

—Todo normal aquí, aunque tienes el físico de un niño —comentó con una sonrisa desagradable—. Ponte de pie sobre el cofre.

Ingeborg se subió al cofre que estaba junto al gran sillón. Al otro lado de la alta ventana, la ventisca se arremolinaba con violencia.

—Levántate la enagua hasta la cintura.

Ella volvió a tragar saliva y meneó la cabeza.

—Te he dicho que te levantes la enagua.

Encima del cofre, era tan alta como el gobernador. Podía mirarlo directamente a sus ojos de pez muerto. Volvió a menear la cabeza.

—Entonces lo haré por ti. —Tiró con brusquedad hacia arriba del dobladillo de la prenda.

En un impulso, Ingeborg lo apartó de un empujón, saltó al suelo y cruzó corriendo la sala del tribunal hacia la gran puerta en el otro extremo.

—¡Vuelve aquí, zorra! —gritó el gobernador.

Ingeborg abrió la puerta de un tirón. La nieve caía con intensidad; aunque seguía descalza y en ropa interior, nada la detuvo.

Salió a la ventisca, y él salió tras ella. Podía sentir su aliento en la nuca, el olor apestoso a vino añejo y a humo de leña. La tomó de un brazo, se lo retorció en la espalda y la hizo volverse. Ingeborg gritó, pero la nieve que caía amortiguó su voz. El gobernador la empujó y la hizo caer sobre el hielo compacto y húmedo. Ingeborg extendió las manos hacia delante, pero él ya estaba encima de ella y le inmovilizó los brazos a los lados. La abofeteó con fuerza en la cara y le subió la enagua por encima de la cintura.

—Eres una bruja puta como tu madre —gruñó.

Su saliva cayó sobre las mejillas de Ingeborg, y la furia de su cuerpo y su odio la mantenían clavada en la nieve.

—No te resistas, o haré que os quemen a todas, incluso a tu hermanita.

Ingeborg dejó de luchar. No podía arriesgar la vida de las demás, no así.

"No tengáis miedo". La voz de Maren estaba dentro de su cabeza. "Nuestro poder puede ser grande".

Ingeborg cerró los ojos, oyó el ruido del cinturón al ser desabrochado, sintió las manos torpes que separaban sus piernas y el aliento caliente y aterrador en sus mejillas.

La desvirgó.

La aplastó con su peso. Y fue como si le hubiera clavado una espada entre las piernas. El dolor la atravesó.

Ingeborg se quedó tan inerte como un muerto. Pensó en Axell hundiéndose en el fondo del mar y en cuánto habría tardado en ahogarse. Contó. "Uno. Dos. Tres. Cuatro. Cinco. Seis. Siete. Ocho. Nueve…".

Sintió que se elevaba del suelo helado. Cuando abrió los ojos, estaba mirando desde arriba: el gobernador, tendido sobre ella con los calzones por las rodillas, la estaba violando.

Se elevó cada vez más alto y adoptó su forma de pájaro. Voló hacia arriba y se alejó, dejó atrás la fortaleza y cruzó el estrecho de Varanger.

Debajo de ella, las olas bañaban las capas de hielo. Ingeborg contempló las rocas salientes y las burbujas de agua encerradas bajo la superficie helada. El agua aprisionada era el amor que buscaba.

Voló hacia tierra firme. Más cerca de la orilla, el hielo era más grueso, con hilos de escarcha blanca esparcidos al azar por su superficie. Sobrevoló las blancas alturas de la montaña Domen, pero no vio al diablo en su cima. Y siguió volando, sin detenerse, con furia, sobre las blancas y desoladas extensiones de la península de Varanger. Desde allí, divisó una manada de lobos; su líder aullaba con los ojos vueltos hacia lo alto. La manada entera sentía su dolor.

Ingeborg voló hasta su casa en Ekkerøy, dio vueltas sobre el pueblo y observó a sus vecinos ocupados en sus tareas. A pesar de que los llamó, nadie la vio y todos hicieron oídos sordos a sus súplicas. Cuando planeó por encima de la casa del comerciante Brasche, salpicó su escalón de entrada con excrementos de pájaro, antes de hacer lo mismo en la casa del hijo.

Aterrizó en un pantano helado y allí encontró al diablo en la forma de un perro negro. Le silbó e hizo que el perro se inclinara ante ella. Tan pronto como lo hizo, regresó a su cuerpo y al gobernador que lanzaba su última y dura estocada dentro de ella.

—¡Por el amor de Dios! —gritó una voz de mujer en danés. Ingeborg conocía esa voz—. ¡Gobernador, debo protestar!

El rostro de Anna Rhodius, blanco de espanto, apareció de pronto. Tenía una mano apoyada en el hombro del gobernador.

—¿Cómo os *atrevéis*? —El gobernador se echó hacia atrás. Con expresión airada, apartó la mano de Anna Rhodius.

—¡Es casi una niña, gobernador Orning! —continuó Fru Rhodius con tono autoritario.

Ingeborg se sintió impresionada. ¡Cómo se enfrentaba esta mujer al hombre más poderoso de Finnmark!

—Es la hija de una puta al servicio del diablo. —El gobernador siguió maldiciendo a Ingeborg y a su madre.

—Eso aún no ha sido demostrado, su señoría —le recordó Anna en voz baja, y desvió la mirada.

El gobernador se incorporó con el rostro amoratado y se abrochó los calzones.

—Sí, de hecho, el diablo se apoderó de la muchacha y me tentó a que la tocara —alegó—. Gracias a Dios que aparecisteis, Fru Rhodius.

Fru Rhodius lo ignoró y se inclinó hacia Ingeborg. Le bajó la enagua con suavidad y alisó la tela. Le tendió la mano para que Ingeborg la asiera.

Pero ella no lo hizo. No, aquella mujer que parecía tan amable no era su amiga. Se levantó por su cuenta, llena de rabia, y se alejó bajo la nieve.

—¡Regresa, Ingeborg! ¡No llevas ropa ni botas! Es muy indecoroso y, además, te vas a congelar —gritó Anna.

—Dejadla —oyó decir Ingeborg al gobernador—. Las puertas de la fortaleza están cerradas. No puede ir a ninguna parte. Un paseo frío por la nieve podría convencerla de confesar todo lo que sabe.

Con cada paso que daba, Ingeborg era presa de la vergüenza. La nieve le escocía los pies descalzos. Pasó junto al barracón de turba de los soldados y trató de ignorar sus miradas atrevidas. Sentía dolor entre las piernas, como si le quemaran. Sin embargo, estaba decidida a no llorar. La nevada oscurecía el calabozo de las brujas. Cómo deseaba volver a estar allí con su madre. No le importaban el hambre, la suciedad ni el hedor, porque al menos allí dentro no estaba sola.

Subió los escalones cubiertos de nieve hasta lo alto de los muros de la fortaleza. Recorrió el perímetro y se tambaleó sobre un saliente de nieve, sin que le importara si caía en picado hacia la muerte. Desde la almena de la esquina, contempló Vardø. El viento era tan salvaje que no volaba ni un pájaro. El cielo se arremolinaba con nieve contra la oscuridad; deseó que esta oscuridad la tomara en sus garras y la arrojara mar adentro.

Bajó la vista a sus pies. Sus dedos azules estaban manchados de sangre. Al volverse, vio un rastro de sangre por donde había venido. Se puso en cuclillas en las almenas, escondida detrás de uno de los cañones, y se levantó la túnica para mirar.

Tenía las piernas manchadas de rojo y, cuando puso las manos entre ellas, se cubrieron de sangre. También había sangre en su enagua blanca.

El asqueroso gobernador le había arrebatado su virginidad y ahora estaba destrozada para siempre.

Una voz estaba cantando. Ingeborg se alejó del borde de las almenas. Se arrastró por la parte superior del muro hacia el lugar de donde provenía el sonido. Las palabras de la canción no eran en danés ni en noruego, ni se trataba de uno de los himnos que cantaban en la iglesia. Un murmullo, un susurro, un giro agudo de notas. Subían y bajaban como los pájaros que descendían y se zambullían en el cielo.

Conocía ese sonido; era el *yoik*.

Se asomó por el borde del muro. En la parte trasera de la casa del gobernador, un callejón estrecho se extendía entre el edificio y los muros de la fortaleza. Un joven criado estaba de pie allí, de espaldas a ella. Era sami, vestía una *gákti* de color azul oscuro, ribeteada con trenzas rojas y entrelazada con hilos verdes y amarillos, ceñida alrededor de las caderas. El color de la túnica resaltaba contra la nieve blanca. El sami estaba alimentando a los dos perros loberos del gobernador con trozos de carne de reno. Ingeborg nunca había visto criaturas tan dóciles. El muchacho les estaba cantando a los perros.

Algo en el *yoik* la tranquilizó a ella también. Era como si la música la llamara, como si ella formara parte de la manada.

Había algo en ese chico.

Ingeborg se inclinó un poco más para oírlo mejor, pero la nieve debajo de ella estaba blanda y se resbaló de la pared y cayó sobre un montón de nieve que había debajo. Los perros retrocedieron y gruñeron y el chico se giró.

Era él.

—¡Zare! —gritó mientras luchaba por levantarse.

—¿Te has hecho daño? —Habló en noruego y palmeó a los perros para que se calmaran y siguieran comiendo.

Ingeborg meneó la cabeza. ¿Qué hacía Zare allí?

—Pero si estás sangrando… —Dio un paso hacia ella.

—¡No! —Alargó una mano, aterrada. A pesar de su alegría por el rencuentro, no quería que él viera su vergüenza—. ¡Aléjate!

Zare se detuvo en seco.

—¿Qué te pasa, Ingeborg?

Ingeborg vio la compasión en su rostro y se echó a llorar. Se llevó las manos a las mejillas húmedas y calientes, pues no podía detener el torrente de su dolor.

Zare se acercó y le colocó su piel de reno alrededor de los hombros mientras ella lloraba. La amabilidad del gesto la desarmó.

—El gobernador me atacó. —Se tocó la enagua ensangrentada—. Aquí.

Los ojos de Zare se volvieron oscuros como la tinta. Emitió un largo susurro en voz baja, el mismo sonido que hacía un gato antes de abalanzarse sobre una rata. Luego recogió un poco de nieve y limpió las manos ensangrentadas de Ingeborg.

—Ahora te dejará en paz. —Le frotó las manos hasta que estuvieron tibias y secas.

—¿Cómo lo sabes?

Pero Zare no respondió.

—¿Cómo has entrado en la fortaleza? —preguntó—. ¿Por qué estás alimentando a los perros del gobernador?

—Porque es mi trabajo —replicó Zare enfadado—. El gobernador siempre contrata chicos samis, somos los mejores con los perros, y nos puede tratar como animales.

Ingeborg se sintió abrumada de gratitud. Este joven, al que casi no conocía, había encontrado un empleo en la fortaleza para poder ayudarlas. Él, que era un sami, cuando nadie de su pueblo había acudido en su ayuda.

—¿Qué les estabas cantando a los perros?

—El *yoik* del lobo. Los tranquiliza, porque es su antepasado. —Los formidables perros terminaron de comer y se acercaron. Zare acarició la cabeza de uno y el animal movió la cola. El otro la miró con sus penetrantes ojos lobunos—. Esta es una hembra y la llamo Beaivenieida, la hija del sol, porque tiene un jadeo alegre; este es Gumpe, lobo, porque es un lobo de corazón.

Ingeborg alargó la mano y acarició la cabeza de Beaivenieida; al hacerlo, sus dedos tocaron los de Zare. Gumpe se acercó, apretó el hocico contra la palma de la mano de Ingeborg y lamió la última gota de sangre de sus dedos. La lengua caliente le hizo cosquillas en la piel y se sintió mejor.

Zare la observaba con expresión pensativa.

—Vengo aquí todas las mañanas para darles de comer a los perros —dijo—. Si me necesitas, me encontrarás aquí.

—¿Nos ayudarás a escapar, Zare?

Parecía preocupado. Pero sin duda tenía un plan y por eso había conseguido trabajo en la fortaleza, ¿no?

—¿Qué has oído sobre el juicio? —le preguntó—. ¿Quiénes están acusadas?

—Mi madre, su prima Solve y la viuda Krog, de nuestro pueblo.

—¿Solo ellas tres?

Ingeborg recordó los comentarios sobre Elli, la madre de Zare.

—Creo que también sospechan de tu madre.

Zare le apretó las manos entre las suyas.

—¿Escucharás por mí, Ingeborg? Y cuando oigas algo, ¿me buscarás, cuando puedas, y me contarás?

—Sí, pero ¿cómo escaparemos? Las puertas de la fortaleza están siempre vigiladas y cerradas, y no tenemos cuerda para bajar por los muros. Además, nos verían… —Se había pasado noche tras noche intentando averiguar cómo podrían escapar.

Zare volvió a frotarle las manos, como si quisiera hacer chispas para un fuego.

—Lo pensaré. Pero, Ingeborg, ve adentro. Hace demasiado frío y no tienes botas ni nada para mantenerte caliente.

Esa noche, Zare vino a ella en sueños. Sin palabras, le ofreció la mano y los dos corrieron con los lobos. Formaban parte de la manada, uno junto al otro; la niebla de sus alientos los precedía y la luna iluminaba su camino sobre la nieve resplandeciente. Eran muchos, y eso les daba fuerza. Salvajes y feroces. Tenían que alejarse de Vardø antes del juicio por brujería.

A pesar de lo que le había hecho el gobernador, Ingeborg se despertó más esperanzada que en los últimos días. Zare encontraría una manera de hacerlo.

CAPÍTULO 37

Anna

MI HIJA CHRISTINA ME HABLA. "SALVA A LAS NIÑAS", ME susurra.

Puedo sentir su dulce aliento en mi mejilla, oler el romero humeante en su habitación azotada por la peste y, oh, qué suave es el tacto de sus dedos sobre mi frente.

"Salva a las niñas". Es mi tarea, porque no hay nada que pueda hacer por las mujeres del calabozo de las brujas. Lo supe cuando el gobernador me informó que ya se había seleccionado el jurado para el juicio dentro de cuatro semanas.

—Doce hombres buenos y honestos de la isla de Vardø —indicó—. Yo presidiré como magistrado y Lockhert presentará las pruebas, junto con las confesiones de la bruja, Solve Nilsdatter.

Me habían llamado a los aposentos privados del gobernador para discutir el asunto de las hijas de las brujas.

—Depende de vos que estas jóvenes declaren que sus madres las vendieron al diablo —pronunció.

Me incomodaba estar en su presencia después de lo que le había visto hacerle a la joven Ingeborg Iversdatter, pero él se mostraba imperturbable.

—Pero, señoría, no estoy segura de que sea cierto que estas muchachas hayan sido entregadas al diablo…

El gobernador descargó un puño sobre la mesa y me fulminó con la mirada.

—Por supuesto que es cierto. Solo tenemos que hacer que lo confiesen. —Se enderezó en el asiento—. Esta Maren Olufsdatter es hija de Liren Sand. ¿Y dónde está su padre? Porque no es una noruega de piel pálida. Es el diablo, no hay duda. En cuanto a la chica, Ingeborg Iversdatter, bueno. —Me clavó la mirada—. Habéis visto con vuestros propios ojos que es una mujer seductora y malvada.

Me ruboricé ante la perversión de las palabras del gobernador. Había presenciado cómo abusaba de la muchacha, pero tenía que tener cuidado de no ponerlo en mi contra, pues yo era la única esperanza que tenían esas chicas.

—Necesito que las preparéis para el juicio. Que os aseguréis de que aporten pruebas suficientes para condenar a las brujas.

—¿Y si las recupero para Dios, serán liberadas?

—Si son capaces de recitar su catecismo a la perfección será prueba suficiente de que han regresado al buen Dios y me aseguraré de que vivan —concedió.

—¿Qué hay de la más pequeña, Kirsten? —pregunté ahora, con una opresión en el pecho al hablar de ella.

Una fina sonrisa se dibujó en el rostro del gobernador.

—Ah, sí, hay que convencerla de que denuncie a su madre ante el tribunal.

Sentí una punzada profunda de añoranza en el vientre y oí la risa tintineante de mi querida Christina detrás de mí. Oh, sí, mi amor, estoy contigo siempre y para siempre.

Mi decisión fue inmediata y deseé con todo mi corazón que fuera para un bien mayor.

—Lo haré. Pero después, debéis dármela. Para siempre.

—¿Cómo? —El gobernador contrajo el rostro.

—Haré lo que me pedís, pero cuando termine el juicio, Kirsten vivirá conmigo en la casa comunal. —Hice una pausa—. Hasta que llegue el perdón del rey por ayudaros, y entonces se marchará conmigo.

El gobernador enarcó las cejas con sorpresa.

—La hija de ese pescador no vale nada.

—¿Estáis de acuerdo con mis condiciones? —lo presioné, sin responder a su pregunta, pues ¿cómo iba a entenderlo?—. ¿Aceptáis conseguirme el perdón real y dejarme partir después con Kirsten?

Suspiró.

—Sois una mujer muy fastidiosa con vuestras exigencias. Pero, sí, podréis cuidar de ella, porque nadie más la querrá después de que su madre arda en la hoguera.

Sus palabras, dichas con tanta ligereza, eran atroces.

—Sin embargo, si fracasáis, Fru Rhodius —agregó con un tono más amenazante—, quemaremos a vuestra niña y permaneceréis aquí por el resto de vuestros días.

La amenaza me llenó de ira, pero me mordí la lengua.

Estaba atrapada en su telaraña y, aunque forcejaba con furia, casi no podía moverme.

CAPÍTULO 38

Ingeborg

LA *NORDLYS* LLEGARÍA ESA NOCHE. INGEBORG PODÍA PERcibir su cercanía en la delgada estrechez del aire y en el resplandor celeste que se perdía en el azul oscuro del cielo. La estrella polar ya brillaba en lo alto.

—¿Qué estás mirando? —Zare se había deslizado junto a ella en el muro de la fortaleza. Este era el lugar secreto donde, durante la última semana, habían pasado tiempo juntos lejos de todo el miedo y el horror de abajo.

En lo alto de las murallas, Ingeborg solo tenía que contemplar el cielo y soñar. Señaló la gran estrella, su guía constante durante los oscuros meses dentro de la fortaleza.

—Estoy mirando la estrella polar —respondió.

—Nosotros la llamamos *Boahjenásti* —precisó él acercándose a ella—. Es la única estrella fija en el cielo —agregó. Ingeborg sintió su suave aliento en el cuello. Una atracción muy fuerte hacia él—. Todas las demás estrellas se mueven a su alrededor.

—Brilla mucho más que las demás.

—Cada otoño sacrificamos un reno macho a la estrella polar —le contó Zare. Sus ojos reflejaban la luz de la luna plateada. Destellaban como si estuvieran hechos de cristales.

—¿Lo sacrificáis? —preguntó Ingeborg—. ¿Como cuando Jesús se sacrificó por la humanidad?

—Sí, pero lo hacemos para evitar que el mundo se desmorone. —Le sonrió y ella advirtió que tenía uno de los dientes delanteros un poco astillado—. El sacrificio mantiene el equilibrio de nuestro mundo y evita que el pilar del mundo se derrumbe.

—¿Qué es el pilar del mundo? —Ingeborg pensó en los pilares del retablo de la iglesia del reverendo Jacobsen en Ekkerøy.

Zare cambió de posición y ella pudo sentir la fuerza de sus piernas al rozarla.

—Es un árbol grande que sostiene el cielo.

"Como el *Yggdrasil* de la viuda Krog, el árbol de la vida de la antigua religión", recordó ella. Pero las creencias de Zare no se parecían a la vieja religión de la viuda Krog. Eran diferentes. Eran específicas del pueblo sami.

—Si el pilar se rompe, el cielo se cae y es el fin del mundo.

—¿Como el día del juicio final?

—En cierto modo —respondió Zare—. El árbol del mundo tiene un águila como mensajera para recordarte las cosas grandes y buenas que puedes hacer en tu vida. Envía un mensaje a todos.

—A mí no, solo soy una muchacha. No puedo hacer nada grande —se lamentó Ingeborg en voz baja y trató de no pensar que su vida en esta tierra podría terminar demasiado pronto.

—No es así —objetó Zare, y se volvió hacia ella con tal intensidad en sus ojos que la traspasaron—. Los samis veneran a las niñas tanto como a los niños.

Ingeborg se quedó estupefacta. El reverendo Jacobsen siempre había hablado de los samis como salvajes y hechiceros. Había que temerles. Sin embargo, nunca había oído a un niño o a un hombre, ni siquiera a su propio hermano, hablar como si las niñas y los niños fueran iguales. Ni siquiera las mujeres lo creían. Ingeborg solo conocía a una que sí creía.

—Maren dice que las mujeres podemos tener mucho poder.

—Tiene razón. Pero no como brujas.

Zare apoyó su mano sobre la de ella. Ingeborg sintió el calor a través de los mitones de ambos.

—Los samis no creen que las mujeres puedan ser brujas.

Ingeborg trató de imaginar un mundo sin brujas, pero ¿qué otra cosa explicaba todas las cosas malas que pasaban? ¿La tormenta que había ahogado a su padre y a su hermano? ¿La hambruna cuando no podían pescar? ¿La enfermedad y la muerte de las vacas y ovejas? Iba a decirlo, pero Zare se llevó un dedo a la boca para advertirle que guardara silencio. Alzó la barbilla hacia el cielo e Ingeborg siguió su mirada.

—Son las almas de los difuntos —susurró.

Ondas gigantescas amarillas, verdes y escarlatas surcaron el cielo a toda velocidad. Parecían las "S" grandes de la Biblia de Fru Anna, aunque orientadas en sentido contrario. La luz se arremolinó y formó cortinas luminosas que se desvanecieron con la misma rapidez con la que habían surgido. Ingeborg oyó un chisporroteo y sintió como si las luces hubieran cargado todo su cuerpo de energía.

—*Guovssahasat*. La luz que se puede escuchar —murmuró Zare.

Plateadas, verdes, ribeteadas de violeta y rosa, las luces irradiaban hacia afuera como una corona flameante. Eran los pliegues coloridos de una falda que giraba, una princesa trol que daba vueltas en el cielo. Eran un círculo de mujeres danzantes. Ingeborg recordó la víspera del solsticio y a la viuda Krog, que golpeaba su bastón mientras todas las mujeres, tomadas de la mano, se movían en una ola zigzagueante. Esa noche, las habían acusado de bailar con el diablo.

—No existen ni el diablo ni sus brujas —agregó Zare.

—Pero el diablo me atacó —susurró Ingeborg—. Y me atravesó con su espada.

—Ingeborg, no fue el diablo quien abusó de ti.

Sentada en lo alto de la fortaleza, junto a la protección de Zare, Ingeborg se dejó llevar por el vaivén y el baile de las luces centelleantes. Volvió a verse a sí misma fuera de la casa del gobernador. Corría por la nieve, y allí estaba el gobernador, violándola.

Apretó la mano de Zare, asustada por la claridad de sus recuerdos.

—Me quitó mi virginidad —susurró—. Me ha destruido.

—Ingeborg Iversdatter, estás lejos de estar destruida —le aseguró Zare, y le acarició la mano—. Porque veo la luz de nuestra diosa Sáráhkká dentro de ti.

Ingeborg miró fijamente los serios ojos azules de Zare. Deseaba tanto creerle.

El joven sami le tomó la cara entre sus manos y la besó. Con suavidad, en la frente. Ingeborg vio la estrella del polar de nuevo, pero esta vez estaba dentro de ella y resplandecía con tanta intensidad que pensó que podría estallar de luz.

CAPÍTULO 39

Anna

—¿CÓMO TE ENTREGÓ SOLVE NILSDATTER AL DIABLO?

Esa era la pregunta que le hacía una y otra vez a Maren con el propósito de recabar pruebas para condenar a su tía, pero cada día me respondía con una historia diferente. Maren afirmaba que había aprendido brujería de una anciana sami que le había vendido un amuleto, o de una liebre blanca que le había cantado una canción, o de un gorrioncillo que había saltado por su brazo. A medida que transcurrían los días, sus historias se volvían más fantásticas: había ido al encuentro del diablo a lomos de una ballena azul, o lo había conocido cuando había liberado a los ciervos de los pozos de caza del gobernador o cuando había flotado sobre el hielo con una cría de oso polar.

Justo cuando yo creía que la última historia era la verdadera, Maren cambiaba de opinión.

—Creo que conocí al diablo cuando vino a mí en forma de foca que descansaba sobre una roca a la orilla del mar en Ekkerøy —aventuró, y ladeó la cabeza con aire pensativo—. Sí, así fue, Fru Anna. Y me convenció de que le vendiera mi alma por un puñado de monedas.

—Desiste de tus juegos, Maren Olufsdatter —le ordené,

cada vez más frustrada—. Confiesa de una vez por todas cómo te entregó tu tía Solve al Señor de la Oscuridad.

—Primero prométeme algo —pidió Maren.

—¿Qué? —pregunté con desgana, pues ¿qué podía darle yo, también cautiva, a esta chica salvaje?

Maren me miró con ojos feroces.

—Jura que nadie le tocará a Ingeborg Iversdatter. Ni a su hermana Kirsten.

—Haré todo lo que esté a mi alcance para proteger a *todas* mis muchachas.

—¿Me lo juras como curandera? —insistió. Me tomó la mano y la apretó. Tenía una fuerza inusual.

—Sí —respondí. Aparté la mano y la llevé a la cruz de ónice que colgaba de mi cuello.

—De acuerdo. Te diré quién me transmitió *a mí* el arte —aclaró—. Pero solo a mí.

Esperé mientras se cruzaba de brazos y se volvía hacia la pequeña ventana de la casa comunal que dejaba ver la nieve que caía desde hacía varios días.

—No fue mi tía Solve, sino mi madre, quien me transmitió sus conocimientos en un tazón de cerveza. Parecía haber excrementos de ratón en el fondo, pero yo sabía que era el brebaje del diablo. Volqué los granos negros en el suelo, pero ya era demasiado tarde. Sentía el ardor en mi lengua y cómo se deslizaba el mal por mi garganta.

Se puso de pie de pronto y comenzó a describir un círculo lento.

—La primera vez que se me apareció el diablo fue como un perro negro, con cuernos de cabra en la cabeza, que entró en la cabaña. Me pidió que le sirviera, pero le dije que no. Volvió a pedírmelo, pero seguí negándome, así que huyó.

"La segunda vez fue en mitad de la noche. Volvió como un hombre barbudo con cuernos en las rodillas y un gran sombrero negro. Me pidió que le sirviera, pero le dije que no.

"La tercera vez me dijo que si le seguía, nunca volvería a tener hambre. Me traería *lefse* dulce con mantequilla y azúcar. ¡Cómo gemía mi barriga! Y dijo que le daría a mi madre un gran tazón de *rømmekolle*, y que ella estaría muy contenta.

"Me sonrió. Me hizo sentir muy feliz y le dije que sí, que le serviría.

—Tienes que contarle esto al gobernador en el juicio —le dije.

Maren ladeó la cabeza.

—¿Me salvaré si confieso?

—Sí —afirmé sintiendo el calor que me subía por el rostro—. Pero también debes recitar el catecismo, para que todos sepan que has regresado a Dios. Eras muy pequeña cuando tu madre te entregó al Señor de la Oscuridad, aún puedes salvarte.

—¿Crees que todas las horas que pasamos de rodillas rezándole a Dios son suficientes para salvar mi vida, Fru Anna? —Maren bostezó con pereza, como si no tuviera otra cosa de qué preocuparse que recitar unas cuantas oraciones.

—Sí, sí —respondí, con la Biblia apretada contra el pecho, porque no podía considerar otra cosa.

Maren se estiró con gracia felina, los brazos por encima de la cabeza y sus ojos verdes salpicados de ámbar y color castaño clavados en los míos. Pensé en la primera vez que la había visto, con el gran lince salvaje. ¿O habría sido un sueño?

Maren bostezó de nuevo y me mostró sus dientes afilados sin dejar de escrutarme con una calma felina. La muchacha no tenía miedo a la muerte; en eso, no éramos tan diferentes.

CAPÍTULO 40

Ingeborg

INGEBORG SE TAMBALEABA BAJO EL PESO DE LA TURBA
mientras ella y Maren la acarreaban a la casa comunal. Estaban casi en el umbral cuando oyó ladridos. Se giró, con
cuidado de no dejar caer la turba, con la esperanza de ver
a Zare con los perros loberos, Beaivenieida y Gumpe. Pero
era el gobernador Orning, que marchaba hacia el pozo. En
su mano derecha, llevaba un saco pequeño que se retorcía y
hacia el que los perros saltaban con ladridos nerviosos. Fru
Orning le pisaba los talones y trataba de alcanzar el saco,
pero el gobernador lo sostenía en alto por encima de ella.
La gata negra de la esposa del gobernador corría detrás del
grupo y emitía chillidos agudos y terribles. El sonido atrajo
a los soldados fuera del barracón, con las armas en alto,
pero en cuanto vieron que se trataba del gobernador y su
esposa, bajaron los mosquetes y se quedaron observando
con curiosidad.

Ingeborg retrocedió hasta la pared de la casa comunal;
la carga de turba le temblaba en los brazos. No había visto
al gobernador desde que la había atacado. Estaba a un paso
de poder esconderse en la casa comunal y, sin embargo, no

podía moverse. Estaba paralizada por un tumulto de emociones. Dolor. Ira. Vergüenza.

Maren también estaba paralizada. Inmóvil y en silencio, observando.

—Te lo ruego, Christopher, son gatitos inocentes —gritó Fru Orning a su esposo.

El rostro de Fru Orning, sin el abanico negro que lo ocultara, estaba más pálido que la tiza y cubierto de una capa gruesa de polvo blanco.

El gobernador se detuvo en seco. Estaba tan furioso con su mujer que no reparó en los espectadores. Ni siquiera en Fru Anna y Kirsten, que aparecieron en el umbral de la casa comunal tomadas de la mano.

La imagen inquietó a Ingeborg. El vínculo entre su hermana y Fru Anna no estaba bien, pero Kirsten hacía caso omiso de sus comentarios.

—Fru Anna es buena conmigo, Ingeborg.

—Pero no es tu madre.

Kirsten la miraba con ojos inocentes.

—Lo sé. Me quiere más que nuestra madre.

—¡Kirsten!

Pero su hermana había dejado de escucharla y se dirigió a ver cómo Fru Anna preparaba más tinturas para aliviar el sufrimiento de Solve en el calabozo de las brujas. Kirsten ya poseía más conocimientos que ella y Maren sobre todas las propiedades botánicas de las plantas curativas.

El gobernador había llegado al pozo y sostenía en alto la bolsa con los gatitos que se retorcían.

—¡Por favor, no! ¡Por favor! —suplicó Fru Orning, y una lágrima de sudor resbaló por la superficie empolvada de su rostro blanco. Pero Ingeborg alcanzó a ver la sonrisa cruel en el rostro del gobernador. Estaba disfrutando de la desesperación de su esposa.

La gata negra saltó al borde del pozo, se irguió sobre sus

patas traseras y agitó sus garras hacia la bolsa que se mecía en el aire. El gobernador la empujó con la mano libre y el animal cayó sobre sus patas delante de los enormes loberos. Pero no la tocaron. La gata arqueó la espalda y bufó al gobernador.

—Debería matar a tu gata también —exclamó—. Está poseída por el diablo. Hasta mis perros le tienen miedo.

—¡Necesitamos a los gatos para ahuyentar a las ratas! —argumentó Fru Orning—. Los gatitos serán buenos cazadores, como su madre.

—No son gatos, mujer. ¿No has visto lo extraños que son? Nos estoy librando de su maldad.

—Te juro que te equivocas —insistió su esposa, con los ojos encendidos en su rostro descarnado—. ¿Cómo puedes tener miedo de dos gatitos?

Uno de los soldados soltó una carcajada burlona y el gobernador lanzó una mirada venenosa al grupo de hombres.

Durante esta pausa, Fru Orning había llegado al pozo y tiraba del brazo de su esposo.

Orning clavó sus ojos en ella. Su expresión se ensombreció. Con el brazo libre, le dio un codazo en el estómago y la joven cayó de espaldas junto a la gata negra, que no había dejado de bufar en dirección al gobernador.

—¿Cómo te atreves a cuestionar mis decisiones? Te ordeno que regreses a la casa.

Fru Orning se puso de pie con dificultad, con las manos sobre el pecho y tratando de recuperar el aliento.

Ingeborg empezó a temblar con el peso de la turba; la ira crecía en su interior. Contuvo la respiración. "No te muevas", se dijo.

Pero, para su sorpresa, Maren dejó caer la pila de turba al suelo.

Al oír el ruido, el gobernador se volvió hacia ellas. Sus ojos se entrecerraron al ver a Ingeborg, y ella sintió que sus mejillas enrojecían y que el corazón se le encogía en el pecho. Pero él la miró como si no fuera más que excremento de perro en su bota. Sus ojos se deslizaron hacia Maren y se abrieron con asombro cuando la muchacha empezó a caminar hacia él.

—Tengo una pregunta para vos, gobernador —anunció sin ningún rastro de humildad o miedo en su voz.

El hombre estaba tan sorprendido de que la hija de la bruja se dirigiera a él que no dejó caer la bolsa de gatitos en el pozo. En vez de eso, bajó la mano, sujetando la bolsa todavía con fuerza.

—¿Qué, niña?

—Si os hago una confesión, ¿dejaréis ir a los gatitos?

El gobernador Orning lanzó una mirada airada a Maren Olufsdatter.

—¿Cómo te *atreves* a querer hacer un trato conmigo, chiquilla? —rugió.

Maren le sonrió. Luego apretó los labios y emitió un silbido agudo. Los perros del gobernador dejaron de ladrar. Volvió a silbar y los perros trotaron hacia Maren y se sentaron ante ella. La muchacha levantó la mano y silbó por tercera vez. Los perros se tumbaron de espaldas en el patio nevado.

Maren se arrodilló y les frotó el vientre con las manos, mientras los perros la lamían.

—Sí, me atrevo a querer hacer un trato con vos —dijo por fin, y alzó la vista.

El gobernador la miró atónito, sin saber qué pensar de su audacia. No estaba acostumbrado a que las mujeres, y mucho menos jóvenes, le contestaran. ¿Y cómo podía dominar a sus perros de esa manera?

Ingeborg sintió una oleada de orgullo. Las acciones de Maren eran de una insensatez sin límite, pero su valentía era indudable. Además, había distraído al gobernador hasta tal punto que la gata negra había vuelto a subir al pozo para intentar alcanzar a sus gatitos. Sus garras se enganchaban en el saco mientras tiraba de él.

Con rapidez, Fru Orning corrió hacia delante y le arrebató el saco a su marido.

El gobernador Orning se volvió con furia.

—¿Cómo te *atreves*? —bramó. Sacó su pistola y apuntó a su esposa con ella.

El capitán de los soldados levantó su mosquete a espaldas del gobernador. Aunque no apuntó, era evidente que el modo de actuar de su superior le había impactado.

—Calmaos, gobernador —intervino Maren—. Como bien dijo vuestra esposa, los gatos se ocuparán de las ratas.

El gobernador Orning bajó su pistola con lentitud.

—Criatura patética —lanzó hacia Fru Orning, quien abrió el saco y sacó dos gatitos que maullaban.

Uno era atigrado y el otro pelirrojo.

—¿Lo veis? Están malditos —porfió—. ¿Cómo puede una gata negra tener gatitos de distinto pelaje? Es magia negra...

—Dejadlos vivir y os haré una confesión —interrumpió Maren, y desvió la atención del gobernador del pelaje de los gatitos.

El gobernador entornó los ojos. Ingeborg se dio cuenta de que se debatía entre la crueldad y la curiosidad.

—De acuerdo —accedió—. ¡Confiesa!

Maren se puso de pie y los perros saltaron a su lado. Describió un pequeño giro, claramente encantada de haber cautivado la atención de tantos.

—Confieso... —se burló—. Confieso... —Se acercó a la pequeña Fru Orning y se inclinó ante ella—. Creo que vuestra esposa es una princesa y que vos sois el trol que la mantiene cautiva.

Se hizo un silencio estupefacto. Ninguno de los soldados se atrevió a reír.

Maren hizo una reverencia ante Fru Orning, quien abrazó a los gatitos contra su pecho mientras observaba a la muchacha sin disimular su admiración.

—¿Qué decís, gobernador? ¿Tenéis sangre de trol?

Las manos de Ingeborg, que sostenían la turba, temblaban peligrosamente y su corazón latía con ferocidad. El gobernador mandaría matar a Maren. Tenía un gesto hosco y su expresión era amenazante. Pero entonces, para sorpresa de todos, su rostro se relajó y soltó una carcajada.

Maren dio un pequeño brinco, complacida por su reacción. El gobernador se rio aún más, con las manos en las caderas, y Maren sonrió a Ingeborg. "¿Viste?, demuéstrales tu poder", parecían decir sus ojos.

Los soldados se echaron a reír y hasta el rostro temeroso de Fru Orning esbozó una sonrisa.

Pero Ingeborg no podía reírse, veía una ira oscura en los ojos del gobernador. A su lado, Kirsten también se reía, pero Fru Anna observaba en silencio. "Ella también la ve".

El gobernador dejó de reírse con la misma brusquedad con la que había empezado. Dio una zancada hacia Maren y la abofeteó con fuerza.

Maren trastabilló, pero no cayó.

—Puedes disfrutar de tus bromas por ahora, Maren Olufsdatter, pero créeme, yo seré el último en reír.

Giró sobre sus talones y se dirigió hacia el castillo, con los perros correteando tras él. Al llegar a la escalera, se volvió y rugió a su mujer.

—Deshazte de esos gatos. —Pero Fru Orning no se movió. Seguía mirando a Maren con incredulidad.

Terminado el espectáculo, los soldados regresaron al barracón y Fru Anna y Kirsten entraron en la casa comunal. Ingeborg se acercó a Maren con la turba aún en los brazos. No sabía si regañarla o admirarla. Maren había demostrado mucho valor.

Pero antes de que pudiera decir nada, Fru Orning se acercó a Maren.

—Gracias —dijo, y puso su mano en la mejilla que su esposo le había abofeteado, como para aliviarla.

Maren se encogió de hombros.

—Es un bruto. Es mejor hacerle frente porque de todas maneras nos hará daño. Pero si lo enfrentáis, tu corazón se sentirá mejor. —Apartó la mano de Fru Orning de su mejilla y la colocó sobre el corazón de la joven—. Debéis alzar la voz. Pues, ¿qué tenéis que perder?

—¿Cómo puedes saberlo *tú*? —susurró Fru Orning, con los ojos llenos de lágrimas.

Maren no dijo nada y las dos mujeres se miraron antes de que Maren rompiera el silencio.

—Será mejor que nos deis los gatitos. Los tendremos en casa de Fru Anna —sugirió—. Le vendrán muy bien para cazar las ratas.

Fru Orning le entregó los gatitos mientras la gata negra se enroscaba entre sus piernas. Se inclinó y la recogió. Las dos jóvenes permanecieron cerca para que la madre pudiera lamer las orejas de sus gatitos.

—Mantendré a salvo a tus crías —prometió Maren a la gata.

Maren volvió a inclinarse ante Fru Orning, con un gatito en cada mano, y la esposa del gobernador se sonrojó.

—A mis ojos, sois una princesa —susurró antes de girar sobre sus talones, pasar junto a Ingeborg y entrar en la casa comunal. Se había olvidado por completo de la turba en el suelo.

Fru Orning la siguió con la mirada. Sostuvo a la gata negra contra su pequeño pecho con una mano y se llevó la otra a la mejilla. Tocó el blanco alabastro de su rostro. De cerca, Ingeborg pudo ver que estaba agrietado. ¿Por qué una chica tan joven se cubriría la cara con tiza blanca?

Como si percibiera el escrutinio de Ingeborg, Fru Orning la miró y bajó la vista.

—Lamento vuestros problemas —murmuró antes de subir corriendo las escaleras del castillo.

CAPÍTULO 41

Anna

No sé qué hacer, mi rey, pues confieso que es la primera vez en mi vida que me siento consumida por la duda. He hecho un trato con el gobernador. Si Kirsten testifica contra su propia madre, el gobernador ha prometido que te solicitará mi perdón por haberlo ayudado en su tarea de librar al norte de las brujas. Una vez obtenido el perdón, podré irme de esta mísera isla y llevarme a Kirsten conmigo. A Kirsten y a Christina, ¿acaso la simetría no tiene un significado? Seríamos libres juntas y yo podría volver con mi esposo, a nuestra casa y nuestro jardín en Bergen con una hija. Podría llevar a Kirsten a Copenhague y presentarla en la corte y todos coincidirían en su belleza. Te mostraría a *mi* niña y te diría: "Mi rey, mira, aquí está, y es toda mía", y tú presenciarías mi liberación con tus propios ojos.

Mientras la nieve se extiende a través de Vardø durante las primeras semanas de marzo y se apila sobre los edificios de la fortaleza, sueño con Copenhague en verano. Sueño con el aroma de la lavanda y la madreselva en el jardín del rey y me asalta la nostalgia por regresar y pasear como en nuestra juventud, cuando contemplábamos el vuelo bajo y veloz de los vencejos de verano, con sus colas bifurcadas y sus gritos penetrantes que presagiaban el futuro. Quiero volver al pasado, pero mi cuerpo está atrapado en el presente, aprisionado en el sufrimiento de las mujeres de Varanger, de modo que los gritos de los vencejos se convierten en su tormento.

Solve Nilsdatter ya se había derrumbado y había denunciado a las otras dos, pero sus compañeras no la culpaban por eso. Cuando yo las visitaba, las tres acusadas intentaban darse calor unas a otras y yo les ofrecía vino con infusión de lavanda para ayudarlas a dormir.

Todas las noches, pasaba junto a Ingeborg y a Maren, que dormían en el viejo jergón de Helwig, y me escabullía de la casa comunal. Mi criada no había pasado más de una semana bajo el mismo techo que las hijas de las brujas. Me había comunicado que su madre estaba enferma en tierra firme y que requería la ayuda de su hija, pero había temor en sus ojos.

De todos modos, ya no necesitaba a Helwig, pues las niñas podían hacer todas las tareas necesarias.

Fuera del calabozo, tenía oportunidad de hablar con el capitán Hans. El joven soldado también era de Copenhague y no era tan cruel como el gobernador y el alguacil. Solía obsequiarme con algo de comida o una botella de ron para aliviar el sufrimiento de las mujeres prisioneras.

Dentro del calabozo, atendía lo mejor que podía las quemaduras y lesiones de Solve y la viuda Krog. La anciana había sido sometida también a torturas terribles, pero se había negado a confesar. Al parecer, el gobernador deseaba conocer el paradero de la mujer sami llamada Elli, que en otro tiempo había estado confabulada con la gran bruja Liren Sand, la madre de Maren. Lo único que había dicho la viuda Krog, en un ronco susurro, era que le había comprado un pescado a Elli, la mujer sami, pero eso era todo. Cada vez que la presionaban para que confesara que era una bruja o denunciara a otras, la viuda Krog se mostraba inflexible y se negaba a mentir sobre sí misma o sobre ninguna otra mujer.

Mi admiración por la anciana había crecido a medida que soportaba los tormentos de Lockhert y, en mi fuero interno, había empezado a dudar de su culpabilidad.

Después de curar lo mejor que podía a las dos mujeres torturadas, examinaba a Zigri Sigvaldsdatter y escuchaba los latidos firmes del corazón del bebé con un cuerno de madera apoyado en su enorme vientre. Me temo que el niño nacerá pronto, tal vez antes del juicio.

¿Qué voy a hacer? Lo que necesito son pruebas irrefutables de que estas mujeres son brujas que desean matarnos a todos mientras dormimos. Si tuviera esas pruebas, mis dudas se disiparían.

De vuelta en la casa comunal, observo a Kirsten y me maravillo de lo parecida que es a Christina en su aspecto y su forma de moverse. Kirsten suele estirarse un rizo y enrollárselo alrededor del dedo meñique, como hacía mi hija, y cada vez que presencio ese pequeño hábito, el corazón me da un vuelco. Por supuesto, Kirsten habla de otra manera, con el áspero dialecto septentrional noruego, pero cuando canta los salmos en danés, su voz es tan dulce como la de mi querida hija. Es a la vez una alegría y una tortura compartir mis días con esta niña.

He percibido un distanciamiento cada vez mayor entre Kirsten y su hermana, Ingeborg; también con la joven salvaje Maren, lo cual me complace, debo admitir, porque las he oído discutir en susurros mientras hacían sus tareas.

—¡Te has imaginado que lo viste! —La voz de Ingeborg sobresalió por encima del resto.

—Mamá siempre me ha odiado —susurró Kirsten—. ¿Recuerdas cómo me pegaba, Ingeborg? ¿Te acuerdas? ¡Me llamaba la hija del diablo!

Mientras las dos muchachas mayores están en el lavadero o recogiendo turba o barriendo la nieve del umbral, yo comparto mis preciados limones con Kirsten: los corto en rodajas finas y los espolvoreo con azúcar. Nos miramos a los ojos con deleite al sentir cómo el azúcar dulce produce una sensación de efervescencia con el limón ácido y es durante esos momentos cuando siembro mis semillas.

—¿Te gustaría venir a vivir conmigo a mi casa en Bergen? —le pregunté a mi niña—. Tendrás tu propio dormitorio y muchos vestidos bonitos. Nunca volverás a pasar hambre.

Los ojos azules de Kirsten se llenaron de asombro mientras chupaba el limón azucarado.

—¿Puedo tener un perrito?

—Sí, claro —respondí sonriéndole, y ella esbozó la sonrisa dentuda de Christina.

—Lo llamaré Zacarías —afirmó contenta.

—Y te llevaré a Copenhague para que conozcas al rey.

Se rio de la idea, creyendo que era ridícula, pero le aseguré que yo conocía al rey.

—Cuando lo conocí, el rey era todavía un príncipe y yo era poco mayor que tú, Kirsten.

Kirsten dejó de reír y me miró con respeto.

—Eres una gran dama, Fru Anna —pronunció con solemnidad—. Algún día me gustaría ser como tú.

Sus palabras colmaron de alivio el profundo pozo de mi dolor.

Estas pocas semanas son la calma que precede a la tormenta y estos momentos con Kirsten, instantes de luz y alegría. Pero todas percibimos la cercanía del juicio como si fueran pliegues oscuros que se cierran, como el nudo de la horca, alrededor de nuestros cuellos.

El sombrío invierno se extiende hasta bien adentrado el mes de marzo, y me pregunto si existe la primavera en el norte. Temo que nunca volvamos a ver la luz y paso muchas horas rezando al buen Dios para que el gobernador cumpla su palabra conmigo.

CAPÍTULO 42

Ingeborg

En el centro del patio, Ingeborg alzó los ojos hacia el cielo oscuro. Unos cuervos negros sobrevolaban en lo alto. La nieve era pesada y traspasaba su ropa. Mientras respiraba en el aire helado, abrió la boca y dejó que los copos de nieve cayeran sobre su lengua. Puntas de hielo golpearon su rostro, y su piel se estremeció con la sensación.

Dejó el cubo junto al pozo, se deslizó a lo largo del barracón de los soldados y se acercó con sigilo al calabozo de las brujas. Por una vez, la entrada al calabozo no estaba vigilada: la nieve era demasiado espesa y hacía demasiado frío fuera, incluso para los soldados. Ingeborg escarbó entre las capas secas de hielo cristalizado hasta llegar a la pared de madera vieja y húmeda. Se quitó los mitones y apretó las manos contra ella. Imaginó a su madre dentro con Solve y la viuda Krog. Apoyó la mejilla contra la pared, se esforzó por escuchar y susurró:

—¿Madre? —Pero no hubo respuesta.

Un portazo resonó al otro lado del patio. El alguacil Lockhert salía de la garita de la entrada, con su gran cinturón de llaves tintineando en la cintura.

Ingeborg se escabulló, dio la vuelta por la parte trasera

de la casa del gobernador y bajó por el callejón donde Zare había alimentado a los perros.

Llegó a la escalera oculta y subió hasta la muralla de la fortaleza. La noche era muy oscura. No había luna y se orientó de memoria. El viento allí era más intenso de lo que había esperado y la zarandeaba de un lado a otro.

Una figura vaga estaba agazapada detrás del muro. Nunca acordaban encontrarse allí, pero solían hacerlo la mayoría de las noches.

—Zare —susurró.

—Ingeborg —murmuró él, y ella detectó el brillo de sus ojos en la oscuridad—. ¿Cómo estás? —preguntó, y apoyó su mano sobre la de ella. Ingeborg sintió el calor de su piel. Entrelazaron los dedos. No había ocurrido nada más allá del beso en la frente, pero el contacto la hizo ruborizarse y se alegró de que él no pudiera verla en la oscuridad.

—Tan bien como cabe esperar —respondió—. Pero Fru Anna dice que el juicio será pronto y…

Se interrumpió y tragó saliva al pensar en su madre y su embarazo avanzado.

—¿Has sabido algo de mi madre, Elli? —inquirió Zare.

—Sí. Lockhert ha enviado tres soldados a buscarla. —Ingeborg hizo una pausa.

Zare le apretó la mano.

—Debo ir a advertirla. Por eso vine a trabajar a la fortaleza.

Ingeborg apartó su mano, sintiéndose un poco ofendida. De modo que no había ido a Vardøhus a ayudarla. Había ido a espiar para su madre.

—Pero ¿cómo vas a salir? —preguntó con voz ronca

—Soy un criado, no un prisionero.

—Por supuesto —convino ella, herida. Ella era la prisionera, no Zare.

—Todos los días me envían al puerto a buscar pescado para la cocina del castillo. Mañana no regresaré.

Ingeborg sintió una enorme desilusión. Quería suplicarle que no la abandonara. Pero no podía pedirle que la eligiera por sobre su madre.

—Creía que habías venido a ayudarme. Pensé... —No pudo evitar el tono acusador de su voz.

—Y así es —le aseguró él. El blanco de sus ojos brillaba en la oscuridad—. Pero debo avisar a mi madre. La matarán directamente, sin juicio. Como mujer sami, tiene aún menos derechos que tú.

—No tengo derechos —replicó Ingeborg con amargura, y evocó el desagradable recuerdo de lo que le había hecho el gobernador.

—Al menos tendrás un juicio, Ingeborg. —Había cierta frialdad en su tono—. Al menos tus costumbres y tradiciones no han sido suprimidas.

El viento los azotaba. Ingeborg cerró los ojos e inhaló el perfume de Zare. Él la dejaría. Se quedaría sola.

Zare extendió la mano y le subió las pieles de reno alrededor de los hombros.

—¿Entiendes que debo advertir a mi madre? —insistió—. Tenemos que llevarla lejos, a las tierras de pastoreo de la tundra occidental, donde el gobernador y sus hombres nunca la encontrarán.

Ella asintió, ahora con miedo. ¿Cómo podría soportar no ver a Zare todos los días?

—¿Qué debo hacer? —susurró.

Zare acercó su rostro al de ella.

—Nunca cedas ante ellos, Ingeborg. Niégate a confesar o denunciar. No podrán condenarte si no lo haces.

—Pero el gobernador quiere matarnos a todas...

—Es un único hombre. He oído que el pueblo de Vardø ha escrito al rey para pedirle que envíe a otro juez.

La esperanza explotó en Ingeborg con tanta violencia que abrazó a Zare.

—¿De verdad?

—Sí, pero *min kjære* —agregó, con los labios tan cerca de su mejilla que Ingeborg podía sentir su aliento—, podría ser demasiado tarde para tu madre.

Se le cayó el alma a los pies. Zare tenía razón. El juez podría tardar en llegar. Tendría que viajar de Copenhague a Bergen, una travesía ardua en invierno. Desde allí, el viaje en barco por la costa norte de Noruega tardaría semanas.

—Pero *volveré* —le prometió—. Para la próxima luna negra habré regresado al asentamiento y a Svartnes. Cruzaré a remo el estrecho de Varanger todas las mañanas y te esperaré hasta el anochecer.

—Pues entonces, tendré que encontrar la manera de salir de la fortaleza —declaró ella con determinación sombría.

Zare le acarició la mano.

—Pregúntale a Maren.

¿A qué se refería? Maren era una prisionera como ella. Aunque había veces que Ingeborg despertaba de noche y el jergón a su lado estaba vacío. Por la mañana, solía ver una pluma negra de cuervo enredada en el cabello de su amiga y sombras oscuras en sus ojos, como si no hubiera dormido.

—Prométeme que volverás —le pidió presa del pánico ante la idea de su partida.

—Lo haré. Tienes mi palabra.

La rodeó con sus brazos y ella cerró los ojos. Ingeborg acomodó la cabeza debajo de la barbilla de Zare y él la apoyó sobre la cabeza de ella. Zare era sami. Era diferente. Pero era el único al que Ingeborg le abría su corazón.

—Es difícil para mí dejarte, Ingeborg, créeme. —Hizo una pausa como si estuviera sumido en sus pensamientos—. Pero ¿y si vinieras conmigo? Podrías disfrazarte de criado y escaparte conmigo mañana.

Ingeborg negó con la cabeza, aunque su corazón gritaba que sí.

—Ven conmigo, Ingeborg —insistió—. Ven a vivir con los samis. Recorre la tundra, corre con los lobos y sé siempre libre.

—No puedo dejar a mi madre y a mi hermana —explicó con temor a que él la tentara a hacerlo.

—Por supuesto. —Zare bajó la cabeza—. Siento habértelo pedido. Pero volveré a buscarte. Te llevaré lejos, muy lejos.

De pronto, Ingeborg se enfureció. Zare le había despertado sentimientos por él, le había hecho creer que había ido a la fortaleza por ella. Pero había ido por su madre.

—No puedo vivir contigo —replicó con brusquedad—. No quiero que me lleves a ninguna parte.

Sintió que el cuerpo de él se apartaba. Una voz dentro de su cabeza le rogaba: "Basta. No digas nada más". Pero su dolor la obligaba.

—Yo soy noruega y tú eres sami —añadió con dureza—. Nunca podríamos estar juntos porque yo soy cristiana y tú...

—¡Un *salvaje*! —Zare se alejó de repente y ella se cayó al suelo. Zare permaneció de pie y ella se incorporó. El viento aullaba en torno a ellos. Ingeborg no podía ver la expresión de su rostro porque estaba muy oscuro.

—Somos diferentes. —Las palabras se le escaparon de la boca.

—Te equivocas, Ingeborg Iversdatter.

Ella quería que volviera a pedirle que se fuera con él. Que la abrazara. Que le hiciera más promesas, y entonces le creería. Entonces, *diría que sí*.

Pero no lo hizo. El joven se movió con mucha rapidez, se alejó de la pared hacia el callejón oscuro.

—¡Zare! —gritó en un susurro ronco—. Perdóname, Zare.

Las lágrimas comenzaron a brotar de sus ojos. ¿Qué había hecho?

Bajó la escalera y fue tras él. Corrió por el callejón, pero Zare había desaparecido. Se quedó de pie en el patio, abrazada a sí misma, con lágrimas en las mejillas. Había logrado que Zare la despreciara por su mente estrecha y sus prejuicios.

En medio de la noche oscura, Maren apareció de pronto ante ella.

Ingeborg soltó un grito asustado.

—¿Qué haces aquí? —preguntó.

—Podría preguntarte lo mismo —replicó Maren con el rostro oscuro como la noche y el pelo suelto en el viento salvaje—. Pero ya sé que has estado con nuestro amigo sami, Zare. —Suspiró—. Creo que está enamorado de ti, Ingeborg Iversdatter.

—¡No, no es verdad! —Ingeborg la apartó de su camino con una sonrisa tensa, molesta por el tono de su propia voz.

Pero no era culpa de Maren. Quizá Zare la había amado, y si había sido así, Ingeborg lo había echado todo a perder. Y ahora él debía despreciarla. Había perdido su única oportunidad de escapar de su penoso destino. Jamás sería libre.

CUARTA PARTE

Primavera de 1663

EL JOVEN PASTOR
DE RENOS Y EL LOBO

Desde su nacimiento, el joven pastor de renos deseaba con todo su corazón ser tan poderoso y fuerte como el lobo, *Gumpegievra*.

Cuando le contó a su padre que su sueño era convertirse en lobo, el padre le dijo que eso era como desear ser malo.

—El lobo ataca a nuestros renos —le recordó—. Es tu enemigo.

Pero por muchas veces que el lobo robara alguno de sus renos, el joven pastor sentía una profunda veneración por la gran bestia.

—Vive según su verdadera naturaleza —afirmaba.

—El lobo es peligroso —le advertía su padre—. No siente piedad por ninguna criatura.

—No está en contra de nosotros, padre. Es al revés.

El padre le dijo que debía olvidar su sueño de convertirse en un lobo. Su deber era cuidar del rebaño de renos y mantenerlo a salvo de la bestia.

Pero, aun así, el joven seguía soñando con el lobo. Temía que su alma libre estuviera cautiva, así que fue a ver al *noaidi* de la aldea, que era quien curaba, conocía y veía todas las cosas.

—Sueño con un gran lobo gris —explicó al *noaidi*—. Lo sigo a todas partes. ¿Será que el lobo ha tomado cautiva mi alma libre?

—Encontraré tu alma cautiva y te la devolveré —prometió el chamán, y entró en trance para buscar el alma del joven pastor de renos.

El joven pastor esperó.

Cuando el *noaidi* regresó de su viaje por el reino de la muerte, le dijo que su espíritu no había sido capturado. El chamán tomó su tambor y empezó a tocar, entonando un *yoik* mientras lo hacía. Sobre la superficie del tambor, el joven pastor de renos vio al lobo gris que corría en círculos con rapidez, a través de todas las imágenes y símbolos del mundo sami.

Cuando el chamán volvió del mundo de los espíritus, le comunicó que su espíritu guardián era un lobo.

—Encuentra el árbol curvado en medio del bosque y pasa por debajo de él en dirección al sol —le informó el chamán—. Luego podrás correr con los lobos, porque el lobo te dará poder y sabiduría.

El joven pastor de renos hizo lo que le dijo el chamán, aunque sabía que a su padre no le gustaría que su hijo se convirtiera en lobo. Pero su espíritu guardián lo llamaba y no podía negarse.

El joven pastor de renos caminó, esquió y recorrió la vasta *vidda* nevada bajo el ancho cielo nocturno. La *Mánnu* sagrada, la luna, guiaba su camino. Por fin, llegó a un gran bosque. Caminó entre los árboles por un sendero plateado iluminado por la luna hasta llegar ante un enorme árbol de tronco curvado, cuyas ramas se retorcían hacia el cielo. Sabía que era el árbol del que le había hablado el chamán.

Se sentó y comió un poco de carne de reno seca y bebió una taza de nieve derretida mientras esperaba que saliera el sol. La luna desapareció a sus espaldas a medida que el sol de primavera empezaba a elevarse por encima de la nieve, reflejando el rosa y el naranja de la mora de los pantanos en el cielo.

El joven pastor de renos retrocedió tres pasos y luego corrió debajo del tronco curvado del árbol hacia el sol naciente.

Corría y seguía sintiéndose humano. Corría y podía ir más rápido. Corría y sus manos se convirtieron en garras ante sus ojos y sus brazos se cubrieron de un grueso pelaje gris. Cayó en cuatro patas, arqueó la columna y el pelaje gris se extendió por todo su cuerpo. Su corazón latía más deprisa y sintió cómo su sangre sami se convertía en la sangre roja espesa del lobo. Giró la cabeza y vio su hermosa cola gris que se alzaba en el viento. Abrió la boca y dejó al descubierto unos colmillos relucientes, cerró los ojos y, cuando volvió a abrirlos, el mundo era distinto: el cielo estaba más lejano y la nieve bajo sus patas lo atraía hacia la tierra. El paisaje era rebosaba de olores y sonidos: los olores de otras criaturas, el breve chasquido de las ramas.

Nunca se había sentido tan fuerte y poderoso.

El chamán había advertido al joven pastor de renos que podría correr como un lobo durante dos semanas a través de los nueve valles del mundo sami, pero que, si no regresaba a tiempo al árbol curvo, sería un lobo para siempre.

El joven estaba tan contento y tan orgulloso de ser un lobo que quería mostrárselo a su padre. Volvió corriendo a su aldea. Pero estaba tan nervioso, que asustó a los renos, que salieron corriendo en todas direcciones.

—¡Soy yo! —gritó el joven pastor, pero sus palabras se habían convertido en aullidos.

Allí estaba su padre, y el joven pastor fue hacia él.

—¡Mira, padre! ¡Mira, soy un lobo! ¡Mira qué fuerte y poderoso soy!

Pero su padre no sonreía. No. Y aunque había algo en el lobo que lo hizo dudar, un reconocimiento entre él y la bestia, su padre reprimió su intuición y se recordó a sí mismo que los lobos eran depredadores. Levantó el arco y la flecha y disparó al lobo-muchacho en el corazón.

El padre se acercó al animal. Había sido muy estúpido al no huir. Pero aprovecharía la piel para abrigar a su familia. Haría un sombrero con ella para su hijo.

La sangre roja manchó la nieve blanca y el padre gritó con espanto. Pues ante él no yacía un gran lobo gris, sino su hijo, con una flecha en el corazón. Cayó de rodillas y suplicó a los espíritus del reino de la muerte que le devolvieran a su hijo, pero era demasiado tarde.

El joven pastor de renos estaba corriendo con los lobos y no regresaría jamás.

CAPÍTULO 43

Anna

LA MAÑANA DEL JUICIO, EL TERCER DÍA DE ABRIL DEL AÑO de nuestro buen Señor de 1663, un viento leve gemía fuera de la casa comunal. El agua rompía en las orillas de la isla de Vardø y grandes bandadas de gaviotas surcaban el cielo. Mi esposo Ambrosius diría que toda esta actividad de la naturaleza eran señales y, de hecho, la hostilidad del tiempo me generaba una profunda sensación fatídica. La tierra se extendía escarpada y helada, con mantos blancos y opacos que la cubrían sin fin, pues pasarían semanas antes del deshielo del verano. Por muchas capas de lana que me pusiera, no podía parar de temblar; pero no a causa del frío, sino del miedo por la situación de mis niñas.

Vestí a las tres con gran cuidado, cepillé sus faldas y jubones de lana y les coloqué cuellos blancos. A pesar de sus protestas, convencí a Ingeborg y a Maren de que se pusieran cofias para ocultar sus cabellos rebeldes y entrelacé cintas verdes en el pelo rojo de Kirsten, pues ella era mi estrella en aquel día oscuro.

Ante la puerta de la sala del tribunal, me detuve para comprobar que las niñas estuvieran bien aseadas. Podíamos oír a toda la gente de la isla dentro, apiñados en la sala y esperando a que empezara el drama. Hacía tantos meses que no estaba en compañía de otras personas que me asaltaron unas náuseas repentinas y urgentes. Las reprimí y, con el sabor amargo de la bilis en la boca, me dirigí a Maren, Ingeborg y Kirsten.

—Va a haber mucha gente en el tribunal mirándoos y escuchándoos —les expliqué. Se lo decía tanto a ellas como a mí misma—. Es importante que habléis claro y, sobre todo, que mantengáis la calma. No lloréis. No gritéis, porque no confiarán en vuestras palabras si lo hacéis.

—Ya os lo he dicho, Fru Anna, no testificaré —declaró Ingeborg. Sus ojos estaban cargados de furia, pero era evidente que tenía miedo mientras se mordía los labios y miraba de reojo y con preocupación a Kirsten.

—Ya se lo he dicho al gobernador —le respondí—. Pero insistió en que estuvieras presente. —Suspiré—. No sé qué pasará detrás de esta puerta, niñas, pero os pido que digáis la verdad, por mucho miedo que tengáis.

—No tengo miedo —pronunció Maren con mirada altanera—. Llevo semanas esperando este día.

Me preocupé. A pesar de su atuendo austero, Maren tenía un aspecto cautivador y me pareció que sus ojos brillantes resplandecían con mil luces cuando rodeó la cintura de Ingeborg con el brazo, le apoyó la barbilla en el cuello y le susurró algo al oído.

—¿Qué dices? —pregunté, pero Maren se limitó a sonreírme con un brillo de hostilidad en la mirada.

—Nada que necesites saber, Fru Anna.

No tuve tiempo de insistir porque en ese momento se abrieron las grandes puertas de la sala del tribunal.

Todas las miradas se posaron en nosotras cuando entramos. La sala estaba iluminada con una gran cantidad de velas que proyectaban sombras impactantes sobre la gran cantidad de personas. Noté que la mayoría eran mujeres, ya que casi todos los hombres de la isla todavía no habían regresado de la pesca de invierno. Sentí sus miradas clavadas en nosotras y me volví hacia los tapices de caza que cubrían las paredes. Entonces reparé en una serie de pinturas de escenas de batallas repletas de hombres en combate, héroes y muerte.

Las niñas caminaron con la cabeza gacha, como les había ordenado. El aire en la sala era sofocante, cargado del sudor de la muchedumbre, el olor a pescado rancio de las actividades cotidianas y los cuerpos calientes, el calor de las velas y el fuego que ardía en el fondo de la estancia.

Ya no temblaba, pero sentía como si tuviera un horno encendido en mi interior y las náuseas regresaron a la boca de mi estómago. Lo único que deseaba era un poco de vino con aceite de lavanda para calmarme.

El gobernador estaba sentado a un lado del fuego rugiente y el gigantesco alguacil Lockhert se encontraba de pie detrás de él. A su lado, un secretario con tinta y pluma estaba listo para documentar los testimonios del juicio.

Eché un vistazo al tintero con añoranza, ¡cómo me gustaría escribirte, mi rey!

Al otro lado del gobernador estaba el reverendo Jacobsen, vestido con una larga sotana negra y con su rostro gordo y solemne mientras observaba entrar a las muchachas. Todos los hombres llevaban gorgueras en el cuello, como si quisieran remontarnos a los días de los juicios por brujería de tu padre en Dinamarca.

A lo largo de la pared, los doce hombres buenos que conformaban el jurado estaban sentados en bancos, todos vestidos formalmente de lana negra y también con gorgueras blancas. A través de una de las pequeñas ventanas que había encima de las cabezas del jurado, alcancé a ver nubes plateadas que se deslizaban por el cielo azul y ráfagas de nieves.

Ingeborg fue la primera en ser llamada a declarar, pero la joven no se movió del banquillo.

—Señoría —intervine, y mi voz sonaba más fuerte de lo que me sentía—. Ingeborg Iversdatter no tiene nada que declarar.

El gobernador entornó los ojos.

—Eso lo decidiré yo. —Dirigió su feroz mirada hacia Ingeborg—. Se llama a declarar a la joven Ingeborg Iversdatter.

Ingeborg no inclinó la cabeza y, para mi sorpresa, le sostuvo la mirada, lo que provocó que la cicatriz del gobernador brillara roja y furiosa sobre su piel marcada.

—De acuerdo —susurró ella en un tono nada sumiso.

CAPÍTULO 44

Ingeborg

TODOS CONTUVIERON LA RESPIRACIÓN, ESPERANDO A QUE Ingeborg hablara. Se volvió para mirar a Fru Rhodius y a Maren, ambas sentadas en el banquillo. La dama danesa la animó con un movimiento de cabeza y los ojos de Maren le hablaron. Ingeborg la oyó susurrar de nuevo en su cabeza.

"Di la verdad. Haz que teman tu poder. No podrán hacerte daño si lo haces".

Pero a Ingeborg ya le habían hecho daño. Sintió la intensidad de la mirada cruel del gobernador sobre ella y se volvió hacia la multitud de isleños de Vardø. Un mar de rostros desconocidos, la mayoría mujeres, la miraban fijo. No había nadie de su aldea, Ekkerøy, entre los presentes.

La hostilidad de las mujeres le llegaba en oleadas. Recordó su último abrazo con Zare y deseó que él estuviera entre la multitud. Pero Zare la había abandonado y nadie allí se preocupaba por ella. Buscó fuerzas en su interior.

—Cuéntale al tribunal lo que pasó en Nochebuena —le ordenó el alguacil Lockhert, de pie junto a ella—. Cuéntale cómo tú y las otras brujas os transformasteis en gatos y os colasteis en la bodega de Anders Pedersen. Allí os encontrasteis con el diablo y os bebisteis toda la cerveza.

Ingeborg negó con la cabeza. Si la gente quería oír su único verdadero encuentro con el diablo, *contaría* la verdad.

—Solo una vez me encontré con el diablo —respondió.

Mientras hablaba, el aguanieve que caía se convirtió en una tormenta de granizo que comenzó a martillear sobre el techo de la sala, haciendo parpadear las velas y casi ahogando su voz. Sintió la tensión cuando todos se inclinaron hacia delante. Creían en ella. Contenían la respiración para escuchar cada palabra que fuera a pronunciar.

Entonces entendió por qué Maren llamaba a esto *poder*.

—Estaba de pie sobre el cofre. —Señaló el baúl del gobernador junto al jurado de hombres—. El Maligno me atacó. —Se volvió hacia el gobernador.

El gobernador tenía el cuello enrojecido, el rostro desencajado y los ojos clavados en ella. Había advertencia en su mirada. Pero Ingeborg había perdido el miedo. No tenía nada que perder y algo la impulsaba a hablar, sin que le importaran las consecuencias.

—El Maligno puso su mano aquí. —Se tocó el pecho—. Bajé del cofre de un salto y corrí por el pasillo hacia el exterior. El diablo me persiguió. Me atrapó, me arrastró por el patio. Me golpeó y me levantó la falda. —Tomó aire y se preparó para la revelación final—. Me clavó su espada.

Bajó la mano y la colocó sobre la falda, en un lugar que todos podían reconocer.

Un murmullo se elevó de entre la multitud, pero Ingeborg mantuvo la mirada fija en el gobernador, cuyo rostro entero estaba ahora de color carmesí, excepto por la cicatriz, que se asemejaba a una línea plateada.

Oyó mascullar a algunas de las mujeres de la isla, pues todas sabían de qué violación hablaba.

—¡Esa historia es falsa! —bramó Lockhert—. Presta verdadero testimonio ante este tribunal, Ingeborg Iversdatter. ¿Conoces a alguna otra bruja?

—No.

—¿Has estado bailando con las brujas en Domen en presencia del diablo?

—No.

—¿Te has transformado en foca junto con otras brujas y os habéis aparecido en el mar para ahuyentar a los peces con tallos de algas y así evitar que fueran atrapados?

—No.

El alguacil Lockhert la fulminó con la mirada.

—Tu testimonio no tiene ningún valor. Para salvarte, debes revelar el nombre de las otras.

A Ingeborg se le secó la boca y no le salían las palabras. Apretó las manos con fuerza y confió en su valor.

—No —respondió—. No conozco a ninguna bruja.

Lockhert la empujó en dirección a Fru Rhodius mientras la multitud empezaba a murmurar de nuevo y se movía con nerviosismo. Su historia los había inquietado. Era una historia de violencia y abuso. A ninguna mujer le gustaba oírla de labios de una muchacha, pues tal vez se reconocían a sí mismas en sus palabras: las veces que sus esposos o padres las habían llevado fuera de su casa y golpeado en la nieve; las noches en que sus amos borrachos las violaban. Los doce hombres buenos del jurado se agitaban con incomodidad en sus bancos, sin querer creer las palabras de la joven Iversdatter, pues era más fácil culpar al diablo de los moratones de sus esposas e hijas; más fácil culpar a las brujas de sus barriles de cerveza vacíos. Más fácil tachar a las criadas con embarazos no deseados de seguidoras del diablo.

—Esta chica no sirve para nada, Fru Rhodius —manifestó Lockhert a la dama danesa, y empujó a Ingeborg hacia ella—. Es una simplona.

Pero Ingeborg captó la empatía en los ojos de Fru Rhodius. La mujer sabía que había dicho la verdad.

CAPÍTULO 45

Anna

¡Niña tonta e ingenua! Quise darle una buena bofetada a Ingeborg, pues sus palabras aseguraban su condena. El gobernador estaba furioso por su testimonio, con el rostro granate, pero yo no podía dejar de admirar a la muchacha por haber alzado la voz. Yo había sido testigo de su violación por parte del gobernador y, aunque había intercedido, no se lo había contado a nadie. Pero ahora te informo, mi rey, y te insto a que liberes a Finnmark del gobernador Orning por su abominable crueldad y su conducta depravada.

Mientras Ingeborg volvía a ocupar su sitio en el banquillo junto a mí, el alguacil Lockhert llamó a Maren a prestar declaración. La joven alta y morena se situó en el centro de la sala y juró decir la verdad. La multitud de espectadores isleños se abalanzó hacia delante para verla de cerca, con la sospecha dibujada en sus rostros, pues Maren era una extraña para ellos y su aspecto era salvaje y desconocido, aunque yo había hecho todo lo posible por moderarlo.

Después de prestar juramento, Maren se apoyó las manos en las caderas y no mostró ni un atisbo de miedo en el rostro. Y aunque yo me había comprometido a obtener confesiones de la muchacha, temía las palabras que pudieran salir de sus labios.

—La bruja Solve Nilsdatter ha dicho que estuviste con ella en el sótano de Anders Pedersen en Nochebuena con la otra chica, Ingeborg, y su madre, Zigri Sigvaldsdatter, y que, habiendo tomado la forma de gatos, os bebisteis toda su cerveza. ¿Qué me dices de eso? —Lockhert se dirigió a ella con voz ronca, aunque un poco sorprendido por su falta de terror.

—En Nochebuena, alguacil, fuimos huéspedes en el calabozo de las brujas delante de vuestras propias narices, así que ¿cómo podríamos haber estado al otro lado del estrecho de Varanger, en Kiberg, bebiendo la cerveza de Pedersen?

—Salisteis del calabozo y os convertisteis en pájaros —exclamó Lockhert—. ¡Yo mismo os vi, además del gobernador, el reverendo Jacobsen, el comerciante Brasche y Anders Pedersen!

Maren ladeó la cabeza.

—¿Y qué pájaro era yo, alguacil?

El alguacil Lockhert entrecerró los ojos hacia Maren Olufsdatter.

—Sabes muy bien que eras un cuervo negro, muchacha.

¿Fue mi imaginación u oí a Maren murmurar en voz baja los sonidos que hacía un cuervo: cro-cro, cro-cro, cro-cro?

—No importa lo que yo os diga, alguacil Lockhert, porque todos creéis habernos visto, así que ¿cómo voy a contradecir a hombres tan sabios? —lo desafió Maren, y extendió los brazos frente al jurado antes de dar un paso hacia la corpulenta figura de su inquisidor escocés—. Pero tengo una pregunta para vos. Porque si podemos convertirnos en gatos y escabullirnos del calabozo de las brujas, y si podemos volar como pájaros a través del estrecho de Varanger, ¿por qué elegimos permanecer en cautiverio?

El alguacil Lockhert parecía furioso de verse interpelado por una acusada y su incapacidad para responder demostraba que no era algo habitual.

—No te corresponde a ti hacer preguntas, Maren Olufsdatter. Tu deber es responder con la verdad lo que se te pregunta —intervino el gobernador Orning con voz atronadora.

Maren se volvió y se enfrentó a él.

—No he sido detenida, gobernador Orning, porque he venido a Vardøhus por mi propia voluntad —replicó, y lo señaló con el dedo de la misma manera que yo había visto a brujas acusadas de brujería señalar a otra a la que habían denunciado.

Maren hizo una pausa. Su actitud hacia los hombres con autoridad no la beneficiaría, y tal vez se daba cuenta de la inutilidad de su situación, porque pude ver la ira que chispeaba en sus ojos oscuros mientras seguía hablando.

—Tengo un sueño, ¿o podría ser real? Que un enorme grupo de mujeres estamos reunidas fuera de la fortaleza, tantas como granos de hielo en la espesa nieve, y que deseamos entrar en vuestro castillo y prenderle fuego. ¡Queremos prenderos fuego, gobernador Orning!

La rabia estremecía el cuerpo de Maren mientras hablaba y parecía hacerla más alta de lo que era, incluso más alta que todos los hombres, como si estuviera poseída por el poder de una bestia salvaje. Me pregunté, mi rey, si el diablo se habría apoderado de ella y la habría dotado de poderes sobrenaturales. Por cierto, eso parecían pensar las mujeres de la isla, que retrocedían arrastrando los pies, entre murmullos.

—Podríais pensar que miento, pues ¿cuándo se ha visto que tantas mujeres se congregaran ante vuestro castillo? Ah, pero éramos como pájaros, gobernador: sí, en efecto, una infinidad de pájaros de todo tipo: cuervos, palomas, chorlitos, águilas, gorriones, cormoranes, cisnes, gaviotas. ¡Aves de todo tamaño y tipo reunidas en aquelarre para veros arder!

El gobernador no apartaba los ojos de Maren, y creo que detecté miedo en ellos, porque fue incapaz de responder, una situación que yo jamás había visto.

—¿Acaso el mismísimo Satanás te envió para hacerle daño al ilustre gobernador? —intervino ahora el alguacil Lockhert, con la voz ronca por el nerviosismo que le habían causado las palabras de Maren, que no solo la condenaban a ella, sino también a las demás.

—No, no fue él. Fue mi madre, Liren Sand, pues tiene asuntos pendientes con el gobernador Orning —precisó Maren, orgullosa al mencionar de su madre—. Y las mujeres como pájaros que estaban conmigo eran las que habéis quemado antes por brujas.

—Todas las brujas son esclavas del diablo —replicó Lockhert—. Debe de haberte enviado él, pero el gobernador es tan piadoso que el Maligno ha sido repelido.

—Hemos venido por nuestra propia voluntad para vengarnos, pues sabéis mejor que yo dónde reside el Señor de la Oscuridad —replicó Maren.

Por un momento, cerré los ojos y vi a mujeres como pájaros que volaban en los cielos grisáceos sobre la fortaleza, deslizándose en el viento que levantaba sus alas, y pude sentir su liberación en cada parte de mí.

Cuando volví a abrirlos, Maren había terminado de hablar y un silencio absoluto reinaba en la gran sala del tribunal mientras el impacto de sus escandalosas palabras descendía sobre todos.

El alguacil Lockhert contrajo el rostro.

—Satanás estaba con vosotras, porque él es quien os da el poder de actuar como brujas.

—Oh, no, alguacil. —Maren hizo un gesto con un dedo hacia él.

Una vez más, me asombró su descaro y su audacia, pues cuanto más lo provocaba, peores serían las consecuencias, pero a Maren parecía no importarle.

—El Señor de la Oscuridad no estaba con nosotras, porque yo lo sabría —señaló—. El Señor de la Oscuridad acecha aquí en Vardø. Sí, sí, ¡y está aquí mismo, en esta sala con nosotros!

Hubo una conmoción entre los espectadores, como si una ráfaga de viento los hubiera sacudido.

—Escuchad —continuó Maren, ahora hacia la multitud, cuyos ojos reflejaban la avidez por todo lo que tenía para contarles—. Mi madre, Liren Sand, era más fuerte que cualquier hombre. —Nunca se había visto un espectáculo semejante en la sala del tribunal de Vardøhus—. Liren Sand es tan alta como este castillo, con la cornamenta de un reno y las garras del lince. Es magnífica, Liren Sand, es mi madre, y se comunica conmigo. Puede que todos los pescadores que se han ido no vuelvan nunca, pero no Liren Sand. Ella permanece conmigo en las buenas y en las malas.

Hizo una pausa y describió un círculo por la sala, y daba la impresión de estar disfrutando de toda la atención, aunque su actuación sería su perdición.

—Liren Sand es una maestra, una guía, y nos invita a su reino. Me muestra un lago ardiente donde crepitan llamas azules, y ella sopla las llamas con su pipa. Luego sumerge harina, azúcar y jengibre en el lago y hace brotar pan cocido. Liren me da pan de jengibre y baila conmigo. —Dio un giro frente a la multitud—. Vamos hacia el valle de las tinieblas. Y veo a todas las demás acusadas al final de un túnel muy largo. Me esperan en la luz. Liren Sand baila con ellas. ¡Ved qué hermosa es, gobernador Orning! ¿Recordáis sus manos, sus labios, el perfume de su piel?

El gobernador Orning se puso en pie con los ojos encendidos de ira.

—¡Basta ya de estas tonterías, niña, y dime quiénes son las brujas de Varanger!

Maren sonrió y enroscó un mechón suelto de su cabello oscuro alrededor de un dedo, con la cabeza ladeada, casi coqueta.

—Prestad atención a mis palabras —añadió—. Herid a una de nosotras y yo os haré más daño aún, porque Liren Sand me enseñó cómo hacerlo.

El silencio en la sala era total; el único sonido era el del granizo que golpeaba el techo.

—Golpeadnos, atormentadnos, aplastad nuestros pulgares, romped nuestros huesos..., pero no quebraréis nuestro espíritu. —Maren volteó y empezó a acercarse a la multitud, deleitándose al ver cómo las mujeres de la isla retrocedían asustadas y el jurado de hombres estaba paralizado de espanto—. ¡Puedo lanzar hechizos para que os debilitéis y muráis sin remedio! —Volvió a hacer un gesto con el dedo—. Quemad a una de nosotras y yo os quemaré a todos cuando estéis dormidos. ¡Prenderé fuego a todo Vardø!

El miedo se apoderó del público y la gente apartó la mirada, aterrorizada del influjo maléfico de Maren. El fuego chisporroteaba y hacía tanto calor en la sala que era como si el propio aliento del diablo soplara sobre mí. Empecé a abanicarme con la mano, presa del pánico y sin aliento.

Maren regresó hacia mí y volvió a tomar asiento en el banquillo, con una sonrisa en el rostro que parecía incongruente, pues sin duda su arrebato la había condenado a la hoguera.

El gobernador se puso de pie, un hombre siniestro y rudo, con su sombrero de copa alta y su capa negra que se arremolinaba a su alrededor. Se aproximó al jurado y extendió los brazos, como si él mismo fuera un gran pájaro negro.

—¡Ved lo peligrosas que son estas criaturas! —proclamó hacia el jurado—. ¡Debemos librarnos de estas brujas del norte y de su guerra de terror contra nosotros!

Pero mientras hablaba, recordé las palabras de Maren. "El Señor de la Oscuridad acecha aquí en Vardø".

El juicio estaba lejos de terminar, porque entonces llevaron a las tres acusadas encadenadas. Había visto a muchas pobres almas en condiciones terribles durante el año de la peste, pero el estado de Solve Nilsdatter, la viuda Krog y Zigri Sigvaldsdatter no tenía nada que envidiarles. Las mujeres se apretujaban en su desgracia, e Ingeborg dejó escapar un grito ahogado al ver a su madre, y Maren maldijo por lo bajo al ver el estado de su pobre tía. Aunque la madre de Ingeborg y Kirsten, Zigri Sigvaldsdatter, era la menos maltrecha de las tres brujas, su figura era grotesca, lo que hacía que los pocos hombres presentes desviaran la vista. Debería haber estado confinada en la cama: Zigri estaba hinchada como la luna llena y se tambaleaba sobre pies inseguros. Debajo de la mugre, su piel era de una palidez mortal y su cabello, antes dorado, se había caído y ahora tenía partes calvas en la cabeza.

Tomé la mano de Kirsten y le di un apretón tranquilizador, pero permaneció flácida y fría mientras la niña miraba boquiabierta a su madre.

Un profundo silencio descendió en la sala mientras todos observaban. No hubo burlas ni abucheos, como había oído en otros juicios por brujería en Dinamarca. Me pregunté si las isleñas sentirían compasión por estas esposas de pescadores no tan diferentes de ellas, o si la emoción predominante era el miedo. "¡Aquí están las tres brujas de Varanger! ¡Tened cuidado de no mirarlas a los ojos y recibir una maldición!".

Solve Nilsdatter se había transformado en una mujer

de la edad de la viuda Krog: sin dientes, las manos como muñones ensangrentados y el brazo roto como un ala; pero lo peor era el estado de su pecho. Las náuseas volvieron a surgir como bilis a mi boca, y aunque había curado sus heridas todos los días, la visión de su carne desgarrada, quemada y supurante en el resplandor brillante de la sala del tribunal me revolvió el estómago como si estuviera en un barco. Tragué saliva, respiré hondo y me puse las manos en el vientre para tranquilizarme.

Fue ella la primera en ser arrastrada ante el gobernador y el jurado. Los perros loberos aguzaron las orejas para prestar atención, aunque miraban mansamente a la acusada. Las lágrimas corrían por las mejillas hundidas de Solve y su respiración era jadeante y estridente.

El gobernador le ordenó que presentara sus pruebas, pero estaba claro que la pobre criatura no podía hablar, ya que su boca solo emitía un sonido estrangulado y su cuerpo temblaba de agotamiento y dolor.

En vez del testimonio oral, el alguacil Lockhert tomó unas hojas de papel y se las entregó al gobernador.

El gobernador echó un vistazo superficial a las páginas.

—Al parecer, la prisionera ya ha confesado libremente sus crímenes, que han sido registrados por el alguacil Lockhert —anunció—. Leeré en voz alta su testimonio: "Yo, Solve Nilsdatter del pueblo de Ekkerøy, esposa de Strycke Anderson, confieso por propia voluntad los siguientes crímenes. Junto con mi prima Zigri Sigvaldsdatter, la viuda Krog y Elli, la mujer sami, nos transformamos en focas y ahuyentamos a los peces de la orilla del mar con tallos de algas, de modo que el volumen de la pesca fuera menor. Queríamos hacer sufrir al pueblo de Varanger. Lanzamos hechizos de magia de las tormentas que provocaron el naufragio del barco del comerciante Brasche, la destrucción de toda su carga y la pérdida de todas las vidas a bordo".

"Además —continuó el gobernador—, ha confesado haber ocasionado el naufragio del barco del alguacil Lockhert, proveniente de Escocia, en el que murió ahogada toda su familia.

El gobernador hizo una pausa al leer el nombre de su alguacil y el destino de su familia, y el recuerdo ensombreció el rostro de Lockhert. Para él, aquellas no eran tres mujeres destrozadas sino brujas malvadas que habían arrebatado la vida de todos los que amaba, aunque era difícil imaginar que él pudiera expresar amor por ningún ser vivo.

El gobernador siguió leyendo la declaración de Solve. A medida que leía cada confesión, Solve inclinaba la cabeza más y más sobre el pecho, como si el peso de las cadenas la arrastrara hacia abajo.

—"Nos divertimos bebiendo cerveza con Satanás en la bodega de Anders Pedersen en Yuletide. Bailamos con brujas de todos los reinos de Dinamarca, Noruega y Escocia en la víspera del solsticio, en la cima de la montaña Domen. Danzamos bailes de cuatro parejas con Satanás, jugamos juegos de mesa y bebimos jarra tras jarra de cerveza fuerte".

Las imágenes que trazaban sus palabras eran tan vívidas, mi rey, que debo admitir que empecé a dudar de nuevo de su inocencia, pues ¿cómo podía una simple pescadora inventar semejantes mentiras? De modo que, ¿si *había* bailado con el diablo, entonces vuestro padre tenía razón y era aquí, en los dominios del norte, donde moraba el Señor de la Oscuridad?

—"Le compré amuletos mágicos a Elli, la mujer sami, para usarlos contra el gobernador. Los até con hilo y los escondí en las grietas de los muros de la fortaleza".

En ese punto, el alguacil Lockhert sacó del bolsillo de su chaleco un pequeño ovillo de hilo sucio y se lo entregó al primer miembro del jurado para que lo examinara.

—Encontramos esto en una de las grietas del calabozo de las brujas —reveló.

El gobernador continuó leyendo el documento.

—"Yo misma, la viuda Krog, Zigri Sigvaldsdatter y mi sobrina Maren Olufsdatter nos congregamos como cuervos negros fuera de la fortaleza y amenazamos con encerrar al gobernador Orning y al alguacil Lockhert y prenderles fuego". —El gobernador bajó el pergamino en sus manos—. "Yo, Solve Nilsdatter, confieso que fui a las montañas y entregué mi cuerpo al diablo".

La concurrencia estalló en murmullos de repugnancia ante la imagen de la esposa del pescador levantando sus faldas ante el Señor de la Oscuridad, y pude oír los susurros: "Arde en el infierno, mujerzuela".

Tras la lectura de las confesiones de Solve, la vieja viuda Krog se adelantó, caminando con dificultad con sus grilletes, la piel moteada de magulladuras y laceraciones. Ella también tenía muñones ensangrentados en vez de dedos, pero había un destello desafiante en sus ojos cuando irguió la cabeza.

—Dorette Krog, te insto a que hagas una confesión completa ante todos los presentes en esta sala presidida por el ilustre gobernador Orning —habló el alguacil Lockhert con tono severo.

Pero la viuda Krog no inclinó la cabeza como había hecho Solve, sino que miró a Lockhert a los ojos y manifestó con voz temblorosa:

—Me niego a confesar en modo alguno.

Una agitación incómoda brotó en la sala cuando el gobernador observó encolerizado a la anciana viuda.

—¿Puedes traer a doce personas que hablen en tu favor? —la desafió Lockhert.

—Por supuesto que no. ¿Quién se arriesgaría a hablar en mi favor ahora, cuando sin duda ellos también serían acusados? —La viuda Krog se volvió hacia el gobernador—. Su señoría, estas acusaciones en mi contra son falsas.

—Te ha denunciado Solve Nilsdatter —le recordó el gobernador.

—Pero Solve fue torturada hasta que denunció a otras —explicó—. Juro que no soy una bruja. No mentiré sobre mí misma, ni denunciaré a otra mujer. ¡No lo haré!

La expresión del gobernador se ensombreció; apretó la mandíbula y la cicatriz sobresalió en su mejilla.

—Al parecer, el diablo está arraigado en lo más profundo de esta vieja bruja —comentó hacia Lockhert—. Debemos convencerla de que diga la verdad.

Lockhert asintió al gobernador y se volvió hacia la viuda Krog.

—Para probar tu inocencia, ¿aceptas ser sometida a la prueba del agua?

El público guardó silencio, a la espera de la respuesta. Lo único que se oía eran las llamas del fuego y el ruido del granizo duro y helado contra el cristal de la ventana.

Como sabes, mi rey, la prueba del agua es la mejor manera de probar si una mujer es una bruja, porque el agua es sagrada. Por eso, según esa prueba, el agua acepta a la mujer inocente y rechaza a la malvada. Si la viuda Krog flotaba en el agua como una barca, quedaría demostrado que era una bruja; sin embargo, yo nunca había sabido de ninguna mujer sometida a la prueba cuyo resultado hubiera sido diferente.

La viuda Krog parecía aterrorizada, pero accedió, pues ¿qué otra opción tenía?

El gobernador anunció que el juicio se pospondría hasta el día siguiente, una vez realizada la prueba del agua.

Las aguas del norte estarían tan frías que no podía ni imaginar lo que se sentiría al ser sumergida en ellas. De hecho, una vez dentro, entre los gélidos vaivenes, la anciana podría morir congelada antes de tener ninguna oportunidad de probar si era o no una bruja.

Me pregunté si esto sería lo que la viuda Krog esperaba.

CAPÍTULO 46

Ingeborg

LAS JÓVENES RECIBIERON LA ORDEN DE BAJAR A LA ORILLA para presenciar la prueba del agua. El gobernador declaró que, si no confesaban, serían sometidas a la misma práctica. Cuando llegaron allí, los isleños se apiñaban en las rocas resbaladizas. La vieja viuda Krog se encontraba de pie ante ellos, tan blanca como su enagua, casi desnuda, castañeteando los dientes y con la nariz azul. La bahía oscurecía mientras el crepúsculo se tornaba negro salvaje. Los habitantes de Vardø observaban callados desde el borde del mar; el único sonido era el chillido de las gaviotas y el chapoteo de los remos cuando los soldados del gobernador alejaron la barca de la orilla.

La viuda Krog tenía las manos atadas y las muñecas unidas a los tobillos. Los hombres la arrojaron al helado océano Ártico como un saco de grano, preparados con cuerdas y tablas por si se hundía. Pero no se hundió.

La saya blanca de la anciana ondeaba como una gran vela y la mujer flotaba en el mar. La multitud se agitó. Una voz se alzó, luego otra, hasta que toda la gente gritaba: "¡Bruja, bruja, bruja!".

La sacaron del agua como a una redada de peces y remaron con rapidez hacia la orilla, para que no se pusiera azul y se muriera en la barca.

Toda la gente seguía gritando: "¡Bruja, bruja, bruja!". Los monstruos de Dios, el gobernador Orning y el alguacil Lockhert observaban, triunfantes.

Cuando el bote se acercó a la orilla, todo el mundo se precipitó hacia delante, resbalando en las orillas embarradas. Ingeborg vio a la viuda Krog en el fondo de la barca, con la enagua pegada al cuerpo, lo que dejaba expuesta su desnudez. Temblaba sin parar a causa del frío, con los ojos enrojecidos por el mar salado.

Maren se abrió paso entre la multitud.

—¡No tengas miedo, bruja! Usa tu poder, ¡muéstralo!

Ingeborg captó el tono febril en las palabras de Maren. Quería que la viuda Krog aullara, que llenara el cielo de nubes negras y las abriera. Quería que los truenos retumbaran y los relámpagos alcanzaran al gobernador de Vardø. "¡Envía al Thor de tu antigua religión, viuda Krog!".

Ingeborg rezó al buen Dios y a todos los dioses samis de Zare para que así fuera. Que la lluvia helada cayera y ahogara a la muchedumbre burlona que las juzgaba, porque no podían ver más allá de su propio miedo y sus prejuicios.

No hubo truenos y la viuda Krog murmuraba entre dientes con empecinamiento.

—No soy una bruja. ¡Creedme! Soy inocente.

Pero el agua la había repelido, ¿acaso eso no demostraba que era una bruja?

La anciana siguió insistiendo mientras la arrastraban fuera de la barca, la encadenaban y la llevaban de regreso al calabozo de las brujas.

—¡No confesaré! —gritó—. Ni denunciaré a ninguna otra mujer.

CAPÍTULO 47

Anna

DESPUÉS DEL ESPANTOSO ESPECTÁCULO DE LA PRUEBA DEL agua, me dirigí al calabozo de las brujas con mi botiquín. A mi lado, Ingeborg llevaba un caldero de caldo de pescado humeante para las mujeres.

La viuda Krog estaba helada hasta los huesos y temí que no sobreviviera a la noche. Había elegido a Ingeborg para que me ayudara por compasión hacia ella y su madre, para que pudieran intercambiar algunas palabras. Kirsten no había pedido lo mismo, ni su madre había preguntado nunca por su hija menor, lo cual exacerbaba mis impulsos protectores hacia la niña.

"Ten fe, Anna, es tu niña, es tuya".

Cuando llegamos al calabozo, el capitán Hans nos negó la entrada y me informó que eran órdenes del alguacil Lockhert, quien se encontraba adentro con las brujas. Asimismo, el propio gobernador le había ordenado al capitán que recuperara la llave que estaba en mi poder.

Protesté con vehemencia, alegando que había que atender a las mujeres, pero el apesadumbrado capitán Hans insistió en que tenía órdenes que cumplir. Lo único que podíamos hacer era dejar el caldo junto a la puerta y él se aseguraría de entregárselo a las brujas. Saqué la llave del bolsillo con gran recelo, pues ¿qué podría estar haciendo Lockhert con las mujeres en la lúgubre prisión lejos de mi atenta mirada? Estaba claro que Ingeborg tenía pensamientos similares, porque me miró con expresión seria y un destello acusador en los ojos. Pero la brutalidad de Lockhert dista mucho de ser culpa mía y no he hecho más que intentar poner fin a sus torturas.

No tengo poder, ¡pues no soy yo, mi rey, quien gobierna Finnmark!

Casi no dormí, esperando a que el primer atisbo del amanecer se filtrara a través de la piel de pescado de la ventana. Pero todavía estaba oscuro como la boca de un lobo cuando oí el crujido de la puerta de mi alcoba.

Casi esperaba ver a Christina con su camisón blanco y los pies descalzos.

"Mamá, me duele la cabeza".

Pero el intruso era la gata negra del castillo, que avanzó sobre las tablas rotas del suelo antes de saltar a mi cama. No la empujé, me quedé estudiándola mientras me miraba sin pestañear, como si estuviera examinando mi alma.

Las mujeres y las niñas habían sido acusadas de metamorfosearse en gatos en Nochebuena, lo cual era absurdo, pero cuanto más miraba a la gata, más elocuente era la expresión de sus ojos.

—¿Qué debo hacer? —susurré.

Sentía sobre mis hombros el peso del sufrimiento de esas mujeres y niñas de la península de Varanger. ¿Era tan indefensa como el gobernador me hacía creer? Ahora me habían quitado la llave del calabozo de las brujas y me habían excluido del interrogatorio porque mi voz era una expresión disidente.

Mi rey, el gobernador Orning ha quebrantado tus leyes una y otra vez al atormentar a esas pobres criaturas.

La gata se deslizó por las mantas hacia mí y temí que pudiera morderme, pero levanté la mano para que la olisqueara. Me recompensó con un lengüetazo áspero y se acurrucó a mi lado; el ritmo profundo de su ronroneo me arrulló y caí en un estado entre el sueño y la vigilia.

A la mañana siguiente, después de las oraciones, regresamos a la gran sala del tribunal para el veredicto del juicio. El aire estaba un poco más tibio, el cielo de un gris desolado, y los montículos de nieve fresca empezaban a descongelarse y convertirse en lodo. Busqué el primer brote de color, pues una hoja verde bastaría para levantarme el ánimo, pero todo lucía apagado y sin brillo. A medida que avanzábamos, el silencio solo se interrumpía con el sonido de las largas cuchillas de hielo que se desprendían del tejado del castillo y caían sobre las piedras.

La sala estaba tan llena como el día anterior, pero percibí un cambio en el humor de los habitantes de Vardø. La histeria de la prueba del agua de la viuda Krog pendía de manera palpable en la asfixiante sala, y la tensión tornaba el aire todavía más denso. ¿Cómo era posible que estos pescadores no se preguntaran por qué las brujas no parecían muy diferentes de sus propias madres, hermanas e hijas, incluso de ellos mismos?

Las dos primas, Solve y Zigri, entraron en la sala con grilletes, pero la viuda Krog no estaba presente. No me atreví a pensar en el calvario que Lockhert le habría hecho pasar para convencerla de que confesara, y estaba claro que su ausencia era una prueba de que se mantenía firme en cuanto a su santidad y la de las otras mujeres. Su resistencia era admirable. La gente podía decir que el diablo era quien le daba fuerzas, pero yo creo que era su honor. Fuera culpable o no de brujería, la anciana creía en su propia inocencia y en la de sus compañeras acusadas.

¿Dónde ha ido a parar mi fervor? Llegué hace un año con la certeza de que estaba en esta maldita isla para cumplir tu voluntad y cazar brujas para ti, mi rey. Ardía en pasión y devoción, y habría dado mi vida en esta lucha por tu divinidad. Pero ahora me dolía el corazón de aflicción; me debatía en la duda al observar a estas dos mujeres rotas y me preguntaba cómo era posible que tuvieran la habilidad de destruir tu poder, el del hombre más magnífico de todo el reino de Dinamarca y Noruega.

Ah, de nada servían mis conjeturas, ya que no podía retractarme de mi propósito. Hice un trato con el gobernador y era hora de cumplirlo.

El gobernador llamó a declarar a Kirsten Iversdatter, hija de la bruja acusada Zigri Sigvaldsdatter. Era nuestro momento. Me puse de pie y le ofrecí la mano. Todavía tenía la cinta verde que yo había entrelazado en los rizos rojos el día anterior y la luz que se colaba de soslayo por las ventanas de la sala la iluminaba. Era como un ángel, cuando alzó la vista hacia mí, con sus ojos azules y confiados, igual que había hecho Christina en su lecho de muerte cuando yo le había prometido que viviría y que yo la salvaría.

Kirsten aceptó mi mano y el rostro de Ingeborg palideció de espanto.

—No digas nada, Kirsten —le susurró.

Pero su hermana ya no le pertenecía, pues era mi niña, mía.

Mientras nos acercábamos a testificar, vislumbré a la esposa del gobernador sentada junto a él; tenía una expresión tan horrorizada como la de Ingeborg. Tiró del brazo de su marido.

—Es una niña, Christopher, ¿qué pretendes...?

Pero su esposo le apartó la mano y clavó su mirada siniestra en Kirsten. Apreté la mano de Kirsten y sus dedos aferrados a los míos me infundieron valor. Créeme, mi rey, si hubiera habido alguna otra forma de salvar a mi niña, la habría elegido, pero te confieso que sí, deseo volver a mi antigua vida y quiero recuperar a mi hija.

Siempre habrá pérdida y sufrimiento en este mundo, pero esta vez no me tocará a mí.

Con todos los ojos puestos en nosotras, Lockhert habló en voz baja y ronca:

—Cuéntale al gobernador y al jurado lo que le confesaste a Fru Rhodius.

—Kirsten, hija mía... —Zigri Sigvaldsdatter forcejeó con sus cadenas; Solve, con su brazo roto, se desplomó sobre ella.

Cuando Zigri intentó acercarse a nosotras, dos soldados la obligaron a retroceder. El aire que me rodeaba se impregnó del hedor del calabozo de las brujas y pude oler el sudor del sufrimiento de estas mujeres, la sangre de sus torturas y las secreciones de su desesperación.

La sensación de náuseas empezó a crecer en mi interior y me obligué a no escucharla, pues la esposa de su amante, Fru Brasche, ya había sellado el destino de Zigri Sigvaldsdatter. Mi intención era salvar a su hija de un destino como el de ella, evitar que fuera tachada de bruja, no hoy, porque era demasiado pequeña, pero sí en el futuro. Si Kirsten Iversdatter se quedaba en Vardø, quedaría marcada para siempre como la hija de una bruja, como le había ocurrido a Maren. Semejante destino había hecho de Maren una criatura salvaje e inestable y me temía que cuando tuviera edad de ser acusada, no tardaría mucho en ser condenada a la hoguera. ¿Acaso Zigri Sigvaldsdatter no se daba cuenta de que yo estaba salvando a su hija Kirsten? Porque como hija mía, se convertiría en Christina Rhodius y disfrutaría de comodidad y seguridad en mi casa de Bergen. Yo cuidaría de ella y me aseguraría de que no le faltara nada.

—¡Silencio, bruja! —ordenó el gobernador, y el soldado puso la mano sobre la boca de Zigri mientras ella se resistía y se retorcía con su barriga enorme e incómoda para el soldado, que intentaba lidiar con ella.

—Vi a mi madre con el diablo —susurró Kirsten.

—¿Dónde viste a tu madre con el diablo? —presionó Lockhert.

—En el establo de Heinrich Brasche —respondió con voz cada vez más fuerte—. Mi madre me pegó y me dijo que no dijera nada a nadie.

—¿Qué les viste hacer?

—Estaban fornicando. —La voz de Kirsten era cristalina.

Zigri dejó de forcejear, pero su cuerpo se estremecía con sollozos intensos cuando el soldado retiró la mano.

—¿Qué has hecho, hija? —se lamentó.

Kirsten se volvió hacia su madre, con su mano todavía en la mía.

—Dijiste que yo era hija del diablo, que era culpa mía que Axell se hubiera ahogado… —agregó vacilante.

—No quise decir eso, Kirsten. Estaba dolida por la muerte de mi hijo.

Kirsten le dio la espalda y me miró con ojos suplicantes.

—¿Podemos ir a Bergen ahora? ¿Podemos, Fru Anna?

—Sí, pronto, mi niña —le prometí mientras regresábamos al banquillo.

Lo que sucedió a continuación fue lo esperado. El gobernador y el alguacil conversaron con el jurado de hombres antes de que el alguacil volviera a ocupar el centro del escenario. Sus palabras reverberaron sobre todos los pobladores de la isla de Vardø que abarrotaban la sala del tribunal.

—Puesto que estas mujeres han hecho un pacto con el diablo y han practicado la brujería, haciendo sufrir a nuestro pueblo de la península de Varanger, que Dios nos proteja, pero no tenemos otra opción: deben ser castigadas con la muerte en la hoguera.

Las dos primas, Zigri y Solve, se aferraron una a la otra con pavor. Oh, mi rey, era incapaz de mirarlas, pero ¿dónde podía posar los ojos? La histeria se volvió a apoderar de la multitud, con gritos de "¡Quemad a las brujas!", pero algunos guardaban silencio, con muecas de desaprobación.

No me atreví a mirar a Ingeborg, pero la oí carraspear y jadear como un pez fuera del agua.

—¿Qué ha querido decir? —me preguntó Kirsten en un susurro aterrorizado.

—¡Ha querido decir que nuestra madre será quemada en la hoguera tan pronto como dé a luz! —le soltó Ingeborg a su hermana antes de que yo pudiera dirigirle unas palabras amables y bondadosas.

—Pero estuvo con el diablo… —Kirsten arrugó el entrecejo con aire confundido—. Y el bebé… es hijo del diablo…

Se volvió hacia mí en busca de una respuesta.

—Sí, sí —la tranquilicé.

Pero el juicio aún no había terminado, en absoluto. Lo que ocurrió luego superó mi imaginación: la traición fue tan desgarradora que mi corazón estuvo a punto de detenerse.

No olvidaré la imagen del alguacil Lockhert con su jubón negro más espléndido, el cabello revuelto aplastado sobre la cabeza con grasa de oveja y el pecho henchido de orgullo.

—Además, su señoría, debemos juzgar a estas tres muchachas, Ingeborg y Kirsten Iversdatter, y Maren Olufsdatter, que han aprendido brujería de sus madres y la han practicado.

Miré atónita a Lockhert, incapaz de moverme o hablar ante el horror de sus palabras.

—El Maligno ha estado con ellas en el pasado, y no pueden librarse de él, por mucho que el sacerdote se dedique a ellas e intente convertirlas a Nuestro Señor Jesucristo. El Maligno nunca renunciará a ellas, porque le han sido ofrecidas en sacrificio por la madre y la tía.

Oh, mi rey, los ojos brillantes del gobernador Orning delataban su traición también, ya que el anuncio del alguacil no lo sorprendió. Se frotó las manos como si las calentara junto a la hoguera que deseaba encender e hizo un gesto con la cabeza para que Lockhert continuara hablando.

—En vista de dichas circunstancias, solicito a este tribunal que sean castigadas con la muerte e impedidas de aprender más perversidades del diablo y de incitar a otros niños a la maldad.

El recuerdo de la voz cruel del gobernador Orning volvió a mi mente.

"Quemaremos a vuestra niña y permaneceréis aquí por el resto de vuestros días".

Los habitantes de Vardø callaron, estupefactos ante la brutal solicitud del alguacil. Ingeborg lanzó un grito como si le hubieran dado un puñetazo en el vientre, pero Kirsten no habló, aunque apartó su mano de la mía.

Yo no podía respirar. Oh, mi buen Señor, oh, mi rey, no podía. Mientras estas terribles palabras descendían sobre todos los presentes como una peste y la gente tosía con inquietud y murmuraba protestas temblorosas, "¡Son demasiado jóvenes!", una sola persona actuó.

Maren se incorporó de su asiento y se arrancó el cuello blanco almidonado y la cofia de la cabeza. Se movió con rapidez entre las filas de isleños hasta detenerse ante el gobernador. Levantó el rostro hacia él y los rizos salvajes de su cabellera negra como el cuervo cayeron hasta la parte baja de su espalda.

—Gobernador del distrito, escuchad bien, ya que queréis que la hija traicione a la madre, la madre a la hija, la hermana a la hermana, las primas, las amigas, ¡que todas las mujeres se traicionen entre sí! —declaró—. Pero ¿qué pasará cuando no quede ninguna mujer, ni una sola joven con vida en toda la península de Varanger? ¿Qué haréis los hombres? —Se volvió hacia la multitud de mujeres isleñas reunidas y las señaló con el dedo—. No quedará ninguna de vosotras para cuidar del ganado, cocinar la comida para vuestros esposos ni lavar su ropa sucia. —Se volvió de nuevo hacia el gobernador y dio otro paso hacia él—. No quedarán mujeres para violar ni para que den a luz a vuestros hijos. Ninguna para que rece por vosotros. ¿Y en qué acabará? En un mundo sin mujeres, ¡solo Dios, sus hombres y el diablo siempre con *vos*!

El exabrupto fue tan repentino e impactante que el gobernador se quedó sin palabras, aunque Lockhert se dispuso a sujetarla.

La esposa del gobernador se tomó las manos con ojos brillantes, como si las palabras de Maren le hubieran dado vida.

—Déjala en paz —le ordenó a Lockhert.

El alguacil vaciló y se volvió hacia el gobernador en busca de confirmación.

Pero antes de que el gobernador pudiera hablar, Maren chasqueó los dedos. De las cuatro esquinas de la sala del tribunal, aparecieron ratas que se pusieron a correr por el suelo de madera. Los isleños gritaron y se abalanzaron hacia la puerta de la sala, impidiendo la entrada de los soldados. El gobernador se puso de pie y gritó a sus perros, pero los perros retrocedieron como si tuvieran miedo de las ratas, igual que todos los demás.

Tomé a Kirsten de la mano y me encaminé hacia la puerta. Aunque mi niña se apartó de mí, tiré de ella hacia la salida, pero mientras lo hacía, un grito desgarrador se elevó a mis espaldas. Era un sonido que reconocía demasiado bien y, cuando me volví, Zigri Sigvaldsdatter se tomaba el vientre mientras el agua corría entre sus piernas.

Había llegado la hora.

CAPÍTULO 48

Ingeborg

Dentro de la alcoba de la casa comunal, bajo vigilancia, la madre de Ingeborg se retorcía sobre un montón de pieles de reno.

Fru Rhodius le hizo señas a Lockhert para que se marchara.

—Esto es cosa de mujeres —indicó—. Podéis quedaros todo el día vigilando fuera en la puerta, pero esta bruja no saldrá corriendo ni volando a ninguna parte.

Lockhert le lanzó una mirada repugnante antes de cerrar la puerta a sus espaldas.

—Pon un caldero de agua a calentar al fuego, Ingeborg —ordenó Fru Rhodius—. Tenemos que lavarla. No puedo atenderla con tanta suciedad.

Ingeborg probó la temperatura del agua. Deseaba de todo corazón sumergir a la mujer danesa en el agua hirviendo. Que se quemara ella también. Pero los gritos de su madre la detuvieron y obedeció. Fru Rhodius le pasó un paño.

—Guárdalo para el recién nacido. —Se volvió hacia ella con expresión alentadora—. No estés tan preocupada, niña. He hecho esto muchas veces.

¿Por qué le sonreía después de semejante traición? ¿De

robarle a su propia hermana? La hermana que ahora estaba en cuclillas en la esquina de la casa comunal, observando, conmocionada y sumisa. ¿Y dónde estaba Maren? Estaba allí hacía un momento.

Fru Rhodius era una mujer diferente a la hora del parto. Nada de sermones ni de hablar del buen Dios. Se dirigía a su madre con amabilidad, a pesar de lo que le había hecho.

—Levanta las piernas, eso, muy bien.

Zigri alzó la vista hacia Ingeborg con los ojos desorbitados por el dolor.

—Estás aquí, Ingeborg —susurró, le tomó la mano y se la apretó con tanta fuerza que Ingeborg pensó que le rompería los dedos.

—Sí, me quedaré contigo.

—Lo siento, hija, perdóname…

—Calla, madre, calla.

Con los paños de repuesto y el agua, Fru Rhodius lavó las piernas de su madre y le subió la falda para examinarla.

Su madre gimió como una bestia y apretó aún más la mano de Ingeborg.

—Tu bebé nacerá pronto —anunció Fru Rhodius.

Los dolores atravesaron el cuerpo de su madre.

—¡No, no quiero que nazca, no! —gritó.

Pero su opinión no contaba ante las fuerzas de la naturaleza que controlaban su cuerpo.

Ingeborg se inclinó y pudo ver la cabeza del bebé que empezaba a asomar. Su coronilla ensangrentada era un espectáculo puro y milagroso.

Fue un parto rápido. Para cuando sonó el último toque de la campana del mediodía, el bebé había nacido. Una niña, con una mata de pelo negro. La bebé emitió un llanto saludable. Fru Anna la envolvió bien y la puso sobre el pecho mugriento de Zigri.

—Aquí tienes, pon a tu hija al pecho —la alentó.

El rostro de su madre era un torbellino de emociones: alegría por su nueva hija y miedo por lo que le esperaba a ella ahora que su vientre estaba vacío. Se incorporó un poco y apoyó la espalda contra la pared de la casa comunal, con la bebé en brazos, y se la puso al pecho.

—¿Cómo pueden pensar que mi bebé es hija del diablo? —Zigri alzó los ojos hacia Fru Rhodius, con la voz débil por el cansancio—. ¿Acaso no es evidente que no he tenido tratos con el diablo?

Fru Rhodius le dio la espalda y no respondió.

—No hables ahora de eso, madre —intervino Ingeborg, y le enjugó el sudor de la frente. Quería preservar la magia del nacimiento; no pensar en el final que les esperaba a ambas—. El día de hoy marcará el cumpleaños de tu nueva hija.

—Nunca veré otro —replicó su madre entre sollozos.

Ante las lágrimas de su madre, Ingeborg no pudo contener las suyas. El estupor por lo que acababa de ocurrir en la sala del tribunal se estaba disipando. Ella, su madre y Kirsten habían sido condenadas a la hoguera. ¡A la hoguera! Junto con Solve y Maren. No podía creer que eso fuera a suceder. No podía. Se aferró al recuerdo de Zare y a su promesa de que regresaría a buscarla. Pero ¿acaso no la despreciaba por las cosas que le había dicho?

En cuanto a su hermanita nueva, Ingeborg tenía una certeza atroz de lo que ocurriría. La bebé sería separada de su madre, quien regresaría dolorida y sangrando para ser encadenada en el calabozo de las brujas. Otra mujer de Vardø amamantaría a la bebé. Otra la criaría. La niña correría la misma suerte que Maren: crecería como la hija de una bruja, con la misma maldición sobre su cabeza. Y algún día sería condenada. Un ciclo interminable de fatalidad.

—Es trágico, ¿verdad? —Miró a Fru Rhodius a través de las lágrimas.

El cabello negro de Fru Anna se había soltado y sus

mejillas estaban sonrojadas por el esfuerzo. Aunque era mucho mayor, se veía muy hermosa en la luz del sol que entraba por la pequeña ventana de su dormitorio. Dio la espalda a Ingeborg, aunque la vio enjugarse una lágrima, solo una. Sin embargo, cuando habló, su voz volvió a ser dura.

—¿Crees que es mejor que una bruja ofrezca a su hija en sacrificio al diablo, como hizo tu madre contigo?

—¿Prefieres que *yo* arda en la hoguera, Fru Rhodius?

—¡No! —exclamó, con los ojos encendidos—. Os salvaré, niñas.

—No quiero que me salven sin mi madre —susurró Ingeborg.

Su madre solo estuvo unos minutos a solas con su bebé. En cuanto se oyó el llanto de la niña, Lockhert y un soldado entraron en la casa, junto con la nodriza.

—Quítale el bebé a la bruja —ordenó el alguacil al soldado.

—Aún no ha terminado de alimentarla —protestó Fru Rhodius.

—Tenemos una nodriza aquí. El bebé será criado en Vardø.

—Os lo ruego, dadme más tiempo —gritó la madre abrazando a la niña contra su pecho.

—Dadle un minuto, la criatura necesita comer —apeló Fru Rhodius a Lockhert.

—¿Cómo se os ocurre dejar a un bebé en brazos de una bruja? —Lockhert parecía furioso. Empujó a Fru Rhodius y se acercó a la madre de Ingeborg.

Ingeborg no podía soportar la idea de sus ásperas manos sobre la delicada piel de la bebé.

—Dame a la bebé, mamá.

—No —se negó su madre meneando la cabeza—. No soy una bruja. Deben creerme.

—Entrégale la niña a Ingeborg o te la arrancarán de los brazos —le advirtió Fru Rhodius—. Le harán daño. Dásela a Ingeborg. Te prometo que estará a salvo.

A regañadientes y entre sollozos, la madre dejó que Ingeborg le quitara el bulto tibio e inquieto. La joven tomó a la bebé en sus brazos. Le resultaba tan natural, tan correcto, acunarla. Sin embargo, nunca se convertiría en madre.

Se sintió desgarrada cuando tuvo que entregar la niña a la nodriza, quien salió de la casa con paso enérgico mientras su madre empezaba a gemir con intensidad.

—Cállate, bruja —le ordenó Lockhert, pero Zigri no dejó de gemir. Lockhert la abofeteó y, aun así, ella continuó.

No paró hasta que Ingeborg le tomó la cabeza entre las manos. Contempló los ojos torturados de su madre y le dio todo el amor que pudo.

—Encontraré una salida —le susurró.

De algún modo, las palabras produjeron un efecto en Zigri, que se quedó callada, aún estremecida por el parto. Lockhert y su hombre la levantaron del suelo y la arrastraron fuera de la casa comunal, atravesaron del patio y la llevaron de vuelta al calabozo de las brujas.

Ingeborg siguió su rastro de sangre en la nieve sucia.

Ignorada por los soldados, se arrodilló junto a las paredes agrietadas del calabozo de las brujas y apretó las manos contra ellas.

—Madre, madre —murmuró—. Estoy aquí. Te salvaré.

CAPÍTULO 49

Anna

Mi rey, el gobernador de distrito Orning se propone enviar a unas simples niñas a la hoguera, y a *mi* niña, Kirsten, ¡y solo tiene trece años!

Después del terrible juicio, el mundo entero se tambaleó. Había pensado que mis propias tribulaciones habían llegado a su hora más oscura, pero no: el gobernador Christopher Orning y su esbirro, el alguacil Lockhert, eran enmascaradores de la verdad. ¡Creo que ellos son los verdaderos demonios entre nosotros!

Escribo estas palabras lo más rápido que puedo, pero ¿qué sentido tiene, ya que ni siquiera sé si alguna vez leerás estas cartas? He sido incapaz de enviarte ninguna de ellas, e incluso si, de alguna manera, consiguiera hacerlas llegar a un barco con destino a Dinamarca y que se entregaran en palacio, ¿recordarías siquiera nuestro truco secreto? Nunca he olvidado las notas de amor que me enviabas escritas con zumo de limón para que nadie más pudiera leerlas, pero cuando colocaba el pergamino a la luz de la vela, tus palabras amorosas se derramaban sobre mí.

Alguna vez me amaste. La última vez que estuvimos juntos, hace menos de dos años, volví a reclamar tu corazón. De hecho, tomé tus manos entre las mías y hablé con valentía.

Me habías ordenado que abandonara tu sala de escritura y fuera a tus aposentos privados en el palacio de Rosenborg. Estábamos solos, ni siquiera tu ayuda de cámara se encontraba presente.

Ante mí estaba el lecho real donde acariciabas a tu reina, Sofía Amelia, o eso me imaginaba. El dormitorio era mucho más vistoso que tu sala de escritura revestida en madera, adornada con paredes tapizadas en seda verde y cuadros de China, y me pregunté si eso se debería a los gustos opulentos de la reina.

—Recuerda el amor que compartimos, Federico —te supliqué, sobrecogida de nostalgia—. Cómo tomaste mi virginidad y yo te entregué mi corazón, mi rey; todavía soy tuya.

Bebiste mis palabras como un hombre sediento y detecté el destello en tus ojos: nuestra pasión se reavivaba. Pero entonces, en un instante, hiciste la emoción a un lado y soltaste mi mano, con la ira detrás de cada uno de tus movimientos.

—¿Cómo te atreves a tocar a tu rey? ¿Cómo te atreves a llamarme Federico? Debería hacerte ejecutar.

Pero no creí que lo dijeras en serio, pues la orden de que me presentara en tus aposentos revelaba tus sentimientos por mí. ¿Por qué otra razón me habrías pedido que entrara en el sagrado dominio de la cámara conyugal real si no era para tener relaciones íntimas?

—¿Te crees tan por encima de mí ahora? —te desafié, incapaz de detener el torrente de palabras—. Porque alguna vez fuimos un niño y una niña que amaban los libros y las flores. Fuimos una joven pareja que se besaba bajo un peral.

—¡Basta! —Me diste una bofetada, pero no me dolió. Tu rabia me ponía contenta, porque podía ver los sentimientos que clamaban en tu interior.

—Todavía llevo la cruz que me diste. —Aparté mi

pañuelo y te mostré la cruz negra de ónice—. La llevaré hasta el día de mi muerte.

—Que llegará antes de lo que crees si no paras con esta tontería de una vez —replicaste con tono severo.

—No hables así, *min kjære* —respondí, y te puse una mano en la manga.

Sí, me atreví a tocarte de nuevo, a ti, el monarca absoluto de nuestro reino.

Me apartaste, pero de nuevo pude ver tu conflicto; si no, ¿por qué no llamabas a tu ayuda de cámara? ¿Por qué no me ordenabas que saliera de tus aposentos?

Ah, pero lo cierto es que malinterpreté tus intenciones, pues deseabas herirme todavía más.

—Anna Rhodius, eres una criatura vanidosa y despreciable —pronunciaste con crueldad—. Mujer de edad infecunda y que ha perdido la belleza de su juventud. A tus años, no tienes ningún tipo de influencia y, sin embargo, insistes en cuestionar la autoridad de los hombres.

—Solo he llamado tu atención sobre la corrupción de Statholder Trolle, quien sirve en tu nombre —me defendí con las mejillas encendidas por el dolor de sus palabras—. Ese hombre aspira a destruir la monarquía.

—Has sido causa de gran humillación para mí —susurraste.

De modo que ese era mi verdadero crimen, tan inmenso que nunca podría subsanarlo, porque había ofendido tu orgullo real y te mortificaba haber amado a una mujer como yo alguna vez.

Oh, mi rey, mi corazón se rompió una vez más ante tus brutales palabras…

He perdido toda esperanza de recibir alguna vez una misiva de reconciliación, pero te ruego que, por favor, salves a estas ciudadanas de *tu* reino que han sido tratadas con tanta injustica. Sí, son las más pobres de entre los pobres, viven en condiciones durísimas, pero son mujeres corrientes y buenas niñas. Querido señor, perdóname por el rol que he desempeñado en sus problemas, porque no son brujas, ni son hijas de brujas.

Había exprimido casi todo el zumo de un limón para escribir esta carta invisible con la pluma de un cuervo que había entrado en la casa comunal el verano pasado. Cuando haya terminado, la doblaré en un cuadrado y la sellaré con un poco de cera de vela derramada sobre los bordes. Luego la colocaré en la caja donde guardo todas las cartas.

La conmoción del veredicto resonaba en el patio vacío mientras me dirigía a la casa del gobernador. Reinaba un gran desasosiego y no tenía ni idea de dónde estaban las niñas, aunque debían de estar en algún lugar dentro de la fortaleza, ya que había dos soldados apostados frente a las puertas cerradas con cadenas.

Los habitantes de la isla habían regresado corriendo a sus pequeñas cabañas después de que las ratas entraran en tropel en la sala de tribunal. La condenada Solve había sido conducida de regreso al calabozo de las brujas, adonde habían llevado a Zigri después de que hubiera dado a luz a su bebé. No me atreví a mirar en dirección a la lóbrega casucha mientras subía la escalera hacia el castillo y empujaba la puerta.

Atravesé la sala del tribunal, ahora desierta incluso de ratas, aunque todavía se oían los ecos de los gritos conmocionados y furibundos de las mujeres de la isla ante la solicitud de Lockhert de condenar a las tres muchachas. Armada de convicción e indignación, empujé la siguiente puerta y entré en la sala de estar del gobernador.

Orning estaba sentado de espaldas a mí en su gran sillón, con los dos perros loberos a sus pies. El fuego ardía en la chimenea y no había nadie más en la estancia. La silla de Fru Orning estaba vacía y Lockhert no se veía por ninguna parte. Si Orning percibió mi llegada, no lo demostró, sino que se limitó a inclinarse hacia delante en su silla, con un vaso de vino tinto entre las manos y los ojos fijos en el fuego. ¿Acaso estaba pensando en quienes acababa de condenar a las llamas?

Me costaba respirar; sabía que, si hablaba, mi situación seguramente empeoraría, pero ya no podía quedarme de brazos cruzados.

—¿Puedo hablar con vos, gobernador?

—Ah, imaginé que seríais vos —respondió, ignorando mi pregunta—. ¿Qué es ese perfume que soléis llevar, Fru Rhodius? Aceite de rosas, ¿no? Me recuerda los veranos en Bergen, en la finca de Rosencrantz. —Suspiró profundamente, como si cargara todas las penas del mundo sobre sus hombros.

—Sí, gobernador —respondí, y coloqué mi mano sobre la cruz de ónice para calmar mis nervios—. Debo hablaros...

—Sentaos, Fru Anna —sugirió, y le señaló la silla de su esposa.

Avancé y me senté con vacilación. La cicatriz de su rostro se alzaba blanca y dentada como la cresta de una montaña, y pensé en cuántas almas habría matado el viejo soldado en el cumplimiento de su deber. Aunque quemar brujas era un mundo aparte de la guerra entre los hombres.

—Su señoría, estoy aquí para recordaros la promesa que me hicisteis.

—¿Y cuál era esa promesa, Fru Rhodius? —Me miró con los ojos vidriosos y habló arrastrando las palabras. Me fijé en la jarra vacía y supuse que estaba borracho.

Nunca es prudente razonar con un hombre lleno de vino y, sin embargo, no podía callarme.

—Me prometisteis que, si Kirsten Iversdatter testificaba contra su madre, le pedirías al rey que me concediera el perdón y yo podría irme *con* Kirsten. Regresaríamos a mi casa, en Bergen, tan pronto como fuera posible navegar hacia el sur. Me jurasteis solemnemente que informaríais al rey de cómo os había ayudado a librar al norte de las brujas.

El gobernador Orning se acarició la puntiaguda barba gris con movimientos lentos mientras giraba la cabeza de lado a lado.

—No os he hecho semejante promesa, Fru Rhodius. — Me quedé pasmada, porque, aunque sabía que el gobernador Orning era autoritario, cruel y despiadado, no creía que fuera a faltar a su palabra.

—Además, la madre ha confesado que entregó sus hijas al diablo —concluyó—. Lockhert la interrogó.

Me temblaron las piernas al imaginar a Lockhert atormentando a Zigri Sigvaldsdatter, tan debilitada por el parto reciente.

—No puedo permitir que esas niñas vivan y corrompan a otras niñas con su maldad.

—¿Y la bebé? —susurré.

—La bebé está con una nodriza. El reverendo Jacobsen y su esposa la criarán en su hogar. Su intención es borrar de ella todo rastro de su madre y de sus hermanas malvadas. Como veis, he salvado a un alma del diablo, ¿no es así?

—Gobernador, no creo que el rey quiera que llevéis a unas niñas a la hoguera. Kirsten solo tiene trece años y las otras dos, poco más de diecisiete.

—¿Cómo sabéis lo que querría el rey? —me soltó, y era obvio que el veneno de la bebida ya estaba haciendo efecto en él. Sus ojos brillaban con ira y con algo aún más oscuro—. ¿Acaso no comprendéis que estamos librando una guerra contra Satanás y su monstruoso regimiento de brujas, Fru Rhodius? Os estoy protegiendo a vos y a todos los que viven en esta patética provincia de Finnmark de la destrucción y el caos provocados por estas brujas despreciables.

—Pero creo que puedo recuperar a las niñas para Dios, han estado aprendiéndose su catecismo todos los días. Permitid que Kirsten os lo recite y veréis lo piadosa que es.

El gobernador soltó una carcajada brutal; los perros se agitaron a sus pies y pude ver mi angustia reflejada en sus ojos.

—¿Y qué hay de su comportamiento en el tribunal? La que se llama Maren Olufsdatter está tan poseída como lo estaba su madre, e Ingeborg Iversdatter está subyugada por ella. ¿Qué pensáis de la aparición de las ratas, Fru Anna? ¿Acaso no fueron convocadas por el mismísimo diablo para infundir terror entre la gente piadosa?

—Pero Kirsten es una niña inocente.

—La niña ha sido ofrendada al diablo y ya ha obrado su mal, según ha confesado su propia madre. —El gobernador bebió otro trago de vino y levantó la copa hacia el fuego—. Yo estoy atado a mi pequeña y fea esposa, sin ningún hijo para dar testimonio del cumplimiento de mis deberes maritales. Elisa solía ser obediente y sumisa, pero los acontecimientos de las últimas semanas le han llenado la cabeza de ideas. —Escupió hacia las llamas. El fuego siseó y saltaron chispas al suelo, que él apagó con su zapato de hebilla—. ¿Por qué creéis que enviaron aquí a un hombre de mi posición? Por culpa del padre de mi esposa, el gobernador Rosencrantz de Bergen. ¡Me acusó de aprovecharme de su hija! Pero la pequeña mujerzuela era pura gentileza conmigo, y fue ella quien me tendió una trampa para que me casara con ella, pues ¿quién más aceptaría a una muchacha así, con la cara marcada por la viruela, por muy grande que fuera la dote?

Me removí incómoda en la silla, sin querer oír más sobre las aflicciones personales de Orning. Cuanto más supiera yo de su pasado, más se volvería él en mi contra cuando recobrara la sobriedad.

—Os lo ruego, gobernador, esperad hasta el verano —lo interrumpí—. Llamad a un juez de apelación de Copenhague. Tengamos un nuevo juicio cuando los días sean más luminosos, más largos...

—Es demasiado tarde —dijo—. En estos momentos se están preparando las hogueras para las brujas Zigri Sigvaldsdatter y Solve Nilsdatter. Serán quemadas mañana.

El horror me aceleró el corazón.

—¿Y qué hay de la viuda Krog?

—Ah, sí, bueno, recordad que ella nunca confesó.

—¿Dónde está?

—Donde debe estar —replicó, y me miró con tal ferocidad que me quedé muda—. Fuera de mi vista —agregó, y me despidió con un gesto de la mano—. No quiero seguir mirando vuestra cara arrugada ni vuestros pechos de vieja —balbuceó, con un brillo peligroso en la mirada—. Traedme a mi mujer. ¿Dónde está Elisa?

—Pero las *niñas*...

—¡Ya está hecho, mujer, dejad de molestar! Dos soldados se han ido a Rusia a buscar más leña para las hogueras. Arderán durante una semana, y para cuando los pescadores estén de regreso, nos habremos librado de todas esas brujas y sus hijas.

—No, señoría, os lo ruego… —supliqué.

—¡Terminad con vuestros incordios! —estalló—. Retiraos de mi presencia antes de que os arroje a vos también al calabozo de las brujas.

Me levanté de la silla de su esposa con el cuerpo rígido por la ira. Estaba claro que ninguna súplica haría cambiar de opinión a aquel hombre repugnante. Me sentía impotente una vez más y la frustración que me causaba me hacía querer gritarle furiosa. Por un momento fugaz, me dieron ganas de ser una bruja de verdad y condenarlo al infierno que tanto merecía.

Puede que el gobernador intuyera mis pensamientos, porque habló a mis espaldas mientras yo abandonaba la sala.

—Si no aprendéis a contener la lengua, Fru Rhodius, os haré poner una máscara de hierro. Tened cuidado, señora, ¡porque nadie está más allá de las tentaciones del Señor de la Oscuridad!

Fuera, nubes de color púrpura llenaban el cielo mientras yo cruzaba el patio con paso titubeante, agobiada por mi propia impotencia.

No podía soportar tener que volver a la casa comunal y enfrentarme al rostro acusador de Kirsten y su creencia de que la había traicionado, cuando hubiera dado todo lo que tenía por salvar su vida.

El capitán Hans estaba solo, en posición de firmes, fuera del calabozo.

—No puedo permitiros la entrada, Fru Rhodius —me advirtió en cuanto me vio—. Son órdenes del gobernador.

—Lo sé —admití en voz baja—. Pero, decidme, ¿cómo se encuentran las mujeres condenadas?

—Hundidas en la desesperación —respondió, y suspiró hondo—. No es mi trabajo opinar, pero... —Se interrumpió y meneó la cabeza—. Les dimos nuestro ron. Al menos, con la conciencia obnubilada por la bebida, las pobres sufrirán menos.

—Cuando yo era joven, una bruja fue llevada a la hoguera en Ribe, cerca de donde crecí. Le colocaron pólvora para que sufriera menos. Porque la pólvora acelera el final.

El capitán Hans alzó la vista hacia el almacén de municiones sobre el calabozo de las brujas, como si leyera mis pensamientos.

—No puedo llevarme pólvora a menos que el gobernador lo ordene. Él desea que sufran.

"Maldito gobernador Orning". No pensaba ponérselo

tan fácil. Porque, aunque no pudiera salvarles la vida a las mujeres, sí podía hacer que tuvieran un final más llevadero.

Me incliné y rasgué el dobladillo de mi falda. Se me había ocurrido sobornar al gobernador, pero su promesa incumplida me había convencido de que se limitaría a tomar lo que era mío sin darme nada a cambio. Palpé el dobladillo y saqué tres perlas grandes que me había regalado mi madre hacía años, cuando yo había dejado mi hogar para casarme.

Las sostuve en la palma de la mano y se las ofrecí al capitán.

—Cuando me hice soldado del ejército del rey, creí que lucharía contra los suecos. Un enemigo que pudiera ver, y que sería en buena lid —señaló el joven con ojos serios y apenados—. Pero esto…, estas mujeres…, bueno, esto está mal, Fru Rhodius.

Luego alargó la mano y tomó las perlas de mi palma abierta.

CAPÍTULO 50

Ingeborg

Las tres estaban en la muralla de la fortaleza. Ingeborg recordó el sueño que había tenido en el calabozo de las brujas, en el que todas alzaban vuelo como pájaros. Pero esta vez estaba con Maren y Kirsten. Su madre, Solve y la viuda Krog estaban atrapadas debajo, en el calabozo, esperando a la mañana siguiente, cuando se ejecutaría la sentencia.

Ingeborg vio a lo lejos un grupo de tres soldados en Stegelsnes, la península escarpada de la isla que se adentraba en el mar. Estaban construyendo dos torres de madera inestables. No podía concebir que su madre fuera colocada en una de ellas. Su mente daba vueltas y vueltas, presa del pánico. ¿Cómo podía salvarla?

Miró hasta donde alcanzaba la vista, con la esperanza de ver a Zare en su bote, pero no había ninguna embarcación en el agua. Por una vez, el mar estaba en calma, y rompía con suavidad contra las orillas de la isla. La tarde era luminosa y las nubes, como volantes blancos en el cielo. El sol había vuelto por fin, pero no era bienvenido. No querían buen tiempo, porque eso ayudaría a mantener los fuegos ardiendo.

¿Por qué les había pedido Maren que fueran allí? ¿Iban a intentar bajar por los muros de la fortaleza? No tenían ninguna soga y la caída hasta las duras rocas abajo era muy muy larga. Una cosa había sido subir, pero Ingeborg dudaba que pudiera bajar. Además, Kirsten no sería capaz de hacerlo.

Bueno, si tenía que hacerlo, dejaría atrás a su hermana menor. Kirsten había traicionado a su propia familia. Se merecía lo que le esperaba.

—¿Qué estamos haciendo aquí arriba? —Se volvió hacia Maren.

—Solo se me ocurre una forma de detener las quemas de mañana —respondió Maren—. Lanzaremos un conjuro y provocaremos una tormenta que destruirá las estacas y se llevará toda la madera. Será tan violenta que la gente no podrá abrir las puertas.

La ira y la incredulidad se apoderaron de Ingeborg.

—¿De verdad? —preguntó, y hundió un dedo en el pecho de Maren—. Te has pasado semanas hablando de nuestro poder y de que no pueden hacernos daño. ¡Y ahora vienes con el cuento de un estúpido conjuro!

—No es un cuento—replicó Maren, con voz tranquila y ojos chispeantes—. Es un hechizo que me enseñó mi madre.

—¿Y de qué le sirvió a ella? —chilló Ingeborg—. ¡Tu madre murió en la hoguera!

Las palabras brotaron de su boca, punzantes y sin freno. Vio que Maren se estremecía como si la hubieran golpeado y se arrepintió de inmediato.

Maren Olufsdatter estaba mal de la cabeza. Su arrebato en la sala del tribunal lo había dejado claro, pero... ¿y lo de las ratas? Bueno, eso sí que había sido extraño. Las palabras de Maren le habían infundido pasión: Ingeborg se había dejado llevar y había disfrutado el momento. Pero ahora se sentía culpable. Había empeorado las cosas para su madre. Y para todas ellas.

—¿Cómo es el hechizo? —Kirsten habló por primera vez desde el veredicto.

—Cada una de nosotras debe tomar la esquina de una servilleta y hacer un nudo en ella —explicó—. Luego debemos pronunciar las palabras todas juntas y después la soltaremos al viento todas al mismo tiempo.

—Pero solo somos tres y no tenemos servilleta —se lamentó Ingeborg con amargura.

—Ah, no, somos cuatro —afirmó Maren—. Ahí viene la otra.

Maren sonrió como solía hacerlo cuando se conocieron. Ingeborg se dio la vuelta; Elisa Orning, la esposa del gobernador, subía las escaleras de la fortaleza.

Su aspecto era distinto al de cuando la había visto en la sala del tribunal. El cabello nacarado le caía suelto sobre los hombros, y su piel ya no estaba cubierta por la pasta blanca y cerosa. Tenía cicatrices rojas de viruela en las mejillas, pero sus ojos brillaban. Elisa le devolvió la sonrisa a Maren.

Cuando vio a Kirsten, se abalanzó sobre ella y la abrazó. El gesto íntimo por parte de una desconocida incomodó a Ingeborg. Ella misma no había tocado a su hermana menor desde el juicio.

—Pobrecita —dijo Elisa, y deslizó los dedos por los rizos rojos de la niña.

Los labios de Kirsten temblaron y sus ojos se llenaron de lágrimas.

—Me engañaron —susurró con voz ronca.

—Te dije que no dijeras nada —le recriminó Ingeborg. Kirsten siempre lograba que todos se compadecieran de ella—. ¿Cómo pudiste decir esas cosas?

—Me las creí. Ella me convenció.

Fru Anna Rhodius. La traidora. Había prometido ayudarlas, pero solo se había ayudado a sí misma.

—Vamos —intervino Maren—. No tenemos mucho

tiempo. El gobernador empezará a buscar a Elisa pronto. Ahora es nuestra oportunidad.

Elisa sacó una servilleta de lino blanco del bolsillo y se la dio a Maren. Cada una tomó una esquina y le hizo un nudo.

Estaban de pie muy juntas. Un cuadrado estrecho de cuatro muchachas.

—Ahora sujetad el nudo con la mano izquierda y levantad el brazo hacia el cielo —les explicó Maren—. Repetid conmigo: invoco al viento en nombre de Liren Sand y de todas las que la precedieron y de todas las que la seguirán.

Las otras tres jóvenes pronunciaron la frase y continuaron repitiéndolas como Maren les había indicado, a medida que ella proseguía.

—Invoco a la lluvia en nombre de los espíritus del cielo y del mar. Invoco al granizo en nombre de la gran ballena azul que canta por nuestra redención desde las profundidades de los mares. Invoco a la tormenta en nombre de las nubes para que se desate sobre todos los hombres que quieran hacernos daño. Ahora, soltadla.

Ingeborg esperaba que la servilleta cayera sobre los muros de la fortaleza, pues no sentía ni un soplo de viento, pero, para su sorpresa, se elevó en el aire. Como si el conjuro hubiera enviado una ráfaga, la servilleta se alejó como una vela blanca en miniatura. La observaron flotar sobre la isla, pasar más allá de los soldados que estaban colocando las estacas y adentrarse en el mar. La siguieron con la mirada hasta que se convirtió en un punto y desapareció.

Esperaron. Pero no ocurrió nada. Ni un susurro de viento en sus mejillas.

Lágrimas de decepción comenzaron a estrangular la garganta de Ingeborg. Qué estúpida había sido al confiar en uno de los hechizos de Maren.

—¿Dónde está la tormenta, Maren? —preguntó, y se volvió hacia ella.

Maren se cruzó de brazos y la miró con sus ojos verde salvia.

—Ya llegará.

En mitad de la noche, Ingeborg salió con sigilo de la casa comunal. La luna llena bañaba el patio. El cielo estaba despejado de nubes y cubierto de estrellas. Allí estaba su estrella polar, pero sentía tanta rabia que no quería mirarla. No había indicios de tormenta. No había esperanza.

Se acercó con cautela a un lateral del calabozo de las brujas. Ojalá pudiera sacar a su madre de allí. Arrancó la madera nudosa y se rompió las uñas hasta que le sangraron los dedos, pero lo único que consiguió fue abrir un pequeño agujero en la madera podrida.

Se acuclilló y apoyó la cabeza contra la pared.

—¡Madre! —murmuró—. ¡Madre!

—¡Ingeborg! —Los dedos de Zigri surgieron por la rendija e Ingeborg los aferró con fuerza.

—¡Oh, madre! —No sabía qué decir. Lo único que podía hacer era permanecer tendida boca abajo y besar los dedos sucios y rotos de su madre.

—Tranquila, tranquila —la calmó Zigri con una voz tan suave que no parecía de ella.

—No sé qué hacer, mamá.

—Has hecho todo lo que has podido —le aseguró con la voz rota—. Esto me lo he buscado yo sola.

—No, no.

—Dime, ¿qué le ha pasado a mi bebé? —preguntó. Ingeborg pudo oír las lágrimas en su voz.

—Está con la esposa del reverendo Jacobsen —respondió, repitiendo lo que Fru Rhodius le había dicho antes.

—Bien, estará a salvo con ellos.

Ingeborg sabía a qué se refería. A salvo de ser tachada de hija de una bruja, quizá.

—¿Y Kirsten? ¿Cómo está?

Ingeborg no dijo nada, solo respiró entre sollozos.

—Pídele que me perdone —susurró su madre.

—Pero es ella quien tiene que pedirte perdón...

—No, Ingeborg. Es una niña pequeña, y ya sabes lo dura que fui con ella... y contigo también, pero tú eres mayor.

—Kirsten dijo...

—Escucha, tal vez Heinrich Brasche era el diablo. —La voz se le quebró de nuevo—. Porque caí en sus mentiras. Me declaró su amor y yo estaba tan ciega que le creí. Pero mi pecado fue grande, Ingeborg. No es culpa de Kirsten.

Las lágrimas goteaban de la barbilla de Ingeborg. Era demasiado horrible imaginar lo que pasaría al día siguiente. ¿Cómo podría soportarlo?

—Cuida de Kirsten —le pidió su madre—. Prométemelo.

—No puedo.

—Ingeborg, Kirsten no sabía lo que hacía. —Zigri suspiró con fuerza—. Yo también os he traicionado a ambas. El alguacil me aplastó los pulgares y el dolor, Ingeborg, me obligó a decir que os había vendido al diablo. Lo siento, mi amor...

Las palabras estremecieron a Ingeborg como agua helada.

—Bebí un poco del ron que nos dieron los soldados. Solve se lo bebió casi todo, pero aún me duele mucho.

—¿Nos has denunciado, madre?

Silencio. Ingeborg aún le sostenía la mano, pero su corazón se enfriaba. Pensó en la viuda Krog —¿qué le habría pasado a la anciana?— y en cómo había repetido una y otra vez: "No mentiré sobre mí misma ni sobre ninguna otra mujer". Pero su madre, Solve y Kirsten lo habían hecho. Y todas morirían por ello.

Soltó la mano de su madre

—Ingeborg, Inge, por favor, perdóname. —La voz de

Zigri estaba aterrorizada y sus dedos se extendían buscando de nuevo la mano de su hija.

¿Qué habría hecho ella en el lugar de su madre? ¿Cuánto dolor habría soportado antes de derrumbarse? No era quién para juzgarla. Volvió a tomarle la mano.

—Nos encontraremos en el reino de Dios, mi amor, porque me he arrepentido y ninguna de nosotras irá al infierno —aseguró Zigri.

Ingeborg sujetó la mano de su madre en la suya. Se aferraron con fuerza, pegadas al húmedo edificio. Pasaron toda la noche juntas, a medio camino entre el calabozo de las brujas y el mundo exterior. Con el paso de las horas, el gatito atigrado encontró a Ingeborg y se acurrucó a su lado.

A medida que el frágil rosado del amanecer se convertía en un día tenue, la desazón de Ingeborg se acrecentó. ¿Dónde estaba la tormenta que Maren había prometido?

CAPÍTULO 51

Anna

LOS SOLDADOS NOS HICIERON MARCHAR EN TROPEL A LAS cuatro —a mí, a Maren, a Ingeborg y a Kirsten— desde la casa comunal, al pie de la colina de la fortaleza, hasta Stegelsnes, el lugar de ejecución. Mientras avanzábamos por la nieve profunda y mojada, las niñas con sus viejas botas de piel de reno y yo con mis zuecos, nos hundíamos en el barro espeso donde la nieve se había derretido.

Ninguna me miraba, aunque los soldados nos mantenían juntas. Nadie hablaba, pues el miedo a lo que estaba por venir nos había arrebatado la voz.

El mar estaba agitado, del color de la ceniza, y Domen no parecía una montaña de verdad, sino más bien una sombra o una nube. El sol naciente era un orbe dorado que asomaba por detrás de nubes de color ciruela y gris trueno. A lo lejos, en tanto el mar rozaba las costas heladas de Domen, la niebla se encendía como un vapor chisporroteante, como si el hielo ardiera.

Miré de mala gana hacia los dos montones de leña y las escaleras que esperaban a las condenadas. Los soldados nos ordenaron colocarnos en fila frente a las estacas y nos prohibieron movernos.

Todos esperamos y observamos cómo traían a las brujas en botes desde la fortaleza a través del embravecido mar Ártico. El ambiente era distinto al de la prueba del agua de la viuda Krog, pues los isleños que se habían congregado aquel día estaban vestidos de negro, con las cabezas cubiertas y gachas. Reinaba el silencio, y el único sonido era el suave rumor del mar, el ruido de los botes de remos y el graznido de las gaviotas y los cuervos que sobrevolaban en círculos.

El gobernador Orning bajó del primer bote, con su figura erguida envuelta en pieles, y dio largas zancadas sobre la nieve empapada; sus dos loberos tiraban de las correas. Su delgada esposa apareció detrás de él, con la cabeza tapada por una capucha, aunque alcancé a ver su rostro con el ojo morado y el labio partido que había intentado disimular con la pasta blanca y gruesa que cubría su piel llena de cicatrices.

Les seguía el reverendo Jacobsen, con su sotana negra, una capa de lana negra pesada y un sombrero de lana en la cabeza.

Sacaron a las dos condenadas de los botes: Solve Nilsdatter y Zigri Sigvaldsdatter. Tenían las manos atadas y vestían chaquetas y faldas. Se habían lavado la cara, pero sus cabellos caían frágiles y despeinados. Cosa extraña, la viuda Krog no estaba con ellas y me estremecí al pensar en su suerte.

Oí los sollozos de Kirsten a mi lado, aunque Ingeborg permanecía en silencio. Cuando intenté tomar la mano de Kirsten, se apartó. El gesto me rompió el corazón.

Mientras el reverendo Jacobsen nos guiaba en la oración, Solve no paraba de mirar a su alrededor; sus ojos observaban la multitud, el mar, la tierra firme más allá, y se movían de un lado a otro como si estuviera muy distraída. El capitán Hans debía de haberles dado más ron a ambas, ya que las dos mujeres se tambaleaban, y recé para que perdieran la conciencia antes del final.

—Arrepentíos de vuestro malvado pacto con el diablo. Rezaremos para que el buen Dios os lleve con él —recitó el reverendo Jacobsen.

Ninguna de las primas rezaba, al contrario, observaban boquiabiertas e incrédulas al reverendo Jacobsen, incapaces de comprender lo que estaba a punto de suceder.

Mientras el reverendo guiaba a los congregados en una oración, Lockhert se bajó del último bote. Detrás de él, dos soldados arrastraban el cuerpo sin vida de la viuda Krog. La falda gris claro de la anciana estaba hecha jirones y sus manos curtidas colgaban inertes; su rostro estaba negro a causa de una paliza y tenía los ojos ensangrentados como si se los hubieran arrancado. Me entraron unas náuseas violentas y repentinas y tragué bilis.

—Como veis, ninguna bruja puede escapar a su destino bajo mi autoridad —advirtió el gobernador a los horrorizados isleños—. Os cazaré a todas y purgaré a los dominios del norte de este mal. —Señaló el cuerpo de la viuda Krog—. Que el destino de esta bruja malvada os sirva de lección.

Uno de los soldados ató una cuerda alrededor de las manos de la viuda Krog y la arrastraron por el lugar de ejecución como si fuera un trofeo de caza. En respuesta a las órdenes de Lockhert, el cuerpo fue depositado sobre una roca frente al mar y allí permanecería, imaginé, hasta que las gaviotas hubiesen picoteado su carne hasta los huesos.

Tras presenciar esta atrocidad, el gobernador ordenó que ataran a las dos mujeres, Solve y Zigri, a las escaleras. Ambas temblaban de terror; nunca había presenciado tanto miedo. Quise gritarle al gobernador, pero me sentí impotente.

Dime, mi rey, ¿qué debería haber hecho?

Ambas se resistieron, por supuesto, y Solve pareció recuperar la sobriedad, con los ojos encendidos por el pánico.

—Su señoría, mi esposo podría venir todavía —suplicó—. Regresará de pescar e intercederá por mí.

—Tu esposo estará en el mar muchas semanas. Además, me agradecerá que le haya librado de una bruja asquerosa que fornica con el diablo —dijo entre dientes el gobernador.

—Señor, tened piedad de mi alma, no es verdad. —Solve se soltó de las garras de Lockhert y caminó con inestabilidad hacia mí. Extendió un brazo magullado y maltrecho, mientras el otro colgaba inútilmente a su lado—. ¡No soy una bruja y mi prima tampoco! ¡Decídselo!

Maren salió de nuestra fila y tomó la mano ensangrentada de su tía.

—Estamos contigo, estamos contigo, tía.

—Oh, Maren, preciosa, cuida de mis niños…

Lockhert apartó a Solve de Maren con brusquedad y empezó a atarla a una de las escaleras.

—¡Mis niños! —sollozó—. ¡Mis pobres bebés!

—Tus hijos no volverán a hablar de ti —la amonestó el gobernador—. Les dará demasiada vergüenza.

—¡No! — Solve luchaba contra Lockhert.

El gobernador Orning ordenó al capitán Hans que encendiera el fuego. Mis ojos se cruzaron con los del capitán y me hizo un gesto imperceptible con la cabeza. Recé para que todo saliera según lo planeado y el sufrimiento de las mujeres fuera breve.

¿Has presenciado la quema de una bruja, mi rey? ¿Sabes lo insoportable que es esperar a que las llamas crezcan para que el fuego sea lo bastante alto como para que las mujeres queden dentro de él? Porque el gobernador no se arriesgaría a que se asfixiaran antes con el humo; no, tenía que asegurarse de que sus carnes ardieran.

Me volví hacia Kirsten.

—Cierra los ojos —le supliqué.

Pero la niña tenía los ojos vueltos hacia el cielo, igual que su hermana y Maren.

Seguí sus miradas y advertí que el número de pájaros a

nuestro alrededor se había multiplicado en un gran torbellino de gaviotas y cuervos. Negro y blanco, revoloteaban y gritaban sin cesar, mientras las nubes empezaban a acumularse con rapidez. Sentí una gota de lluvia en la frente, y luego otra. El viento silbaba sobre la isla como si nos llamara.

Las llamas se elevaban cada vez más y, presintiendo el cambio de tiempo, el gobernador ordenó a los hombres que bajaran a las mujeres sollozantes hacia las llamas. Ambas se habían defecado encima y aullaban aterrorizadas.

"Pronto habrá terminado". Les hablé en mi pensamiento, y me crucé de brazos.

Y entonces, de la nada, un rayo atravesó la isla y los cielos se abrieron. El granizo descendió con tanta fuerza sobre nosotros que algunos isleños cayeron al suelo.

—¡Madre! —oí gritar a Ingeborg mientras la escalera de su madre se hundía en las llamas, pero el granizo azotaba el fuego.

Milagrosamente, lo estaba apagando.

—¡Solve! —exclamó la madre de Ingeborg—. Estamos juntas, prima.

—¡Zigri! —respondió su prima—. ¡Para siempre!

Mientras yo observaba, Solve liberó su brazo sano de las ataduras. Ante nuestros ojos, comenzó a soltarse de la escalera.

—¡Vuelve a atar a la bruja! —ladró Orning a Lockhert.

El alguacil puso los pies a ambos lados del fuego, que debía de estar quemándole los calzones, pero odiaba tanto a las brujas que era obvio que no le importaba. Adelantó la mano y empujó a Solve hacia atrás, pero el brazo bueno de ella salió disparado y le atrapó la mano. El alguacil intentó zafase, pero Solve parecía poseer una fuerza sobrenatural en los dedos que aferraban los de él.

—Suéltame, bruja —tronó con un atisbo de pánico en la voz, porque el calor ya le rozaba la piel.

—¡Nunca!

Cuando Solve Nilsdatter pronunció esa última palabra, la pólvora que yo había comprado para ellas y que el capitán Hans les había colocado en el interior de las chaquetas se encendió. Bastó una chispa de fuego cualquiera para que la pólvora estallara.

Kirsten lanzó un chillido desgarrador, mientras Ingeborg gritaba:

—¡No!

Maren corrió hacia la explosión, pero fue lanzada hacia atrás por una segunda explosión cuando una bola de fuego salió disparada hacia el cielo, el suelo tembló y caímos sobre él.

En el transcurso de un latido, los cuerpos de las dos madres de Ekkerøy y del alguacil Lockhert volaron en pedazos y se convirtieron en fragmentos; las mujeres, al fin libres y, como yo había querido, con rapidez y sin dolor.

Lockhert... bueno, a decir verdad, mi rey, no lamento que ese vil patán esté camino al infierno.

Me puse de pie temblando y me di cuenta de que el gobernador estaba fuera de sí, pues esta no era la tortura lenta y suplicante de dos brujas ardiendo en la hoguera que había previsto. Era un final que contrariaba su voluntad y, como si eso fuera poco, había perdido a su valioso esbirro. La granizada feroz estaba apagando los fuegos con lentitud, hasta que, de pronto, la tormenta se detuvo tan rápido como se había desatado.

Pero antes de que el gobernador pudiera ordenar nada a sus soldados, una ráfaga de viento lo derribó. Mientras se incorporaba, la masa de cuervos y gaviotas arremolinada en lo alto se abalanzó sobre él. El gobernador agitó los brazos para intentar espantar las aves y soltó las correas de sus dos perros.

—¡Quítamelos de encima! —gritó al capitán Hans, pero

este y su pequeña tropa se quedaron inmóviles contemplando el espectáculo, al igual que toda la isla de Vardø.

La gran bandada de pájaros atacaba a un único hombre: el alto gobernador de Finnmark.

—¡Os ordeno que alejéis a estos malditos pájaros! —chilló Orning mientras intentaba defenderse de las aves que le picoteaban las manos y la cara llenándole de agujeros ensangrentados. Extrajo su pistola y la sacudió de manera enloquecida en el aire, pero un gran cuervo negro se precipitó sobre él y se la quitó de las manos.

—¡Ayudadme! —volvió a gritar hacia los soldados, pero estos seguían sin moverse. Lanzó un silbido grave y sus perros aguzaron las orejas y trotaron hacia él—. ¡Matadlos! —les ordenó, pero los dos animales se limitaron a ladear la cabeza y observar a los pájaros que atacaban a su amo. Orning pateó a uno de los loberos y, acto seguido, una llamada penetrante se elevó por encima del aullido del perro.

Maren Olufsdatter se acercó a los loberos, se inclinó entre ambos, apoyó una mano en la cabeza de cada uno y les susurró algo al oído. Luego se enderezó, dio un paso atrás y observó.

Los perros saltaron hacia delante, pero no para ayudar a su amo. Le arrancaron la capa del cuerpo y los calzones de las piernas mientras Orning los pateaba. Luego dieron un salto y le arrancaron el jubón. Le quitaron la ropa hasta dejarlo desnudo y luego se encarnizaron con su cuerpo.

—¡Disparadles! —suplicó el gobernador mientras los perros lo destrozaban.

Todos nos quedamos mirándolo. Ese hombre nos había forzado a ser testigos de la muerte de dos mujeres inocentes y, con eso, había sellado su propio destino. Yo, por mi parte, no iba a dar ni un pequeño paso adelante para ayudarlo.

—¡Disparadles! —repetía sin dejar de tratar de ahuyentar

a los pájaros enloquecidos y a sus propios perros, y aunque el capitán Hans había amartillado su mosquete, no hizo nada.

La primera en actuar fue Elisa Orning, quien avanzó con paso inestable hacia la pistola de su esposo, que yacía junto a la tierra humeante, la recogió y la amartilló.

—Dispárale a los malditos perros, Elisa —bramó su esposo.

Y a pesar de su forcejeo con los pájaros que se le abalanzaban y los perros que lo atacaban, detecté una pequeña victoria en sus ojos, porque creía que su esposa seguía bajo su control.

Elisa Orning disparó la pistola. No tengo ni idea de cómo supo qué hacer, pero el disparo retumbó tan fuerte como un cañón. Pareció apuntar a uno de los perros, pero luego se tambaleó, no sé si con intención, porque su blanco se movió hacia la frente de su esposo. Una mancha roja pequeña y limpia se dibujó en la frente del gobernador antes de que cayera como una piedra, pesado, frío y duro, como el hombre que había sido.

Entonces el viento amainó.

Las hogueras seguían parpadeando y las cenizas se amontonaban donde antes habían estado dos mujeres y su torturador.

Maren Olufsdatter chasqueó los dedos y los pájaros se elevaron en el aire y desaparecieron. Luego se acercó a Fru Orning y le quitó la pistola humeante de la mano; la joven esposa del gobernador tenía los ojos clavados en el cuerpo de su esposo, como si estuviera en un trance. Los loberos se sentaron sobre sus patas traseras y se lamieron donde su amo los había pateado.

El silencio se extendió y la muerte en Vardø resonó más allá de la península rocosa y escarpada. Los demás permanecimos en silencio, oliendo y sintiendo el sabor fuerte y picante del fuego y la carne quemada en nuestra lengua, los ojos irritados por el humo y la piel escocida por el granizo helado. Esperábamos lo que ocurriría a continuación, y fue la lluvia, que nos empapó a todos, de modo que, para algunos, nuestras lágrimas se mezclaron con la tierra y el barro bajo nuestros pies.

La primera en romper nuestro trance de horror fue Maren Olufsdatter. Se quitó la capa y la puso sobre el cuerpo postrado de la viuda Krog, que yacía expuesta sobre la roca. Ingeborg Iversdatter cayó sobre las cenizas del fuego llamando a su madre en vano. Sacó algo de entre ellas y luego, con gesto adusto, se puso de pie, caminó hasta el borde de Stegelsnes y se quedó contemplando el mar.

Yo estaba de pie con Kirsten a mi lado; la niña gimoteaba, aturdida y acongojada, y mi mente y mi corazón se encontraban sumidos en una gran confusión por lo que acababa de presenciar. Ingeborg se volvió, caminó hacia nosotras y le tendió la mano a Kirsten.

El pánico me invadió, cogí la otra mano de Kirsten y tiré de ella hacia atrás.

No podía renunciar a ella; era lo único que me quedaba.

CAPÍTULO 52

Ingeborg

Después, y desde entonces, Ingeborg Iversdatter no ha podido recordar el día en que su madre murió quemada sin derrumbarse. Ni siquiera ella, la muchacha más estoica de todo Finnmark, soportaba pensar en eso. El dolor llegaba en grandes oleadas, como la feroz tormenta que se había desatado aquel día. Su pérdida estaba siempre presente, y la arrasaba con la constancia de las mareas del océano.

El gobernador Orning había ordenado al capitán de los soldados que apuntara con su mosquete a las niñas y las obligara a mirar. Pero ella le había prometido a su madre que de cualquier modo lo haría. Desde el primer momento, había sostenido la mirada aterrada de su madre, aunque su instinto le rogaba que apartara la vista. No bajó los ojos hacia el primer lengüetazo de las llamas en el fondo de la pira funeraria ni consoló a Kirsten cuando la oyó sollozar. Abrazó la paz del Espíritu Santo y la transmitió a los ojos de su madre. "Me quedaré contigo hasta el final", le había prometido.

Todo sucedió muy deprisa. El cielo azul despejado dio paso a nubes de tormenta negras y el mar se volvió negro también, coronado de crestas de un blanco deslumbrante.

El viento sopló del este con fuerza y las chispas del fuego volaron de un lado a otro. Una cayó sobre la sotana del reverendo Jacobsen y el sacerdote la apagó con manos nerviosas por el pánico.

Maren tenía razón. Habían provocado esa tormenta. Ingeborg recuperó la esperanza cuando el granizo se abatió sobre ellos, los cielos se abrieron y la blanca furia los apedreó con gigantescos fragmentos de hielo. Un relámpago, un trueno, otro trueno. Si se convertía en lluvia, apagaría las hogueras.

Pero algo más había ocurrido. Grandes llamaradas. Lockhert cayó en el fuego, aullando como un oso atrapado en una trampa. Kirsten chillaba mientras Ingeborg veía a su madre encenderse a pesar de la tormenta. Otro estampido cuando una bola de fuego se elevó hacia el cielo, la tierra tembló y todos cayeron al suelo.

Cuando Ingeborg se puso de pie, el granizo había cesado, pero se encontraba en medio de una vorágine de cenizas blancas y aleteos de pájaros. Los graznidos le llegaban como de muy lejos, le zumbaban los oídos y el corazón le latía con fuerza en la cabeza. Se tambaleó hacia delante y vio al gobernador en medio de la conflagración de pájaros. Pero el lobo dentro de los perros la llamó y se quedó observando cómo se vengaban en su nombre.

Tenía que ir con su madre. Y entonces se dio cuenta de que ya no estaba allí. Cayó de rodillas y hundió las manos en las cenizas calientes. El fuego había ardido con mucha rapidez. La tormenta lo había apagado demasiado tarde.

La magia de Maren había sido en vano.

Se estaba quemando los dedos, pero no le importaba. Estaba buscando a su madre. Alguna parte de ella, aunque fuera un hueso. Un pequeño fragmento de azul sagrado asomó entre el gris. Sacó la cinta chamuscada y la apretó en su mano ampollada.

El aire palpitaba a su alrededor y, al levantar la vista, vio un águila planeando en lo alto. Recordó las palabras de Zare sobre que el águila era una mensajera. Se enjugó los ojos con las mangas y se incorporó sin soltar la cinta azul. El águila se alejó y la obligó a mirar más allá de las cenizas, a través del agua hacia Domen, y más allá de Stegelsnes.

El gran pájaro desapareció en la distancia, pero Ingeborg seguía viendo como si lo hiciera a través de sus ojos. Volaba sobre las tierras samis, sobre la *vidda*, y hacia sus bosques y montañas. Las manadas de renos corrían debajo de ella.

El aire de libertad la traspasaba. Ya no era frío ni húmedo, sino ligero y cálido.

El mar estaba bañado de un tono rosado y el pico nevado de Domen emergía de entre su cima verde. En la base de la montaña, alcanzó a ver cuevas oscuras, agujeros abiertos que conducían a un lugar sin retorno. Cerró los ojos y escuchó las olas del mar que se estrellaban contra la isla de Vardø.

Cuando los volvió a abrir, rojos ardientes y un malva profundo y solitario atravesaban el cielo. Comenzó a llover y un arcoíris se elevó sobre el agua.

Debajo de él, Ingeborg vislumbró una pequeña barca sami zarandeada por el mar que se acercaba cada vez más a la isla.

Clavó los ojos en el *bask* de Zare que se deslizaba a través de cortinas de lluvia suave y las franqueaba con rapidez. Allí estaba su ancha figura, con su *gákti* azul y rojo y su sombrero de los cuatro vientos sobre su fino cabello negro. Ingeborg lo imaginó buscándola con sus ojos profundos.

Con la cinta azul en una mano quemada y aferrada a los dedos fríos de su hermana con la otra, Ingeborg arrastró a Kirsten a través de la niebla mezclada con humo y la lluvia cargada de ceniza. Ignoró a Anna Rhodius y sus súplicas a

Kirsten. Quería olvidar que esa mujer, con sus falsas promesas de ayuda, había existido alguna vez.

Se volvió una vez en busca de Maren. Estaba de pie al otro lado de las estacas quemadas. Su cabello negro como la noche flotaba en el viento y la ceniza cubría su piel oscura. Un cuervo negro se posó en su hombro.

—¿Vienes? —la llamó.

Pero Maren meneó la cabeza.

—Tengo otros planes.

Era una joven salvaje y extraña. Todo el mundo sabía que era una bruja, la hija de Liren Sand, la bruja más temible que jamás había existido. Pero lo que Ingeborg veía en Maren no era un indicio de maldad. Era mucho más. Empatía, un conocimiento profundo y resiliencia. Y, sí, poseía el poder del que tantas veces había hablado.

Maren rodeó con su brazo a la esposa del gobernador, Fru Orning, que había dejado caer la pistola al suelo. El gobernador yacía muerto a sus pies. Ingeborg no sintió nada al verlo tendido en un charco de su propia sangre, con las gaviotas que picoteaban su cabello níveo.

—¡Nos vemos en la otra vida, Ingeborg y Kirsten Iversdatter! —gritó Maren, como si fuera una despedida cualquiera. Como si no hubiera un hombre muerto entre ellas.

Los dos loberos esperaban sentados a Ingeborg detrás de su amo muerto. Ella los llamó por sus nombres samis:

—¡Beaivenieida! ¡Gumpe! —Los animales se levantaron de un salto y las siguieron a ella y a Kirsten hacia el muelle.

Zare había venido. Ingeborg había dudado de que lo hiciera, pero la estaba esperando en el *bask* de su primo, que se balanceaba arriba y abajo en la pequeña ensenada adonde habían llegado semanas atrás. Ella y Kirsten subieron al bote y Beaivenieida y Gumpe saltaron dentro detrás de ellas.

Ingeborg agradeció que Zare no hiciera preguntas. Las

columnas de humo que se elevaban de Stegelsnes y las cenizas plateadas que escarchaban el pelo de Kirsten y salpicaban su propia piel no requerían mucha más explicación.

Cuando Zare vio sus manos quemadas, gritó alarmado.

—No me duele —susurró ella, y se guardó la cinta azul en el bolsillo.

Zare le cogió las muñecas y le hundió las manos en el agua helada. El impacto del frío la hizo llorar. La primera vez desde la muerte de su madre.

Ingeborg bajó los ojos hacia la superficie brillante y contempló las ondas resplandecientes que se expandían hacia fuera.

—¿Estás bien, Inge? —preguntó Kirsten, y se inclinó junto a ella. Le apoyó una mano en la espalda.

—Sí —replicó, y la empujó con la cadera.

—Mi madre te curará las manos —dijo Zare—. Pero te dolerán hasta que lleguemos allí.

—¿Adónde vamos? —inquirió Ingeborg.

—Muy lejos de aquí —respondió Zare—. Izaré la vela, ya que el viento nos favorece, y cuando lleguemos a donde la nieve aún es espesa, seguiremos en esquís. Mi madre está escondida tierra adentro, donde los hombres del rey nunca podrán encontrarla. —Sacó las manos de Ingeborg del agua, se quitó el cinturón bordado y envolvió con él la piel en carne viva.

Ingeborg permaneció sentada y acurrucada en el bote mientras Zare se ocupaba de la vela. Beaivenieida y Gumpe se tumbaron a sus pies, como si intuyeran el dolor en sus manos. Observó a Zare tirar de las cuerdas con su cuerpo fuerte y sus brazos poderosos. Escuchó el chapoteo mientras la pequeña barca surcaba el estrecho de Varanger hacia tierra firme.

Zare había vuelto a por ella.

La nostalgia la sobrecogió con una intensidad

estremecedora. Zare se volvió y ella lo miró a los ojos, que desbordaban amor por ella. Ingeborg quería que Zare la abrazara, que aliviara el huracán que se había desatado en su interior desde el día en que el gobernador Orning lo había provocado. Que calmara la dolorosa pérdida de su madre.

La lluvia cesó, pero aún soplaba una fuerte brisa. La vela ondeaba a medida que se desplazaban a través de las aguas.

—Perdóname, hermana —murmuró Kirsten.

Estaba frente a Ingeborg, con las rodillas apretadas contra el pecho, su piel pálida que brillaba como el interior de una caracola, y sus ojos de un azul lejano.

Ingeborg meneó la cabeza. No podía pronunciar las palabras "Te perdono", todavía no. Pero había llevado a su hermana con ella. Kirsten debía entender que eso era suficiente por ahora.

—¿Puedo contarte un cuento? —sugirió la niña con voz amable—. Quizá te distraiga del dolor en tus manos.

Ingeborg se encogió de hombros. Nada podía distraerla de la sensación de pérdida que agobiaba su corazón.

Pero su hermana se encogió y se tomó de la borda mientras el océano empezaba a agitarse y se balanceaban de un lado a otro.

—Una vez, una niña pescadora caminaba por la orilla del mar recogiendo mejillones para su madre. Pero por más que buscara debajo de cada roca, en cada charco de agua, no podía encontrar ninguno cerrado. Todos estaban abiertos y vacíos, esparcidos en gran cantidad sobre la arena suave. Buscó cualquier cosa para llevarle de comer a su madre, pero no encontró nada. Ni algas dispersas ni un pequeño cangrejo.

Ingeborg recordó aquellos días, menos de un año atrás, cuando ella y Kristen habían vagado por la playa en forma de media luna en su aldea de Ekkerøy en busca de sustento. Habían estado muy unidas y lo compartían todo.

—Cuando el día de principios de primavera llegaba a su fin, el cielo se llenó de los tonos más bellos de amarillo anaranjado y rosa frambuesa. Un azul profundo se alzaba desde el mar hacia el cielo y la niña pescadora se olvidó de que tenía hambre —continuó Kirsten—. Se olvidó de su madre, de su hermana y de su pequeña borrega que esperaban en la casa para cenar. Se perdió en la hora azul, el tiempo entre el día y la noche. Abrió la boca y se llenó de azul, y la barriga ya no le dolía de hambre. El azul le cantaba. Era una canción de cuna que nunca había oído. Pues su propia madre nunca le había cantado.

Kirsten hizo una pausa y cerró los ojos. Luego empezó a cantar:

Duérmete niña,
a la orilla del mar,
duérmete niña,
a la orilla del mar.
Cuando suba a buscarte,
trepa en mi lomo,
y entonces, mi niña,
la tristeza se irá.

Kirsten abrió los ojos y miró a su hermana. Pero Ingeborg no le sostuvo la mirada. Desvió los ojos hacia el mar que rodeaba la proa del bote.

—La pescadora estaba hechizada por la hermosa canción que surgía del mar, porque estaba muy triste —prosiguió Kirsten—. Desde que su padre y su hermano se habían ahogado en el mar lejos, muy lejos de su península rocosa, había llorado todas las noches hasta quedarse dormida. Le avergonzaba mostrar sus lágrimas a su madre y a su hermana, que tanto se esforzaban por ser valientes. Pero la pequeña pescadora estaba cansada de echar de menos a su papá. Ansiaba sentarse en su regazo y volver a escuchar sus historias de pescadores. Anhelaba aspirar el olor salado del mar en él y sentir sus fuertes dedos haciéndole cosquillas en la piel debajo del mentón, riendo y con el amor por ella reflejado en sus ojos.

El peso del corazón de Ingeborg se tornó casi insoportable. Todos perdidos, su padre y su hermano, y ahora su madre. Se volvió hacia Kirsten. Dos pequeñas manchas rosadas sobresalían en sus mejillas pálidas.

—La pequeña pescadora escuchó la canción de cuna y, mientras lo hacía, una enorme isla azul emergió del mar. Pero no era una isla azul. Era una gran ballena. La niña se quitó las botas, la pesada falda de lana y su cofia vieja y sucia, y se metió en el agua helada. Pero no sintió frío, aunque su piel se volvió de color malva. Nadó mar adentro y se subió al lomo de la ballena. La ballena agitó la cola y roció a la pescadora con agua cristalina. Le salpicó la cara y se sintió bautizada de nuevo. La ballena se zambulló en el océano con la niña sujeta en su lomo.

Ingeborg había deseado ver una ballena así y había soñado con su canto, como le había contado su padre.

—La ballena la llevó a las profundidades más hondas, más allá de cardúmenes de peces plateados, plantas que se mecían y guirnaldas de algas y pólipos. Dejaron atrás corales brillantes y cuevas profundas y oscuras. Pasaron nadando junto a un pulpo negro gigante que extendió sus largos tentáculos como serpientes que se retorcían hacia ellas. Las estrellas de mar brillaban doradas en las entrañas azul noche y la gran ballena continuaba nadando.

El fondo del mar. ¿Así era cómo se veía? Ingeborg cerró los ojos y se imaginó el reino que había debajo del bote bamboleante.

—Por fin llegaron a una ciudad en el fondo del océano —continuó Kirsten—. Todas las casas estaban hechas de caracolas blancas como las perlas y brillaban bajo las luces del agua. La pescadora se bajó del lomo de la enorme ballena y vadeó la ciudad. Y a su paso, se encontró con toda la gente que se había perdido en los salvajes mares del norte: el esposo de la viuda Krog, Peder; el padre de Maren, el pirata berberisco; pescadores y comerciantes por igual, que vivían en las mismas casas blancas y compartían todo lo que tenían. Incluso vio a la familia del alguacil Lockhert, todos pelirrojos como ella y con pecas escocesas en la piel. En la última casa, la niña se llenó de alegría porque allí estaban su padre y su hermano Axell. Juntos, en paz, debajo del mar.

—¡Oh! —exclamó Ingeborg, y la idea le llenó los ojos de lágrimas.

—¡Así es, Ingeborg, allí estaban! —exclamó Kirsten—. La pescadora los abrazó a ambos. Ellos se alegraron mucho de verla y la invitaron a sentarse con ellos y a comer todo lo que pudiera. Tenían comida en abundancia. Avena cremosa, *flatbrød* crujiente, arenques salados y bayas dulces.

Ingeborg sintió que se le dibujaba una sonrisa en la cara. Pensar que su padre y Axell vivían en un reino de agua donde no les faltaba nada le resultaba un gran consuelo.

—La casa estaba llena de todas las cosas que su hermano Axell había deseado siempre: cristales y piedras de tierras lejanas, azúcar y especias del este, un caballito de mar para jugar y filas y filas de huevos de gaviota.

Huevos de gaviota. A Ingeborg se le borró la sonrisa. Así había empezado todo: Kirsten había roto las cáscaras de huevo y había traído a las brujas.

Pero Kirsten siguió contando su historia con despreocupación y sin vergüenza.

—"Deberíamos romperlos", sugirió la niña pescadora, recordando cuánto se había enfadado su madre cuando descubrió las cáscaras que ella había guardado. "Las brujas se meterán en ellos, los usarán como barcas y provocarán una tormenta". Pero su padre se rio, y Axell también. "Las brujas no existen", señaló Axell. "Pero el diablo sí", le advirtió su padre con las cejas fruncidas. "Y tiene a vuestra madre bajo su control".

Ingeborg no pudo contener la rabia.

—¡No permitiré que digas ni una palabra más en contra de mamá, Kirsten!

Pero Kirsten ya no la miraba, como si estuviera perdida en su relato y no pudiera detenerse. Ingeborg se volvió hacia Zare, pero estaba ocupado manteniendo el rumbo de la embarcación. Ingeborg era todo el público de la historia.

—La pequeña pescadora se había alegrado mucho de encontrar a su padre y a su hermano, pero entonces recordó que su madre y su hermana estaban en casa esperándola, y hambrientas. "¿Regresaréis conmigo?", les preguntó a su padre y a su hermano, quienes negaron con la cabeza. "Pertenecemos al fondo del mar", le explicó su padre. "No podemos respirar fuera del agua". "No quiero dejaros", se lamentó la niña, y empezó a sollozar. "Cuando sea el momento apropiado, la ballena madre irá a buscarte de nuevo", le aseguró su padre. "Cierra los ojos, pequeña". Le acarició la cabeza con sus manos cálidas y ajadas y le cantó una canción.

Kirsten entrelazó las manos y levantó el rostro hacia el cielo del norte mientras cantaba:

Duérmete, niña,
en el fondo del mar,
duérmete, niña,
en el fondo del mar.
Cuando elijas la muerte,
regresarás,
y entonces, mi niña,
la tristeza se irá.

La rima se entrelazó en el corazón de Ingeborg como la cinta azul se había entrelazado en su mano.

Kirsten suspiró antes de seguir.

—Cuando la niña pescadora abrió los ojos, estaba en la orilla del mar, pero era de noche. La nieve caía arremolinada del cielo y el mar silbaba contra el hielo. Corrió de regreso a su pueblo. Entró tambaleante a su casa. Pero su madre y su hermana no estaban allí. Corrió a las otras casas, pero cuando sus vecinos la veían, gritaban horrorizados y le cerraban la puerta en las narices. ¿Qué le pasaba? ¿Dónde estaban su madre y su hermana? ¿Dónde estaba su borrega?

A Kirsten se le quebró la voz y respiró hondo. Ingeborg notó que se le llenaban los ojos de lágrimas. Sintió el impulso de consolarla, pero seguía tan enfadada con ella que no podía moverse para hacerlo.

—La niña caminó sola por el páramo durante toda la noche —prosiguió—. Cuando se despertó por la mañana, estaba fuera de la fortaleza de la isla de Vardø. Ante ella se extendía un gran estanque de agua helada. Bajó la vista hacia su reflejo. Gritó asustada. La mitad de ella era como siempre había sido: una niña pelirroja, de mejillas rosadas y ojos azules como el crepúsculo, pero la otra mitad era una visión espantosa: la piel de ese lado de su cara era escamosa, como la de un pez, y además en estado de putrefacción; y su ojo era blanquecino y estaba hundido. Los dientes de ese lado de su cuerpo estaban oscuros y rotos, y el hueso de su cráneo brillaba a través de su piel fina como el papel. Se estudió con atención, sabía en quién se había convertido.

Ingeborg recordó la historia de la antigua religión que la viuda Krog les había contado en el calabozo de las brujas sobre Hel, la hija de Loki. La joven que estaba mitad viva y mitad muerta. La diosa del reino de los muertos. De los que habían muerto de enfermedades, en el parto, de niños o de viejos. De los que habían muerto sin gloria y quienes tenían vedada la entrada en los salones sagrados de Valhalla, adonde iban los guerreros muertos.

Ingeborg observó a Kirsten, y fue como si viera un eco de Hel dentro de ella, un ojo húmedo de lágrimas, pero el segundo ojo lechoso, ciego. Ingeborg parpadeó y allí estaba de nuevo su Kirsten. Ambas mejillas sonrosadas, ambos ojos llorosos.

—La pequeña pescadora llamó a las puertas de la fortaleza y estas se abrieron —dijo Kirsten, entonces, con voz temblorosa—. Cuando los soldados la vieron, retrocedieron espantados, al igual que el alguacil Lockhert. Ni siquiera el gobernador de Finnmark quiso acercarse a ella. Lo único que podían ver era su lado oscuro. Cuando abrió el calabozo de las brujas y entró, allí estaban su madre y su hermana, entre otras acusadas de brujería. —Kirsten se entrelazó las manos con nerviosismo mientras las lágrimas seguían corriendo por sus mejillas—. La niña le dijo a su madre que había venido a salvarla, pero su madre la miró con repulsión, porque lo único que podía ver era el lado muerto de su hija: su mitad oscura, la parte mala de la niña pescadora. Llamó a su hermana, pero su hermana ni siquiera la vio. El dolor había cegado a su hermana, y se aferraba a su madre. "No puedes salvarla, el Señor de la Oscuridad la tiene bajo su control", le advirtió. Pero su hermana también estaba sorda.

"Luego, la niña lloró y la sal de sus lágrimas en el ojo hundido pudrieron aún más su piel y la hicieron oler mal. Ni siquiera las mujeres en el calabozo de las brujas querían que se quedara con ellas.

Ingeborg deseaba que la historia terminara ya. Le dolía demasiado recordar el calabozo de las brujas y a las mujeres que habían vivido en él y que ya no estaban.

—Basta, Kirsten —susurró. Pero otra parte de ella no quería que la historia terminara. Ansiaba un final feliz, aunque intuía que no lo había.

—La pequeña pescadora fue a la gran sala del castillo y

permaneció de pie bajo los rayos de la luna pálida que se colaban por las ventanas altas —susurró Kirsten—. Podía oír los ecos de sus propias palabras. La confusión de mentiras y verdad. Nunca se había sentido tan sola en toda su vida. Entonces cerró los ojos y… —se interrumpió y miró a su hermana a los ojos, con los suyos llenos de lágrimas—… susurró: "Elijo la muerte".

El océano se encrespó, una gaviota graznó en lo alto y el bote crujió. Ingeborg imaginó que podía oír, desde las profundidades del agua, el eco de la gran ballena. ¿Era este el final de la historia?

Pero Kirsten volvió a respirar y se secó las lágrimas con el dorso de la manga.

—Cuando la pescadora volvió a abrir los ojos, tenía delante a una mujer con un vestido de seda que empezó a cantar. La mujer solo veía a una niña hermosa, no a su mitad muerta.

Ingeborg se puso rígida. La mujer del vestido de seda era Fru Rhodius, y le había robado a su hermana. Kirsten empezó a cantar de nuevo y esta vez su voz era tan delicada como el maullido de un gatito.

Duérmete, niña,
deja el castillo,
duérmete, niña,
deja el castillo.
Vayamos juntas
a las profundidades,
más allá del cielo
y más allá del mar,
y entonces, mi niña,
la tristeza se irá.

Ingeborg vio a Kirsten tal como era. Una niña en busca de una madre que la quisiera. Bajó la cabeza avergonzada. ¿Cómo podía enfadarse con ella?

—La pequeña pescadora siguió a la mujer vestida de seda fuera del castillo, a través de las puertas de la fortaleza y hasta el mar. Pero la luna se escondió detrás de una nube, y el cielo estaba negro como la brea, y era difícil ver el camino. De modo que escuchó la canción de cuna de la ballena, que le llegaba a través del suave susurro de las olas nocturnas.

Kirsten volvió a cantar, y cada palabra se clavó como alfileres en el corazón de Ingeborg.

Duérmete, niña,
a la orilla del mar,
duérmete, niña,
a la orilla del mar.
Cuando suba a buscarte,
trepa a mi lomo,
y entonces, mi niña,
la tristeza se irá.

—Lo siento —murmuró Ingeborg con la cabeza inclinada mientras levantaba las rodillas.

Pero Kirsten no la oyó, pues estaba perdida en sus palabras.

—Cuando la luna volvió a asomarse, la mujer vestida de seda había desaparecido, pero la borrega de la pescadora estaba ante ella. Balaba con amor.

Kirsten entrelazó las manos e Ingeborg alzó la vista. Un rayo de sol había atravesado las nubes y se derramaba sobre su hermana. Su cabello pelirrojo era una corona de oro y rojo sobre su cabeza. Le daba un aspecto beatífico, como engalanada con un halo glorioso.

—¿Kirsten? —Ingeborg se arrodilló hacia ella.

Pero su hermana extendió la mano en señal de advertencia.

—Déjame terminar la historia —pidió—. La pequeña alzó a su borrega y la acunó en sus brazos, esperando junto al mar apacible. La gran ballena subió a la superficie una vez más y la niña se adentró en el mar. —Kirsten se enjugó las últimas lágrimas—. La niña se giró una vez, con su lado muerto. Contempló el castillo y vio un gran fuego. Las llamas se elevaban hacia el cielo y la nieve crepitaba con las chispas. Al oír los gritos de las mujeres, la parte de ella que estaba muerta se convirtió en cenizas que se esparcieron sobre el mar quieto.

"Inge —suplicó Kirsten—. Eran pétalos blancos de culpa, pena, arrepentimiento.

—Lo siento —volvió a susurrar Ingeborg, pero Kirsten seguía sin oírla. Tenía los ojos vidriosos, perdidos en la lejanía mientras continuaba hablando.

—La pequeña pescadora dio la espalda a la tierra y trepó sobre el lomo de la ballena —agregó antes de volverse hacia el mar. Las palabras flotaron en el aire entre ambas—. La niña estaba entera otra vez. Sí, lo estaba. Su piel había vuelto a ser rosada y sus ojos azules brillaban con la promesa del amor eterno de su padre.

¿Por qué, oh, por qué, Ingeborg no lo había visto venir?

Ante sus propios ojos, Kirsten se deslizó por la borda.

—¡No! —Ingeborg alargó la mano, los perros empezaron a ladrar y Zare soltó un grito de espanto.

Los rizos rojos de Kirsten flotaban hacia arriba, pero su ropa de lana oscura se llenaba de agua y la tiraba hacia abajo. Sus ojos grandes desaparecían bajo las olas como lunas de desesperanza.

Ingeborg se colgó de la borda para asir a su hermana, pero Kirsten cruzó las manos sobre el pecho y dejó que el mar la arrastrara hacia abajo.

—¡Kirsten!

Zare estaba a su lado.

—¡No sé nadar! —gritó Ingeborg, pero él ya se había arrojado al agua.

Ahora los dos desaparecieron bajo las olas.

Ingeborg se llevó las manos quemadas al corazón; ya no

sentía el dolor palpitante. Los perros estaban inquietos a su lado, pues intuían su desesperación. Le lamían las manos para tranquilizarla.

Estaba desconsolada. Kirsten solo tenía trece años, poco mayor que Axell cuando se había ahogado. ¿Por qué la había tratado con tanta dureza?

Contuvo la respiración, sin importarle la dirección en la que el viento azotaba el bote, con la vela que se agitaba sobre su cabeza, al compás de su pánico. ¿Había perdido a ambos?

Pero al fin, vio asomar la cabeza de Zare, su cabello negro y reluciente. El joven nadó hasta la barca, trepó por el borde y estuvo a punto de dar vuelta la embarcación.

—La hemos perdido —se lamentó, jadeante y con el agua helada que corría por su rostro.

—No, no —exclamó ella mientras los perros, enloquecidos, lamían a Zare para calentarlo.

—Te he fallado... —se disculpó castañeteando los dientes.

—Nunca —lo interrumpió. Ingeborg lo atrajo hacia ella con ferocidad. Zare temblaba de frío y su piel mojada la empapaba, pero no pensaba soltarlo.

CAPÍTULO 53

Anna

MUCHO ANTES DE QUE RECIBAS ESTA CARTA, SI ES QUE LLE-
gas a leerla, te habrán llegado noticias de los extraños sucesos acaecidos en la isla de Vardø el séptimo día de abril
del año de nuestro buen Señor de 1663. Se hizo la voluntad
del rey y dos brujas condenadas fueron quemadas en la
hoguera, y su sufrimiento acortado por el uso de pólvora.
Pero ¿y la tormenta? La tragedia no me es ajena, porque si
no me hubiera entrometido con la pólvora, Solve Nilsdatter
y Zigri Sigvaldsdatter podrían seguir vivas. La tormenta
había mojado los fuegos y estropeado la madera, pero no a
tiempo para detener la explosión. Allí estaba Maren, retor-
ciéndose las manos y preguntándose qué le había pasado
a su tía. Lo último que vi de Solve Nilsdatter fue cómo tomaba la mano del alguacil y tiraba de él hacia ella, los dos
enzarzados en una frenética danza de la muerte.

Una letanía de hechos inexplicables, mi rey: la tormenta,
el granizo, los pájaros, los loberos, y el gobernador muerto
a manos de su esposa.

Ah, pero más extraño aún fue que, durante un corto
tiempo, esta pequeña isla de Vardø estuvo bajo el dominio

de las mujeres. La mayoría de los habitantes eran esposas de pescadores, y se refugiaron en sus cabañas para revolver sus ollas e intentar olvidar los horrores que habían presenciado. Los soldados, sin el gobernador ni su alguacil, eran pocos, y depusieron las armas ante la pequeña esposa del gobernador, pues todos sabían que su padre, Rosencrantz, era un hombre muy poderoso.

Yo nunca había prestado demasiada atención a Ingeborg Iversdatter, pues a mis ojos, había sido una víctima, pero me equivoqué. La joven, aunque diminuta, era firme como una montaña. No olvidaré la determinación que vi en sus ojos cuando alejó a su hermana Kirsten de mí.

—No es tuya —dijo lisa y llanamente.

Miré a Kirsten con expresión suplicante y la niña parpadeó para contener las lágrimas. ¿Era realmente de este mundo, con sus rizos rojos y su nariz pecosa, y aquellos ojos azules como mi tristeza más profunda, un pozo infinito en el que nunca podría volver a sumergirme? Había también un destello en aquellos ojos, pero no estaba segura de si era amor u odio. Solo sabía que Kirsten sentía algo por mí.

—No soy tu niña, Fru Anna —afirmó.

Mis dedos calientes aún sostenían su mano fría y el corazón me latía con tanta intensidad que temía desmayarme.

—No soy tu hija, pero ve a casa y la encontrarás.

Sus palabras no tenían mucho sentido, porque ¿cómo iba a volver a casa? Mi casa en Bergen queda a muchas leguas de distancia, lejos, en el suroeste de Noruega, y en ella vive un esposo al que nunca podré perdonar su traición.

Sabes muy bien, mi rey, que Ambrosius me abandonó a mi suerte. La advertencia sobre Statholder Trolle que yo te entregué provenía de Ambrosius, escrita de su puño y letra. Fue Ambrosius quien alegaba que serías depuesto por tus nobles en un año, no yo. Pero cuando se le preguntó bajo juramento, mi esposo mintió. Me miró a los ojos, a su esposa de casi treinta años, y juró que todo era obra mía. Yo era la traidora, no él.

Mi esposo Ambrosius está en Bergen esperando la noticia de mi muerte, lo presiento. Y entonces se casará con otra, y ella le dará el hijo que siempre ha anhelado.

Sí, mi esposo ha terminado conmigo, mi rey, igual que tú, pues ambos creéis que ya no valgo nada.

Pero yo no lo creo así, ya que las *palabras* tienen valor: mis palabras y mi historia de una mujer atrapada en la locura de la caza de brujas en Vardø en el invierno de 1662 y 1663. Ah, no dudo de que los escribas me utilizarán como chivo expiatorio, estoy segura de ello, y me llamarán cazadora de brujas, pero tú sabes que no es así.

Ambrosius me dijo una vez: "Siempre tienes que estar cuidando de los demás, Anna, y anteponiéndolos a mis necesidades". Él creía que yo ansiaba ser madre, pero la verdad es que deseaba ser médica. Oh, sí, en mi corazón, siempre he sido una médica. Sí, perdí a mis bebés, y también a mi hija, pero nunca perdí mi pasión por curar. Cuando murió Christina, no hui de la peste, sino que corrí hacia ella.

Un verdadero médico tiene la vocación de atender a los demás antes que a sus propias necesidades y, por lo tanto, pasar a la posteridad como una mujer loca y egoísta no sería justo.

Solté la mano de Kirsten, pues al final me rendí, y la dejé ir. Observé a las dos hermanas alejarse del lugar donde las cenizas de su madre se arremolinaban en el aire a su alrededor. No tenía ni idea de adónde se dirigían, pero me alegré de que ninguno de los soldados las detuviera.

Subí con cansancio la colina hacia Vardøhus y me propuse escribirte esta carta y pedir una vez más tu perdón.

Déjame ser libre a mí también, mi rey.

La luz ya se estaba yendo y me quedé un momento

mirando por la pequeña ventana de mi alcoba. El océano había recuperado la calma después de la misteriosa tormenta que había cesado con la misma brusquedad con la que había empezado. El cielo era de un color morado intenso y el sol se hundía en el más oscuro de los mares. Oí el gentil murmullo de las olas que rompían contra la isla en tanto el mar reflejaba el último resplandor de la luz del día, iluminando un sendero dorado a través de su superficie ondulada. Allí, durante un instante, apareció la joroba de una gran ballena; la gran bestia expulsó una columna de agua centelleante que atravesó la luz del atardecer y luego se hundió de nuevo bajo la superficie. ¡Qué espectáculo milagroso! Me produjo tanta nostalgia que sentí que las lágrimas resbalaban por mis mejillas, porque ¿cuántos años más de exilio debo soportar antes de poder volver a casa?

Tomé uno de mis preciados limones y lo corté para hacer mi tinta invisible. Preparé una rodaja y agité un poco del azúcar que Kirsten había molido para mí la noche anterior. Mis promesas de nuestra vida en mi hermosa casa, sus vestidos y el pequeño perro se burlaban de mí y se hacían añicos en mi mente.

Di un pequeño mordisco a mi limón azucarado y no era azúcar lo que había en mis labios, pues no he trabajado como médica toda mi vida para no poseer este conocimiento. Por supuesto, la sustancia era insípida, pero me di cuenta por la textura. Me puse de pie y abrí mi botiquín; tomé el pequeño frasco de arsénico. Todas las noches, Kirsten había sido la encargada de preparar la pasta para ocultar el lunar de mi cara. Me había ocupado de recalcarle que debía utilizar una cantidad mínima; sin embargo, el frasco estaba vacío.

Podría haber escupido el limón, pues aún lo tenía en la boca, pero, mi rey, no lo hice. Mastiqué y tragué el limón letal.

"No soy tu niña".

Las palabras estaban escritas en el polvo del suelo de la casa comunal, iluminadas por un rayo de sol acuoso que se iba desvaneciendo.

Ahora escribo con rapidez, con trazo flojo e irregular, las letras chocan entre sí mientras persigo la luz antes de que las sombras de la noche me impidan escribirte todo lo que debo. Hay algo que debes saber, porque te he declarado mi amor y mi lealtad una y otra vez. Esto es cierto, pero hay algo, mi rey, que debes entender, porque herir a alguien que te ama tanto y te es tan leal es un crimen. Mi último deseo es que recuerdes la última vez que nos vimos.

Permíteme recordarte las palabras que dijiste antes de cerrar la puerta de tus aposentos.

"¿Guardarás silencio si me acuesto contigo?".

La vulgaridad de la pregunta me hizo enmudecer de golpe. Luego me ordenaste que me volviera y me inclinara sobre los pies de la cama para que no tuvieras que mirarme a la cara.

El hombre más poderoso de todo nuestro reino de Noruega y Dinamarca me ordenó que me sometiera a él y yo dije que no.

—Esto no es lo que quiero.

—*Ti stille*. Cállate —me ordenaste.

—No, Federico —insistí.

Me empujaste.

—*Hold Kæft*. Cierra la boca. Cállate. Cállate. Cállate.

Puedes haber desterrado tu vergüenza tan lejos como te haya sido posible, pero te la devuelvo en esta carta. Que pese sobre tu conciencia hasta el día de tu muerte.

He terminado, mi rey. Sí, me sentaré con mi vestido de satén del color de los ojos de mi hija en la mesita de mi prisión en la casa comunal y me comeré el resto del limón que

Kirsten mezcló con arsénico. Un octavo de una cucharada de té, tal como le enseñé.

Es un final doloroso, pero breve. Vomitaré sangre sobre el final de este pergamino y escribiré tu nombre en sangre: el Señor de la Oscuridad.

Las palabras de Kirsten me dan vueltas en la cabeza y, de verdad, espero con ansias llegar al cielo para poder volver a sentar a mi hija en mi regazo y recitarle historias del niño Jesús y de su infinita capacidad para el amor y el perdón.

"No soy tu hija, pero ve a casa y la encontrarás".

Es extraño, sin embargo, porque no es el rostro de mi risueña Christina el que tengo ante mí ahora, cuando se acerca mi final. Es el de Kirsten Iversdatter, y el azul de sus ojos tiñe de azul su cuerpo. Está bajo el océano y me saluda con la mano.

QUINTA PARTE

"Una característica del lince es que nunca mira hacia atrás, sino que acelera su paso sin pausa".

Olaus Magnus,
Descripción de los pueblos del Norte, 1555

CAPÍTULO 54

Ingeborg

Abril de 1665

LOS RENOS SABÍAN CUÁNDO ERA EL MOMENTO DE MAR-char hacia el norte. Las hembras preñadas tomaban la delantera. Una vez levantado el *siida*, Ingeborg y su familia siguieron a sus renos fuera de los bosques invernales, asegurándose de que no hubiera quedado ninguno detrás, en la meseta.

A veces, mientras paseaba entre los delgados abedules, Ingeborg vislumbraba a su lado a una mujer con cornamenta. Tenía el pelo largo, rizado y pelirrojo, con hojas del deshielo y ramitas nuevas de primavera enredadas en él. Ojos azules brillantes. La mujer con astas parecía fundirse con la rena con cuernos, volverse parte del entorno, como el aire claro de primavera que Ingeborg respiraba. En ciertos momentos, el cabello de la mujer con astas era tan dorado como el sol de primavera incipiente, y el contoneo de sus caderas era igual al de su madre; en otros momentos, su pelo se volvía de un rojo intenso ardiente, como una puesta de sol, y sus hombros se estrechaban como los de una niña. Entonces se convertía en Kirsten.

Su madre y su hermana caminaban con ella por el bosque, pero en primavera, cuando Ingeborg bajaba a la meseta con su familia, ellas se quedaban atrás, en el invierno. Sabía que estarían allí cuando volviera el año siguiente. Siempre estarían allí, esperándola. Juntas, unidas por el amor que sentían por Ingeborg. Juntas, como nunca lo habían estado en vida.

Ingeborg se abría paso hacia la primavera; el sol en lo alto deshacía la nieve y dificultaba la marcha con los renos hacia la costa. Era un trabajo arduo, pero le encantaba lo vasto e interminable que parecía el viaje, sin otras personas a su alrededor día tras día salvo Elli y su esposo Find, el *noaidi*, Zare, y la bebé de ambos, Synnøve, atada a su espalda.

Avanzaban sobre todo al atardecer y por la noche, sobre la costra helada formada por la escarcha nocturna. Los renos se movían más rápido en un terreno más firme. En el trayecto, Zare le contaba historias sobre el cielo nocturno, mientras la bebé dormía en su espalda.

—Ese es Fávdna. —Señaló el cazador en el cielo nocturno, con su arco y su flecha—. Y ahí está Alce, ¿lo ves, Inge? Es la constelación más grande de todas.

—¿Fávdna intentará cazar a Alce?

—Sí, es su presa favorita, pero nunca lo atrapará.

La calidez de la sonrisa de Zare y la intensidad de su mirada encendían un fuego desde su vientre hasta la coronilla a pesar de las gélidas temperaturas. Había sido cautiva voluntaria de su corazón durante los dos años de libertad en su nueva vida con los samis.

Cuando llegaban forasteros, Ingeborg se acurrucaba en los rincones oscuros de la *lávvu*, con los ojos bajos. Ninguno creyó nunca que fuera otra cosa que una mujer sami, insignificante y sin importancia. Y lo cierto era que Ingeborg se sentía muy a gusto con los samis. Cuando escuchaba a Find, el padre de Zare, tocar el tambor y a los demás cantar los *yoiks*, cuando aprendió a hablar sami y comprendió las historias de sus dioses y diosas, sintió como si por fin hubiera vuelto a casa.

Ingeborg siempre sabía cuándo se acercaban a la costa porque los renos aceleraban la marcha. Aunque no pudiera ver ningún resquicio de azul, al igual que los renos, sentía el aire salado del mar en la cara. Avanzaban en los esquís por la nieve que se derretía a medida que el aire se hacía más cálido y el sol brillaba durante más tiempo cada día.

Ingeborg llevaba el agua salada en la sangre. Al fin y al cabo, era hija de un pescador. Después de la temporada de parición en mayo, pasaban el verano en campos de pastoreo exuberantes junto a los fiordos y el mar. Ingeborg dejaba que la sal impregnara su piel.

Había días de descanso en el verano, momentos en que ella y Zare se tendían de espaldas y jugaban con Synnøve en los pastos de verano mientras las madres reno y sus crías pastaban cerca. Contemplaban el paso de las nubes. A veces Zare cantaba un *yoik* que componía para ella. Cuando cerraba los ojos, con su hija acurrucada sobre el pecho, la suave pelusa de su cabecita que le rozaba la barbilla, veía las imágenes del *yoik*. La naturaleza en cada aliento de Zare, en cada nota que le regalaba.

La resiliencia de Ingeborg era el grito del viento a través de los pastos altos de verano; su llanto, el graznido de una gaviota. Su dolor, el aullido del lobo. Su amor de madre, una rena que lamía a su cría. Su coraje, el batir de las alas del águila. Su risa, el crepitar del fuego. Su vida era como el salto de un salmón desde un fiordo interior: el vuelo, un destello plateado en el aire, la salpicadura del agua.

CAPÍTULO 55

Maren

Enero de 1666

MAREN SE DESPERTÓ CON LA SENSACIÓN DE LOS LABIOS DE Elisa en su mejilla. Abrió los ojos y lo primero que vio fue el rostro de su amada. Podía pasarse el día entero mirando los ojos castaños de Elisa. Era lo primero que le había atraído de ella, y su quietud. Como un cervatillo tímido atrapado en un claro de sol en el bosque. Pero Elisa no era tan mansa como parecía y a Maren le gustaban aún más sus fortalezas ocultas. Siempre había visto, más allá de las cicatrices de la viruela, su rebosante belleza interna.

Se acurrucaron bajo las sábanas en la penumbra invernal de la alcoba. Había un hueco entre las pesadas cortinas de terciopelo y Maren veía caer la nieve a través del cristal de la ventana. Estaban en medio de un duro invierno danés en la ciudad de Copenhague. La nieve se apilaba tan espesa como en la península de Varanger, aunque al menos no había tanto viento. Fuera el frío era tan intenso que cortaba la respiración, pero dentro, Maren nunca había estado tan abrigada. Un fuego de leños crepitaba en la chimenea, y Elisa la abrazaba bajo las mantas. Ginger y Tabby estaban tendidas frente al fuego, adormiladas por el calor, y Blackie saltó a los pies de la cama. Se deslizó por las sábanas, con su ronroneo rico y suave, mientras buscaba el lugar más tibio y cómodo para instalarse.

Desde el otro lado de la puerta, llegaban los ruidos de las criadas que subían y bajaban las escaleras de madera. Vaciaban los huecos de las chimeneas y barrían los suelos.

—Ven aquí, Blackie —llamó Maren. Salió de debajo de las mantas y dejó que la gata se acomodara junto a Elisa.

—¿Adónde vas? —murmuró Elisa en señal de protesta.

—A ver cómo cae la nieve.

—¿No has visto caer suficiente nieve para toda tu vida? —rio Elisa.

A Maren le encantaba el ligero tañido de la risa de su amante. Nunca la había oído hasta que se habían ido a vivir a Copenhague.

Tomó una manta de lana suave de la cama y se la echó sobre los hombros fríos. Se negaba a tener pieles en la cama, para fastidio de Elisa.

Descorrió las cortinas por completo y abrió el pestillo de la ventana. Esa mañana, Copenhague estaba bañada de un azul intenso. De algún modo, eso tranquilizaba su corazón, la hacía sentirse en paz. Había nevado aún más durante la noche, y contempló un mundo nuevo. Era el tipo de nieve que más le gustaba: copos grandes y singulares como pequeñas plumas de encaje. Extendió el brazo y atrapó uno. Su piel se estremeció al contacto con el hielo y sopló despacio sobre él, su aliento hizo que el gran copo de nieve se derritiera y se disolviera entre sus dedos.

Desde la casa se veía el jardín del rey. Anna Rhodius había hablado mucho de él. Pero sus descripciones habían sido de los jardines en verano, de los elementos ornamentales y los senderos bordeados de árboles perfumados. De los huertos que rebosaban de frutos desde la primavera hasta principios de otoño: manzanas y peras, cerezas, ciruelas, membrillos, higos, moras. Ese día, los árboles estaban desnudos y cubiertos de nieve; el jardín entero era un extenso manto blanco. Reinaba el silencio: lo único que se oía era el crujido de la nieve, que se movía como un ser vivo, y el chirrido solitario de una urraca que descendió en picado y se posó en la pared de enfrente. El brillo de sus ojos llamó la atención de Maren.

—Buenos días, señor urraca. —Saludó al pájaro con la cabeza y se alegró cuando vio a su compañera posarse a su lado—. Una urraca, tristeza; dos urracas, alegría.

—Cierra la ventana, Maren, hace mucho frío —se quejó Elisa.

Un cuervo negro aterrizó entonces en el alféizar frente a Maren y se miraron a los ojos.

—Buenos días, madre —susurró, y atrapó un último copo de nieve antes de cerrar la ventana. Observó cómo el delicado dibujo del copo se desintegraba en la palma de su mano.

Elisa estaba sentada en la cama, con su pelo blanco como un halo, y la miraba con ojos amorosos. Maren tomó la pipa y la caja de tabaco de la repisa de la chimenea.

—Vuelve a la cama, *min kjære* —rogó.

—En un rato.

Le encantaba el ritual de preparar la pipa. Encenderla y aspirar el primer gusto del tabaco dulce. Su aroma almizclado la transportaba a un lugar cálido y dorado. Era mágico. Le gustaba reflexionar sobre todo lo que había pasado mientras fumaba la pipa con las piernas estiradas sobre un taburete de terciopelo.

Anna Rhodius había vivido alguna vez en una casa como esta. Con paredes revestidas de madera oscura y miniaturas de Amberes incrustadas en ellas, ventanas de cristales con rejas y suelos de baldosas blancas y negras.

A Maren le gustaba pensar que ahora vivía una vida de lujo, como a la que Anna había deseado volver. Maren aún recordaba la imagen de la mujer danesa ahogada en su propia sangre, con un pergamino en blanco en la mano y la cabeza sobre la mesa de la casa comunal. Maren no solía sorprenderse, pero no había esperado que Anna Rhodius se quitara la vida.

Junto a la encorvada Anna había una caja de madera llena de cuadrados de pergamino doblados y sellados con cera de vela sucia. Los había abierto, pero estaban todos en blanco. No obstante, se había llevado la caja consigo cuando ella y Elisa habían abandonado Vardø, junto con el preciado botiquín de Anna Rhodius.

En los últimos tres años, Maren no se ha separado de Elisa. Al principio, había sido su doncella. Habían navegado juntas hacia el sur, a la ciudad de Bergen, con sus tres gatos, Blackie, Tabby y Ginger. El cuervo negro de Maren las había seguido en el cielo y se había posado de vez en cuando en lo alto del mástil principal cuando Maren subía a cubierta. Durante el viaje, Elisa le había contado los abusos que había padecido a manos de Orning.

Tras el espantoso final del gobernador, no había habido repercusiones. Al parecer, sus propios soldados lo detestaban, y el joven capitán Hans le había hecho el favor a la esposa del gobernador de reportar las muertes del gobernador y del alguacil como accidentes trágicos.

En Bergen, el padre de Elisa, Jan Rosencrantz, había estado ansioso de que su hija volviera a contraer matrimonio.

—No quiero ser esposa ni madre —protestó Elisa en privado a Maren—. No quiero tener hijos.

—Encontraremos la manera de hacerlo —le aseguró Maren.

—Tú y tus maneras —respondió Elisa, pero sonrió porque creía en Maren.

En todas las reuniones con la nobleza, Maren era presentada como la doncella de Elisa. Mientras tanto, se afanó en la búsqueda del marido que sería perfecto para ambas. No tardó en encontrarlo. El exuberante Ulrik Frederik *Gyldenløve*, hijo ilegítimo del rey Federico III.

Ulrik era divertido y tenía rasgos atractivos, rizos dorados y una impecable carrera militar. Pero, sobre todo, tenía su propio amante. Cuando Ulrik no estaba en la guerra, se encontraba lejos, en Francia o Italia, o incluso en Londres. Siempre lo acompañaban su fiel ayuda de cámara y el dueño de su corazón, Reinhard. Ulrik poseía además una casa en el centro de Copenhague, que rara vez usaba y que se convirtió en el nuevo hogar de Elisa y Maren.

Salvo por la noche de bodas, que no había podido evitarse, Ulrik y Elisa nunca habían compartido la cama. En su unión, se habían liberado uno al otro para amar a quien quisieran.

Poco después del casamiento de Elisa, Maren había adoptado la identidad de una prima noruega de la que no se había sabido durante mucho tiempo. Se había adaptado a su nuevo papel de noble con facilidad, había dejado atrás su acento norteño e imitaba a todos los demás cortesanos. Sin embargo, por dentro, se reía de lo absurdo de tantas inclinaciones y reverencias ante un solo hombre, el rey.

Maren no lo sabía, pero había comido de los mismos platos de plata que Anna Rhodius. Había bebido de las mismas copas de cristal veneciano.

Pero lo que más complacía a Maren eran las alegrías sencillas: cuando ella y Elisa se deslizaban desnudas dentro de las fuentes del rey bajo el sol de medianoche, cuando corrían con sus vestidos de verano livianos, descalzas sobre el césped cubierto de rocío. Cuando se trepaban a la enorme cama de muelles y cerraban las cortinas de terciopelo. Cuando hacían el amor hasta caer dormidas una en brazos de otra.

Llevaban dos años disfrutando de los privilegios de la corte danesa, pero solo hacía un mes que Maren había conocido al rey. Elisa había evitado las invitaciones a cenar con ellos, por temor a cómo reaccionaría la reina Sofía Amelia al ver las cicatrices de la viruela en su rostro.

La noche anterior a la cena con el rey y la reina, Maren descubrió el secreto de la caja de cartas de Anna Rhodius. Había estado fumando su pipa vespertina y había decidido abrirla una vez más. ¿Por qué la mujer había doblado y sellado con tanto esmero tantas páginas en blanco? Recordó que a Anna no se le había permitido el acceso a tinta ni a una pluma para escribir, pero Maren había visto una pluma de cuervo con la punta afilada.

Sacó el primer cuadrado de papel desplegado, pues hacía tiempo que había roto el sello. Entrecerró los ojos y fue entonces, mientras sostenía la página frente a la vela, cuando empezó a ver las letras. O sea, que Anna Rhodius poseía su magia propia, escribía las cartas utilizando su zumo de limón para hacerlas invisibles.

Maren las había leído todas. Había pensado que estarían dirigidas al esposo de Fru Rhodius. Pero no. Todas estaban dirigidas al rey Federico.

Después de leerlas, las volvió a sellar; para ello, dejó gotear con cuidado la cera de la vela sobre los bordes ásperos de los pergaminos. Volvió a guardarlas en la caja de Anna y cerró la tapa.

Se reclinó en la silla y encendió de nuevo su pipa.

"Vaya, vaya", pensó.

Maren creía que en este mundo, y en el siguiente, era posible cruzar todos los límites.

La noche siguiente, mientras cenaban, estudió al rey y lo encontró carente de encanto. Era un hombre adusto, agobiado por una pesada cruz en el cuello, sin interés en la esposa de su hijo y la prima de ella.

La reina, en cambio, no apartaba los ojos de Maren.

—¿De dónde sois? —preguntó.

—De Finnmark —respondió Maren.

La reina puso un gesto hosco.

—No, quiero decir, ¿de dónde *sois*? —Agitó la mano hacia el rostro de Maren.

Maren sintió que Elisa se ponía rígida por el malestar, pero ella no se dejaría avergonzar, ni siquiera por una reina.

—Mi padre era moro —declaró con orgullo.

—Pero ¿era cristiano? —quiso saber el rey Federico, arrugando la frente.

—Oh, sí, muy devoto —replicó Maren con voz dulce y apretó la mano de Elisa para aliviar la indignación de su amante—. Se convirtió al luteranismo antes de que yo naciera. Pasé la mayor parte de mi infancia rezando.

Podía sentir la risa que amenazaba con brotar de su garganta y percibía que Elisa casi no podía contener la carcajada, lo que le daba aún más ganas de estallar en risotadas. ¡Vaya manera de mentir! "Respira, Maren, te cortarán la cabeza si dices algo más".

Su infancia había sido salvaje y libre, en compañía de su madre, con quien había vagado por la isla de Vardø junto con los animales. Nunca había sabido el nombre de su padre.

Cuando se disponían a marcharse, Maren sacó la pequeña caja y se la presentó al rey.

—¿Qué es esto?

—Una dama llamada Fru Rhodius me pidió que, si alguna vez estuviera en vuestra presencia, os la entregara.

Los ojos oscuros del rey se abrieron mucho.

—¿O sea, que está muerta? —Las palabras fueron tan cortas y repentinas que sonaron ásperas.

—Sí, hace tres años.

Maren captó un destello de emoción en sus ojos. Una rigidez en su postura.

—Pero ¿por qué me dais esto?

—Son cartas, majestad, que ella os escribió.

El rey había aceptado la caja de mala gana.

—¿Las habéis leído?

—Por supuesto que no. Además, están selladas.

No era tonta. Si el rey pensaba que ella conocía sus secretos, habría consecuencias.

El rey le arrebató la caja con tanta rapidez que ella casi no se dio cuenta. Cuando volvió a mirar, la sostenía entre sus dos manos cargadas de piedras preciosas gigantes.

Pero durante un suspiro, Maren había visto las garras ocultas por el jubón.

El rey era un hombre alto y se le veía la parte superior de la cabeza. Maren estaba segura de que, si observaba con atención, vería las puntas de sus cuernos asomando entre sus rizos grises y negros: cuernos rojos como las bayas de los acebos en los jardines del rey en invierno.

Maren terminó su pipa y volvió a la cama con Elisa. Rodeó a su amada con un brazo y Elisa apoyó la cabeza en su pecho.

—¿Has oído que han vuelto a ver al lince? —comentó Elisa con voz lánguida.

—¿Qué haría un lince en el jardín del rey en Copenhague? —preguntó Maren con tono burlón.

—Lo sabes muy bien, *min kjære*. —Elisa dio una palmadita sobre la camisa de seda de Maren—. Uno de los jardineros le dijo al cocinero que lo había visto en el huerto de perales. ¡Si no me crees, podemos ir a buscar sus huellas!

—Tal vez... —aventuró Maren sonriendo para sus adentros.

—Y parece que el rey también lo vio. El lince se sentó fuera de la biblioteca mientras él leía. Estaba tan quieto y él tan ocupado leyendo, que al principio no se dio cuenta. Pero se rumorea que cuando lo hizo, se miraron a través del cristal. El rey de los hombres y el rey de los animales, ambos inmóviles.

—¿Cierto reconocimiento, tal vez? —Maren suspiró—. Aunque me temo que, si te lo contó el cocinero, ha de ser puro cuento...

—¡Es verdad! —protestó Elisa, y le dio un golpecito. Maren tomó la mano de su amada y la rodeó con la suya. La colocó sobre su corazón palpitante. Nunca se había sentido tan querida en todos sus años sobre la tierra del buen Dios.

—Bueno, de hecho, tu historia me ha recordado una que quiero contarte.

—Oh, sí, por favor, hazlo, Maren, *min kjære*. —Elisa levantó los ojos hacia ella, toda suya, llena de confianza.

Maren nunca se había sentido tan poderosa.

Cuando Maren terminó de contar la historia, Elisa se había vuelto a dormir. Maren continuó acariciando el suave cabello rubio de su coronilla. El aroma del humo de la pipa todavía persistía en el aire de la habitación. Las campanas de la catedral empezaron a repicar.

Siguieron repicando, junto con el sonido de criaturas que aterrizaban en el tejado con un golpeteo demasiado fuerte para ser pájaros. Oyó graznidos, arañazos y golpes y la nieve que se desplazaba del tejado de pizarra para caer con un ruido seco en el suelo.

La ventana se abrió de par en par y, del azul profundo de la mañana, toda clase de bestias diabólicas irrumpieron en la alcoba. Despertaron a Tabby y a Ginger, que se levantaron de un salto y bufaron ante semejante interrupción de su sueño; Blackie arqueó la espalda y Cuervo entró volando y se posó en el hombro de Maren. Pero Elisa seguía durmiendo.

Maren no tenía miedo. Las había estado esperando. Puso una mano protectora sobre la frente dormida de Elisa y susurró las palabras que siempre había sabido.

Un círculo de niñas,
un bolsillo lleno de rizos rojos,
achís, achís,
todas nos caemos.

Una turba vociferante de entidades monstruosas rodeaban la cama: un sátiro de rostro azul y un fauno peludo, un grifo de plumas erizadas y un pequeño dragón que escupía chispas de fuego. Y más criaturas que jamás había visto antes: cabezas de gallo rojas con pezuñas de cerdo; peces voladores; tres machos cabríos gruñones; gorriones gigantes más grandes que halcones; un búho que llevaba la falda descolorida de la viuda Krog; una liebre blanca que galopaba con la cinta azul de Zigri enrollada alrededor de sus largas orejas; los rizos cobrizos de Solve sobre un gato negro; una rata negra gigante que giraba con el vestido de seda de Anna Rhodius, la llave plateada del calabozo de las brujas que reflejaba la luz. Y allí estaba la borrega Zacarías, sobre sus patas traseras, sujetando un limón amarillo brillante en sus pezuñas, balando, balando hacia ella con los ojos húmedos.

—Fuera de aquí, animales absurdos —pronunció Maren—. Falsedades, terrores nocturnos y artimañas del patriarcado. ¡Fuera de aquí!

La congregación de criaturas infernales se fundió en una gran multitud negra. Y Maren siguió repitiendo las palabras.

Un círculo de niñas,
un bolsillo lleno de rizos rojos,
achís, achís,
todas nos caemos.

En su mente, las tres bailaban en un círculo. La pequeña y seria Ingeborg y su piel entibiada por el sol. La risueña Kirsten, con sus abundantes rizos rojos. Las tres daban vueltas y vueltas. Una comunidad de resiliencia.

> *Un círculo de niñas,*
> *un bolsillo lleno de rizos rojos.*
> *¡Cenizas! ¡Cenizas!*
> *Todas ardemos.*

Los ojos inyectados en sangre de las bestias que el Maligno había enviado se regodeaban con ella. Maren bufó hacia ellas junto con sus tres familiares felinos: Blackie, Tabby y Ginger. Cuervo descendió en picado y les picoteó los ojos, dejándolas ciegas.

> *Un círculo de niñas,*
> *un bolsillo lleno de rizos rojos,*
> *achís, achís,*
> *ahora te caes tú.*

La horda alzó vuelo. Como en un soplo, subieron volando por la chimenea, con las llamas lamiéndoles las colas.

En cuanto vieron desaparecer el último aleteo, los familiares se reunieron en un círculo protector alrededor de la cama: Cuervo al norte, Blackie al sur, Ginger al este y Tabby al oeste. Maren y Elisa estaban a salvo, aunque el Señor de la Oscuridad pudiera ser el mismísimo rey de Dinamarca y Noruega.

La aborrecida niña de las tierras septentrionales del fuego y el hielo había venido a vivir a la ciudad prometida de Copenhague, con sus casas de ladrillo rojo, su palacio de torreones verdes y el jardín real de la esperanza. A lo largo de los canales de Christianshavn, viviría un amor excepcional cuyo valor excedería el de la joya más preciosa que ninguna reina podría lucir jamás. Caminaría con los animales salvajes y domesticados, escucharía a los pájaros, sabría cuándo soplarían las tormentas y cuándo caería la nieve. Sería filósofa y poeta. Amada. Hermana. Pero, aun así, en todos los años por venir, Maren Olufsdatter jamás olvidaría que alguna vez había sido una bruja.

LA BRUJA, EL LINCE
Y EL SEÑOR DE LA OSCURIDAD

UNA VEZ, UNA BRUJA VIVÍA LA VIDA DE UNA SIRVIENTA, o cocinera, o lavandera, o costurera, o nodriza, o esposa en un gran castillo, en la isla más rocosa del extremo más septentrional.

En el primer invierno de su feminidad, se desvelaba entre los dos sueños todas las noches. El primer sueño era el que su cuerpo cansado necesitaba después de todas sus tareas cotidianas, incluidas las privadas que requería su amo. Pero noche tras noche, la luna la despertaba, pese a que el amo seguía durmiendo. Aun cuando fuera un pequeño cuarto creciente de luna, aun cuando estuviera oscuro, ella sentía el pulso del tiempo lunar en la sangre y en los huesos y no podía dormir.

En el período de vigilia, se levantaba de la gran cama, sin importarle el frío del suelo de baldosas en sus pies descalzos. Miraba por la ventana del castillo, a través de la nieve plateada y hacia el mar oscuro y ondulante. Oía su llamada y deseaba con toda su alma salir del castillo, aunque no sabía por qué.

Su corazón siempre obedecía a su intuición. De modo que se escabullía de la alcoba, bajaba la escalera de piedra, abría la gran puerta del vestíbulo y salía corriendo al exterior.

La bruja que no sabía que era una bruja se paseaba por la orilla, escuchando el chasquido del mar al golpear sobre la playa helada y observando el vapor que se elevaba como un vaho plateado a la luz de la luna. Mientras caminaba, reflexionaba sobre su vida. Después de recorrer un largo trecho, se cansaba y regresaba al castillo. Se colaba por la puerta principal, subía las escaleras y se metía en la cama de su amo.

Entonces dormía por segunda vez, para alimentar su alma.

Por la mañana, la despertaban las patadas de su amo, que la empujaba fuera de las sábanas tibias.

"Enciende el fuego, cocina la avena, lava mis cuellos y mi pañuelo, remienda mis calzones, alimenta al bebé y sé lo que yo quiero que seas".

La bruja que no sabía que era una bruja, pero que había sido designada sirvienta, cocinera, lavandera, costurera, nodriza... o esposa, vagaba todas las noches por la orilla del mar invernal durante el ciclo lunar completo. Bajo la luna mártir naciente, en la vigésimo octava noche, sintió la llegada de su sangrado. La bruja emprendió el regreso al castillo para aliviar sus calambres con una copita de ginebra que sacaba a hurtadillas de la bodega de su amo.

Pero justo frente a ella había un lince. Soltó un grito de sorpresa. ¿De dónde había salido? Se le había acercado muy silenciosamente. El lince agitó la cola hacia ella y la miró con ojos dorados. La bruja que no sabía que era una bruja se quedó muy quieta, pero la sangre goteaba de entre sus piernas. Plinc. Plinc. Plinc. Sobre la nieve.

El lince se aproximó y la bruja se llevó las manos al corazón, pues creía que era su último momento en la tierra. El animal estaba tan cerca ahora que podía sentir su aliento caliente sobre sus manos desnudas. Esperó a que le clavara los dientes, pero, para su sorpresa, el lince le lamió las manos con su lengua áspera y luego la empujó hacia un lado. La bruja se tambaleó hacia atrás y el lince se inclinó ante ella con una profunda gracia felina. Luego se tumbó y se revolcó en la sangre menstrual de la bruja, que había salpicado la nieve.

Cuando hubo terminado, se incorporó sobre sus patas. Su pelaje blanco y parduzco estaba ahora moteado con manchas oscuras de color pardo óxido.

La bruja que no sabía que era una bruja miró a los ojos dorados del lince.

—¿Por qué te has cubierto con mi sangre?

—Porque soy parte de ti. Soy tu guía espiritual. Soy tu espíritu familiar.

La bruja que no sabía que era una bruja se quedó muy impresionada. Empezó a pensar: "Soy más que una cocinera, más que una sirvienta, más que una lavandera, más que una costurera, más que una nodriza, más que una esposa".

Entonces regresó y desempeñó sus tareas como de costumbre, pero una vocecita en su interior repetía sin cesar: "Eres más que esto".

Quizá el señor del castillo notó que la bruja estaba diferente, porque una mañana, la tomó del codo.

—¿Adónde vas por las noches? Te piensas que estoy dormido, pero te oigo —la acusó—. Te oigo cuando levantas despacio el pestillo de la habitación y cierras la puerta del vestíbulo al salir. Miro por la ventana, pero no te veo por ninguna parte. Ni siquiera cuando hay luna llena. —El señor del castillo clavó las uñas en la piel de la bruja—. Pero te veo en mi cabeza corriendo hacia el mar oscuro. ¿Con quién te encuentras? ¿Qué brujería es esta? ¿Te acuestas con el diablo?

La bruja negó haber abandonado el lecho.

—Te lo preguntaré de nuevo, ¿con quién te encuentras?

Porque puedo oler el mar en ti. Veo los pólipos enredados en tu pelo. La sangre en la punta de tus dedos. Sabes más que yo, y *no* lo permitiré.

La bruja se negó a decirle nada porque no quería que el señor del castillo cazara y matara al lince.

Así que, en vez de eso, el señor destrozó a la bruja.

—Cuéntame tus secretos —le ordenó mientras le retorcía el brazo detrás de la espalda.

Incluso cuando oyó el chasquido del hueso, el amo no se detuvo. La bruja lloraba de dolor, pero él creía que sus lágrimas eran falsas. Cada vez que la miraba a los ojos, sentía el terror como un puñetazo en el estómago.

Le aplastó los pulgares, pero ella seguía sin confesar. Sus gritos llegaron hasta el lince en el este, lejos, en los bosques cercanos a Rusia. El lince arqueó la espalda en agonía y bufó chispas de coraje a la bruja.

Le llevó siete días al amo romper lo que consideraba maligno en la bruja: su voluntad.

La obligó a decirlo. Sus labios ensangrentados y magullados escupieron las palabras.

—Soy una bruja.

—Le has dado al diablo lo que no quisiste darme a mí —la acusó él.

—Tuviste mi cuerpo, mi lealtad y toda mi vida en tus manos — susurró la bruja, hecha un bulto de dolor sobre las baldosas del castillo.

—Pero nunca me diste tu consentimiento —replicó el amo con furia.

La bruja alzó la vista hacia ese hombre alto que era su amo y señor, con su piel azul arsénico y el cabello teñido del color del hueso. Era fuerte y poderoso, pero no le tenía miedo. Clavó la mirada resuelta del lince en él, y vio que el amo se estremecía como si lo hubiera atravesado con un cuchillo.

—Es mi deber verte arder —susurró, y bajó la cabeza con vergüenza.

Y así fue, la juventud de la bruja, su belleza y su sabiduría fueron arrebatadas por el Señor de la Oscuridad. Sus cenizas revolotearon sobre las nieves más profundas del invierno.

Pero la bruja nunca muere porque vive en ti, y vive en mí. Si alguna vez lo olvidas, cierra los ojos y verás al magnífico lince corriendo por toda la eternidad, salpicado de sangre de bruja.

REALIDAD Y FICCIÓN

LAS BRUJAS DE VARDØ SE INSPIRÓ EN LOS TERRIBLES HE-
chos reales de la caza de brujas que tuvieron lugar en la isla
de Vardø entre 1662 y 1663. La mayoría de los personajes
se basan en personas del pasado que se vieron envueltas
en los juicios por brujería, documentados en testimonios
judiciales. En el caso de algunos, como Zigri Sigvaldsdatter,
he cambiado los nombres de pila para facilitar la lectura,
ya que mucha gente de la época compartía los mismos
nombres. (El verdadero nombre de Zigri era Maren). Anna
Rhodius fue, en efecto, una prisionera del rey enviada a
Vardø en la época de los juicios, y es a ella a quien se ha
culpado del "pánico" desde entonces. Quise darle otra perspectiva a su personaje, ya que me pareció que a la historia
le resultó conveniente culpar a Anna en lugar de a los go-
bernantes. En cuanto a Maren e Ingeborg, tenían menos de
dieciséis años en la época de los juicios por brujería, y Maren aparece en las actas del tribunal como una joven audaz
y dispuesta a contar historias pintorescas de sus tiempos
con el diablo.

Por desgracia, los hechos reales de 1662 y 1663 son
aún más terribles que mi ficción. Entre octubre de 1662 y
abril de 1663, un total de veinte mujeres murieron como
consecuencia de las persecuciones por brujería. Dieciocho

fueron quemadas en la hoguera y dos torturadas hasta la muerte. Cuando trabajaba en la novela, solía recitar sus nombres como una forma de conmemorarlas:

Maren Sigvaldsdatter

Solve Nilsdatter

Ingeborg, esposa de Peder Krog (torturada hasta la muerte)

Dorette Lauritsdatter

Ragnild Clemidsdatter

Maren Mogensdatter

Maren Henningsdatter

Maritte Rasmusdatter

Sigri Olsdatter

Guri, esposa de Laurit

Ellen Gundersdatter

Karen Andersdatter

Margrete Jonsdatter

Sigri Jonsdatter

Gundelle Olsdatter

Dorette Poulsdatter (torturada hasta la muerte)

Barbra Olsdatter

Bodel Clausdatter

Birgitte Olufsdatter

Karen Olsdatter

Las siguientes mujeres fueron absueltas por el tribunal de apelación el 23 de junio de 1663:

Gertrude Siversdatter

Ragnild Endresdatter

Magdalene Jacobsdatter

Karen Nilsdatter (esposa de Peder Olsen)

También fueron absueltas seis niñas:

Maren Olufsdatter

Ingeborg Iversdatter

Karen Iversdatter

Kirsten Sørensdatter

Karen Nilsdatter

Siri Pedersdatter

Más adelante, en 1671, una mujer sami llamada Elli murió bajo custodia acusada de brujería.

Durante los juicios por brujería celebrados en Finnmark, en el norte de Noruega, en el siglo XVII, fueron juzgadas 135 personas, 91 de las cuales fueron ejecutadas, la mayoría en la hoguera.

La última persona en morir por un juicio por brujería en Finnmark fue Anders Poulson en 1692, un hombre sami de cien años acusado de tener un tambor rúnico y practicar el chamanismo.

El monumento en Steilneset en memoria de las víctimas de la caza de brujas en Finnmark es una colaboración artística única entre Louise Bourgeois, artista estadounidense nacida en Francia, y el arquitecto suizo Peter Zumthor. Está situado en el lugar de las ejecuciones en la isla de Vardø y es una poderosa y conmovedora conmemoración de los acusados y ejecutados por brujería.

Cuando viví en Noruega, dediqué mucho tiempo a investigar la historia de los juicios por brujería. Viajé dos veces a la remota isla de Vardø con la intención de alzar la voz con amor por las mujeres ejecutadas por brujería. Este libro aspira a ser fiel al espíritu de esas mujeres fuertes del norte y a contar su historia más allá del papel de víctimas. Sin embargo, mi novela es, ante todo, ficción y te animo a profundizar en la historia de la época si este libro despierta tu interés.

A continuación, recomiendo algunas obras históricas:

The Witchcraft Trials in Finnmark Northern Norway, Liv Helene Willumsen, traducido por Katjana Edwardsen, Skald, Bergen, 2010.

Brujas del norte: Escocia y Finnmark, Liv Helene Willumsen.

The Steilneset Memorial, Art, Architecture, History, Reidun Laura Andreassen, Liv Helene Willumsen (eds.).

By the Fire, Sámi Folktales and Legends, recopilado e ilustrado por Emilie Demant Hatt, traducido por Barbara Sjoholm.

Yoik in the Old Sámi Religion, Elin Margrethe Wersland, Gjert Rognli.

Enemies of God, The Witch Hunt in Scotland, Christina Larner.

Witchcraft in Early Modern Scotland, Lawrence Normand y Gareth Roberts.

The Complete and Original Norwegian Folktales of Asbjørnsen & Moe, traducido por Tiina Nunnally.

Witches of Scotland pódcast: www.witchesofscotland.com.

GLOSARIO

aplastapulgares: Instrumento de tortura. Es un tornillo de banco, a veces con tachones sobresalientes en las superficies interiores. Los pulgares o dedos de la víctima se colocaban en el tornillo de banco y se aplastaban con lentitud.

bask: Nombre tradicional de un bote costero sami, en general de remos, pero también con una pequeña vela.

Beaivváš: Nombre sami del dios sol.

Beaivenieida: Nombre sami de la hija del dios sol.

Bieggagállis: Nombre sami del dios viento.

Bifrost: Puente arcoíris ardiente que en la mitología nórdica une la Tierra con Asgard, el reino de los dioses.

Blåveis: Flor azul oscuro con hojas verdes en forma de hígado, que se encuentra en Noruega.

Boahjenásti: Nombre sami de la estrella polar.

bøffelbay: Material suave y grueso de lana cardada, hilada con poca tensión, lanudo de un lado y liso del otro.

Demonología: Rama de la teología que se centra en el estudio de los demonios o las creencias sobre los demonios. Durante la época de mayor intensidad de la caza de brujas, entre 1350 y 1750, la demonología se consideraba un campo de estudio serio e importante. Muchos grandes teólogos escribieron sobre el tema de la demonología y la brujería, incluido el rey Jacobo VI de Escocia, quien, en 1597, publicó su *Daemonologie*. Poco a poco, surgió un movimiento de escépticos sobre la viabilidad de la brujería, como Reginald Scot en su *The Discoverie of Witchcraft*, publicado por primera vez en 1584.

Domen: Montaña cerca de Vardø y el punto de encuentro de brujas más tristemente célebre del norte de Noruega.

flatbrød: Pan ácimo, horneado sobre piedras, crujiente y delgado, por lo general de centeno.

gákti: Túnica tradicional sami.

gálssohat: Polainas tradicionales samis hechas con piel de patas de reno.

goahti/gamme: Cabaña o tienda de campaña sami cubierta de musgo de turba, tela o madera y menos portátil que una *lávvu*.

gullbrød: *Flatbrød* recubierto de huevo y leche.

guovssahasat: Palabra sami para la aurora boreal, que significa "la luz que se puede escuchar".

havsfrue: Sirena.

huldrefolk: El pueblo oculto de la mitología nórdica.

klinning: Sándwich de puré de pescado, mantequilla y rebanadas de *flatbrød*.

klippfisk: Bacalao seco.

lávvu: Tienda temporal utilizada por los samis del norte, similar al tipi de los nativos de América del Norte, aunque menos vertical y más estable cuando soplan vientos fuertes.

lefse: Pan sin levadura, blando y fino, relleno de mantequilla, azúcar y canela.

Malleus Maleficarum: (en latín, "El martillo de las brujas"). Uno de los tratados medievales más famosos sobre brujería publicado por primera vez en Alemania en 1487. Su principal objetivo era defender la existencia de las brujas e instruir a los magistrados sobre cómo identificarlas, interrogarlas y condenarlas.

noaidi: Chamán sami.

nordlys: La aurora boreal.

potro: Instrumento de tortura consistente en un marco rectangular de madera, ligeramente elevado del suelo y con un rodillo en uno o ambos extremos. Los tobillos de la víctima se sujetan a un rodillo y las muñecas se encadenan al otro. A medida que avanza el interrogatorio, la manivela fijada al rodillo superior se gira para aumentar la tensión de las cadenas, lo que provoca un dolor insoportable hasta que las articulaciones de la víctima se dislocan y acaban separándose.

riksdaler: Moneda de plata, principal divisa de Noruega entre 1544 y 1813.

rømmekolle: Budín de crema agria.

rumbullion: Ron.

runebomme: Nombre común noruego del tambor sami utilizado en los rituales chamánicos. El nombre se basa en la idea errónea de que los símbolos en el tambor eran runas.

Sáivu: El inframundo sami al que van los muertos.

sami: Pueblo de tradición pastoril nómada del norte de Noruega, Suecia, Finlandia y la península rusa de Kola.

Sáráhkká: Diosa sami del nacimiento y la fertilidad, madre de Dios.

siida: Asentamiento nómada sami.

Stegelsnes: También conocido como *Steilneset*. Lugar en la isla de Vardø donde se realizaban las ejecuciones.

vidda: Meseta montañosa de Noruega.

yoik: Canto tradicional sami.

NOVELAS HISTÓRICAS EN VIDIS

ÍTACA • CLAIRE NORTH
Ulises se ha ido con todos los hombres jóvenes de la isla. Penélope gobierna desde las sombras de un concilio de ancianos. Es hora que las mujeres cuenten su versión del famoso mito griego.

EL SECRETO DE PARÍS • NATASHA LESTER
Una novela sobre la resistencia en París que presenta a las primeras pilotos de guerra y el origen de la casa Dior.

LA ÚLTIMA ROSA DE SHANGHÁI • WEINA DAI RANDEL
Un amor apasionado entre una rica heredera china y un joven judío refugiado del nazismo, en el ambiente glamuroso del viejo Shanghái de los 40.

LAS BRUJAS DE VARDØ • ANYA BERGMAN
En una fortaleza noruega del siglo XVII, cuando las mujeres eran encarceladas y quemadas por brujas, dos valientes mujeres protagonizan una historia épica basada en hechos reales.

LAS TRES VIDAS DE ALIX ST. PIERRE • NATASHA LESTER
Una historia de amor, traición y búsqueda de redención envuelta en un glorioso vestido de Dior.

LAS CUARENTA LADRONAS • ERIN BLEDSOE
Inspirada en la historia real de Alice Diamond, la reina de los ladrones de Londres en 1920.